名探偵に甘美なる死を

「犯人役を演じてもらいたい」と世界有数のゲーム会社・メガロドンソフトからの依頼で、VR ミステリゲームのイベント監修を請け負った加茂冬馬。会場であるメガロドン荘に集ったのは『素人探偵』８名、その中には「幽世島」の事件に関わった竜泉佑樹もいた。だがイベントは、探偵と人質にされたその家族や恋人の命を賭けた殺戮ゲームへ変貌を遂げる。大切な人と自身の命を守るには、VR 空間と現実の両方で起きる殺人事件を解明するしかない！　次々と繰り出されるトリックと鮮やかなロジックが圧倒の、『時空旅行者の砂時計』『孤島の来訪者』に連なる〈竜泉家の一族〉三部作。

登場人物

『ミステリ・メイカー2』試遊会招待客

加茂《かも》　冬馬《とうま》（38歳）……雑誌ライター

青葉《あおば》　遊奇《ゆうき》（31歳）……ミステリ作家

六本木《ろっぽんぎ》　至道《しどう》（74歳）……コメンテーター

不破《ふわ》　紳一朗《しんいちろう》（56歳）……不破探偵事務所・所長

未知《みち》　千明《ちあき》（37歳）……自称万屋《よろずや》

東《あずま》　柚葉《ゆずは》（35歳）……T市民病院・病院事務

乾山《けんざん》　涼平《りょうへい》（17歳）……KO高校二年生

棟方《むなかた》　希《のぞみ》（25歳）……自称放浪者

加茂　伶奈《れな》（33歳）……加茂冬馬の妻、竜泉佑樹《りゅうぜんゆうき》（青葉遊奇）のいとこ

加茂　雪菜《ゆきな》（6歳）……加茂冬馬の娘

三雲《みくも》　絵千花《えちか》（32歳）……竜泉佑樹の恋人

マイスター・ホラ……物語の案内人、通称『奇跡の砂時計』

椋田《くらた》　千景《ちかげ》（39歳）……………メガロドンソフト・ゲームプロデューサー
十文字《じゅうもんじ》　海斗《かいと》（37歳）……………メガロドンソフト・ゲームディレクター

名探偵に甘美なる死を

方 丈 貴 恵

創元推理文庫

“DELICIOUS DEATH” FOR DETECTIVES

by

Kie Hojo

2022

目次

名探偵に甘美なる死を

メガロドン荘

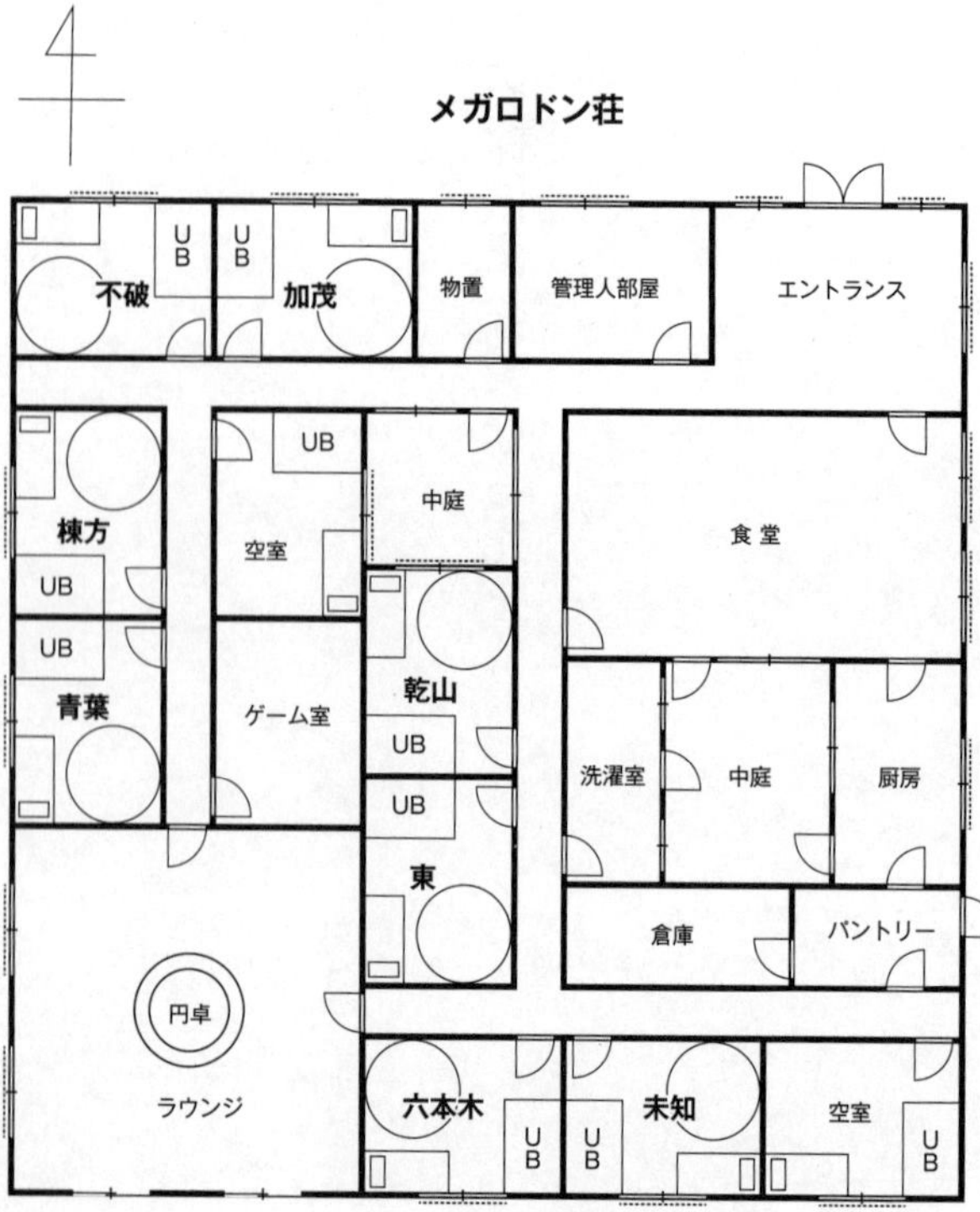

※各客室には空調設備（調温・調湿）と換気設備が付属

傀儡館

※各部屋には空調設備（調温・給気）と排気設備が付属

マイスター・ホラによる序文

～A foreword from Meister Hora～

これから語られるのは『ゲーム』と『探偵』の物語です。

主人公の加茂冬馬《かもとうま》がある館で異様な事態に陥り、生き残りをかけて謎を解くという意味では、紛れもない本格推理小説と言えるでしょう。

例のごとく、私はこの物語のワトソン役でもなければ語り手でもありません。

しかしながら、またしても『竜泉《りゅうぜん》家の一族』が巻き込まれた訳ですから、やはり私ほど物語の案内人を務めるのに相応《ふさわ》しい者もいないでしょう。

物語の案内人として宣言しますと、私はフェア・プレイを重んじます。

ですから、物語で起きることが荒唐無稽に感じられたとしても臆する必要などございません。

いえ……もうこのくらいのことには、慣れっこになっている方も多いかも知れませんね？

これからはじまるのは……本格ミステリの醍醐味の一つ、『探偵と犯人による頭脳戦』です。

その点は何があろうと揺らぐことはありませんので、どうぞご安心下さい。

それでは、『読者への挑戦』でお会いしましょう。

プロローグ

コツ、コツ、コツ、コツ。

広間から扉越しに耳を澄ますと、厨房を進む足音が聞こえる。

コンクリート打ちっぱなしの床に軽やかに響く音。時折、無音になるのは足音の主が警戒して周囲を見渡しているからだろう。

加茂はポケットから取り出したものを見下ろした。

目も口も鼻も何も描かれていない、真っ黒でのっぺらぼうの仮面。顔に当てただけで、待ちかねていたように彼の顔に吸いついてくる。

コツ。

不意に足音が止まった。

倉庫へと続く扉に到達したのだろう。少し遅れて、金属の扉がガシャンと閉まる音がした。

ターゲットは指示に従って、大人しく倉庫に入ったらしい。

加茂は厨房に入ると、倉庫へと続く扉にロックをかける。ほとんど音は立てなかったので、彼女は倉庫に閉じ込められたことにすら気づいていないはずだ。

ここまでは計画通りだった。

スマートウォッチを操作して時間を確認しながら、加茂はため息まじりに言った。

「五分もあれば、充分だな」

四分が経過した時、加茂は扉に耳を当てた。……そろそろ、立っていることができなくなる頃合いだ。案の定、どさりと何かが床に倒れ込む音が微《かす》かに聞こえてきた。

加茂は更に三分待った。それから、扉のロックを解除して倉庫に入る。

扉の真正面奥に、ターゲットの女性は倒れ込んでいた。鼻血は流しているものの、まだ息はある。

その傍《そば》にあるものを見て、加茂はギョッとした。

一五センチほどの道化人形が二つ……。それぞれ紫色と朱色の燕尾《えんび》服を身に着けたもので、足や尻の部分にはべっとりと血が染みついていた。ターゲットが倒れ込んだ時に鼻血がついたのだろう。

……彼女が道化人形を動かしたのか、それとも？

その時、女性が小さな呻《うめ》き声を上げた。

どうやら時間をかけすぎたらしい。仮面をつけているとはいえ、ターゲットの意識が戻って姿を見られる前に……全て終わらせた方がよさそうだった。

加茂は倉庫にあったロープを摑むと、彼女の首に巻きつけて締め上げる。ぐぎりと鈍く潰れるような音がし、犠牲者の身体に短い痙攣《けいれん》が走った。

どのくらいそうしていただろう、耳元で囁《ささや》く声がした。

『また犠牲者が一人』

第一章　キックオフ・ミーティング

二〇二四年八月二日（金）一四：一〇

窓の外には、雲一つない空が広がっていた。

そのあまりの青さに誘われて、加茂は窓際へと向かった。

高層ビル群の向こうには、東京ドームやスカイツリーが見えている。その間に見えている緑地は小石川《こいしかわ》植物園だろうか？

背後からクスクスと笑う声がした。

鈴を転がすような……耳に心地のいい笑い声だ。加茂が振り返ると、扉の傍《そば》に白いパンツスーツに身を固めた女性が立っていた。

「夜景も綺麗なのですよ？　ここは海抜二五〇メートルの高さに作られていますから」

声は鼻にかかったような響きを帯びている。面長で鼻筋が通り、アーモンド形の目がとても魅力的だった。スレンダーな体形をしている上に姿勢もいいから、凛とした雰囲気をまとっている。

彼女は優雅に礼をしてから顔を上げた。

「このような形でお呼び立てして申し訳ありません。はじめまして、私はメガロドンソフトの椋田《くらた》です」

「……あなたが？」

加茂が放心気味に呟くと、椋田は悪戯《いたずら》っぽい表情を見せた。

「ええ、椋田千景《ちかげ》本人に間違いありませんよ。ゲーム業界には女性のプロデューサーもたくさんいるんだけど、私の場合はどうしてだろう？　女性だと知って驚かれることが多いんだよなぁ」

その声に悲しそうな響きが混ざったのに気づき、加茂は慌てて言葉を継いでいた。

「失礼しました。雑誌のインタビューでは、男性だと誤認させるような書き方がされていることが多かったもので」

椋田千景はメガロドンソフトのゲームプロデューサーだ。

テンミリオンセラーを叩き出したオープンワールドＲＰＧ『バトル・ウィザウト・オナー』シリーズの生みの親としても有名で、業界でその名を知らない人はいない。

「私、ゲーム業界ではただ一人、覆面プロデューサーで押し通しているんです。……年齢も性別も不詳にして、ミステリアスさを演出しようということになって」

「では、椋田千景というのもペンネームか何かですか？」

「いえ、ゲームクリエイターは本名で活動している人も多いのですよ。私など『覆面』の設定を固める前から椋田千景という名前で仕事をしてしまっていたもので……今さら変えようがなかったというのが本当のところです」

「なるほど」

「でも……性別に関する勘違いを助長したのは、やっぱり私の口調のせいかなぁ」

本人も自覚があるようだが、椋田には男っぽい言葉を混ぜて喋る癖があるらしい。

彼女は腕組みをしながら、更に言葉を続ける。

「それか、『バトル・ウィザウト・オナー』が先入観を与えている可能性もあるか。あれはハードなアクションRPGだし、典型的な死にゲーですから」

「死にゲー？」

「難易度を非常に高くし、プレイ中に数えきれないほど死ぬのが前提になっているゲームですよ。何度も死ぬことで、攻略法を探して楽しむ訳ですね」

そう言いながら、椋田千景は背後の壁に視線をやった。

応接室の壁にはゲームのポスターが何枚も貼られており、その中でも異彩を放っているのは、リマスター版『バトル・ウィザウト・オナーVR』だった。

ポスターから翠色《みどりいろ》の髪をした魔女が上目遣いにこちらを見つめている。

CGで作られた魔女は髪の毛の一本一本に至るまで、わざとらしいくらいに完璧で美しかった。それなのに、何かが欠けている。

もちろん、無機質で人間味が欠けているという意味ではなかった。その不完全さとアンバランスさがむしろ、CGキャラクターに命を吹き込んでいると言うべきか？　ポスターの向こうにいるのは、不気味なほど人間味を湛え、狂気と妄執を滲《にじ》ませた女性だった。

「……『どんな願いだろうと、叶えてあげましょう』」

加茂はほとんど無意識のうちに、ポスターのキャッチコピーを読み上げていた。

かつて、彼はこれと似た言葉を聞いたことがあった。

記憶に蘇るのは、砂時計のペンダント。それは『奇跡の砂時計』と呼ばれ、都市伝説で『願いを一つだけ叶えてくれる』と噂されていた。

二〇一八年五月、彼はある病院で小さな砂時計と……マイスター・ホラと名乗る者と出会った。そして……。


「このポスターがよほど気に入ったようですね？」

気づくと、椋田がからかうような声になって名刺を差し出していた。

加茂は反射的に胸ポケットに手をやったが、途中でその動きを止めて苦笑いを浮かべる。

「申し訳ない、名刺の用意を忘れていました」

加茂は受け取った名刺を確認した。

驚いたことに……椋田千景はゲームプロデューサーであると同時に、メガロドンソフトの執行役員でもあった。それだけ社内で影響力が強いということなのだろう。

テーブルを挟んで二人が椅子に落ち着いたところで、椋田は改めて口を開いた。

「弊社では、ＶＲ（仮想現実）ゲームの開発に力を入れています」

二〇一九年末にCOVID-19の流行がはじまり、数年にわたって猛威を振るい、全世界的に多くの命が奪われる結果となった。日本でも緊急事態宣言や『まん防』が発令され、外出自粛や時短営業要請などが行われたのは記憶に新しい。この新型ウイルスの流行が人々や経済に与えた影響は……文字通り、計り知れなかった。

そんな中、順調に売上を伸ばしたのがゲーム業界だった。

外出自粛時の巣ごもり需要に応え、多くのゲーム会社は業績を伸ばしていった。その結果、VRゲームの開発・製品化が加速していったのだった。

あれから五年近くが経過した今ではワクチン接種などの対策も進み、COVID-19流行前に近い生活が戻ってきている。外食・観光産業も多少形態を変えつつ、以前と変わらない賑わいを見せるようになっていた。

椋田はなおも説明を続ける。

「今ではVRゴーグルの普及率は一家に一台以上、新しいエンタテインメントの一つとしてすっかり定着したといっても過言ではないでしょう」

「中でも、御社の『ミステリ・メイカー』は六千万本以上の出荷・ダウンロードがされているのでしたか」

『ミステリ・メイカー』とは、椋田がプロデューサーを務めたゲームの最新作だった。

ジャンルは『RPG推理シミュレーション』とでも言うべきだろうか？

プレイヤーはVR空間で世界最高の素人名探偵となって難事件に挑む。『ストーリーモード』

では探偵と犯罪王ドクターとの推理合戦が描かれ、００７ばりのアクションまで楽しめるのだという。

このゲームは発売から一年半で全世界六千万本もの出荷・ダウンロードを記録していた。これは歴代のゲームソフト売上でも十位以内に入る超ド級のヒットだ。現在も売上記録は更新されており、少し前まで専用の手袋型コントローラの転売が社会問題になっていたほどだった。

ここで椋田が嬉しそうに白い歯を見せる。

「おかげさまで『ミステリ・メイカー』は弊社最大のヒット作となりました。……加茂さんはこのゲームのプレイ経験はありますか？」

開発者を前に気まずい気持ちになりつつも、加茂は率直に答えた。

「しっかり遊んだことがある訳ではないですね。親戚にミステリ作家がいまして、ソイツに誘われる形でマルチプレイ（複数人数での同時ゲームプレイ）をやったことがあるくらいで」

意外にも椋田は気を悪くすることなく、むしろ前のめりになる。

「もしかして、『事件クリエイトモード』で遊んだんですか。加茂さんが探偵役になって？」

「ええ、まあ」

「いいですねぇ、本業の作家が作った問題編なら、歯ごたえもあったでしょう。……それで、勝負の行方はどうなりました？」

＊

「『ミステリ・メイカー』でオリジナルの事件を作ったので、遊びませんか？」

竜泉佑樹《ゆうき》から連絡を受けたのは、一年ほど前のことだった。……彼が青葉《あおば》遊奇《ゆうき》というペンネームで作家デビューしてしばらく経った頃だったろうか？

佑樹は、加茂の妻のいとこだ。滅多に加茂家に連絡などしてこないクセに、この時は彼の方からこんな提案があったのだった。

次の土曜に、加茂夫妻は佑樹宅に招待されていた。

土曜は加茂の娘・雪菜《ゆきな》が友達の家に遊びに行くことになっていたので、夫婦二人で外出するにもちょうどいいタイミングだった。

正直、加茂はその貴重な時間をVRゲームに費やすのは嫌でたまらなかった。他にいくらでも時間の使い方があるだろうと思いはしたものの、妻の伶奈《れな》が嬉々として招待を受けたのだから、どうしようもない。

あいさつもそこそこに、加茂と伶奈はVRゴーグルと手袋型コントローラを装着してソファに腰を下ろした。ゴーグルは加茂たちが持参したもので、手袋型コントローラは佑樹から借りたものだ。

佑樹はサメのロゴの入った手袋型コントローラを示しながら言う。

「『ミステリ・メイカー』のプレイには、メガロドンソフト製のコントローラが必須なんですよ」

「手袋型コントローラは他社のもあるだろ。それは使えないのか？」

「メガロドンソフトのオリジナル規格だから、他社のでは操作できない仕様なんです」

加茂は思わず苦笑いを浮かべる。

「周辺機器を抱き合わせ販売することで、より儲かる仕組みになってる訳か」

「いやぁ、他社のコントローラだと性能にばらつきがあるから、敢えて専用のものを作ったんでしょう。……ただ、このコントローラは充電が持たないのと、手袋部分の通気がやたら悪いのが難点なんですよね。長時間遊ぶ時は充電しながらじゃないと使えないし、すぐに指先がふやけるし」

途中からメーカーに対する愚痴になりながら、加茂たちはゴーグルを装着した。

ＶＲ空間に入るなり、加茂は思わず顔を顰《しか》めていた。

ゲームに登場する遺体は大きくデフォルメされたものだったし、血痕もマイルドな表現に変えられていた。それでも……彼が過去で巻き込まれた事件の凄惨な記憶を呼び覚ますには充分すぎた。

胃のむかつきを覚える加茂に対し、佑樹は平気そうに言葉を続けた。

「目の前に広がっているのは、僕が作ったゲームステージです。お二人には『探偵役』として、僕が起こした事件を解明して頂きます」

問題編として提示されたのは、オーソドックスな密室殺人だった。『犯人役』は佑樹と分かっているので、ハウダニット（どうやって犯行に及んだか？）とワイダニット（何故そんな行動に出たのか？）を解き明かす趣向だ。

「今回はお二人に事件発生後に参加してもらいましたが、このモードでは別の遊び方もできるんですよ」

「へえ、どんな遊び方だ？」

　質問を返しながら、加茂はＶＲゴーグルのバイザー部分を上げた。

　ＶＲゴーグルは頭にしっかり固定できる仕組みになっており、スイッチ一つでバイザー部分だけを額に上げることができるようになっていた。こうすることで、ゴーグルそのものを頭から外さずともゲームをポーズ（一時停止）し、現実世界を確認できる仕組みだ。

　佑樹もＶＲゴーグルのバイザーを上げながら答える。

「前提として、このモードでは犯人役はＶＲ空間で実際に犯行に及ぶことで問題編を作る仕組みになっています」

「え、事件後の状況を再現したステージを作って、問題編にするんじゃないのか？」

「違うんですよ。まず、犯人役は事件が起きる前の状況に合わせて、オブジェクトや人を配置しなくちゃなりません」

「ということは、犯人役は密室トリックなら密室トリックを……実際にゲーム内で実行しないといけないのか」

「そうなんです。犯罪が実行可能だとゲーム中で証明しないと、問題編が完成しない仕組みになっている訳ですね」

ここで伶奈もゴーグルのバイザーを上げた。彼女は暗い面持ちになって呟く。

「……雪菜にこのゲームで遊んで欲しいとは思えないな。ゲーム中とはいえ実際に犯行に及ばないといけないなんて、犯罪を助長しそうだし教育上もよくなさそう」

佑樹も大きく頷いていた。

「そこはよく議論される部分だね。……今のところ、対象年齢が厳密に制限されているので、大きな問題は起きてない感じです。世界的に犯罪の数が増えたとか、そういう変な影響もないみたいですし」

これを聞いた伶奈がホッと息をついた。

「よかった、ちょっと安心した」

「実際に遊んでみると、そんな心配するほど過激なゲームじゃないんですけどね」

佑樹によると、ゲーム内の犯行は流血表現も含めてリアルにならないように工夫が施されているらしい。その為、演出的にも他のアクションゲームで敵を倒すのと大きく変わるところはないのだという。

「あと、小説のトリックに矛盾がないか検証する時にも、すごく便利で……」

「ニャーン！」

突然、猫の鳴き声が割り込んできた。

いつの間にか、佑樹の膝の上に灰色の猫が鎮座していた。南の島で佑樹と出会い、彼の飼い猫となったワオだ。皆でゲームに興じているのが気に入らないのか、不機嫌そうに翠色の目で佑樹を睨みつけている。

　手袋型コントローラを外し、ちゅ〜るの封を切りながら、佑樹は言葉を続けた。

「ちなみに、『事件クリエイトモード』の一番の楽しみ方は……探偵役に事件前から参加してもらって、犯人役が探偵役の目の前で犯行に及ぶ遊び方なんですよ」

　加茂は思わず眉をひそめる。

「おい、遊ぶのにめちゃくちゃ時間がかからないか？」

「そこがいいんですよ。中にはプレイに半日以上かける猛者もいます」

　……半日？

　できるだけ早くゲームを切り上げたいと思っていた加茂は身震いをする。一方で、佑樹はちゅ〜るをワオに差し出しながら笑っていた。

「どうせ加茂さんが嫌がるだろうと思ったから、時間がかからない遊び方にしておきました。……手がかりは全て現場に残されています。加茂さんと伶奈で、この事件の謎を解き明かして下さい」

＊

「そう……あの時は、探偵役が勝ちました」

椋田の質問に答えながら、加茂は思い出し笑いを浮かべていた。

あの日、佑樹がワオの機嫌を取っている間に、加茂は真相への糸口をつかんでいた。それから完全解答に辿りつくまで、五分もかからなかっただろうか？

結局、佑樹が激しく落ち込んでマルチプレイは終わり……空気を読まず速攻で真相を言い当てた加茂もまた、伶奈から説教を喰らうことになったのだった。

そんな経緯を知る由もなく、椋田はパチパチと拍手をはじめる。

「素晴らしい……。やはり、いくつもの冤罪事件を明らかにしてきた方は推理力が違いますね。『アンソルヴド』の記事、毎回楽しく拝読していますよ」

加茂は月刊誌『アンソルヴド』で『真実の行方シリーズ』という連載を持っていた。

冤罪を訴える受刑者に手紙で取材を行ったり、不可解な結末を迎えた事件について資料や新たな証言を集めたり……加茂は過去の事件を丁寧に洗い直すことで、新解釈を見つけることに長けていた。

そうした新しい可能性を提示し、冤罪の可能性を訴える。それが『真実の行方シリーズ』のコンセプトだ。

十年近く連載を続けるうち、取り上げた事件のうち再審が認められて逆転無罪が確定したものも出てきた。それがワイドショーで取り上げられた時など……彼は『逆転無罪の立役者』として大きく紹介されたものだった。

それ以後、加茂の知名度は上がり、今では『アンソルヴド』編集部に講演の依頼がちょくちょく舞い込むほどになっている。

椋田は目を細めて更に続けた。

「いつもながら、些細なことから新しい仮説を導き出すところなんて、まるで本物の名探偵みたいだ」

その言葉に皮肉の棘《とげ》を感じつつ、加茂は首を横に振った。

「……そろそろ、本題に入りませんか」

「本題？」

「事前に受けたメールでは、新作ゲーム絡みとしか聞いていませんし、機密保持契約まで結ばされました。……世界有数のゲーム会社が、何だって俺みたいなジャンル違いのライター風情に用があるんです？」

「あなたには人を殺してもらいたいのです」

加茂は身体を凍りつかせたが、椋田はむしろ動揺する彼の反応が面白くて仕方がない様子だった。

数秒の沈黙の後、加茂はため息とともに返す。

「……ゲーム中での話、ですか？」

「失礼しました、悪趣味な冗談だと思われてしまったようで」

そう言いながらも、椋田はしれっとしていて、少しも反省している様子はない。

「話が見えないな。俺に犯人役を演じろと言うつもりですか」

「ええ、加茂さんにはオリジナルの事件をコーディネートしてもらいたいんです。……もちろん、報酬もしっかりご用意しますので」

彼女が提示した金額は年収の半分に迫るものだった。言葉が出なくなってしまった加茂に対し、椋田は真面目な様子に戻って続ける。

「事前に機密保持契約をお願いしたのは、今回のキックオフ・ミーティングでお話しする内容に、未発表の情報が含まれているからです」

「なるほど」

「二〇二五年二月に、『ミステリ・メイカー』の続編『ミステリ・メイカー2』の発売を予定しています。そのプロモーションの一環で、特別な試遊会を企画しているのですよ」

「……そういえば、来月くらいには東京ゲームショウがあるんでしたね」

東京ゲームショウ（TGS）は毎年秋に行われる、国内最大のゲーム展示会だ。加茂も若い頃にTGSに行ったことがあった。

会場ではゲーム会社が趣向を凝らしたブースを出展し、来場客は新作ゲームのテストプレイを楽しむことができた。ゲームキャラクターのコスプレをしたスタッフがいたり、物販コーナーがあったり、ゲーム好きにはたまらない空間でもある。

椋田が驚いたように目を見開いた。

「加茂さんは、意外とゲーム業界に詳しいんですね」

「単に取材で行ったことがあるだけです。……で、その試遊会はＴＧＳ絡みのイベントなんですか？」

「いえ、ＴＧＳとは無関係の、弊社が単体で主催するものですよ。実施時期は三か月後の十一月、文字通りクローズドなイベントになる予定です」

「はあ、限られた招待者のみが参加できるイベントですか」

「今のはクローズド・サークルと言いかえた方がいいかも知れません」

加茂は思わず顔を歪める。

「……クローズド・サークル？」

加茂が身震いしたことに気づいたからか、椋田は子供っぽいくらい残念そうな声になって続ける。

「あれ、おかしいなぁ？　加茂さんには間違いなく喜んで頂けると思っていたんですが」

そう言う椋田の声に邪気はなかった。だが、その背後から加茂は稚気《ちき》の入り交じった狂気と妄執を感じ取った気がした。

いつしか、加茂の視線は『バトル・ウィザウト・オナーＶＲ』のポスターに吸い寄せられていた。

そこに描かれている翠の魔女から滲み出る狂気と妄執。……外見が似ている訳でもないのに、ポスターの魔女とアーモンド形の目をした女性のイメージが加茂の中で溶け合って、やがて一つになる。

「やっぱり、このポスターが気になりますか」

そう言いながら、椋田は楽しげに壁のポスターを指先で弾いた。

「うちには、十文字《じゅうもんじ》というディレクターがいましてね。『バトル・ウィザウト・オナー』ではキャラクターデザイナーも務めていたんですが……彼の仕業《しわざ》です。本人は認めようとしませんが、翠の魔女のキャラ設定をする時に誰をモデルにしたのかは、社内では公然の秘密と化しています」

軽い頭痛を感じて加茂は目を閉じた。それなのに、彼女の鈴を転がすような笑い声が耳から離れない。打ち合わせがスタートしてから、彼は椋田に翻弄されっぱなしだった。

不意に喉の渇きを感じ、水でも何でもいいから飲みたくなった。だが、目をやったテーブルの上はもちろん空だ。

加茂は小さく首を横に振りながら言った。

「話を戻しましょう。……俺が試遊会に参加したところで、何のプロモーションにもならないでしょう。俺の知名度なんて大したことないんだから」

「そうですね。加茂さん一人では、話題性はゼロに等しい」

急に皮肉っぽい声になった椋田に対し、加茂は低い声で問いかけた。

「……俺以外に、誰に声をかけるつもりですか」

「加茂さんのお仲間です」

「その言い方は解せないが、過去に何らかの事件を解決したことのある人を集めるつもりなんですか？」

「そう、推理力が高い人間ばかり集めて『ミステリ・メイカー2』をプレイしてもらう。その頭脳戦がどんな結末を迎えるか……予測もつかないでしょう？」

彼女は太陽のように輝く笑顔になりながら、続けた。

「ゲームの模様は録画するつもりです。そうすれば、プロモーション素材として活用することができますからね？　ドキュメント映画に仕立てれば、『ミステリ・メイカー2』の購入特典としても使えるかも知れないなぁ。……どんなサスペンス映画にも引けを取らない、見ごたえのあるものになると思いませんか？」

椋田の声に込められた熱量に気圧《けお》され、加茂は言葉が出てこない。喉もからからになっていたが、今は我慢するほかなかった。

一方で彼女は一層饒舌になって捲《まく》し立てていた。

「現実に存在する素人探偵を集めて頂上決戦を行うんですよ？　そんな試みは例がありませんし、弊社のゲームでなければ実現不可能なことです」

「それは、そうかも知れませんが……」

「招待するのは、加茂さんも合わせて計八人。その人数で『探偵役』『犯人役』といった役割に分かれてマルチプレイをして頂きます」

まだ引き受けると返事をした訳でもないのに、椋田は加茂に断られるとは微塵《みじん》も思っていない様子だった。加茂は肩をすくめながら言う。

「まさか、八人を別荘か館にでも集めるつもりじゃないですよね？」

「そのまさかです」

椋田がぬけぬけとそう返してきたので、加茂も笑ってしまった。

「もう、無茶苦茶ですね」

「弊社は瀬戸内海の戌乃《いぬの》島《しま》に保養所を持っていまして、その建物が何とか館っぽい外見をしているんですよ。試遊会もそこで行うつもりです」

次第に頭痛が強まるのを感じつつ、加茂は首を横に振った。

「時代に逆行していませんか？『ミステリ・メイカー2』はオンラインマルチプレイもできるはずだ。プレイヤーを一か所に集める必要などないでしょうが」

演出だの何だのという話が返ってくるかと思いきや、意外なことに椋田は真剣な面持ちになっていた。

「リモート試遊会にすると、機密保持等の観点で問題が発生しますので」

「機密保持？」

「大作ゲームの中には、開発費が百億円以上かかっているものも少なくありません。……弊社の『ミステリ・メイカー2』も、それに近い製作費がかかっているとだけ、お伝えしておきましょう」

これには加茂も大きく息を呑んだ。ゲームにどの程度の開発費がかかっているかなど、考えたこともなかったからだ。

椋田は淡々と続ける。

「製作費の話を抜きにしても、開発中のゲームの情報が流出することは、あってはならないことです。大手のゲーム会社はハッキングの被害に遭うことも少なくありませんし、弊社でもセキュリティには気を遣っています」

「なるほど、御社の所有する施設で試遊会を行った方が、色々と管理がしやすいということですか」

「理解が早くて助かります。でも、せっかく一堂に会してもらうのなら、面白い演出があった方がいいでしょう？　運のいいことに、あの保養所は立地的にもクローズド・サークルに向いているし」

うっとりとした声音になる彼女に対し、加茂はますます戸惑いを深めて問い返した。

「もう一つ質問が……。試遊会の鍵を握るのは犯人役ですよね？」

「ええ、犯人役は犯罪を計画するだけではなく、その実行まで担うことになりますから。推理小説で言えば、作者と犯人の両方を兼ねるようなもの。試遊会の成功は、犯人役の手腕にかかっていると言えます」

加茂は椋田を軽く睨みつけた。

「どさくさに紛れて、ハードルを上げないで下さい」

「その大役をぜひお願いしたいのです。加茂さんなら、きっと最高の犯人になれるから」

「……はぁ？」

「招待予定者の中でも、加茂さんは優れた推理力を持っているようです。君なら、何人の素人探偵を相手にしようと、完全犯罪をなしとげ逃げ切ることができそうだ」

一瞬だが、彼女の声が翳《かげ》りを帯びた気がした。相手の真意が見えず困惑する加茂をよそに、椋田は彼の目を真正面から覗き込んだ。

「ご依頼するのは、あくまでゲーム上の犯罪です。私が求めるのは、大胆で不可解な殺人事件……事件は派手であればあるほどいいんです。初対面の集団で起きる犯罪だから、今回ばかりは愉快犯で結構。動機なんてクソくらえ！」

突然はじまった暴言に、加茂は咳き込みそうになった。

「そんな、無茶な」

椋田はなおも面白がって続ける。

「VR空間では別荘でも館でもお城でも、どんな建物だろうと使いたい放題です。密室・アリバイ・物理……ありとあらゆるトリックを詰め込んで下さい。ただし、絶対に探偵役に解かれることのないように。遠慮はご無用です」

口を半開きにしたまま固まる加茂を、微笑みを湛えたアーモンド形の目が射すくめる。

「……犯人役をお引き受け下さいますよね？」

第二章　試遊会　一日目 オープニング

二〇二四年十一月二十二日（金）一三：五〇

スタッフが加茂たちのテーブルから去るなり、竜泉佑樹がそう呟いた。メニュー表を脇に置く間もないタイミングだ。

「残念すぎるなぁ」

不機嫌そうなオーラを全身から放つ佑樹を見て、加茂は苦笑いを浮かべた。

「悪かったな、俺も招待者の一人で」

加茂も前々から彼が自分のことを苦手としているのには気づいていた。前に『ミステリ・メイカー』を一緒に遊んだことで、更にその溝は広がった印象だ。

実際、メガロドンソフトが指定してきた集合場所……岡山県K港で顔を合わせた時も、佑樹は逃げ出したそうな顔をしていたほどだった。

椋田とのキックオフ・ミーティングから三か月半が経過し、今日は『ミステリ・メイカー2』試遊会の初日だ。

結局……加茂はなし崩し的に『犯人役』を引き受けることになった。

椋田のペースに完全に巻き込まれたせいだとも言えたし……加茂の心に『面白そうだ』という想いが芽生えたのも確かだった。

その後、加茂は椋田の部下である十文字ディレクターと打ち合わせを繰り返した。

十文字Dはイラストレーターとしても有名で、画集や設定資料集を多数出版していた。また、椋田の代わりに広告塔として様々なイベントなどに参加し、ゲーム雑誌でも顔出ししてインタビューを受けているのを何度も見たことがあった。

まず、加茂は一か月半かけて事件のプロットを作った。続いて、その内容に基づいて開発スタッフがゲームステージを構築するのに半月ほど要した。

ゲームステージができあがった後は、加茂自身が事件の内容とステージの構造に乖離がないかチェックを行った。並行して、実際にプレイしてみて不具合が生じないか検証するデバッグ作業も進められていく。

この監修作業は難航し……つい三日前まで、加茂はメガロドンソフトの東京オフィスの一室にこもりきりになっていた。最後の数日は徹夜が続き、もはや自分がライターなのかゲーム会社の社員なのか分からなくなるレベルだった。

そのせいか、十日にわたる缶詰作業が終わる頃には、十文字を含む開発スタッフとガッツリ連帯感が生まれていた。彼らは気のいい人が多く、加茂の為にわざわざ高級レストランで壮行会を開いてくれたほどだった。

半月前からフランスの子会社に出張中の椋田も、いいワインを選んで送ってくれた。

だが……美味しいワインに気を緩めている場合ではなかった。犯人役である加茂にとっての本番は、ここからスタートするからだ。

犯人役という立場上、加茂は招待されているメンバーを事前に知らされていた。もちろん、佑樹が青葉遊奇というペンネームで招待客に名を連ねていることも。

それに対し『探偵役』の参加者には、招待客に関する情報は当日まで伏せられていた。だから、佑樹も不意討ちで加茂の姿を見つけた時には驚いたことだろう。


てっきり不機嫌になっている原因もそれだろうと思ったのに、加茂の予想に反して佑樹はキョトンとしていた。

「……え？」

「何だ、俺が招待されているのが嫌で、そんな顔をしてるのかと思ったが」

「あ、それもありますよ」

さらりと言ってのけて、佑樹は左手首に巻いたスマートウォッチのバンドをいじった。メガロドンソフトのサメのロゴがデザインされたものだ。

佑樹は駆け出しのミステリ作家だった。年齢は加茂より七歳ほど若い。

加茂の妻もそうなのだが、佑樹は大企業リューゼングループの創業者一族であり、大富豪でもある竜泉家の一員だった。

ただ、それは本人にとっては喜ばしいことではないらしく、佑樹は大学入学と同時に家を飛び出してしまっていた。作家になる前はテレビ関係の仕事をしていたのだが……ある凄惨な事件に巻き込まれたことがキッカケで退職していた。

何だかんだ、佑樹は加茂と目を合わせるのが嫌らしく窓の外ばかり見ている。

その横顔は伶奈にどことなく似ていた。それもそのはず、二人とも祖母の竜泉文乃《あやの》似だったからだ。だから……この義理のいとこが何をやろうと、加茂は本気で怒ったり嫌ったりすることができずにいた。

今度はテーブルの上に視線を落としてから、佑樹は再び喋りだす。

「加茂さんはこういうイベントには興味ないだろうと思っていました。打診があっても断るんじゃないかと」

親戚なのに加茂のことを苗字で呼び、敬語を崩さないのもいつものことだった。

加茂は眼鏡のフレームを押し上げながら苦笑する。

「そうするつもりだったんだが、椋田さんに丸め込まれてしまってね」

「分かります。僕も彼女の圧に押されて、気づいたら参加することになってしまった感じで」

そう言ってから、佑樹は深くため息をついた。

「……あと、担当編集者に本が売れていない分、『何か爪痕を残してこい』と言われたのもあります」

「大変そうだな」

「本当は、招待されたのは作家としての僕じゃなかったんですけどね。面白い招待を受けたと編集者に漏らしたら、ペンネームの方で参加して知名度を上げてこいって言われてしまって」

「なるほど」

「後は勝手に編集者と椋田さんの間で話が決まってました。……ま、面白そうな内容だったので、言われなくても参加してたと思いますが」

ここでスタッフが食後のアメリカンコーヒーとミルクティーを運んできた。佑樹はプラカップにストローを挿しながら、再び口を開いた。

「そういえば、加茂さんは前作の『ミステリ・メイカー』はあんまり遊んでないって話でしたよね？」

「今回の招待を受けて、何時間かプレイしただけだ。……大きな声では言いにくいけどな」

二人は保養所の食堂にいた。

保養所の名はメガロドン荘、ロッジ風の外観をした平屋の建物だ。食堂には加茂と佑樹を合わせて五人がいた。いずれも試遊会の招待客たちだ。

加茂はホットコーヒーをブラックのまま啜《すす》った。

コーヒーを持ってきてくれたスタッフに聞いたところ、招待客のうち二名がまだ到着していないという話だった。何でも、岡山方面の飛行機に遅延が生じた影響が出ているらしい。引き続き全員が揃うまで、食堂で待機することになっていた。

食堂を見渡した佑樹が怪訝《けげん》そうな表情になる。

「K港で集合した時も五人だったし、ここにも五人しかいないですよね？　八人招待されているとしたら、一人足りないような……。戌乃島《いぬのしま》に到着した際に別のスタッフに聞いた時も同じことを言っていたから、数え間違いじゃないと思うんですけど」

「俺たちよりも前に、別の船で島に来た人がいたんだろ」

「その人、VIP扱いなんですかね？」

加茂の知る限り、招待客の中で最も知名度のある人物は既に食堂内にいた。

プロフィールに載っていた情報を見る限り、その他にVIP待遇を受けそうな人はいなかったはずだが……。いや、放浪者や万屋《よろずや》という妙な属性を持つ招待客が二人いた。彼らのどちらかの到着が異常に早かったのかも知れない。

佑樹がジーンズのポケットに手をやりながら口を開いた。

「そうそう、僕が『残念すぎるなぁ』とか何とか言っていた理由を説明した方がいいですよね？　あれは別に加茂さんに言った訳じゃなくて……」

そこまで喋ったところで、佑樹は急に絶望したようにポケットから手を戻す。

「忘れかけてました。スマホは没収されていたんでしたね」

十文字Dから事前に説明を受けて覚悟はしていたものの……加茂たちはメガロドン荘の隣の建物で個別に身体チェックを受け、スマホなどを没収されていた。

加茂は苦笑いを浮かべる。

「盗撮・盗聴防止という名目らしいが、ちょっとやりすぎだよな？」

回収したスマホ等は分厚いフェルト袋に入れられ、頑丈そうな黒い箱に収められた。

もう何年もスマホと離れて生活したことがなかったので、加茂も自らの分身と別れたような奇妙な感覚を味わったものだった。

佑樹も我が意を得たとばかりに大きく頷く。

「特に、腕時計や財布まで回収するのは行きすぎですよ！」

それには同感だったが、加茂は別のことで引っかかっていた。

「ん？　佑樹くんはスマートウォッチと腕時計の両方をつけていたのか」

「いやぁ、三雲《みくも》さんからもらったばかりの腕時計だったので」

三雲とは佑樹の恋人だ。このままのろけ話がはじまっては堪らないので、加茂は慌てて話をそらす。

「確か、盗聴器が仕込まれている可能性があるとかいう理由で、持ち物は基本的に全て預けさせられてしまったんだよな」

唯一の例外は、今も加茂たちがつけているスマートウォッチだった。

これはメガロドンソフトからモニターになって欲しいと渡されたもので、試遊会でも使用される予定だと聞いていた。もっとも、戌乃島に入ってからはスマートウォッチの機能も大部分が制限されてしまっていたが。

「僕以外にもスタッフと揉めた人はいたみたいで、『どうしてアクセサリー類まで預けなくちゃいけない！』みたいな声が聞こえてました。……全く、主催者はどれだけ僕らのことを疑っているんだか」

怒りのおさまらない様子の佑樹に対し、加茂はふと思い出して質問を投げる。

「それはそうと、さっき何かを話しかけていたよな？」

「ああ、そうでした。僕が『残念だ』と言っていたのは、前作『ミステリ・メイカー』で行われる、タイムアタックイベントについてだったんですよ」

「運営からそんな告知があったな。二日後の昼に行われるイベントだったか」

メガロドン荘での試遊会は、泊りがけで行われる予定だ。

その終了時刻が十一月二十四日の昼なので、時間的には前作のタイムアタックイベントと完全に重なっていることになる。

だが、それとて佑樹が不満に思うことでもないように思われた。

「前作のイベントってことは、『ミステリ・メイカー』を購入した人なら誰でも参加できるものだろ？」

加茂がそう問い返すと、佑樹は大きく頷いた。

「ええ、こっちは完全にオープンなイベントです」

「なら、発売前の『ミステリ・メイカー2』を試遊する方がいいじゃないか」

「そうなんですけど、今回のタイムアタックは特別なんですよ」

佑樹によれば、日本時間の二十四日午前十二時に『ミステリ・メイカー』の大型追加エピソードが解禁されるのだという。

「追加エピソードの名は『至高の名探偵』。何か月も前から全世界のファンが配信を待ち望んでいたものです」

次第に佑樹の口調に熱がこもってきたので、加茂は引き気味になりながら言う。

「それに参加できないのが残念だって言っていたのか……。でも、この試遊会が終わってから、遊べばいいだけの話だろ」

「よくないですよ！　その頃には、おいしいとこはなくなっちゃってますから」

「おいしいとこ？」

「前も言いましたけど、これはタイムアタックイベントなんです。全世界で誰が最も有能な探偵か決めるもので……追加エピソードは全世界で同時解禁され、いち早くクリアできた人には豪華特典が用意されているんですよ」

彼が続けた説明によると、クリア特典は次のようなものだった。

☆先着二十名様　↓　十文字Dと『ミステリ・メイカー』ゆかりの地を巡る世界旅行。
☆先着二千名様　↓　新作『ミステリ・メイカー2』を発売十五日前から遊べる権利＋ここでしか手に入らない追加エピソード・アバターのセット。

「クリア特典で世界旅行は初めて聞いたな。というか、豪華すぎだろ」

加茂がそう呟くと、佑樹は何故か得意げな顔になって頷く。

「メガロドンソフトはこういうとこの盛り上げが上手いんですよ。……ヨーロッパのユーザーは時差で早朝のスタートになるから、不公平だとキレ気味ですが」

「佑樹くんが狙っているのはどれだ？　先着二千名のヤツか？」

「もちろんそうなんですが……ちょっと条件が厳しすぎるかも知れません」

『ミステリ・メイカー』は六千万本以上が出荷されているメガヒット作だ。

そのうちの一〇％が参加するとしても、六百万人がタイムアタックに挑戦することになる。特典が二千人分あっても、参加者の三千人に一人しか当たらない計算だ。

ミルクティーを飲む佑樹に対し、加茂はぐっと眉をひそめた。

「待て。……前に二十四日の予定を聞いてきたことがあったな。あれはもしかして？」

急に佑樹はバツが悪そうな表情になり、手元のプラカップを見下ろす。

「バレちゃいましたか。予定が空いてそうなら、加茂さんに『至高の名探偵』に挑んでもらおうと考えていたんです。上手くクリアできたら、騙しすかして特典だけもらおうかなって」

お坊ちゃん育ちなのに、佑樹はたまに突拍子もなく狡《こす》いことをやろうとしたり、とんでもなく大胆な行動に出たりすることがあった。

加茂はため息をつきながら言う。

「相変わらずだな……。でも、そんなことをする必要はないだろ？　試遊会に招待されているんだから、メガロドンソフトにお願いすれば、発売前にプレイする権利を融通してもらえそうじゃないか」

「正々堂々とタイムアタックをクリアしてこその特典ですから」

「いいこと言ってる雰囲気を出すなよ！　人に代わりにクリアさせようとしといて」

そんなことを言い合っていると、加茂は背中に視線を感じたように思った。

ふり返ると、少年と目が合った……気がした。確証が持てなかったのは、少年が前髪を長く伸ばしていて目元が見えなかったからだ。

少年は佑樹たちから離れたテーブルに一人で座っていた。

校章のついた紺色のブレザーに緑色のネクタイという恰好。テーブルには氷だけが残ったプラカップが置かれていた。

……あれは招待客の中で唯一の高校生、乾山涼平《けんざんりょうへい》だな。

ふっと乾山が唇の端を上げた。それきり何か言う訳でもなく、彼はプラカップに視線を戻していた。

加茂はスマートウォッチを見下ろす。時刻は午後二時十二分、既に一時間以上ここで待たされている計算になる。

小さく欠伸《あくび》をしてから、彼は佑樹に向かって口を開いた。

「しかし、立派な保養所だよな？　戌乃島の南側にはこの保養所関連の建物以外には何もないみたいだし」

戌乃島はK港の沖六キロにある、面積一平方キロほどの有人島だった。

島の人口は六十人ほど……昭和の終わりごろには民宿が多く建ち並んでいたらしいが、その全てが廃業して今では漁業の島になっている。住宅地は島の北側に集中しており、南側にあるのはこの保養所関連施設と朽ちかけた遊歩道だけ……。観光シーズンでないせいか、島全体が閑散として鄙《ひな》びた雰囲気を醸し出していた。

眩しそうに窓の外に視線を泳がせながら、佑樹は何度か頷いた。屋外にはこの地域の気候には合っていない南国風の木が植わっている。

「まるで高級ホテルみたいな保養所ですよね？　そういえば、担当編集者さんも年末年始には会社の保養所を使うんだって言ってました。三重県にあって格安で利用……」

佑樹はなおも喋り続けていたが、加茂はどうも話に集中することができなかった。彼には悪いが、適当に聞き流して視線を泳がせる。

壁掛けのテレビ脇のテーブルでは、白髪の男が居眠りをしていた。

年齢は七十歳くらいで痩身。頭の中心部がかなり薄くなっているのが、加茂のいるところからもはっきりと見えた。

今回のオファーを受ける前から、加茂はこの男を知っていた。……六本木至道《ろっぽんぎしどう》だ。

六本木は報道番組でよく見かけるコメンテーターだった。

若い頃に警視庁捜査一課で培った経験を活かし、番組内で事件に切れ味鋭い意見を述べる。噂では警察のアドバイザーとしての顔も持ち、秘密裏に捜査協力を依頼されることもあるのだという。

噂の真偽のほどは置いておくとしても、今回の招待客の中で最も知名度が高いことは間違いなかった。

一方で、六本木の正面に座る男は背中しか見えなかった。

こちらは黒々と豊かな髪の持ち主で、もう肌寒くなってきたというのにシャツの上に深緑色のベストを着ているだけ。筋肉よりも脂肪が多そうな雰囲気だったが、肩幅も広くガタイがいい。

……あれがもう一人の招待客、不破《ふわ》紳一朗《しんいちろう》か。

不破は私立探偵で、新宿に探偵事務所を構えていた。

事務所では深緑色のベストをデザイン化したものをロゴにしている。所長である当人が愛用しているベストをトレードマークにしているのだろう。

彼は探偵業を生業としていたが、公的機関に属さず無資格で事件の調査を行っているという意味で、今回の試遊会では『素人探偵』の一人という扱いになっていた。

食堂には気だるい空気が満ちている。窓ガラスから差し込む光も心地いい。

いつの間にか、佑樹は保養所の名称に関する話題に移っていた。ミルクティーの入ったプラカップを片手に振り回している。

「にしても、どストレートなネーミングですよね？　メガロドン荘って」

「社名がそのまんまついている訳だからな」

「メガロドンは遙か昔に生息していた巨大ザメの名前で……」

「ああ、俺も名前くらいは……」

突然、ガシャという音がして、加茂は驚いた。同時に、自分の頭ががくりと落ちかけていたことにも気づく。

……意識が飛びかけていた？

音を立てたのは、テーブルに転がるプラカップだった。落ちた衝撃で蓋が開いて僅《わず》かに残ったミルクティーと氷がテーブルに広がっている。先ほどまでそのカップを手にしていた佑樹も、何が起きたのか分からない様子で空になった自分の右手を見下ろしていた。

やがて、佑樹が引きつった笑いを浮かべる。

「まさか、睡眠薬？」

そう言う彼の顔は真っ青になっていた。目元だけはとろんと眠たそうだ。加茂は目の前の紙コップを摑んだ。紙コップには四分の一ほどコーヒーが残っている。

「……そうらしいな」

二人とも盛られた薬の大部分を飲んでしまっていた。もはや気合でどうにかなるレベルではない。その証拠に、加茂にも味わったことがない強烈な眠気が襲いかかっていた。

制服姿の乾山も背もたれに寄りかかって目を閉じている。首の筋がおかしくなりそうな姿勢でも平気なところからして、彼もまた深く眠り込んでいるのだろう。

「演出な……ら、いいんで……」

最後まで言い終わることもできず、佑樹はプラカップを弾き飛ばしながらテーブルに崩れ落ちていた。

試遊会で招待客に睡眠薬を盛るなど、常識的に考えてあり得ない。

ましてや、今回は加茂も仕掛け人サイドの一人だ。その彼が何も知らない以上、これが演出である可能性はゼロと考えていいだろう。

……一体誰が、何の目的で？

必死で抵抗を続けるも、加茂も次第に考えがまとまらなくなってきた。視界が暗くなり、テーブルがこめかみにぶち当たる。古いニスの匂いが鼻を刺した。

彼はそのまま意識を失っていた。

＊

目を開くと、真っ黒い天井が視界に飛び込んできた。

漆黒とはこれほどまでに重苦しい色だったか？

天井に押しつぶされそうになる幻覚を振り払い、加茂はベッドから上半身を起こした。頭の芯に痛みが走る。

彼がいるのは見知らぬ部屋だった。いや、見覚えがある気もするが、薬の残る頭では何も分からない。

寝転んでいるのは木製のシングルベッド。足元にはテーブルと椅子が置かれている。部屋はホテルのシングルルームより少し大きいくらいだろうか？　壁紙はクリーム色、家具はナチュラルなテイストで統一されている。

ベッドの左側に首を振り向けたところで、加茂はギョッとした。

そこに直径二・五メートルほどの白い球状のものが置かれていたからだ。

例えるなら、かつて宇宙飛行士の訓練で使用されていたという、三次元版の回転椅子が近いだろうか？　だが、この球体には太く黒い柱があるだけで椅子は付属していなかった。代わりにケーブルとワイヤーが何本も垂れ下がっている。

加茂はこめかみを揉みしだいた。……この装置が何なのか、彼はよく知っていた。

ＶＲスーツ制御装置、ＲＨＡＰＳＯＤＹ。

史上初の全身型ＶＲ操作用装置ということで、東京ゲームショウでも大きな話題を呼んでいたものだ。販売予定価格は二十万円ほど。高額ではあったが、来春の発売を待ち望む声も大きかった。

メガロドンソフトで缶詰になっていた時、加茂は何度となくこの装置を利用して検証作業を行っていたし、今回の試遊会でもＲＨＡＰＳＯＤＹを使うことになっていた。

……ＲＨＡＰＳＯＤＹがあるということは、やっぱりここはメガロドン荘なのか？

ずり落ちかけていた黒縁眼鏡を直し、加茂はベッドから降りた。

黒いジーンズにカジュアルなシャツ、それに重ねられたジャケット。服装は食堂で眠り込んだ時のままだ。薬が残っているのか、ふわふわと雲の上を歩いているような感覚が消えない。

木製のテーブルには筆記用具とルーズリーフ、更にこの建物の間取り図と……大きな段ボール箱が置かれていた。中には食料と飲料が詰まっている。

そして、その箱の前にはメッセージカードが立てかけられていた。


クローゼットにVR操作スーツ・手袋型コントローラ・VRゴーグルが入っています。それらを着用の上、RHAPSODYと同期して『ミステリ・メイカー2』に入って下さい。

詳細はVR空間にて説明をします。質問もそこで受けつけます。

椋田千景

最初に困惑が、続いて激しい憤りが込み上げてきた。

このカードを読む限り、睡眠薬を盛るところまでがメガロドンソフト側の演出だったということらしい。しかし犯人役の加茂でさえ、そんな話は聞かされていなかった。

……犯罪まがいのことまでやって、どういうつもりだ？

加茂は胸ポケットを探ってスマホを取り出そうとした。一刻も早く、椋田Pか十文字Dをつかまえて問いただすつもりだった。

だが、ポケットは空だった。財布も……ライターになった時から仕事の際は肌身離さず持っている名刺入れも何もない。

薬で薄れかけていた記憶が蘇り、加茂は持ち物を没収されたことを思い出す。

加茂はメッセージカードを見下ろし、十秒ほど逡巡《しゅんじゅん》した。

このまま部屋の外に出てスタッフを探すか？　それとも、メッセージカードの指示に従って、ＶＲ端末経由でコンタクトを取るか？

悩んだ末に、加茂は後者を選ぶことにした。この方が確実に椋田Ｐに繋いでもらえると思ったからだった。

クローゼットを開くと、中にはＶＲ操作スーツなどが置かれていた。

敢えて、加茂はＶＲスーツと手袋型コントローラには触れずに、ＶＲゴーグルに手を伸ばす。昔のゲームで例えると、ＶＲゴーグルはゲーム機本体（ハード）に該当する。そして、それ以外の手袋型コントローラ・ＶＲスーツ・ＲＨＡＰＳＯＤＹは単なるコントローラにすぎない。その為、スタッフとボイスチャットをするだけなら、ゴーグルをつけて音声入力をすれば事足りた。

ゴーグルを装着すると、眼前にメッセージが浮かんだ。


加茂さま専用のＶＲゴーグルです。生体・虹彩《こうさい》認証により本人と確認できました。……ようこそ加茂さま。


その文字が消えた直後、加茂はほとんどパニックを起こしかけていた。

……眼前に映し出されていたのは、娘の雪菜の姿だったからだ。

ダイニングテーブルの椅子に座って足をブラブラさせながら、危なっかしい手つきで鉛筆を握りしめている。真剣な面持ちなのは『さんすう』の宿題に挑んでいるからららしい。その奥では伶奈が鍋をゆっくりとかき混ぜている。

ゴーグルに内蔵されたヘッドホンからはクリアな声が聞こえてきた。

「雪菜、もうすぐご飯だから、そろそろ片づけようか」

「はーい」

間違いなく……これは加茂の自宅のダイニングの光景だった。

映像からは匂いなど伝わるはずもなかったが、加茂は彼女が作るビーフシチューの匂いをまざまざと嗅いだ気がした。手を伸ばせば、二人に触れることすらできそうだ。机上の時計によれば、時刻は一九：一五。窓の外は夕闇に包まれていた。

見慣れているものだからこそ、ＣＧで加工された映像などではないと確信できた。これは生配信されている映像だ。

家族を監視している……あるいは、伶奈と雪菜を人質に取っているという脅し？

加茂の背筋にぞわぞわと悪寒が這い上がってくる。

見えている方向から考えて、カメラが仕掛けられているのはダイニングのテレビ下に置いてある『何か』だった。

その場所にはＡＩアシスタント端末を置いていた。二週間ほど前に、メガロドンソフトからモニターになって欲しいと依頼されて預かったものだ。

……ＡＩアシスタント端末に、盗撮用のカメラが仕込まれていたのか？

そう考えた瞬間、加茂はあることを思い出して大きく身震いをした。

彼がモニターになるよう依頼されたのは、ＡＩアシスタント端末だけではなかった。もし、もう一つの方にも悪意ある仕掛けが施されているとしたら？

雪菜は右手首にスマートウォッチを巻いていた。古代に生息した巨大ザメのロゴが見える。同じものが伶奈の手首にも巻かれていた。

「もう充分だ……指示に従う」

彼が歯を食いしばるようにして呟くと、眼前に広がっていた映像はふつりと消えた。暗闇にメッセージが浮かび上がる。


お渡ししたスマートウォッチは『死の罠』つきの特別仕様で、中に毒針が仕込んであります。その毒針はリモートでいつでも起動可能です。

加茂伶奈と雪菜の命と……君自身の命が惜しければ指示に従って下さい。


加茂は反射的に自分の左手首を押さえていた。

そこに巻かれているのは、同じく十日ほど前に預かったスマートウォッチだった。なおも、メッセージは続く。


スマートウォッチには遠隔でロックを掛けています。犬死にしたくなければ、時計を壊して

外そうとする愚行には出ないこと。

全てを理解したら『ミステリ・メイカー2』を起動して下さい。


加茂はVRゴーグルのバイザーを上げるスイッチを押した。

バイザーが額まで上がったことで視界が復活し、現実世界の部屋が見えるようになる。知らない間に呼吸は酷く乱れて全身から汗が吹き出していた。

……スマートウォッチに毒針が仕込んであるなんて、ハッタリに決まってる。

イチかバチか強硬手段に出ることも考えた。だが、伶奈と雪菜が巻き込まれている以上、下手な行動を取ることも躊躇《ためら》われた。最悪の場合、二人の命を危険に晒《さら》すことになりかねないからだ。

相手の出方が分かるまでは指示に従おう……そう心を決め、加茂はクローゼットからVR操作スーツを取り出した。

スーツは頭と両手以外の全身を覆うもので、着脱しやすいようにいくつものパーツに分かれている。加茂は服の上からそれらを取りつけた。手慣れていたこともあり、五分ほどで全てのパーツの装着が終わる。

色は黒とグレーが基調で、背中と腹部にはウレタン風の分厚い生地が使われていた。

全て取りつけると、SF映画のバトルスーツっぽいシルエットになった。これは機能上の問題というより、ゲームファンの購買意欲をそそるのが目的に違いない。素材はいずれも伸縮性が高い為、動きにくさは感じなかった。

　仕上げに、彼は手袋型コントローラをはめた。手の甲には馴染みのメガロドンソフトのロゴが入っている。充電の持ちが悪いという評判だったが、ＲＨＡＰＳＯＤＹの中で使う分には何時間でも連続稼働が可能だった。

　ＶＲゴーグルを頭につけたままＲＨＡＰＳＯＤＹに歩み寄ると、球体は軽やかな起動音を立てて動きはじめた。


加茂さま専用のＲＨＡＰＳＯＤＹです。……ＶＲゴーグルのＩＤが一致しました。ようこそ加茂さま。


　そんな文字が表示され、球体は加茂の動きに合わせて入り口を作った。

　ＲＨＡＰＳＯＤＹに入ると、中心にあった太く黒い柱が曲がって腰を下ろすことのできる曲線が生まれた。加茂は柱に背中をもたれかからせて体重をかける。……カチリという音とともに、微弱な振動がスーツに伝わってきた。

　ＶＲ操作スーツの背中には直径二センチ、深さも二センチほどの浅い窪み、つまりは凹型ジャックがついている。位置的には背中の中心、肩甲骨の下側くらいの高さだ。

　一方でＲＨＡＰＳＯＤＹの黒い柱には、ジャックに適合する、直径と高さがともに二センチほどの凸型プラグがあった。マグネット式になっている両者が正常にドッキングすることで、

ＲＨＡＰＳＯＤＹとスーツの同期がはじまる仕組みになっている。
ＶＲゴーグルのバイザーを下ろすスイッチを押す前に、加茂は深呼吸をした。
この先、何が待ち受けているにせよ……飛び込む以外に道はなかった。

第三章　試遊会　一日目　チュートリアル

二〇二四年十一月二十二日（金）一九：三〇

バイザーを下ろすと、目の前に馴染みある光景が広がった。

今回は加茂の自宅ではなく、彼が設計に携わった館の広間だった。

加茂は広間の真ん中にある円卓に座っており、視界の右下に『傀儡館《かいらい》へようこそ！』という文字が現れた。

かつて、加茂は開発スタッフと一緒に試遊会の為のステージを作り上げた。ダークグレーの壁紙も黒檀色をした円卓も……全て監修作業で見たものばかりだった。

ここがＶＲ空間なのは疑いようがなかった。いくらリアルに作りこまれていても、ＣＧで作られた世界なのは一目瞭然だったからだ。

広間には、五人の先客がいた。

便宜上、人とカウントしたが、そこにいるのはＶＲ空間におけるアバターたちだった。……恐らく、今回の招待客なのだろう。

佑樹にそっくりなアバターが加茂の傍《そば》にやって来た。登場人物を紹介するように視界の右下に『ユウキ』という名が表示されて消えた。

「あの、加茂さん……ですよね？」

自信なさそうな口調だったが、声は佑樹のものだった。

だが、外見や声が佑樹にそっくりだからといって、アバターを操作しているのが彼だという証拠にはならない。VR空間ではアバターの姿や声は自由に変えることができるからだ。

ユウキも恐怖と戸惑いがないまぜになった表情を浮かべていた。向こうもこちらが加茂本人なのか、判断に迷っているのだろう。

加茂は右足を上げてみた。アバターは彼が実際に身体を動かした通りに右足を上げる。

VR操作スーツには、高性能なモーションキャプチャー機能がついていた。

そのおかげで、プレイヤーの動きが正確に読み取られ、アバターに反映される仕様になっている。例えば加茂が走れば、アバターも全く同じ動きをして走る……といった具合だ。

基本的に、このVRスーツはRHAPSODYと同期して使われる。

RHAPSODYはプレイヤーの身体をワイヤー等で接続することで、その動きを制御する機能を持っていた。これにより、プレイヤーはRHAPSODYの球体内で走る等のモーションを安全に行うことが可能となり……VR空間内で実際にステージを走りまわっているような錯覚が得られる仕組みになっていた。

何度か手を握ったり開いたりしてから、加茂は自分の服装を見下ろした。

黒いジーンズとカジュアルなシャツにジャケット、それから革靴。アバターは現実世界で加茂が身に着けていたのと同じ服装をしていた。痩せ型の体型から腕や脚や指の長さまで、加茂本人に合わせて再現されている。

「そっちからは、どう見えてる？」

「見た目は、そのまんま加茂さんですけど」

そう答えたユウキに対し、加茂は躊躇《ためら》いながらも低い声で問いかけた。

「誰を……人質に取られた？」

ユウキはビクッと左手首を押さえた。アバターの腕にはＶＲ空間でもスマートウォッチが巻かれている。その上で、彼は消え入りそうな声になって答えた。

「三雲さんです」

「……そう、か」

三雲絵千花《えちか》と佑樹は幽世島《かくりよじま》で起きた事件で知り合い、かれこれ四年ほど交際が続いている。加茂も彼女に会ったことがあるが……佑樹にはもったいないくらいの女性だった。

一方で、ユウキは加茂に誰を人質に取られたかとは聞き返さなかった。もし彼が本物の佑樹なら、聞くまでもなく分かっていることだからだろう。

どこかからヒソヒソと話し合う声が聞こえてきた。

声のしてきた方に視線をやると、見覚えのある二人が何やら話し合っていた。

『ロッポンギ』と表示されたのは、頭が薄くなった白髪の男……これは元警察官の六本木のアバターだろう。緑色のベストを着ている『フワ』は、私立探偵の不破と同じ容姿をしていた。

二人とも円卓の背もたれなしの椅子に腰を下ろしたまま、暗い顔つきをしている。

円卓から離れたところに『ケンザン』がいた。例の高校生と瓜二つのアバターだ。彼は腕組みをして、部屋の南側にあるドールハウスを見つめている。

そのミニチュアは、傀儡館の中でも強烈な存在感を放っていた。

そもそも……ドールハウスと聞いて連想するサイズをはるかに超えていた。三メートル×一・五メートルくらいあるだろうか？　それより更に一回り以上大きな、漆黒のローテーブルに載せられる形で置かれている。

ケンザンがスマートウォッチに手をやった。すると、彼の眼前に半透明のモニターが浮かび上がる。VR空間では各アバターの持つスマートウォッチが、メニューやマップを呼び出す為の端末を兼ねていた。

加茂以外の招待客も、個別に十文字Dと事前に打ち合わせを行っており、その際にRHAPSODYの使い方やVR空間での基本操作の講習を受けているという話だった。なので、メニュー画面を操作するケンザンも慣れたものだった。

彼は呼び出したマップとドールハウスを見比べながら言う。

「へえ、これって傀儡館のミニチュアなんだ」

広間のドールハウスは、傀儡館を十二分の一サイズで再現したものだった。

開発スタッフによれば、傀儡館のコンセプトを強化する目的で設置されているのだという。

事件の推理をする上でも便利なので、一石二鳥のオブジェクトという扱いだった。

このドールハウスにはコロニアル風の屋根のミニチュアもちゃんと用意されており、今はその屋根・天井部分は二メートルほどの高さに浮いていた。……より正確に言うと、広間の天井からピアノ線で吊り下げられている形だ。

加茂は再び円卓へと視線を戻した。

そこにはもう一人、加茂の知らない人物が腰を下ろしていた。……その若者には『ムナカタ』という紹介が入った。

彼は規格外といっていいくらいの美青年だった。髪の毛は長めでウェーブがかかっており、着古したライダースジャケットにダメージジーンズという恰好も様になっている。男性にしてはやや小柄で肩幅も狭いせいか、どこか女性的な雰囲気があった。

加茂もケンザンにならってスマートウォッチを操作し、ゲーム参加者のプロフィールを呼び出す。

そこには、こう記されていた。

ゲーム参加者　プロフィール

加茂　冬馬	(38歳)	5.87	雑誌ライター
青葉　遊奇	(31歳)	5.81	ミステリ作家
六本木　至道	(74歳)	5.71	コメンテーター

不破　紳一朗（56歳）	6.20	不破探偵事務所・所長
未知　千明（37歳）	5.31	自称万屋
東　柚葉（35歳）	5.05	T市民病院・病院事務
乾山　涼平（17歳）	5.48	KO高校二年生
棟方　希（25歳）	5.38	自称放浪者

ムナカタとは、プロフィールにも載っている棟方希《むなかたのぞみ》のことに違いなかった。自称放浪者と聞いて想像していた姿とは違っていたが……こんな事態になっても泰然自若《たいぜんじじゃく》としているところからして、やはり浮世離れした性格をしているのだろう。

不意にフィン、と電子音がした。

次の瞬間、誰もいなかったはずの場所に……アバター二人が出現していた。

一人は『アズマ』で、小柄で丸まると可愛らしい女性だった。もう一人も女性で、こちらはどこか退廃的なところのある美人だった。彼女には『ミチ』と表示される。

両人ともどうして自分たちがここにいるのか分かっていない様子で、不安に青ざめきった顔色をしていた。

『皆さん、円卓に着席して下さい』

聞き覚えのある声が聞こえてきた。少し鼻にかかった女性の声だ。

不承不承、八人全員が円卓へと戻ったところで、ロッポンギが鋭い口調で問い返した。

「お前は椋田だな？」

またフィンと音がして、ドールハウスの傍にアーモンド形の目をした女性が現れた。そして『椋田』という名が表示される。

「お久しぶりです。皆さん、キックオフ・ミーティング以来という感じですかね？」

椋田は喉の奥で掠《かす》れた笑い声を立ててから続ける。

「スマホや持ち物を全て没収したのは、君たちの外部への連絡手段を確実に絶つ為でした。……没収したものは、あらゆる通信が不可能になる特殊なケースに収めてあります。何事も、念には念を入れた方がいいですからねぇ？」

これを聞いたフワが大きく首を横に振って言った。

「どういうつもりか知らないが、あなたは法に触れることを百以上やらかしているよ？」

お返しと言わんばかりに、椋田も芝居がかった仕草で首を横に傾ける。

「百ですむかなぁ？　君たちの家族や親しい人を人質に取っただけではなく……戌乃島《いぬのしま》にいるメガロドンソフトの開発・営業スタッフも薬で眠らせて監禁しているから」

嬉々として語る椋田を見て、加茂はゾッとした。

食堂で眠らされた加茂たちを各自の部屋まで運んでいることから考えても、これが椋田単独の犯行だとは考えにくい。

しかしながら、このイベントの為に島に来ているメガロドンソフトのスタッフは二十人を下らないはずだ。その全員が椋田の共犯者という訳でもないだろう。少なく見積もっても、椋田は加茂たちを除いて更に十人以上の人間を監禁していることになりそうだ。

フワはたじろいだ様子を見せたものの、すぐに言葉を継いでいた。

「なら、悪いことは言わない、今すぐ皆を解放するんだ。これ以上続けても罪が重くなるだけだからね」

私立探偵として関わってきた事件数が加茂たちとは比べ物にならないからだろう、フワの声は落ち着いていたし、子供を諭すような響きさえ込められていた。

だが、椋田には逆効果だった。

「これだから探偵は！……いつだって自分だけは正しいと、何をやっても許されると思っているんだから」

奥歯まで剝きだされた口元から、憎しみに満ちた声が漏れ出す。

椋田の発する憎悪があまりに苛烈なものだったので、フワも息を詰まらせたように黙り込んでしまった。アバター越しではあったが……仮面が割れてその隙間から素顔が覗くように、椋田の中に潜んでいたものが姿を見せていた。

その変化を目の当たりにし、加茂は悟った。

椋田がこれまで隠していたのは、尋常なレベルの悪意ではなかった。憎悪・狂気・破壊衝動……その全てが混然一体となって自分たちに向けられているのだ、と。

十秒ほど沈黙が続いたところで、加茂は意を決し質問を放っていた。

「お前の、目的は何だ?」

満面の笑みを浮かべ、椋田は言った。

「これから、皆さんに命を賭けたゲームに参加してもらいます。そのゲームの名は……『探偵に甘美なる死を』」


「ふざけるのも大概にしろ」

しわがれた声でそう言い放ったのはロッポンギだった。彼は円卓から立ち上がると、広間をうろうろと歩き回り始めた。そうしながらも、小馬鹿にしきった顔をして椋田を見つめている。

「私は何十年も前からお前のような若造を見てきた。……そう、自分が斬新で誰にもマネできないことをやっていると勘違いしている輩《やから》だ。過激な言動で皆の注目を集めることはできても、その中身は何もない。空虚なものだ」

椋田は目をすっと細める。

「私がそんな輩の一人だと?」

「ドッキリか何かのつもりなのだろうが……悪趣味すぎる。吐き気を催すね」

だが、そんな楽観的な考え方をしているのはロッポンギ一人だけらしかった。その証拠に、円卓を囲む他の七人の顔は今も不安で引きつっている。

椋田に潜む悪意を目の当たりにした今、加茂も『探偵に甘美なる死を』という言葉が単なるネタや比喩だとは思えなくなっていた。

悪趣味と言われ、椋田はすっかり笑顔になっていた。

「お褒めの言葉をどうも。でも、『探偵に甘美なる死を』も元々予定していた試遊会とそう大きくは変わらないんですよ？　ただ『ゲームでの敗北＝現実での死』という違いがあるくらいで」

すかさずロッポンギが皮肉っぽく言い返す。

「まだその設定にこだわるか……。今時、デスゲームをはじめると言われたくらいで、誰も驚きやしないだろうに」

椋田も喉の奥で笑い声を立てる。

「抵抗したければご自由に。ただし、命の保証はしません」

その脅しにも屈することなくロッポンギは窓際で立ち止まり、ＶＲ空間では見えないゴーグル上のスイッチを押す仕草をした。

「私は降りる。こんな茶番につき合っていられるか」

その言葉を最後に、アバターのロッポンギは微動だにしなくなった。右のこめかみに手をやったままフリーズしている。

ロッポンギがフリーズしているのは、現実世界でＶＲゴーグルのバイザーが上げられたせいに違いなかった。バイザーが目から外された為に、アバターがポーズ（一時停止）状態になったのだ。

椋田がため息まじりに呟く。

「六本木さんは傀儡館から出てしまいました。……やむをえません、舞台を現実世界のメガロドン荘に移しましょう」

＊

ＶＲゴーグルのバイザーを上げて目から外すと、ＲＨＡＰＳＯＤＹの同期も自動で終了していた。加茂が身体を柱から起こすのに合わせ、球体は出口を作る。

クリーム色の壁紙に木製のベッド……ここは加茂が元いた現実世界の部屋だ。

ひとまず、彼はゴーグルと手袋型コントローラを外してベッドの上に放り出した。どちらも現実世界で行動するには邪魔にしかならなかったからだ。

部屋の扉はサムターンやドアガードがついており、ホテルなどによくあるタイプのものだった。今はサムターンによるロックはかかっていなかったので、彼はそのままレバーハンドルタイプのドアノブを回して外に出た。

部屋の外には、フローリングの廊下が続いている。

不意に、右隣の部屋から不破が出てきた。

ＶＲスーツを着ているので、トレードマークである深緑色のベストは見えない。ただ……近くで見ると、不破には威圧感があった。一九〇センチ近い高身長な上に、脂肪まじりのがっしりした体型をしている為だった。

だが、その顔は体格や年齢に似合わぬ童顔だった。そんな彼が困ったように顔をくしゃくしゃにして言う。

「六本木は一度こう思い込んだら暴走する癖がある。……無茶してなければいいが」

その不安は的中し、どこかから重いものを引きずる音が聞こえてきた。

加茂と不破は音がした方向に急ぐ。少し遅れて佑樹も駆けつけてきたが、全員がバトルスーツめいたVRスーツを着たままだったので……現実世界にいるのにも拘《かか》わらず、現実味が薄く感じられて仕方がなかった。

音の出どころは、メガロドン荘のエントランスだった。

六本木は食堂から木製の椅子を引きずり出していた。

VRゴーグルと手袋型コントローラを外す間も惜しんだらしく、頭上に上げたバイザーの隙間からは乱れた白髪が飛び出している。

『メガロドン荘から脱出を試みるのは、重大なルール違反です』

天井付近の監視カメラから、聞きなれた声が降ってきた。どうやら監視カメラにスピーカーが仕込まれているらしい。六本木はその言葉を鼻で笑い飛ばす。

「玄関を開け。私は降りると言っただろう？　お前は残りの七人のバカとゲームを続ければいい」

『……これ以上の抵抗を続けるなら、スマートウォッチの「死の罠」を起動します』

「ハッ、やれるものならやってみろ！」

六本木はそう叫びながら、玄関扉に向かって椅子を振り上げた。加茂たちも制止しようとするが間に合わない。

その瞬間、六本木の身体が大きく痙攣《けいれん》した。手から椅子が滑り落ち、耳が痛くなるほど鋭い音を立てて板張りの床を転がる。

『これで犠牲者が一人』

歌うような声で椋田が呟いた。

六本木は眦《まなじり》を裂けんばかりに見開き首を振ったが、その口からは言葉にならない呻《うめ》きが漏れるばかりだった。そのまま彼はフローリングに倒れ込み、断続的に身体を震わせ口から泡を溢れさせた。

「誰か、手伝ってくれ！」

不破が六本木の傍に駆け寄り、応急処置を試みた。

加茂も加わって、二人がかりで六本木の身体を横に向ける。これは泡や嘔吐物を少しでも吐き出させ、窒息を防ごうとして行ったことだった。

その途中で、頭を支えていた不破の指がＶＲゴーグルのスイッチを押したせいで、バイザーが下りて目元が隠れてしまった。泡が少し治まったところで、不破は六本木の頭を圧迫していたゴーグルを外した。加茂もＶＲスーツの締めつけを緩めて心臓マッサージを試みる。

だが、そんな応急処置も毒の前ではあまりに無力だった。やがて……不破は震える指先を六本木の首筋に当てた。そして呟く。

「ダメだ……助けられなかった」

最初の痙攣から、僅《わず》か数分の出来事だった。


その頃にはエントランスに七人が揃っていた。全員が魂を抜かれたように、目を開いたまま亡くなっている六本木を見下ろしている。

加茂は遺体の手から手袋型コントローラを脱がせた。

右手の手袋と一緒にスマートウォッチが外れる。役目を終えたと言わんばかりに、今はバンドのロックが解除されていた。もちろん手首に脈はなく……六本木の右手首外側には毒針で刺されたと思われる真新しい傷が残っていた。

それを見下ろした乾山が呆然と呟くのが聞こえる。

「やっぱり、スマートウォッチの『死の罠』はハッタリじゃなかったのか」

「……嫌！」

突然、裂くような叫び声を上げたのはアズマにそっくりな女性だった。立ったまま両手で頭を抱えて首を横に振っている。

ゲーム参加者のプロフィールには東柚葉《あずまゆずは》という名があった。彼女がそうなのだろう。

東は小柄で身長は一五五センチないくらい。太り気味で、顔も体型も丸くて柔らかな印象がある。垂れ気味の目には涙が滲《にじ》んでいた。

加茂は彼女がパニックを起こしかけているのかと思ったが、どうやらそうではないらしい。

東は息を切らせながら、監視カメラを睨みつける。その目には、追い詰められた獣のような凄まじさがあった。

「あの子を傷つけるようなマネをしたら、絶対に……許さないから」

椋田が笑いを含んだ声になる。

『我が子を守る母熊は狂暴になると聞いたことがありますが、人間も同じようですねぇ。……皆さんにとって家族や恋人など、命と引き換えにしても守りたいと思っているだろう人を人質に選ばせて頂きました。もう、抵抗を続けようという人はいないでしょう？』

あまりに卑劣なやり口に、加茂は思わず歯を食いしばった。東はなおも怒りに満ちた視線を監視カメラに向ける。

「私たちに何の恨みがあるっていうの？　どうして見ず知らずの私たちにこんなことを？」

『東さん、本当に心当たりがない？』

意味が分からない様子の東に代わり、不破が真っ青になって呟いた。

「椋田という苗字、まさか……」

彼は視線を虚空に彷徨《さまよ》わせて、ほとんど独り言のように続ける。

「そう、あの人には子供が二人いた。……もしかして、お前は椋田耀司《ようじ》の娘、なのか？」

『さすがに覚えていましたか。自分が殺した人間の名くらいは』

不破は顔を真っ赤にして、駄々っ子のように首を横に振りはじめた。

「違うんだ、あれは……」

反論しようと口を開くも、何かが口を塞《ふさ》いだかのように言葉は出てこない。それは相手が毒針の起動スイッチを握っていることを思い出したせいかも知れなかったし、別の理由からかも知れなかった。いずれにせよ、不破は何も言わずに口をつぐんでしまう。

その間も、椋田は勝ち誇ったように続けていた。

『もう分かったでしょう？　これは復讐なのです』

ふう、と小さくため息をつく声がした。ムナカタと同じ顔の美青年が白けた表情で口を開く。

「君と不破さんに因縁があるのは承知した。彼を殺したいと思うほど憎んでいることもね。どうせ、僕らの中には他にも君が復讐を望む相手が混ざっているんだろ」

棟方の声は男性にしては高かったが、独特の掠れた響きを帯びていた。

『……ええ、その通りです』

「なら、そいつらだけを狙えよ。無関係な僕にまで報復しようとするな」

そう言い放った声は冷たかった。なまじ端整な顔をしているせいか、棟方の目に浮かぶ冷酷さは人間離れしたものに見えた。

突然、スピーカーの向こうで笑い声が弾ける。

『あはは！　何か勘違いしていますようですねぇ。君たちの中に無関係な人などいません。不破さんも棟方さんも、全員が等しく当事者なんですよ』

「……それは、僕らが素人探偵だから？」

こう呟いたのは佑樹だった。

加茂にとっても盲点の発想だった。恐らく、ここに集められた八人の共通点は素人探偵であるということ以外にない。だが、これまで彼はそのことが椋田の動機と繋がっているとは考えてもみなかった。

佑樹の指摘は図星だったようだ。スピーカー越しに伝わってくる椋田の息遣いは、確かに動揺を含んでいたから。

なおも、佑樹は独り言のように続ける。

「僕はいくつかの事件に関わり、それを解明しました。でも、自分自身を探偵だと思ったことは一度もない。……それでも、あなたからすれば僕も同じなんでしょうね？」

これは佑樹の本音が零《こぼ》れたものに違いなかった。

加茂にも理由は分からなかったが、彼には探偵という存在そのものを毛嫌いしているような風があったからだ。

数年前の正月など、泥酔した佑樹は「全てを見透かしたような、その探偵めいた雰囲気が大嫌いだ」と加茂に言い放ったことがあった。そうやって人を大いに困らせておいて、言った当人は次の日にはきれいさっぱり記憶を失っていたのだが。

佑樹の言葉に対し、椋田は鼻で笑うような音を立てた。

『思ったより狡賢い。そこまで卑怯な人間だったとは』

「……え？」

『自分だけは例外で、この状況から救い出されるべきだと言うつもりですか』

椋田は声に嫌悪感を滲ませる。戸惑って黙り込んでしまった佑樹に代わり、加茂は小さく息を吐き出してから口を開いた。

「今ので、分かった」

『何が?』

「お前は個人への怨恨で動いているのではなく、素人探偵という存在そのものを強く憎悪しているな?」

しばらく沈黙が続き、椋田は急に疲れたような声になった。

『憐《あわ》れみの気持ちが強くなってきましたよ、加茂さん。……君はありとあらゆることに首を突っ込み、探りまわっていなければ生きていられないんだ。それこそが生まれながらの探偵である証です』

この言葉に加茂は自嘲の思いを込めて目を細める。

「どうだろうな? 過去がちょっと書き換わっただけで、俺は犯罪者になる道を歩んでいたかも知れない」

『幼稚な屁理屈ですね。いずれにせよ、動機を突き止めたところで無意味ですよ。それで、事態が変わる訳でもなし』

この言い分にも一理あった。いくら動機を把握したところで、既に六本木を殺している椋田が容易に説得に応じるとも思えない。

やがて、椋田は囁《ささや》くような声になって続けた。

『そんなことより、……このゲームで生き延びる方法に興味はありませんか』

ミチというアバターと同じ顔をした女性がそれに応じた。

「もしかしてゲームをクリアすれば、私たちも人質も……全員が解放される、とか？」

加茂はゲーム参加者のプロフィールに、未知千明《みちちあき》という名があったのを思い出していた。万屋《よろずや》とかいう胡散《うさん》臭い職業を自称していたので、ここに来るまで加茂も男性だと思い込んでいたのだが。

彼女は実にアンバランスな女性だった。

肉感的な唇の顔には熟れきったような美しさがある。それでいて、目だけは妙に子供っぽく、中学生くらいの悪戯《いたずら》っ子のような輝きも持っていた。更に、その上にこの世界に倦《う》み疲れて荒んだ雰囲気が覆いかぶさっているような具合だ。

未知の質問に対し、椋田は芝居がかった声になって答える。

『探偵諸氏が勝利条件を満たしたら、後は君たちの自由です。……どんな願いだろうと、叶えてあげましょう』

それは『バトル・ウィザウト・オナー』のキャッチコピーと同じだった。

加茂の脳裏に、ポスターに描かれていた翠色《みどりいろ》の髪をした魔女の姿が蘇る。

完璧なのに何かが欠けている、狂気と妄執を滲ませた魔女……。翠の魔女は『バトル・ウィザウト・オナー』におけるトリックスターだった。

椋田の返答に、未知は半信半疑という顔になった。

「それ、信じていいんだよね」

『もちろんです。ゲームマスターとして、私が嘘を言うことはありませんので』

すかさず、乾山が前髪をいじりながら質問を挟む。

「やってることが矛盾してない？　もし本気で僕らを殺す気なら、睡眠薬で眠らせている間に皆殺しにすればよかった。どうしてゲームを持ちかけるなんて回りくどいことをやるの？」

『いい質問です。私もそうしたかったんですが……死は遅かれ早かれ、平等に訪れるもの。それを少し早めただけで、復讐を遂げたつもりになってもねぇ？　まずは皆さんを、死より苦しい、生きながらの絶望の深淵へ引きずり込まないと』

未知は顔を歪めたが、すぐに人懐っこい微笑みに切り替えて言う。

「生きて返す気がなさそう。で、これからやるゲームの内容は？」

『皆さんには予定通りVRゲーム「ミステリ・メイカー2」をプレイしてもらいます』

「……は？」

未知の笑顔が凍りついた。だが、この言葉に誰よりも驚き戸惑ったのは加茂だった。

……予定通りって、まさかこんな状況で俺に犯人役を演じろと言うつもりか！

ここで東が唸るような声を出した。

「よく分からないんだけど。事前に聞いた話では、私たちの中に試遊会の犯人役が混ざっているってことだったはず。ということは、その犯人役が起こす事件を解明すれば、ゲームクリアなの？」

椋田が笑いを爆発させる。

『あはは、そんな訳ないでしょ。単細胞並みにシンプルな発想だなぁ』

明らかに挑発を目的とした言葉だったが、怒りっぽいところがある東は見事に乗せられて顔を真っ赤にしていた。

『ちなみに、犯人役は君たちの中から選ばれた人間で、人質を取られて私の言いなりになっているという意味では、探偵役と変わるところはありません。……実は、その犯人役とは別に、君たちの中に私の共犯者が一人混ざっているのですよ』

加茂は胃に嫌な重さが広がるのを感じた。

これまで七人に淡く芽生えていた仲間意識は消え去り、今では猜疑心に取って代わられていた。加茂たちは見抜けるはずもない裏切り者を探し、互いを見つめ合った。

そんな様子を監視カメラ越しに確認しているのだろう、椋田は楽しそうに続けた。

『私の共犯者のことは「執行人」とでも呼んで下さい。……これからはその執行人が私の手足となり、君たちを血祭りにあげるのですから』

＊

『「探偵に甘美なる死を」はVR空間である傀儡館をメインの舞台とし、現実世界のメガロドン荘にもまたがって、二重のクローズド・サークルで行われます。そして、このゲームが終了するのは、二日後の二十四日の正午……』

終了時刻は元々の試遊会と同じだった。なおも椋田は言葉を続ける。

『ルール説明に移りましょうか？　前提として、君たちの中には「探偵役」「犯人役」「執行人」の三種類がいます』

犯人役である加茂は、相手の出方が分かるまで無言を貫くことに決めた。それに対し、真っ先に口を開いたのは不破だった。彼は大きく肩をすくめながら言う。

「残っている七人のうち、ほとんどは探偵役だね。そして一人が犯人役で、もう一人が執行人か」

椋田はクスリと笑い声を立てた。

『三つの役割の定義をよりハッキリさせるなら、
探偵役は、犯人役と執行人が起こす事件の謎を解き明かし、その犯人の正体を明らかにしようとする者。

犯人役は、VR空間で犯罪を遂行しつつ、自らが起こす以外の事件の謎を解き明かし、その犯人の正体を明らかにしようとする者。

執行人は、他プレイヤーの攪乱《かくらん》と殺害を行い、探偵諸氏の全滅・あるいはタイムオーバーを狙う者。

立場こそ分かれていますが、探偵役と犯人役は両方とも探偵諸氏の陣営に属します。異質なのは執行人で、この人物だけは私の陣営です』

ここで、佑樹が恐る恐るといった様子で口を開いた。

「あの……探偵役・犯人役のいずれかが目的を達成すれば、ゲームに勝利したってことになるんですよね？」

『もちろん。探偵諸氏のうち誰か一人でも勝利条件を満たした場合は、私と執行人の敗北が確定します。つまり、生き残った君たち全員の勝利だ』

この答えを聞いた瞬間、佑樹はむしろ戸惑った表情に変わった。

彼がそんな反応をした理由は加茂にも分かる気がした。

悪辣《あくらつ》なやり方で人質を取って加茂たちを監禁したことから考えて、『勝利条件を満たした一人だけを救い、後は皆殺しにする』と宣言してもおかしくない状況だった。そうすれば、加茂たちを仲間割れさせ自滅に追い込むことができるのだから。

それなのに、椋田の提示したルールは素人探偵側に有利なものだった。

……どうして、こんなところだけ俺たちに慈悲をかける？

『勝利条件が緩すぎる、なんて思った人がいるかも知れませんね』

椋田が放った言葉があまりに図星だったので、加茂は黙っていられなくなって問い返した。

「どういう意味だ」

『探偵役にせよ犯人役にせよ、解答権は一人につき一度きり。もちろん推理は単独で行ってもらいますし、他のプレイヤーと共同で推理を組み立てることは認めません。そして、その解答が少しでも不正確だった場合、解答したプレイヤーは敗北したと見なされます』

「……敗北したら、どうなる?」

『事件の解決に失敗するなんて、探偵として最も恥ずべき行為ですからねぇ? もちろん、命を差し出してもらいます。……実際の事件で探偵が推理を誤れば、それが引き金となって新たな犠牲者を生むことも少なくない。いつもは自分でない誰かが犠牲になるだけですませていたかも知れませんが、このゲームでは君たち自身の命を賭けてもらいましょう』

声も出せない加茂たちに対し、椋田は叩きつけるように続ける。

『それから、探偵役と犯人役が勝利条件を満たせないままタイムオーバーを迎えた場合も、その場で死んでもらいます。まともに推理もできない探偵なんて、存在していても仕方ないですから』

棟方がため息まじりに言う。

「敗北したプレイヤーの命はどう奪うんだ、スマートウォッチの毒針を使うつもり?」

『とんでもない! あれはルール違反が発生した際にしか使いませんよ。敗北したプレイヤーは、執行人の次のターゲットになってもらいます』

わざとらしく驚いてみせる椋田に対し、棟方は目をすがめた。

「なるほど……負けると、執行人が起こす次の事件の犠牲者にされるのか」

『敗北したプレイヤーが回りまわって他のプレイヤーを苦しめる謎と化す。これほど美しいゲームシステムはないでしょう?』

吐き気を催す発想に、加茂は顔を歪めた。未知も顔色を青ざめさせつつ口を開く。

「何となくだけど、犯人役の方が探偵役より有利なんじゃない？　少なくとも、自分が起こした事件は解き明かさなくていい訳だし」

『その辺りのバランスはちゃんと取っていますよ。犯人役の本分は完全犯罪を遂行すること。だから、犯人役は犯行に失敗した時点でゲームオーバーになります』

しれっと新しいルールを追加して、椋田は笑いながら続ける。

『前も言ったように、探偵役が完全解答を出せば勝利条件は満たされて、このゲームは終わります。でも……探偵役が犯人役の起こした事件だけ部分正解してしまった場合は最悪！　完全解答に失敗した探偵役と一緒に、犯人役までもが敗北扱いになってしまうんですから』

未知は気の毒がるような笑みを口元に貼りつけて応じた。

「あらら。その探偵役が完全解答にたどり着くか、それとも部分正解に終わるかなんて、『神のみぞ知る』だものね？　結局のところ犯人役は……探偵役の猛追をいかに振り切るか、知恵を絞るしかないのか」

『その通りです』

「なるほどねぇ。集められているメンツを見る限り、逃げ切るのは楽じゃなさそう」

そう言う未知は、決して椋田に敵意を剝き出しにしなかった。そういう意味では、感情的になっていた東とは好対照だ。

だが、未知の目には中学生っぽい輝きと海千山千の油断ならなさが併存していた。それを見る限り、彼女が表面的に示している態度が本心という訳でもなさそうだ。

いずれにせよ、加茂の立場は未知が考えているよりも複雑だった。

試遊会で加茂が予定していた犯罪は二つ。

彼が生き残るには、両方ともを完遂するしかない。考えてきた犯罪はどちらも容易に解かれはしないはずだが、それでも命を預けられるほど自信があるかといえば、話は別だった。

だが、犯人役であることは、必ずしも悪いことばかりではない。

自らの命と引き換えになる可能性も高いが、加茂には自白するという選択肢も残されているからだ。あるいは、椋田に気づかれないくらい遠回しに、他のプレイヤーに事件解決のヒントを伝えることもできるだろう。

『今……犯人役が自白したらどうなるか？　自己犠牲の精神で探偵役にヒントを遺したらどうなるか？　そんなことを考えた人がいるかも知れませんねぇ』

またしても心中を見抜かれた形になり、加茂は背筋に冷や汗が伝うのを感じた。これではサトリの怪を相手にしているようなものだ。

椋田は獲物を弄《もてあそ》ぶように続ける。

『犯人役が自白に類したことをはじめた場合、その場で毒針を起動します。犯人役は真相やヒントを伝える間もなく命を落とすことでしょう。……でも、これだけでは不十分。そもそも自己犠牲なんて気取られては、ゲームが台無しですからね？』

「何を……するつもりですか」

震え声になって問い返したのは佑樹だった。

『犯人役が自白した時のペナルティと、犯人役が犯行方法まで見抜かれて敗北した時のペナルティは厳罰化しなくては。その時には犯人役の命だけでなく、人質の命も一緒に頂くことにしましょう』

……何てことを考えやがる！

思わず叫びそうになって、加茂はその衝動をどうにか抑えた。

もはや、加茂には『探偵役の追及から、必死で逃げ回る』以外の選択肢は残されていなかった。それどころか、伶奈と雪菜を確実に守りたいのなら、自力で執行人の正体に辿りつくしか道はない。

椋田はなおも続けた。

『あ、犯人役のことを可哀そうだなんて思わないでね？　解答するのを躊躇ったって、制限時間を迎えて全員死ぬことになるだけだから。……このゲームで勝利を摑むには、自らの命を賭し、他人の命を踏みにじって推理するしかないんですよ』

不破が吐き捨てるような声になって言った。

「そうやって、我々を自滅させるつもりか」

『ふふ、ルールの説明は以上です』

一方的に締めくくろうとした椋田に対し、新たな質問を投げつけたのは乾山だった。

「現実世界で事件を起こすのは執行人だけと考えていいんだよね？」

『もちろんです。現実で起きる犯罪は……全て執行人である一人の手によるものです』

「その言葉、信じていいの？」

『何度同じことを誓わせれば気がすむんですか？　ゲームマスターとして、私が嘘を言うことはありません』

しばらく考え込んでいた東が口を開く。

「もう一つ質問させて。建物内に私たち七人しかいないと思わせておいて、実は外部犯がいた……というようなことはない？」

『そんなアンフェアなことはしませんよ。「探偵に甘美なる死を」のプレイ中は、傀儡館とメガロドン荘は外部から完全に遮断された状態になる。そこに君たち七人以外のアバターや人間が入り込むことはありません。……他に質問は？』

加茂たちは顔を見合わせたが、誰も口を開こうとしなかった。

なおも、スピーカーから椋田が歌うように言うのが聞こえてくる。

『探偵が七人か。フィクションの世界では「名探偵は事件を呼び寄せる」なんて揶揄《やゆ》されることがありますよね？　君たちが名探偵かどうかは疑わしいにせよ、これだけの数の探偵気取りが一堂に会することも滅多にないでしょう』

棟方は苛立ちを隠そうともせずにスピーカーを睨みつけた。

「だったら何？」

『いえ、この特別な場でなら……私の与り知らぬところで世界的危機の一つや二つ、招いていてもおかしくはないと思っただけです』

「冗談でも何でもなく、世界的な危機を招きかけていますよ！」

小声ながら強い調子で言ったのは佑樹だった。加茂は他の五人に聞かれていないことを確認しながら頷く。

「ああ……そうだな」

かつて加茂は妻と竜泉家の人々を救う為、『死野《しの》の惨劇』という連続殺人事件の謎に挑んだことがあった。

ここまでなら、他の素人探偵たちとそう大きく変わらないことだろう。

普通ではないのは……彼が一九六〇年にタイムトラベルしたことと、『死野の惨劇』が人類存亡の危機に関わるものだったことだった。

こんなこと、加茂も自分自身の身に降りかかっていなければとても信じられなかっただろう。だが現実に、その重大な危機は彼が連続殺人事件を解明したことで回避された。そして、それにより『竜泉家の呪い』と呼ばれていた現象も消失した。

顔を顰《しか》めながら、加茂は更に言葉を継いだ。

「万一……俺や伶奈や雪菜が今回の件で犠牲になれば、危機が形を変えて復活する可能性も高い」

「やっぱり、そうなりますよね」

佑樹も沈鬱《ちんうつ》な表情になっていた。加茂はそんな彼に問い返す。

「そっちも似たような状況なんだろう？」

五年前、佑樹もまた幽世島で連続殺人事件に巻き込まれた。彼がその島に向かった理由が『幼馴染《おさななじみ》の復讐を果たす為』だったことはさておき……問題は、そこで発生した事件も未曾有の危機に直結したものだったことだ。

そして、その危機も佑樹が殺人事件の謎と幽世島の秘密を看破したことで退けられていた。

「僕と三雲さんが命を落としたら、やっぱりマズいことになりますね。僕ら以外に加茂さんと伶奈も『幽世島の秘密』を知ってはいますが、同じように今回の事件に巻き込まれてしまっていますし」

そう……椋田の行動は加茂たちの命を危険に晒《さら》しているだけではすまなかった。それどころか、加茂と佑樹が命がけで回避した危機を二つとも復活させかねないものだった。

佑樹が自暴自棄になった笑いを浮かべる。

「『竜泉家の家訓』を知っていますか？」

「ああ、伶奈から何度も聞かされた。『この世界は不思議に満ちている。どんなにあり得ないことでも起こり得る』ってヤツだろ？」

「またしても、僕らは家訓を地で行く状況に出くわしてしまったようです。……素人探偵ばかり集めた、デスゲームがはじまるなんて」

ここで口をつぐんで、佑樹は加茂をじっと見つめた。

佑樹の目は「これが本当に、ただの偶然だと思いますか？」と問いかけていた。盗聴されている可能性を考えて、敢えて口にはしなかったのだろうが。

加茂は床にまで視線を下げて考え込んだ。

幽世島から帰ってきた時、佑樹はそこで起きた連続殺人事件の真相を隠そうとした。しかし、彼の説明があまりに不自然だったので、加茂と伶奈は彼を問い詰めたのだった。

佑樹の口から事件の真相が語られた時、加茂は心の底からゾッとした。

……どうして、竜泉家の人々はこれほどまでに異常な事件に巻き込まれる？『竜泉家の呪い』は本当になくなったのか？

この疑問は今も、加茂の胸の奥でくすぶり続けていた。

これに答えられそうな者を、加茂は一人しか知らなかった。彼の脳裏に小さな砂時計のイメージがよぎる。

「ホラ」

無意識のうちに、その名が口をついて出ていた。

佑樹は目を丸くしたが、すぐに悲しげな表情に変わる。

「そうですね。僕は会ったことはないですが、彼がこの場にいてくれれば……」

マイスター・ホラは世界最高峰のハッキング・クラッキング能力を持つ。

彼はその特殊な能力を生かすことで、都市伝説的に何でも願いを叶える『奇跡の砂時計』と呼ばれるようになっていた。

加茂がホラ……砂時計のペンダントと出会ったのは、六年半前のこと。その際、加茂とホラは一種のバディを組むことになった。そして、二人で凄惨な連続殺人事件に立ち向かい、悪意に満ちた計画を打ち破ったのだった。

もし、ここにホラがいてくれれば……あの砂時計が手元にいてくれたなら、状況は全く変わっていたことだろう。ホラの能力をもってすれば、スマートウォッチのロックを解除することも、毒針を起動できなくすることも簡単だったからだ。

だが六年ほど前に、ホラは加茂の元を去った。

それ以来、加茂も砂時計のペンダントを見かけたことはなかったし、向こうからコンタクトがあったこともなかった。

すぐに、加茂は小さく頭を振っていた。

「悪い、変なことを口走ってしまったな。……彼はもういないんだ」

いつしか、エントランスには加茂と佑樹の二人だけになっていた。椋田から自室に戻るように指示を受けていたので、他の五人はそれに従ったのだろう。

「俺たちも部屋に戻ることにしようか」

加茂はそう呼びかけたが、佑樹は心ここにあらずといった表情で六本木の遺体を見下ろしていた。

「そもそも……僕には、探偵役を気取る資格はないのかも知れません」

「急にどうした?」

「僕もかつて復讐を望んだことがあるので、分かるんです。その時に僕がやろうとしたことと、椋田千景がやろうとしていることは本質的には何も変わらないって」

加茂は戸惑いながらも、大きく首を横に振っていた。

「いや、そんなはずない」

その声が聞こえているのかいないのか、佑樹はぼんやりとしたまま続ける。

「僕は復讐しようとしたことを今も微塵《みじん》も後悔していません。ただ、あの時どうやっていれば、自分の手で復讐を遂げることができたか……そんなことばかりが頭に浮かんで」

「佑樹くん……」

それ以上の言葉が出ない加茂に対し、佑樹は悲しげな笑みを向けた。

「復讐の為に何もかも捨てる覚悟をした時点で、人は元には戻れなくなるんですよ。僕はもう、あちら側の人間だ。タガが壊れてしまったから、真相を都合のいい方向に捻じ曲げることにも躊躇いはありませんし……多分、証拠の捏造《ねつぞう》だって平気で行えてしまうでしょう。こんな僕に、彼女を告発する資格などない」

ここで言葉を切って、佑樹は覚悟を決めた顔になって言った。

「だから……僕は探偵役であることを放棄します」

耳にした言葉を脳が理解するのを拒否したかのように、その意味が理解できるようになるまでに時間がかかった。その間にも、佑樹は静かに続けていた。

「すみません……僕は加茂さんとは違うんです。あなたと同じことはできそうにない」

最後には苦しそうな声になって、佑樹は廊下へと消えてしまった。

第四章　試遊会　一日目 第一波

二〇二四年十一月二十二日（金）二〇：五〇

自室に戻り、加茂はサムターンを回してドアガードもかけた。

ユニットバスやクローゼットを調べて、室内に誰もいないことを確認する。

ＲＨＡＰＳＯＤＹを使っている間は無防備にならざるを得ない。その間に執行人に襲われる危険性を下げる為にも、やれることはやっておいた方がいいだろう。

その間も、先ほどの佑樹の言葉が頭から離れなかった。

……佑樹くんは、どうしてあんなことを？

プレイヤーが共同で推理を組み立てることは禁じられていても、調査で協力することくらいはできるはずだった。だが、佑樹はそれすらも拒否する気らしい。

加茂はため息をついてから、ＲＨＡＰＳＯＤＹとの同期を再開することにした。

まずはＲＨＡＰＳＯＤＹ内部の湾曲した太く黒い柱にもたれかかるように座る。すると、自動でジャックとプラグの位置が調整されて同期がスタートする仕組みだ。最後に、彼はＶＲゴーグルのバイザーを下ろした。

次の瞬間、加茂は傀儡館の円卓に戻ってきていた。

彼が最後にVR空間に戻ってきたらしく、円卓に座る六人は互いをじろじろと見つめ合っていた。

加茂たちは既に現実世界でも顔を合わせている。その際、彼はアバターに付されていた名前を、そのアバターと同じ姿かたちの人に当てはめていた。

だが、それが正しいという保証はない。目の前にいるユウキは……本当に佑樹が操作しているものなのだろうか？

『さて、七人が揃いましたね』

今回は椋田のアバターがVR空間に現れることはなかった。代わりに、視界の左下に『椋田』という文字が表示される。

『これからはボイスチャットでお話ししましょう。……どうしたんです、皆でそんなに見つめ合って？　もしや、誰が誰だか分からなくて不安ですか』

またしても図星だったので、加茂を含む全員が俯《うつむ》く。椋田は喉の奥で笑いながら続けた。

『ご安心を。「探偵に甘美なる死を」内ではアバターはプレイヤーと同じ容姿をしており、その姿がゲームの途中で変わることはありません。VRゴーグルに生体・虹彩《こうさい》認証がついていることからも分かるように、各アバターを操作しているプレイヤーが途中で入れ替わることもない。……この方が推理に集中できるでしょう？』

ここでフワが窓側に視線をやり、苦悶の表情を浮かべた。

「六本木……」

視線の先を追いかけてみると、広間の窓の近くにロッポンギが倒れていた。前に見た時、ロッポンギは右のこめかみに手をやったポーズでフリーズしていた。だが、今は加茂たちが応急処置で身体を横に向けた時と同じ姿勢に変わっていた。

……応急処置中にバイザーが下りて、一時的にフリーズが解除されていたのか。

『失礼、六本木さんのアバターのことを忘れかけていました』

その言葉に合わせ、加茂たちの視界からロッポンギの姿がかき消えた。

『ゲームをはじめる前でよかった。一応、彼のアバターと現実世界の遺体は、建物内から排除しておきました。ゲーム参加者以外の遺体やフリーズしたアバターなんてあったら、邪魔にしかならないですからねぇ』

通路の雑草をサービスで抜いておいたと言わんばかりの軽い口調に、加茂は背筋が寒くなるのを感じた。

ふん、と小さく鼻を鳴らしたのはムナカタだった。

「それはいいが、お前はどうして姿を見せない」

『何度繰り返させれば気がすむんだか……。これから「探偵に甘美なる死を」がスタートする。ゲームがはじまったら、傀儡館とメガロドン荘は外部から完全に隔絶されるんですよ？　その後は、ゲームが終わるまで君たち七人以外の人間やアバターが出入りすることはありません。それはゲームマスターとて例外ではないので』

「ということは、今後はフリーズしているアバターをＶＲ空間から消し去るようなマネもしないってことだね？」

『もちろん、そんなアンフェアなことはしません』

ムナカタは肩をすくめてその言葉に応じ、椋田も一方的に言葉を継いだ。

『改めて、二十二日のステージへようこそ。これより、参加者七名で「探偵に甘美なる死を」をはじめ……午後九時四十五分までをＶＲ調査フェーズとします』

加茂はスマートウォッチを確認する。時刻は午後九時を少し過ぎたところだった。

ケンザンが訝《いぶか》しそうに問いかえす。

「何、その調査フェーズって？」

『本来は事件の調査を行う時間だけど……まだＶＲ空間で事件は起きていませんからね。ひとまず、傀儡館がどんな所か把握するのに使ってもらえればと。ＶＲ空間から出さえしなければ、どこに行っても構わないので』

「……それが終わったら、どうなるの？」

『続いて、午後十時から午前三時まではＶＲ犯行フェーズとします。こちらはざっくり言うと、ＶＲ空間で殺人事件が起きる時間帯かな』

調査フェーズや犯行フェーズの概念は『ミステリ・メイカー』の頃からあったものだった。当初の予定でも加茂は犯行フェーズで事件を起こすことになっており、この辺りは『探偵に甘美なる死を』にも踏襲されているらしかった。

椋田は更に説明を続ける。

『VR空間での殺人ではリアルな死者が出る訳じゃないから、気楽なフェーズと言えるかもね？　殺されたプレイヤーも強制ログアウトを喰らいはするけど、二十三日のステージではゴーストとなって復活できるし』

ミチはピアノでも弾くように円卓を何度か指で叩いてから苦笑いを浮かべる。

「ということは……探偵役は午前三時まで暇を持て余すしかないってこと？」

『犯行フェーズで忙しいのは、犯人サイドの人間と被害者だけですから。あ、被害者は死んだら、なぁんにもすることがなくなるんだった』

椋田の悪意にミチはうんざりした表情になった。

彼女は円卓から立ち上がり、窓の外に視線をやる。嵌《は》め殺しの窓の外には漆黒の闇が広がっていた。広間の壁に取りつけられたランプの光も、窓の外では完全に無力だ。

ユウキも窓に歩み寄ると、ガラスに額をくっつけて外を覗いた。

「外は真っ暗ですね。木も草も地面も、何も見えない」

『ええ、傀儡館の外は虚無ですから』

「虚無？」

『この建物の外には文字通り、オブジェクトも何も存在していないのですよ』

笑いを含んだ声で椋田はそう答えた。

ここはVR空間なので、館の外も好きなように設定することができた。加茂も十文字Dに確認したから知っていたが……傀儡館の外に、何もないというのは事実だった。

ユウキはスマートウォッチに人差し指を這わせてマップを呼び出し、その上で眉をひそめる。

「この建物には玄関があるのに、外には出られないんですか？」

『傀儡館の玄関は開こうとしても、構造的に無理じゃないかなぁ。あれはほとんど飾りのようなものだから。……あと、傀儡館の玄関や窓をぶち破ろうとするのもお勧めしません。この建物は外壁や窓も含めて非常に頑丈に作られているから、壊すことはほぼ不可能。時間の無駄にしかなりません』

ミチがため息まじりに呟く。

「そこまでしようと思う人もいないでしょ。外に出ても床も地面も何もないし」

ここでケンザンが質問を挟んだ。

「外から確認できないから聞くけど……傀儡館の構造や外観は、このドールハウスと同じなんだよね？」

彼は広間に置いてあるドールハウスが気になって仕方がない様子だった。これに対し、椋田は再び笑いを含んだ声になって応じる。

『それは傀儡館の十二分の一サイズのミニチュアです。取り外し可能な屋根・天井部分だけは例外だけど……それ以外の部分は、全て傀儡館と同じ素材・同じ構造で作られています』

ミニチュアの外壁は凸凹の大きいレンガ風の造りになっていた。確認は不可能だったが、傀儡館もこれと全く同じ姿をしているのだろう。

次に、ケンザンは顎に手を当てながら天井を見上げた。

「あと、ミニチュアの屋根部分だけは吊るされてるね。これは何？」

彼の言う通り、広間の天井にはピアノ線でドールハウスの屋根が吊り下げられていた。

『屋根・天井部分が取り外せないと、ドールハウスの中身が見えなくて困るでしょう？　軽量の素材で作っても、屋根部分は重くて手で持ち上げるのは無理でね。広間の天井から吊り下げて、リモコンで好きな高さに調整できるようにしておいたんですよ』

椋田の言う通り、ローテーブルには小型リモコンが置かれていた。場所的にはミニチュアの玄関ホールとカモの部屋の間にある、窪んだスペースの真ん中だ。

『ドールハウスは推理を組み立てる時などに自由に使って下さい。……それでは、ＶＲ調査フェーズをはじめましょう』

広間に残された七人は顔を見合わせた。フワが乾いた咳をしてから言う。

「せっかくだ、最初は自己紹介にしないかね」

「痛ぁ、何これ！」

そう悲鳴を上げたのは、円卓に戻ってきたミチだった。彼女は円卓の背もたれのない椅子が床に固定されていると気づかず、右脚を強打したらしい。

ケンザンが白けた声になって言った。

「オーバーな。ここはＶＲ空間だから痛みなんか感じる訳ないのに」

だが、ミチは気味悪そうに自分の右脚と椅子を見下ろす。

「一瞬だけどほんとに痛かったの。なんで？」

既に椅子に腰を下ろしていたユウキが気のない声で答えた。

「東京ゲームショウでも発表されていたのに、誰もＲＨＡＰＳＯＤＹの機能をチェックしてないんですね。椅子に座ると尻の辺りに椅子が当たっている感覚があるし、腕を円卓に置くとひんやりした感覚が伝わってくるでしょう？　これはＶＲ操作スーツが触覚・痛覚と温冷感を再現しているからです」

「……下らない」

ムナカタはそう呟き、プイと円卓から離れてしまった。そしてマイペースに広間の南側にある棚を見上げる。

現実世界で実物の棟方を見て以来、加茂の中で彼が女性なのではないかという疑いが膨らんでいた。アバターも実物も、顎に髭の剃り跡は見られなかったし、喉ぼとけも目立たない。その上、指先もほっそりとして繊細だった。

……何かの事情で男装しているのか、それとも？

だが、加茂もそれ以上考えるのは止めることにした。そういった追及を棟方自身が望んでいない可能性も高いように思われたし、もしかすると、どちらの性別にも属さない主義で生きているのかも知れなかったからだ。

そんなムナカタを見やって、フワは苦笑いを浮かべて円卓の上で手を組んだ。

彼の手はムナカタとは好対照で、ごつごつと無骨だった。高身長であるせいか、その手は加茂と比べても大きかったし、別に脂肪がついている訳でもないのだが……指も日本人離れして太かった。

やがて、フワが小さく息を吸い込んで自己紹介をはじめる。

「私は不破紳一朗、新宿で探偵事務所をやっている」

その左隣に腰を下ろしていたアズマがもじもじしはじめた。彼女は顔を赤らめながらフワを見つめる。

「そのベストを見た時からそうに違いないと思っていたんですが……やっぱり、不破さんだったんですね？　五歳の息子があなたのファンで……お会いできて光栄です」

握手を交わしながら、フワはアズマに微笑みかけた。

「こちらこそ光栄だ。息子さんの名前は？」

「ワタルです」

「よし、ワカルくんの為にも、皆で協力してこの状況を切り抜けよう」

せっかくいい話をしていたのに、フワが聞き違いをしたせいで台無しだった。アズマは顔を真っ赤にして言う。

「あ、あの……ワタルです」

そう言われても、フワは聞き間違いに気づかずに大きく頷くばかりだった。

……いや、ワカルという名前の方がレアだろ。普通そんな聞き間違えをするか？

加茂は複雑な気持ちになりつつ、フワを見つめた。彼はその年齢と落ち着いた見かけによらず、常識的な感覚とはズレているところがあるようだ。

話題を変えようと思ったのか、単に空気を読まない悪癖が出たのか……ユウキがアズマに小声で問いかけた。

「不破さんって、そんな有名な方なんですか？」

アズマはこの質問に純粋に驚いたらしかった。だが、すぐに熱く語りはじめる。

「ええ、警察もお手上げの事件をいくつも解明している、凄腕の私立探偵なんですよ。児童書の『アンブレイカブル探偵』シリーズを聞いたことないですか？」

「ベストセラーの？　あ、不破だからアンブレイカブルなのか」

ユウキの言葉にアズマはにこにこしながら頷く。

「あれは不破さんがモデルになっているんです。それだけ数多くの事件を解決している人だからこそ……誰かに逆恨みされてしまうこともあるんだと思います」

これを受け、フワは表情を曇らせた。だが、椋田が彼を『父親を殺した人物』として名指ししたことについて、進んで口を開く気もないようだった。

円卓を覆った暗い雰囲気を振り払おうとしたのか、アズマが自己紹介をはじめた。

「ちなみに、私は東柚葉。都内のT市民病院で病院事務をやっています」

それを聞いたミチがパチンと指を鳴らす。

「聞いたことがある。お兄さんの東香介《こうすけ》も有名な素人探偵だったでしょ？　亡きお兄さんに憧れて探偵を志したとか」

「ええ、兄は五年前に事件の調査中に亡くなりました。でも、どうしてそれを……」

アズマは不信感を露《あら》わにミチを見つめる。一方でミチはブツブツと続けていた。

「やっぱりそうか。姉妹で旅行に行く度に殺人事件に巻き込まれる、世界一ツイてない探偵かぁ」

この言い方にアズマはさっと顔色を変えた。

「さっきから、何なの？」

怒りを突沸させた彼女に気圧《けお》されたのか、ミチは逃げ腰になった。

「わ、そんなに怒らないで。……私は津々《つつ》浦々《うらうら》で起きる事件に興味があって、趣味で色々と情報を集めているだけだから」

「ふざけないでよ。今回のことも私が不幸を呼んだって言うつもり？」

最後には、アズマは涙すら浮かべて両手を震わせていた。

だが、加茂は……彼女の怒りが必ずしもミチに向けられている訳ではないことに気づいていた。アズマの目には自分自身に対する恐れが強く表れていたからだ。本人も自分が事件を招き寄せているのではないかと、内心で疑っているのだろう。

ミチはそんなアズマを宥《なだ》めながら、改めて口を開いた。

「私は未知千明。フリーランスで万屋《よろずや》をやっていて、詐欺対策や防犯に関する相談を受けることが多いかな？　そこから派生して、事件をいくつか解決したのが悪かったみたいで、まさかの素人探偵認定をされて今に至る感じ」

アズマの他に彼女を睨む人間が増えた。フワだった。

「……君の噂は聞いたことがある。自己紹介するなら、元犯罪者だということまで伝えたらどうかね？」

こう言われても、ミチはあっけらかんと笑いを返すばかりだった。

「そういうのは自分からは言い出しにくいでしょ？　探偵詐欺師なんて揶揄《やゆ》されることも多いけど、逮捕も起訴もされたことがなくクリーンなので、よろしく」

ミチは加茂が思っていた以上に、癖が強い人物らしかった。彼女は自分の左隣に座っていたケンザンに向かって言う。

「前髪伸ばしすぎの子は、天才高校生探偵の乾山くんでしょ？　予備校で発生した暗号殺人事件を解明したというので、界隈で有名だよ。末恐ろしい子だって」

迷惑そうな表情を浮かべつつ、ケンザンは礼儀正しく頭を下げた。

「僕は乾山涼平、KO高校の二年生です。……うちの美術部は、日常的な謎を吸い寄せるみたいで、そこから派生して学内や予備校で起きた事件を解明したことがあります」

本日が平日だということを考えると、ケンザンは高校をサボってここに来ているということになった。十七歳の彼が終日拘束される高額報酬の仕事を引き受けたことに問題がないかは……今の状況で考えても仕方がないだろう。

何となく時計回りに自己紹介するルールが生まれたようだったので、ケンザンの左隣に座っていた加茂は口を開いた。

「俺は加茂冬馬、雑誌のライターで月刊誌『アンソルヴド』で冤罪に関する連載をしています」

黙っていられない性質《たち》なのか、ミチがにやにや笑い出す。

「加茂さんは逆転無罪の立役者として有名だよね。私も加茂さんの講演会に偽名で潜り込んだことがあるし」

「そりゃどうも。でも、どうして偽名で?」

「細かいことは気にしない! 実際に起きた事件に関する講演なのに、感動ありサスペンスあり、どんでん返しまでありで……ほんと、小説よりも面白いくらいで」

褒めているとは思えない口調だった。

ここで円卓の反対側に座っていたユウキが小さく礼をした。

「僕は青葉遊奇、ミステリ作家をやっています。苗字より名前の方に馴染みがあるので、普段から主にそっちを使ってますね。ちなみに、加茂さんとは義理のいとこにあたります」

竜泉佑樹の場合、本名の『佑樹』とペンネームの『遊奇』が同じ音だった。その為、佑樹は前々からサインをする際にも遊奇という名前の方を好んで使っていた。ゲーム中の表記が名前のユウキになっているのも、その関係だろう。

これはある意味、便利なペンネームだった。加茂が彼のことを『佑樹くん』と呼んでも、誰も本名で呼んでいるとは思わないからだ。

「……アオバユウキ？　ごめん、知らないかも」

アズマが申し訳なさそうな声になり、ユウキは悲しげに笑った。

「ベストセラー作家じゃないですからね。というか、重版がかかったことすらないし」

ミチは納得がいかないという顔になっていた。

「私もノーマーク。……おかしいなぁ、幅広く情報を集めているつもりなんだけど」

彼女がブツブツ言っている間にも、全員の視線は残された一人に集まっていた。

「最後は棟方さんだ」

フワがそう声をかけた時、ムナカタは引き出しを開いているところだった。

巨大なミニチュアが置かれている黒いローテーブルには引き出しがあり、そこには接着剤・彫刻刀などが入っていた。ドールハウスを作る時に使った道具が保管されているという演出なのだろう。

ムナカタはその中からカッターナイフを取り上げながら口を開いた。

「棟方希」

そう言ったきり、彼は黙り込んで再び引き出しを探りはじめる。フワはしばらく待っていたようだが、やがてキョトンとした表情になる。

「え、それだけ？」

代わって口を挟んだのはミチだった。

「棟方希といえば、もちろん放浪者探偵！　いやぁ、行きの船で彼と一緒になった時から、そうなんじゃないかと思っていたんだよね？　ここ数年はシベリアンハスキーを連れて放浪しているって噂が……。行く先々で事件を解決しては、また旅に出るから放浪者と呼ばれているんだとか何とか」

とうとう黙っていられなくなって、加茂は前々から気になっていたことを口にした。

「さっきから放浪者探偵とか、世界一ツイてない探偵とか言っているが、全て未知さんがつけたあだ名だろ？　他には、誰もそんな呼び方をしてないいんじゃないか」

そう指摘されても、ミチは嬉しそうに笑うばかりだった。

「疑われても困るなぁ？　遊奇さんだけは私も知らなかったけど……他の皆については、知名度より実力重視で選抜したって感じ。その人選からして椋田は本気だね」

ここでフワが円卓から立ち上がりながら言った。

「椋田によれば、我々のうちの一人は執行人だ。自分の共犯者を誰かに成り代わらせて潜り込ませているんだろう」

ケンザンは小さく肩をすくめた。

「あるいは、本物の探偵が闇堕ちして共犯者に成り下がっているのかも。その理屈でいくと……この中では割と顔が知られている不破さんと加茂さんですら、執行人でないとは言いきれないよね？」

全員が疑心暗鬼に駆られて互いを見つめ合う。

やがて、アズマが諦めたように首を振りながら言った。

「ひとまず解散しましょう。今は傀儡館の中の確認を優先しなくちゃ」

＊

傀儡館の客室も、現実世界の客室とよく似ていた。

ただ、メガロドン荘の壁紙がクリーム色に統一されているのに対し、傀儡館は壁紙がダークグレーで統一されている。これは自分がどちらの世界にいるか、すぐに見分けがつくようにする為のものだろう。

天井は両方とも黒で統一されていて、見上げただけで息が詰まる重苦しさがあった。

室内には、刑務所に置かれていそうな金属製のシングルベッドがあった。ベッドの隣には燐光を放つ円が描かれ、その中心に一人掛けのソファが置かれていた。

時刻は午後九時四十六分……もうじきVR犯行フェーズがはじまる。

『ボイスチャットを再開させてもらいました』

気づけば、加茂の視界の左下に『椋田』という表示が出ていた。

『各自の部屋には、それぞれのVRゴーグルに対応したソファ型セーブスポットが設置してあります。今後、VR空間から出る前には必ずセーブして下さい』

この説明に加茂は違和感を覚えた。

最近は、いちいちセーブしなくてもオートセーブ機能がついているゲームが多い。そういう意味では、かなりレトロなシステムだと言えた。

……ひと手間踏ませることで、プレイヤーが予想外のタイミングでＶＲ空間から出るのを防ぐつもりか？

そんな彼の考えを読んだように、椋田は更に説明を続ける。

『古いゲームだと、セーブの為にタイプライターを調べたり、お手洗いに入ったりしないといけなかったものもあったでしょう？　懐かしのシステムを再現してみたんだ』

突然、ユウキの声がボイスチャットに割り込んできた。

『でも、メニュー画面に「セーブ」という項目がないですよ』

今、ユウキは自分の部屋にいるはずだったが、各自が喋った声はボイスチャットで全プレイヤーに共有される仕組みになっているらしい。

『セーブスポットに腰を下ろして、水を飲めばＯＫです』

視線を下げてみると、ダークグレーのソファの足元には水差しとグラスが置かれていた。いずれもくるぶしくらいの高さの台に載せられている。

『……その手続きさえ踏めば、今後は自由に現実世界に戻ってもらって構いません。メガロドン荘にはユニットバスもあるし、食料も置いてありますから』

食料という言葉を聞いて、加茂は喉の渇きを覚えた。

思い返してみると、午後二時ごろに睡眠薬入りのコーヒーを飲んだきり、水一滴口にしていなかった。まだ空腹は感じなかったが、犯行フェーズの前に水分補給はしておいた方がいいだろう。

その間にも、椋田は淡々と説明を続けていた。

『ただし、指示があるまでメガロドン荘の自室からは出ないように。……この指示に従わない場合は、ルール違反と見なします』

傀儡館から現実に戻ることは認めても、メガロドン荘の探索までは認めないということらしい。


加茂はテーブルに歩み寄った。

現実世界のテーブルには食料などが置かれていたが、VR空間のテーブルには鉛筆と小さな鉛筆削り、それから調査用の白手袋が一セットとメモ用紙があった。

それ以外にも、加茂は自分の服の左ポケットに入っているアイテムとして……仮面を一つと黒手袋を一組受け取っていた。いずれも、犯行時に使用する為に特別に支給されたもので、手袋は薬品も扱える防水仕様になっていた。

改めて室内を見渡し、加茂は顔を顰《しか》めた。監修作業の時から思っていたことだったが……この部屋は居心地がいいとはお世辞にも言えなかった。

傀儡館のコンセプトは『人形の館』だ。

そのコンセプトに違わず、テーブルも三分の一は人形たちに占拠されていた。大きさは一五センチくらい。壁に取りつけられている互い違いの棚にも人形が並べられ……床の四隅にも人形が詰みあがって小山になっている。

これらがテディベアなら、可愛げがあったことだろう。

だが、この部屋に置かれているのは、頭身も顔立ちも何もかもがリアルなアクションフィギュアだった。開発スタッフがふざけたのか、ヒーロー着地のポーズをしているものもあれば、ホラー映画風にブリッジ歩きをしているものまである。

オカルト雑誌のライターをやっていた頃、加茂は座敷童《ざしきわらし》が出るという旅館の取材をしたことがあった。その旅館にも人形やおもちゃがずらりと並べられていた。もちろん、これは座敷童に感謝した宿泊客たちがお供えしていったものだった。

その時とは真逆で……この部屋の人形からは悪意しか感じられなかった。

加茂はドワーフの恰好をした一体に手を伸ばした。

近くで見ると身体のパーツは木製で、手にしている斧は金属製、服はきちんと布で作りこまれていた。見た目以上にしっかり重さもある。他にも金髪のエルフや甲冑《かっちゅう》姿の騎士がいるところからして、この部屋はハイファンタジー風の人形が集められているらしい。

更に、その奥にあった人形と目が合い、加茂はゾッとした。

それは加茂によく似た顔をした人形で、ロープを隣の人形の首に引っ掛けようとしていた。

彼もまた椋田の傀儡《かいらい》にすぎないというメッセージなのだろう。

その間も椋田は喋り続けていた。

『VR犯行フェーズでは、皆が自室で休息している間に事件が発生する体になっています。くれぐれも探偵役は傀儡館の自室からも出ないように。……もちろん、犯人サイドから指示があ場合は例外だけど』

特に誰かから不満の声が上がった訳ではなかったが、椋田はその沈黙から何かを感じ取ったようだった。

『……犯人サイドに有利すぎる条件だ、なんて思いましたか?』

相変わらずサトリの怪めいた言葉を放ち、皆の反応を楽しむように椋田は続ける。

『館もののミステリでも、事件は皆が自室に引っ込んでいる時に起きるでしょう? なんての は建前で……犯行発生時刻まで予告した上で自由行動を認めると、私の共犯者である執行人の首まで絞めることになってしまいますからね』

フワの声が割り込んできた。

『探偵役は犯人の言いなりになるしかないのかね?』

『とんでもない! 探偵諸氏に「無抵抗であれ」と言うつもりはありません。部屋の外で不審な動きがあった場合など、具体的な理由がある時は室外に出てもらって構いません』

ここで、ムナカタが珍しく笑いながら言う。

『つまり、自衛の為の手段は選ばなくていいってこと?』

対する椋田も含み笑いを込めて応じた。

『それどころか、探偵役は犯人サイドの失敗につけ込み、犯行を阻止するつもりで動いて下さい。……何せ、VR空間では被害者がゴーストとして蘇るのがポイントですから』

『へえ、死人に口なしの原則が通用しないのか』

『そういうことです。犯人役と執行人には顔を隠せるよう仮面を与えてはいますが、被害者は自分の身に起きたことや見聞きしたことを、推理の材料にすることができる。もちろん、その内容を他の人に共有するのも自由です』

……犯人役は被害者にすら、自分の正体やトリックを知られてはいけない。

このことは加茂にも前もって知らされていたことだった。もちろん彼も対策は行っていたが、それでも犯人役にとって非常に不利な要素であることには変わりない。

椋田は狂気と凄みの滲《にじ》み出た声になって、なおも続ける。

『抵抗すればするほど、探偵役は真相に近づける。否応なく、探偵役と犯人サイドの攻防は熾《し》烈《れっ》なものになるでしょう』

＊

セーブスポットであるダークグレーのソファに背中を預け、水差しに手を伸ばす。水差しとグラスが載っている台はくるぶしほどの高さしかなかったので、グラスに水を注ぐのもやりにくかった。

グラスの水は澄みきっていて、実物以上に喉の渇きを誘う。ただし、グラスに口をつけても渇きが癒えることはない。その動きに合わせて水が減っただけだった。

視界の左下に『セーブ完了』の文字が躍る。

椋田からはVR犯行フェーズの開始時に一度セーブするよう指示されていた。今のはそれに従った形だ。

時刻は午後十時……いよいよVR犯行フェーズのはじまりだった。

『注意事項が一つ。ちなみに、この会話は他のプレイヤーには聞こえていません』

ソファから立ち上がった瞬間に椋田がボイスチャットをはじめたので、加茂は苦笑いを浮かべた。

「トップバッターは俺か」

『加茂さんに与えられるのは、午前〇時までの二時間です』

「こっちは二時間で、執行人は三時間?」

『不満を言っても無駄ですよ。制限時間内に犯行を成功させられなければ、君の敗北は確定します』

「……分かった」

加茂は廊下に出た。

客室のドアはオートロックになっている。廊下側に解錠用のセンサーがついていて、加茂のアバターがつけているスマートウォッチがその電子キーとなっていた。

ここで物音を立てたりすれば、探偵役に自室の外に出る大義名分を与えることになりかねない。彼はフローリング張りの廊下を慎重に進んだ。

傀儡館は、監修作業ですっかり馴染みの場所だった。

もはや隅々まで把握していると言っても過言ではなかったが……VR調査フェーズでは、加茂も他のプレイヤーに混ざって右も左も分からないフリをするしかなかった。

事件発生前ということもあり、加茂以外の招待客たちも調査に身が入っているとは言えない状態だった。その証拠に、ほとんどの人は早めに調査を切り上げて自室へと戻ってしまったくらいだ。

むしろ、加茂は熱心に芝居を続けすぎたらしい。

気づけば、加茂はムナカタと広間で二人きりになっており、彼はムナカタを残して自室に戻ることにした。その間も、ムナカタは何を考えているのか分からない目で加茂のことを監視し続けていたのだったが。

……七人の中で最も危険なのは、棟方かも知れないな。

そんなことを考えながら、加茂はポケットに左手を入れた。

画面の右下にポケット内にあるアイテム名である、『犯行用手袋』と『犯人の仮面』という文字が表示された。その中から指の動きでアイテムを選ぶ。

まず、加茂はポケットから黒い手袋を取り出して身に着けた。

薄手で伸縮性があるので加茂の手にもフィットした。手首には固定用のバンドが付属し、手のひら側には滑り止めまでついている。……もちろん、これは犯行用に支給された手袋だった。

その上で、彼はスマートウォッチを操作して傀儡館のマップを呼び起こした。

この建物には、九つの客室があった。

六本木が亡くなった今、空室は二つに増えている。ちなみに、カモの部屋は北棟にあり、フワやケンザンやアズマの部屋も同じ北棟にあった。

廊下の突き当たりにまで進んだところで、加茂はその場にしゃがみ込む。そして、監修作業の時のことを思い出し、苦笑いを浮かべた。

……廊下から広間の様子をうかがえるようにしたいと言ったら、広間と廊下をつなぐ扉を猫用のドアつきのものにされてしまったんだったな。

ゲーム中に猫は登場しないので、この小ドアは存在自体が不自然極まりないものだった。とはいえ、これだけで加茂を犯人だと断定することもできないだろう。

黒いフィルムが掛けられているだけの気密性のない猫ドアだったので、音も筒抜けだった。扉越しに耳を澄ましていると、誰かが広間に入ってくる気配がある。

ミチだ。

誰を被害者にするかは、メガロドンソフト側が決めたことだった。一人目がミチ、二人目がフワ……このことは加茂が犯罪プランを立てる前に知らされていた。

犯行の前段階として、ミチの部屋には『午後十時十五分に倉庫へ』というメッセージカードが仕込まれていた。

猫ドア越しに監視するのは絵的には締まらなかったが……要は、気づかれなければ問題ない。ミチは加茂に見られているとも知らずに、厨房へと入っていった。

急いで加茂も広間を抜けると、厨房へと続く扉の傍《そば》にしゃがみ込んだ。この扉にも猫ドアがついていた。

コツ、コツ、コツ、コツ。

ミチが厨房を進んでいった。コンクリート打ちっぱなしの床に軽やかな靴音が響く。時折、無音になるのは彼女が警戒して立ち止まっているからだろう。

改めて、加茂はポケットに左手を入れる。

画面の右下にポケット内のアイテム名『犯人の仮面』が表示され、彼は真っ黒な仮面を取り出していた。折り畳みできるコンパクトなものだ。

こののっぺらぼうの仮面は、前作の『ミステリ・メイカー』にも登場していた犯人用の特殊アイテムだった。

『犯人の仮面』を身に着けると、他のプレイヤーからは某ミステリ漫画の『黒い人』めいた姿で見えるようになる。……冗談みたいなアイテムだったが、要は体型や身長まで分かりにくくできる覆面とコスチュームのセットだ。

おまけに、この仮面には暗視スコープ機能がついていた。

犯行中に追われて逃げ場を失った場合などに備え、犯人役には犯行フェーズ中に限り館内の全照明を落とす権限が与えられていた。これは『ミステリ・メイカー2』における一種の救済措置で……館内が暗闇に閉ざされている間に、暗視スコープを使って逃げられるようになっている訳だ。しかしながら、調査フェーズや解答フェーズでも同じことを認めてしまうと、暗闇に乗じて強引に証拠隠滅をはかる輩《やから》が出てきかねない。それを防ぐ為にも、全照明を切る権限の使用は犯行フェーズに限定されていた。

……計画通りに犯行が進められれば、使わずにすむ機能なんだけどな。

そう考えながら『犯人の仮面』を身に着け、加茂はミチの動きをうかがった。

コツ。

不意に足音が止まり、金属製の扉を開閉する音が続く。

ミチが倉庫に入ったと判断し、加茂は厨房へ駆け込んで倉庫へと続く扉をロックした。

ほとんど音を立てなかったので、ミチは倉庫に閉じ込められたことにすら気づいていないだろう。

ここまでは計画通りだった。

*

結局、加茂が犯行を終えるまで一時間二十分ほど要した。

ゲーム内で死亡した未知は、今頃強制ログアウトさせられていることだろう。傀儡館にはアバターのミチの遺体だけが残されていた。

ただ……ミチの首を絞めた時の感触が、指先から消えてくれない。目を閉じると、彼女の遺体を引きずった時にコンクリートに残った生々しい鼻血の跡が浮かんでくる。

監修作業の時には、ゲーム内の殺人はこれほどリアルではなかった。椋田が悪意をもって、

ＶＲ空間の暴力・流血描写を限りなく現実に近いものに書き換えたのに違いなかった。

吐き気を堪えつつ、加茂は自分に言い聞かせる。

現実の未知は無事だし、朝にはゴーストとして復活するから大丈夫だ、と。

いつの間にか、時刻は午後十一時四十五分になっていた。

ＶＲ空間での犯行とはいえ、ＲＨＡＰＳＯＤＹの中で加茂は全く同じ動きをしていた。だから疲労感はかなりのものだったし、作業中は何度も休憩を挟まなければならなかった。ＶＲスーツや通気性の悪い手袋型コントローラの中が汗だくになっているのを感じる。

加茂は倉庫へと続く扉を振り返った。

密室は完成した。トリックは難攻不落のものではないにせよ、すぐに彼が犯人役だと見抜かれることはないはずだった。

疲れた身体を引きずりつつ、加茂は広間に戻った。

まだ時間に余裕があったので、彼の足はドールハウスの方へと向いた。

監修作業をしている時から、加茂はこの巨大な模型のことが気に入っていた。ミニチュアの家具はどれも精密に作りこまれており、広間の円卓から各客室のベッドにいたるまで、本物と見分けがつかないレベルだった。

目を凝らすと、各部屋に置かれている人形や鉛筆、厨房にある調味料の一本一本までもが十二分の一サイズで再現されている。壁に取りつけられた照明が模型の内部を煌々《こうこう》と照らしているところまで……全てが圧巻だった。

もちろん、これはドールハウス作家が苦心して作り上げたものではない。その為、技術的・芸術的な面では無価値なものだった。

それでも、VR空間に作られたこのドールハウスに……ミニチュアの世界が持つ、いつまで見続けても飽きることのない魅力の片鱗が宿っているのは確かだった。

ふと、加茂はドールハウスの置いてあるローテーブルにメモ用紙が載っていることに気づいた。ミニチュアの広間や玄関ホールの窓からほど近い位置だ。

そこには鉛筆でこう記されていた。

ArteMis Hero
Ares hinted Pen

「アルテミス英雄、アレスはペンを暗示した……何だこれ？」

記されたメッセージは意味不明な上に文法的にも不自然なところがあった。

ギリシア神話において、アルテミスは月と狩猟の女神、アレスは戦いの神だ。各行の共通点はそれだけで、全体で特に意味をなしているようには見えなかった。それぞれの神々に関する逸話にも特に思い当たるようなものはない。

……まさか、佑樹くんが書いたのか？　でも、こんなことをして何になる。

どのくらい考え込んでいたのだろう。スマートウォッチを見て加茂は椋田に指定された制限時間が近づいているのに気づいた。

彼は慌てて自室へと戻るべく、北棟へ続く扉のドアノブを摑んだ。……その瞬間、嫌な感触が右手に走った。

指先が痺《しび》れるような痛み。

反射的に手をドアノブから離したものの、何が起きたのか分からない。

右手は今も微《かす》かに痺れていた。加茂はパニックに陥り、VRゴーグルのバイザーを上げるスイッチを押してしまいそうになった。危ういところで理性が戻ってくる。

……まずい、ここでバイザーを上げたら、ルール違反をしたとして問答無用で殺されるだけだ。

少し落ち着いたところで、加茂はドアノブに鮮血がついていることに気づいた。

愕然として右手を見下ろすと、人差し指から薬指にかけ、手袋ごと指先がザックリと切り裂かれていた。

傷は深くなかったが、絨毯に血が零《こぼ》れ落ちていく。VR空間上の負傷だったので、痛かったのは最初だけで今は何も感じなかった。

とりあえず右手の状態を確認しようと、加茂は手袋を脱ごうとした。だが、手首にバンドがついているのと手袋そのものが手にフィットしているせいで容易には脱げない。

何とか手袋を脱いだところで、彼は切り裂かれた手袋にカッターナイフの刃が引っかかっていることに気づいた。

彼は慌ててドアノブを調べる。

丸いタイプのドアノブの下側には……血にまみれた接着剤がこびりついていた。それも、パッと上から見ただけでは分からない位置に。

思わず、加茂は声に出して呟いていた。

「カッターナイフの刃が、ドアノブに貼りつけてあったのか？」

加茂はこのドアノブをＶＲ調査フェーズの時にも触っていた。その時点では何も仕込まれていなかったのは確かだ。

加茂は踵《きびす》を返してドールハウスへ戻る。今回、用があるのはミニチュアではなく、ローテーブルの引き出しの方だった。案の定、引き出しからはカッターナイフと接着剤が消えていた。

……棟方の仕業《しわざ》だな。

加茂はそう直感して顔を歪める。

ムナカタはＶＲ調査フェーズの時に最後まで広間に粘っていた。皆が自室に戻ったのを見届けて、カッターナイフの刃をドアノブに貼りつけていったのだろう。もちろん、犯人サイドが誰かを炙り出す即席の罠にする為だ。

『……あぁ、これはマズいことになりましたねぇ』

椋田が嬉々としてそう囁《ささや》くのが聞こえた。

加茂は傷口から血が落ちそうになるのを押さえ、南棟へと続く扉を調べた。例の猫ドアがついている扉のうちの一つだ。

思った通り、こちらの丸いドアノブにもカッターナイフの刃が仕込んであった。

二つの罠が発動するのは、犯人が自室のある棟から別の棟へと移動した時……あるいは、広間などの共用スペースで犯行を終えて自室に戻る時だ。

加茂の場合、後者のパターンに嵌《は》まったことになる。

『朝になってアバターの手を調べられれば、君は犯人サイドの一人だと丸わかりだ。これは致命的ですね？』

こんな状況だというのに、椋田の立てる笑い声は耳に心地よかった。天使の笑い声を持つ悪魔……。

加茂は低い声になって返す。

「犯行方法さえ見抜かれなければ、問題ない」

『「当たらなければどうということはない」って？　そういうことを言うプレイヤーに限って、あっさり死んじゃったりするものなんですが』

加茂は厨房で布巾を手に入れ、左手を使って水道水で濡らした。そして無駄とは知りつつも、北側のドアノブについた血を拭い取る。

『そんなことをして、何になるんです？』

……どうにもならなかった。

アバターの手に傷がある以上、血痕を消したところで無駄だった。

それでも、加茂は分かる範囲でドアノブなどに付着している血を拭き取った。……幸運だったのは、広間の絨毯が濃い茶色で、落ちた血痕が目立たずにすんだことだった。

手袋に引っかかっていた刃と血のついた布巾は、隠す時間もなかったので自室に持ち帰ることにした。

加茂が北棟の廊下に出た時点で、時刻は午前〇時を僅《わず》かに過ぎていた。だが、椋田はそのことには触れない。

たまたま気づいていないだけかとも思ったが……隙あらば人をゲームオーバーにしたがっている人間だ。制限時間内に不可能犯罪を作り上げていれば、自室に戻るのが多少は遅れてもセーフというルールなのだろう。

椋田はなおも嫌らしく喋り続ける。

『これから、君は探偵役からの集中砲火を受けることになる。それでも、生き延びられると？　犯行方法を見抜かれれば、ペナルティは君の妻と娘にも及ぶんですよ』

伶奈と雪菜はどんな手を使ってでも守りたかった。

だが、探偵役に犯行方法を見抜かれてしまった場合、加茂にできることはもう何もなくなってしまう。やれるとすれば、そのまま探偵役が完全解答を出してくれることを天に祈るだけだった。

加茂は黙々と廊下を進んだ。

『私はねぇ、特に君が絶望する顔を見るのが楽しみで仕方がないんだ。ねぇ、何とか言ったらどうです？』

……伶奈と雪菜を確実に守る方法は一つだけある。

加茂は自らを鼓舞する意味も込め、鼻で笑うようにして言った。

「下らない。俺が誰より早く、執行人が起こす事件の真相に辿りつけばいいだけの話だろ?」

椋田から返事が戻ってくることはなかった。

第五章　試遊会　二日目　調査フェーズ①

二〇二四年十一月二十三日（土）〇七：〇〇

眠りは浅く不安定だった。

明晰夢、加茂は夢の中で昨日の出来事を繰り返していた。

……そう、始発の新幹線に間に合うよう、俺は家を出たんだった。

雪菜はまだ寝ていたので、音を立てないようにとても気を遣った。朝が苦手な伶奈はずっと寝ぼけたような顔をしていたのだったか。

「行ってらっしゃい」

伶奈の左手首には、スマートウォッチが巻きついている。

……毒針！

加茂はハッとしたが、疑うことを知らない伶奈は微笑みを浮かべて玄関を閉ざしてしまった。

夢の中でさえ、彼は無力だった。

気づくと、加茂は岡山県K港にいた。

戌乃島《いぬのしま》までは船で二十分ほどの距離。天気もよく港から望む海は穏やかだった。

その隣では、佑樹がスマホをいじっている。結局、彼はメガロドン荘に到着するまで口を利かなかったのだったか。

やがて佑樹はチャーター船のタラップへと歩き出す。それを見た加茂は叫んでいた。

「行くな！　でないと……」

佑樹には彼の忠告など聞こえないのか、そのまま乗船してしまう。

彼らの案内人を務めたのは、監修作業で馴染みとなった十文字Dだった。

十文字は中背で骨太の筋肉質な体形をしていた。テディベアを連想させる丸っこい鼻が特徴的だ。

船長を除けば、チャーター船に乗っているのは加茂や十文字を含めて七人。十文字の隣でアーモンド形の目を細めて笑う人物を見て、加茂は身震いとともに思い出す。

……そうだ。行きの船には俺たちと一緒に、椋田千景も乗っていたんだった。

夢ではあったが、目の前に広がっている光景は加茂が実際に見たままだった。二人は親密そうに喋り続けていたが、距離があるので声は加茂にまで届かない。

ふと、加茂の脳裏に疑問が浮かぶ。

十文字は椋田の協力者？　それとも監禁されたスタッフのうちの一人？

監修作業の間だけの短い付き合いだったが、十文字は冗談をこよなく愛するムードメイカーだった。開発スタッフからも好かれており、彼のおかげで監修作業は和気あいあいとした雰囲気で進んだ。あの底抜けに明るかった人物が、壮行会まで開いてくれた十文字が……こんなことに加担しているとは、加茂も信じたくはなかった。

チャーター船は戌乃島に加茂たち七人を降ろして去っていった。加茂たちをこの悪意に満ちた島に取り残して。

やがて……夢の世界は急速にぼやけてその輪郭を失っていく。

スマートウォッチのけたたましいアラームで加茂は目を覚ました。

クリーム色の壁、ここはメガロドン荘の自室だ。

時刻は午前七時十五分になっていた。眠れたのは二時間ほどだったのにも拘《かか》わらず、意外にも頭はすっきりとしている。

シャワーを浴びて頭の芯に残っていた夢の名残を吹き飛ばすと、菓子パンで朝食を摂った。

ゲームの終了は二十四日の正午……それまで長丁場が続く。

しかしながら、VR犯行フェーズが終わる前に起きたことを考えると、本当は食欲など一ミリも湧かなかった。

午前二時五十分のこと、椋田からログアウトと再ログインに関する指示があった。

『「ミステリ・メイカー2」は開発途中のもの。プレイヤーが丸二日もぶっ通しでログインを続けると、バグが起きやすくなってしまうのですよ。なので、ここで一日目のログアウトと再ログインの処理をお願いします』

バグとは、ゲーム内で想定していない現象が起きてしまうことだ。

代表的なものだと、アバターの身体が壁に埋まり込んで動けなくなったり、敵が無敵になったりする。過去には、必殺技を出したらゲームが進行不可能になる悪質なものも存在していたという。

『物理法則を無視するバグなんて起きたら、推理ゲームとしてフェアさが担保できなくなってしまうでしょう？　そういった事態を避ける為にも、全プレイヤーには一日に一回だけログアウトしてもらいます』

このルールは加茂にも初耳だった。

すかさず、ボイスチャット経由でケンザンが質問する声が聞こえてきた。

『そのルールは、執行人と犯人役にも適用されるの？』

『もちろんです。……各自、通常のログアウト処理はセーブスポットで行えます。ふふ、中には殺されるなどして、既に一日目のログアウトを終えている人もいるけどねぇ？』

加茂に殺されたミチなどはその例に当てはまるだろう。

なおも椋田は説明を続けた。

『頻発するバグはアバターが壁や扉をすり抜けてしまうことだけど……今回のゲームでは、そういったことは絶対に起きないと約束しましょう。プレイヤーが現実世界でどんな異常な動きをしようと、アバターの身体は必ず壁や扉に当たった位置で止まり、すり抜けたり埋まり込んだりすることはありません』

ここでアズマの声が割り込んできた。

『他のバグについては、どうなの？』

『壁抜けバグも含め、犯人役や執行人がバグと不具合を犯罪に利用することはないから、ご安心を……。万一、ゲーム内でバグや不具合が発生した場合、即座に皆さんにお知らせすると約束します』

話を聞きながら、加茂はダークグレーのソファに座って、グラスの水を口にした。

セーブをするのはこれで五回目だった。グラスになみなみと注いでいた水も、今回のセーブでちょうど空になった。視界の左下に『セーブ完了』の文字が躍る。

あとはログアウトして、現実世界で再ログインの手続きを踏むだけ。

そう考えた瞬間、ボイスチャット経由で喉の潰れかけたような声が耳に飛び込んできた。

『そ……ん、な』

更に、どさりという重い音をマイクが拾う。

椋田が歌うような声になって言った。

『ふふっ、また犠牲者が一人』

加茂は顔面蒼白になっていた。……さっきの声は佑樹に似ていなかったか？

「今のは、VR空間での出来事だよな？」

やっとの思いでそう問い返すも、椋田は喉の奥でクックッと笑い声を立て、その希望さえ打ち砕くようなことを言う。

『VR犯行フェーズとはいえ、現実世界で死者が出ないと言った覚えもありませんよ』

息を詰まらせた加茂に対し、椋田は容赦《ようしゃ》なく言葉を継ぐ。

『そう慌てなくとも、朝になれば分かりますよ。……一日目のログアウトをまだ終えていない方は、直ちにログアウトと再ログインを終わらせて下さい』

その後、加茂はほとんど上の空でログアウトをすませ、現実世界へと戻った。

RHAPSODYの中で、彼はゴーグルのバイザーを上げたまま茫然としていた。腕を動かすとスマートウォッチに時刻が表示され、それが目に入る。

ちょうど午前三時だった。

……佑樹くんは無事、なんだよな？

なおも、耳元で椋田が囁《ささや》くのが聞こえた。

『VR犯行フェーズで命を落とした人は別として……まだ再ログイン手続きを終わらせていないのは君だけですよ？』

これ以上ログインを拒むようならルール違反と見なす、という言葉が続いたようだったが、加茂はほとんどそれを聞いていなかった。

虚ろなまま、ただ習慣になった動作をなぞるように……彼はVRゴーグルのバイザーを下ろして再ログイン手続きを踏む。

気づくと、加茂はVR空間のセーブスポットへと戻ってきていた。

椋田は実にシームレスに説明を続けていた。

『改めて、二十三日のステージへようこそ。ここからは二日目という扱いです』

ケンザンが疑わしそうな声を上げる。

『ねえ、僕らがログアウトした後で、犯罪の痕跡や証拠をVR空間から消し去るようなことはしてないよね？　ゲームの開発者なら、そのくらい簡単にできそうだけど』

『そんなことする訳ないでしょう？　高校生なのに疑り深いなぁ。この建物には「二十三日午前三時にセーブした傀儡館内の状況」がちゃんと反映されているし、この言葉に嘘偽りはない。……でないと、推理ゲームとして破綻してしまいますからね』

加茂の知る限り、中断していたゲームを再開する時、事前に保存しておいたセーブデータをロードするのは、どのゲームでもよく行われることだった。

現在この館内のアイテムや家具や建具は（アバターの遺体とその痕跡も含め）、加茂がログアウトした時点での傀儡館内と同じ状況・配置になっている……。このことは、椋田がゲームマスターとして断言している以上、信じても問題ないと考えられた。

椋田は笑いを含んでなおも続ける。

『では、これから朝まで存分に身体を休めて下さい。VR空間にせよ現実世界にせよ、自室から出さえしなければ自由にしてもらって構いませんので。……午前八時になったら、お楽しみのVR調査フェーズのはじまりです』

そして、もう時刻は午前八時に近づきつつあった。

窓から差し込む日光に目を細めつつ、加茂はVRスーツと手袋型コントローラを装着する。

ＲＨＡＰＳＯＤＹとの同期を再開しながら、彼はなおも考え続けていた。

……あの潰れかけた声は、本当に佑樹くんのものだったんだろうか？

時間が経つにつれて、やはりあれは別人の声だったのではないかという印象も強まっていた。これには佑樹が無事であって欲しいと思う、加茂の願望も混ざっているのかも知れなかったが……いずれにせよ、朝を迎えた今では佑樹は無事だと信じる気持ちの方が強くなっていた。

加えて、もう一つ加茂を悩ませていることがあった。

このゲームにおいて、最も不利な役回りは犯人役に違いなかった。

犯行に及ぶ度に失敗するリスクがつきまとい、成功したとしても探偵役の猛攻から逃げ切らなければならない。その上、犯行方法を見抜かれた場合のペナルティはどの役割よりも重かった。

椋田が素人探偵という存在を憎悪しているとしても、八人の中から加茂を犯人役に選んだ理由が必ず存在しているはずだった。

加茂は記憶力に自信があった。見聞きしたことは大体覚えてしまうし、人の顔もまず忘れない。だから、この試遊会の話が持ち上がるまで、彼と椋田千景の間に接点がなかったのは確かだった。

それにも拘わらず、加茂は椋田から一種の執着を感じていた。『君が絶望する顔を見るのが楽しみで仕方がない』と言い放った時の声など、尋常ならざるものがあった。

……どうして、彼女は俺に執着するんだ？

考え込んでいるうちに午前八時をまわっていたので、加茂はVR空間へ入った。

まずはアバターの右手を確認する。

指先の傷は止血していたものの、今も切り跡は生々しい。……これは彼が犯人サイドの人間だという動かぬ証拠だった。

＊

加茂は小さく息をついて自室を出た。そして重い足取りで廊下を進む。

広間へと続く扉を開いたところで、加茂は面食らった。その先に漆黒の闇が広がっていたからだ。

最初、彼は建物全体の照明が落とされたのかと思った。

犯人役の加茂には、ステージにある全照明を落とす権限が与えられていた。同じようにその権限を持つ執行人が……灯りを消して皆の視界を奪ったのではないかと疑ったのだ。

だが、すぐにその権限は犯行フェーズでしか使えないものだったことを思い出す。よく見てみると、北棟の廊下のライトには何の影響もなかった。

……何だ、照明が消えているのは広間だけか。午前〇時までは、確かに広間の電灯はついていた。それなのに何故？

室内の唯一の光源は、向かい側に見えるミニチュアハウスだった。その窓からはぼんやり灯りが漏れている。

広間内の闇が濃厚なのは、傀儡館の外が虚無ということが関係しているのだろう。星の光も月の光も差すことがない為、現実世界では味わうことのできない暗さだった。広間の扉についている猫ドアも黒いフィルムがかかっていたので、廊下や隣室の光をほとんど通していない。

加茂の背後からやって来たケンザンも目を丸くした。

「え、犯人サイドの誰かがライトを消したってこと？」

「そうみたいだな」

加茂は手探りで扉の左側にあったスイッチを押した。

一斉に壁に取りつけられたライトが点灯し、ちょうど南側の扉から入ってきたムナカタも眩しそうに灯りを見つめる。時刻的には八時を少し過ぎていたが、どうやら加茂たちが一番乗りだったらしい。

ムナカタは円卓に顔を向け、両腕を組んだ。

「なるほど……二人が殺《や》られたのか」

円卓には人形が二体転がっていた。

一つは未知に顔が似た燕尾《えんび》服を着た女性の人形で、その首にはタコ糸がまきついている。もう一つは王様の姿をしていて、右手に盃を掲げていた。顔は佑樹にどこか似ている。二体とも口元が真っ赤に染まり、関節という関節は歪な方向に捻じ曲げられていた。

人形を確認したケンザンも眉をひそめる。

「一人が絞殺、もう一人が毒殺なのかな」

加茂はミチの首を絞めて殺した。その犯行方法を知っていることから考えても……これは執行人の仕業《しわざ》に違いなかった。

次に視線をムナカタに向けたところで、加茂は胃がギュッと絞られる感触を覚えた。

ムナカタはマイペースに南側の扉を調べていた。そして、彼はドアノブから何かを引きはがす仕草をする。自分で仕掛けたカッターナイフの刃を回収しているのだろう。

……いや、棟方の動向ばかりうかがっていても仕方がない。どうせ、なるようにしかならないんだからな。

皆が揃うのを待つ間に、加茂は電灯のスイッチを調べることにした。

この建物に取りつけてあるのは、ワイドスイッチと呼ばれる大きなものだった。加茂の目測では、サイズは縦一〇センチ×横四センチくらいあるだろうか。

ついさっき、加茂は北側のスイッチを押したが……その時には捜査用の手袋をつけていた。その為、何か跡が残っていれば、執行人のものである可能性が高かった。

同じくスイッチを覗き込んだケンザンが残念そうな顔になる。

「何の痕跡もなし、か」

「そうだな。他にスイッチは……」

広間を見渡して確認してみたところ、この部屋には電灯スイッチが北側と南側の二か所だけに設置されていた。

「よし、南側のスイッチも調べてみよう」

そう言いながら、加茂は広間の反対側に向かった。

ドアを挟んで左側には人形が乱雑に置かれた棚があった。広間で人形が置かれているのはこの南側の棚だけだったので……円卓に置かれていた人形も、ここにあったものが使われたのだろう。昨晩のVR調査フェーズでは、ムナカタがこの棚を調べていたのを見た記憶があった。

そして、扉の右側には例のミニチュアハウスが置かれていた。

それを見た瞬間、加茂は模型の屋根・天井部分が下ろされており、ハウスの内部が見えなくなっているのに気づいた。昨晩の午前〇時前の時点では、加茂はハウスの内装を見た記憶があった。つまり、あの後でミニチュアの屋根・天井部分を下げた人物がいるということだった。

……一体、何の目的でこんなことを？

この事実を頭の隅に留めつつも、加茂はミニチュアハウスがある側の壁に取りつけてある、電灯のスイッチの確認を優先した。少し遅れてケンザンが口笛を吹く。

南側のスイッチには黒い汚れが広範囲に付着していた。そして……その汚れの上には親指と人差し指と中指の跡が残っている。スイッチの上にべたっと右手を縦に置いた形をしていた。

「この指の跡は犯人サイドの誰かのものだろうな。付着している黒い汚れは何だか分からないが」

加茂がそう呟くと、ケンザンはニッと笑った。

「何にせよ、有力な手がかりに違いないね」

この発見を皆に共有しようと振り返った瞬間、思わず加茂は身震いをしていた。

今度はムナカタが北側の扉を調べていた。そこにはもうカッターナイフの刃は残っていない。あるとすれば、接着剤の固まりだけだ。ムナカタは丸いタイプのドアノブから何かを引きはがしながら、満足そうに頷いていた。

自室を出た時から、加茂は調査用の白手袋で手の傷を隠していた。

だが、手を動かしたことで、早くも手袋には薄《うっす》らと血が滲《にじ》み出しつつある。既に、ムナカタも加茂が指先に負傷をしていることに気づいているはずだ。

遅かれ早かれ、ムナカタは加茂のことを告発するだろう。

いつまで嵐の前の平穏が続くのか？　その偽りの平穏は……加茂にとってむしろ苦痛以外の何物でもなかった。

やがて、北棟からアズマが姿を見せて合流した。

彼女を加えても、まだ広間には四人しかいない。加茂は未だユウキの姿が見えないことに不安を募らせていた。

……午前三時ごろに聞こえたあの声は、やはり佑樹くんのものだったのか？

ここで、ケンザンがため息まじりになって呟いた。

「今のところ、遊奇さんと未知さんと不破さんの三人がいないのか。部屋まで無事を確認しに行った方がいいね」

「本当ならこんなところでモタモタせず、現実世界を確認したいとこなんだけど……あのクソ女が『VR調査フェーズでは現実世界に戻ることは認めない』とか何とか、好き勝手にルールを作るから！」

悔しそうに言ったのはアズマだった。ケンザンは北棟へ続く扉に手を伸ばしながら続ける。

「手分けしよう。とりあえず、僕はフワさんの部屋を確認し……」

ケンザンがドアノブに手を触れた瞬間、北側の扉が廊下側から押し開かれたので、ケンザンは危うく吹き飛ばされそうになった。

「すまない。……人がいるとは思わなかったから」

扉の向こうにはフワが立っていた。彼はどっと疲れの滲んだ顔をしている。

「随分と遅かったけど、何やってたの？」

そう鋭く問いかけたのはムナカタだった。フワは苦笑いを浮かべる。

「元々、低血圧で寝起きには弱くてね。……その上、今日は傀儡館に入ってから身体が重く感じられて仕方がない。ちょっと動いただけで息も切れるし、気のせいか耳鳴りまで」

そう言うフワは確かに呼気が乱れているようだった。あくびを噛み殺しながらケンザンも言う。

「それは僕も同じだね」

「お互い、昨日から緊張と寝不足が続いているからだろうな。ちょっとウトウトした隙に、歩くキノコに襲われる夢を見たよ。まあ、豆腐に襲われるよりはマシか」

フワはよく見る夢だという雰囲気を出していたが、少なくとも加茂はそんな妙な夢を見たことはなかった。……真面目そうな顔をしている癖に、彼の頭の中にはワンダーランドが広がっているらしい。

一方、アズマは二重の意味で心配だという顔になって口を開いた。

「あの、無理はせずに、休んだ方がいいんじゃないですか？」

「大丈夫、すぐに血圧も上がってくるだろう。それより……」

「私は無事だよ。ゴーストになっちゃったけど」

知らぬ間に、南側の扉のところにミチが立っていた。

彼女の頭上には天使の輪がふわふわ浮かんでいる。これはミチがゴースト化しているという証だ。

どちらかというと天使より悪魔の方が似合うミチに対し、フワは微笑みかける。

「無事で何より」

「アバターが殺された瞬間に強制ログアウトを喰らって……それからは現実世界で待機させられてたの。で、午前三時からは二日目扱いになるっていう話だったでしょ？　私もそのタイミングから再ログインできるようになって、無事に自室から再開できた感じ。まあ、ゴーストになってたけど」

ゴースト化したアバターにはログイン制限がかかり、そのせいでユウキも広間に来るのが遅れているのではないか？……加茂もそんな一縷の望みを抱いていたのだが、ミチがやって来たことで脆くも砕かれてしまった。

最悪の事態が頭をよぎり、加茂は居ても立ってもいられず口を開いていた。

「とにかく、佑樹くんの無事を確認しに行こう。恐らく、彼は自室に……」

「今さら急いで何になる?」

鼻で笑うように言ったのはムナカタだった。

「どういう、意味だ」

「加茂さんだって分かってるんだろ? この時点で広間にいないということは、遊奇さんは現実世界でも殺されている可能性が高い。……急いだところで、もう遅いよ」

それは事実かも知れなかった。だが、そのあまりに乾ききった考え方に加茂は言葉を失っていた。誰より早くアズマが怒りを露わにする。

「もう! こんな人は無視して、早くユウキさんの部屋に行きましょう」

彼女は足音も荒く南棟へと歩き出す。加茂も急いで廊下へと向かった。


ユウキの部屋は南棟の一番手前の左側にあった。

扉を叩いても室内から反応はない。ケンザンが唇を噛んだ。

「合鍵もないみたいだし、蹴破るしかなさそうだね」

加茂とケンザンが二人がかりで体当たりと蹴りを繰り返すと、すぐに扉がたわんできた。やがて錠も壊れ、加茂たちはユウキの部屋へとなだれ込む。

客室はどれも似たり寄ったりの造りだった。

ユニットバスにベッド、それから大量の人形……。違いは、カモの部屋と家具の配置が左右反転になっていることくらいだ。

部屋を覗き込んだアズマが小さく息を呑んだ。

セーブスポットの前には、ユウキがうつ伏せに倒れ込んでいた。

彼の口元から吐物が広がり、横向きになった顔は真っ白だった。

ミチを殺した時もそうだったが……『探偵に甘美なる死を』では、遺体をデフォルメして現実味を下げる処理はされていないらしい。それは加茂がかつて『死野《しの》の惨劇』で目の当たりにした遺体に限りなく近く、忌まわしいほどにリアルだった。

まだ顔色の戻らないフワは顔を歪めて呟いた。

「やはり、遊奇さんが犠牲に……」

加茂はユウキの傍《そば》に駆け寄り、その腕を持ち上げる。

VR空間で殺害された遺体はプレイヤーが操作するアバターという扱いではなくなるので、たとえ佑樹が現実世界で命を落としていたとしてもフリーズすることはない。……だから、腕を動かせると分かったところで、現実の佑樹が無事かは判断のしようがなかった。

ミチのゴーストも傍に膝をつきながら問う。

「毒殺？　もしかして水に毒が入っていたのかな」

それには答えず、加茂はユウキがアバターとしてまだ生きている僅かな可能性に賭けて首筋の脈を調べた。

……その瞬間、セーブスポットが光りはじめる。

これには加茂もギョッとしたが、傍にいたミチの反応はもっと過激だった。

彼女にはビビリなところがあるようで、凄まじい悲鳴を上げて跳び下がり、真後ろにいたアズマを巻き込んだ。アズマはベッドに尻餅をついただけですんだものの、ミチは勢い余って部屋の隅にあった人形の小山に腰から突っ込んでいた。

「あの……大丈夫ですか?」

放心気味の二人に声をかけたのは、ダークグレーのソファの上に出現した、もう一人のユウキだった。

その頭には天使の輪が浮かんでいる。彼は困りきった表情を浮かべて、人形の山の中でもがくミチを見下ろしていた。

少し前から、加茂の視界の隅では次のような文字が躍っていた。

第三者により青葉遊奇のアバターの死が確認されました。……ユウキのゴーストを解放します。

加茂は心の底からホッとして、ユウキに苦笑いを向ける。

「よかった、本気で心配したぞ」

「お騒がせしてすみません。今の今まで再ログインが認めてもらえなくて……。一応、皆さんの会話はボイスチャット経由で聞こえていたので、大まかな状況は知ってますが」

彼は珍しく申し訳なげに小さくなっていた。ムナカタは腕を組んだまま唸る。

「椋田、答えろ。……どうして、ミチとユウキでゴーストの解放タイミングを変えた？」

どこかから笑い声が聞こえてくる。

『情けないですねぇ、探偵のクセにそんなことも推理できないなんて』

椋田の言葉にムナカタの目に殺意を帯びた怒りが浮かんだ。そんな彼に代わってユウキが口を開いた。

「僕のゴーストの解放が今まで認められなかったのは、この部屋には遺体以外には、ゴーストになった僕すらいなかったと……それだけ不可解な密室だったと強調したかったからですよね？」

『正解。密室が外から開かれるより前に、室内に被害者のゴーストが出現するなんてことがあっては、せっかくの密室の謎も台無しですからねぇ？　今後も自室で殺害された人については、第三者によりアバターの死が確認されるまでゴーストは解放せず、ＶＲ空間への再ログインも認めないものとします』

不意にミチがしんどそうに人形の山から立ち上がった。

その辺りの人形は現代日本風の恰好をしており、サラリーマンの群れの間から釣竿や絵筆やショベルなどを握った人形たちが顔を覗かせていた。

彼女は床に転がり出ていた斧を人形の山に蹴り戻して、照れ隠しするように口を開いた。

「なるほどね。私の場合は殺されたのが自室じゃなかったから、ゴーストを解放しても密室を引っかき回す心配もなかったって訳か」

一方、ベッドに座ったままだったアズマが苦笑いを浮かべる。

「この部屋には窓はないから、扉が唯一の出入り口でしょ？　見たところ、オートロックで締まる錠に加え、サムターンを回すことでかかる二つ目の錠もしっかりかかっていたみたい」

つられるように加茂は蹴破られた扉とドア枠を見つめた。

扉の錠は全て破損し、ドアガードもネジごと外れてしまっていたが、デッドボルトの出方などから彼女の分析は正しいと分かった。

加茂は頷きながら口を開く。

「ああ、ダブルロック状態だな。ドアガードもしっかりかかっていたようだし、サムターンに細工されたような跡はない」

「二つ目の錠はサムターン以外では錠が下ろせないから……この感じだと、室外からダブルロック状態にするのは、かなり難易度が高そう」

ここでフワが両手を大きく振りながら言った。

「何にせよ、まずは被害者本人から話を聞こう。遊奇さん、何があったのか説明してもらえるかな」

ユウキのゴーストは自らの遺体を気味悪そうに見ていたが、やがて説明をはじめた。

「午前三時前に、ログアウトと再ログインについて指示があったでしょう? ログアウト前にセーブをしようと水を飲んだら、急に首の回りが苦しくなって……それから全身をギリギリ締めつけられるような痛みが走ったんですよ」

加茂は小さく頷いた。

「VRスーツの仕業だな。あれは首の辺りまでカバーしているから、空気で膨らむ等して首や全身を圧迫したんだろう」

これを受け、ユウキは恥ずかしそうに笑いはじめた。

「冷静に考えると、そうに決まってますよね? でも、その時は現実世界で首でも絞められているのかと思って、大騒ぎしてしまって」

だが、この状況で騒ぐなという方が無理な話だろう。

事実、加茂もVR空間で指先を傷つけただけでオロオロしたくらいだ。見えないところで何かに身体を蝕まれる恐怖は、味わってみないと分からない。

遺体の前方にはグラスが転がっていた。もちろん、セーブ用のグラスだ。

……椋田は懐かしのセーブシステムを再現するとか言っていたが、結局のところ『水を飲む』という行為は、ゲーム内で毒殺を成立させる為の方便にすぎなかったのか。

加茂と同じくグラスを見つめていたユウキが、訝《いぶか》しそうな表情に変わる。彼は自分の遺体を転がして、その下側まで確認してから首を傾げた。

「……ない」

「何の話？」

アズマの問いかけに、ユウキは眉をひそめたまま答えた。

「毒にやられた時もそうでしたが、僕は水を飲む前は毎回グラスに水をなみなみと注ぎ足していたんですよ」

「その言い方からすると、常にグラスに水は入っていた感じね？……だとすると、水差しじゃなくてグラスに毒が直接放り込まれた可能性もあるのか」

「その可能性も高いと思います。……いずれにせよ、注ぎ足した後は一回飲んだだけで、中身を服や床にぶちまけてしまいました。それなのに、グラスも床も服までも、ほぼ乾いているみたいなんですよね」

ユウキの言った通り、グラスや床には濡れた跡はほとんど見当たらなかった。念の為に遺体の服も調べてみたが、床に接して乾燥しにくかったはずの胸の辺りでさえ、微《かす》かに湿気っているという程度になっている。

加茂は遺体を元の位置に戻してから、ため息まじりになって言った。

「本当だな」

「まだ僕が死んで五時間ほどしか経っていないのに、乾くのが異常に早い気がするんですよね。傀儡館って湿度が低めの設定なのかな？」

ケンザンはユウキの呈した疑問には全く興味がない様子だった。彼はくるぶしほどの高さの台に置かれている水差しを調べながら言う。

「……犯人はどうやって毒を盛ったのかな？」

これを聞いたフワはキョトンとした顔になった。

「ん？　そんなことは何も不思議じゃないだろう。ゲームがはじまる前から、犯人は遊奇さんの水差しに毒物を仕込んでおいたんだ。密室殺人のように見せかけてはいるが、遊奇さんが自ら部屋の施錠をすませたというだけの話だよ」

ところが、ケンザンは大きく首を横に振っていた。

「それはあり得ない。……僕らは犯行フェーズに入る前、セーブの為に水を飲んだでしょ？　その後も、現実世界に戻る為に何度かセーブをしているはず。遊奇さんがその時に毒の影響を受けていないということは、VR犯行フェーズの途中で毒が入れられたのは確実ってことだよ」

ここで一旦言葉を切って、ケンザンはユウキに向かって問いかけた。

「毒殺される前、最後にセーブしたのはいつ？」

「現実世界に戻った時だから……午前〇時半だね。その時も水差しから水を注ぎ足して飲んだけど何ともなかったから、毒が混ぜられたのは午前〇時半以降と断定していいと思います」

「他のプレイヤーを部屋の中に入れるなんてバカなこと、してないよね？」

普通、高校生にこんな風に言われれば気を悪くしそうなものだが、ユウキはむしろ面白がるような表情になっていた。

「これからVR犯行フェーズがはじまると聞かされて、そんなことやらないよ。……自室に戻った時には、ちゃんと扉を施錠してドアガードもかけたし、室内に怪しいものがないか、人形の山を調べるくらい徹底してやった。誰も室内に入らなかったのは確かです」

ここでアズマが柔らかそうな頬を左手で押さえながら言った。

「とはいえ、部屋の中にさえ入ってしまえば、遊奇さんに気づかれることなく毒を盛るのは難しくないでしょ？」

「例えば、僕が現実世界に留まっている間を狙えば、楽勝だったと思います。午前〇時半に現実に戻った時は、お手洗いに行ってすぐに戻ってきたから……ＶＲ空間を空けていたのは五分ほどかな？」

「五分あれば、毒を入れるのには充分ね。この事件では、水に毒を混ぜた方法自体はそれほど重要じゃないみたい。むしろ、犯人が施錠されている部屋にいかにして侵入したかを解き明かさないと、先に進めない」

二人のやり取りを受けて、フワは陰鬱《いんうつ》な表情になって呟く。

「参ったな……。単純な毒殺事件かと思ったが、なかなかの難問らしい」

一方、ケンザンはユウキへの質問を再開していた。

「ＶＲ犯行フェーズがはじまってから、部屋で何か変わったことはなかった？」

「そういえば、午前〇時五十分ごろに廊下で物音がしましたね」

「物音？」

これにはムナカタが代わって答えた。

「僕も聞いた。廊下から何かを叩くような音がして、一分も続いたかな」

ユウキも大きく頷く。

「ちょうどメモ用紙に色々と書いて考えていたところだったので、無視しようとも思ったんですけどね。でも、あまりに音が続くから外に出てみたんです。少し遅れて棟方さんも廊下に出てきて、そこからは一緒に色々と調べた感じで」

加茂はテーブルの上にあったメモ用紙を見下ろした。

そこには人形たちのデッサンやメガロドンソフトのロゴマークなどが描かれている。ところどころ、鉛筆が折れたような跡があるのはユウキの筆圧が強いせいだろう。

……本気で推理もせずに絵を描いていたみたいだな。

加茂は深くため息をつく。なおもケンザンはマップを見ながら質問を続けていた。

「南棟にはミチさんの部屋もある。彼女だけ廊下に出てこなかったのは不思議に思わなかったの？」

「別に。廊下に出ないという選択肢もアリだろうと思っただけで」

ムナカタは肩をすくめながらそう言い、ミチは苦笑いを浮かべた。

「実際のとこ、私は既に殺されていて強制ログアウトを喰らってたんだけどね」

ケンザンは再びユウキに向かって言った。

「で、その時は廊下を調べただけ？」

「ロッポンギさんの部屋も覗き込んでみたけど、特に異状はなかったですね。あと、棟方さんと一緒に広間も調べました。……こっちは知らない間に照明が消えていたから、驚いたんですけど」

加茂はすかさず話に割り込む。

「何だ、午前〇時五十分の時点でもう広間のライトは消えていたのか」

「そうなんです。だから、一度灯りをつけて広間内を調べて、また消灯してから部屋に戻ったんですが。……廊下や広間の確認にかかったのは、十分弱かな？　もちろん、それ以後は部屋から出ていません」

ここでムナカタが辛辣《しんらつ》な口調になって言葉を挟んだ。

「言っとくが、僕は広間をもう一度消灯するのには反対だった。あれは遊奇さんの独断だ」

「いや、犯人役がやったことだったら邪魔するのも悪いかと思って……。とにかく、その時に、ドールハウス近くの絨毯の上で黒い切れ端を見つけました。確か、棟方さんが拾っていましたよね？」

ムナカタは左ポケットを探って、手のひらに黒い布の断片を載せた。

「これがそうだ。ポケット内では『謎の切れ端』というアイテム名で表示されている」

それを見た加茂はギョッとした。

カッターナイフの刃で指先を傷つけた後、加茂はドールハウスの傍にある引き出しの中身を確認していた。その時、少なからず動揺していた為に……切り裂かれた犯行用の手袋の断片を落としたのに気づかなかったらしい。

……いよいよ、ドアノブに仕掛けた罠について話す気だな。

加茂は身構えてその言葉を待ったが、何故かムナカタは沈黙を守って微笑むばかりだった。

どうやら……加茂にとっての、蛇の生殺し状態はもう少し続くらしかった。

フワは腕組みをして何度か頷いた。

「その断片の正体は追々と分かってくるだろう。それより、私は円卓がどうなっていたかが気になるな」

これに対し、ユウキはきっぱりと言いきった。

「午前〇時五十分の時点では、まだ人形はありませんでした。執行人だか誰だか知りませんが、それ以降に円卓に人形を移動させたんですよ」

ここでアズマが訝しそうな声になる。

「遊奇さんが廊下を調べている間に、誰かに部屋に侵入されたり、扉が開いている間に毒を投げ込まれたりしなかった？」

「あり得ないですね。部屋を出た後、ちゃんとオートロックがかかっているか確認しましたから。未知さんは強制ログアウトを喰らっていた時間帯っぽいし、棟方さんも廊下にいた間は、不審な行動は取っていません」

しばらく、誰も何も言わなかった。

どうして広間の電灯が消されていたのか、何故ミニチュアの屋根は下ろされていたのか？

理由の分からないことがじわじわと積み重なっていた。

……俺が犯罪計画を立てた時、ＶＲ空間でなければ成立しない派手なトリックになるように心掛けた。もし、椋田も同じことを考えているとしたら、この事件も一筋縄ではいかないのかも知れないな。

＊

「次は私こと、ミチ殺しの調査だね？」

ミチのゴーストはそう言って嬉しそうに笑った。

「私が襲われたのは倉庫だよ。……でも、それはメインディッシュにして、まずは他の場所から調べない？　私も死んでから何が起きたか分からないから、倉庫以外の場所に遺体が運ばれている可能性だってある訳だし」

妙な提案だったが、加茂も建物全体を確認したいと思っていたところだったので、反対はしなかった。

ユウキの部屋から出た一行は、まずはロッポンギの部屋を調べ、異状がないことを確認した。それから広間をざっと再確認し、玄関ホールへと向かう。

ホールの奥にある玄関扉は金属製で……金庫扉と言った方が似つかわしいくらい重厚感があった。扉には大きな閂がかかっており、その右手にある窓の外には真っ暗闇の世界が広がっていた。

ケンザンが窓の外を見つめて低い声で呟く。

「……外は虚無か」

その時、加茂は視界の隅で何かを捉えた。不思議に思って扉の左側に目をやり、彼は思わず声を上げそうになった。……玄関ホールに、黒い手袋が落ちていたからだ。

褐色の床石の上にあったその手袋に加茂は見覚えがあった。それは椋田から支給された犯行用手袋だった。

同じく手袋の存在に気づいたアズマが手を伸ばす。

「何これ？　捜査用の白手袋とは素材も色も違うみたいだけど」

彼女が拾い上げた黒手袋は右手用のものだった。ケンザンが苦笑いを浮かべる。

「探偵役の僕らに覚えがないってことは、犯人サイドの誰かが落としたものじゃ？」

……少なくとも俺のじゃない。俺の手袋は自室まで持って帰ったからな。もしかして、執行人が落としたもの？

アズマから手袋を受け取り、加茂も詳細に調べてみた。手袋は酷使されており滑り止め加工が剝がれかけていた。全体に木くずや黒い繊維がまとわりついてボロボロだった。

残念ながら……加茂にも支給されたこの黒手袋は、伸縮性が非常に高いフリーサイズになっていた。その為、サイズから持ち主を特定することもできない。

ムナカタの発案で、広間で見つかった黒い布の切れ端との照合が行われた。

あれは加茂の黒手袋から落ちたものだったので、当たり前といえばそうだが……両者は同種の素材でできていることが確認された。

皆で相談した結果、切れ端は引き続きムナカタが保管し、手袋はユウキが預かることになった。

ユウキは密室内で命を落とし、それから長いこと強制ログアウトを喰らっていたので、この手袋の落とし主である可能性が比較的低いと判断された為だった。

左ポケットに手袋を入れたところで、ユウキが目を丸くする。

「あっ、皆さんからは見えてないと思いますが……ポケットに入れた瞬間に、この手袋は『犯行用手袋（右手用）』というアイテム名で表示されました」

ムナカタも虚空を見つめて言う。

「僕の切れ端も、アイテム名がアップデートされて『犯行用手袋の切れ端』に変わった」

どちらも加茂にとっては目新しさのない情報だった。だが、探偵役にとっては推測が正しいと証明された形になったことだろう。

続いて、ぞろぞろと全員で北棟にある空室に向かった。

ここは北棟では唯一、共有スペースに類する場所だった。もちろん……この空室にもミチの遺体はなかった。

次に向かった洗濯室には、洗濯機や乾燥機が何台も並べられていた。

ただし、洗剤や柔軟剤はどこにも見当たらない。洗剤がないということは……犯行時に服を汚せば、洗い落とすのが難しいということでもあった。今後の犯行についても、返り血には細心の注意を払った方がいいだろう。

部屋の奥の棚にはバスタオルやシーツ・枕カバーなどが積み上げられていた。どうやら、ここはリネン室も兼ねているらしい。

最後に、加茂たちは厨房へと移動を開始した。今では全員が無口になっていた。加茂もひどく重く感じる身体を引きずるようにして進んだ。

厨房にはシンク、コンロ、冷蔵庫、食器棚などが置かれていた。

棚には使いさしの調味料の瓶が乱雑に置かれており、空の食器や空き瓶などもシンク周辺に放置されている。そして、部屋の一角にはプラスチックケースに入った天然水の瓶が整然と積み上げられていた。

その傍を抜けると、奥には倉庫へと続く扉があった。

他の室内扉が木製なのに対し、倉庫の扉だけは頑丈そうな金属製だった。

扉に進み出たユウキは丸いタイプのドアノブを回そうとして、扉の下についている小型レバーが『閉』になっていることに気づいたようだ。この扉には角度によって『開』か『閉』が決まる、レバー式のグレモン錠がついていた。

普通、グレモン錠はドアノブの機能も兼ねて取りつけられることが多い。シンプルながら非常に頑丈な錠なので、防音性が求められる音楽スタジオなどでよく使われるのだという。

倉庫の扉は珍しく、通常のドアノブとグレモン錠が併用されているのが特徴だった。

ユウキはグレモン錠を『開』に合わせてからドアノブを回し、すぐに戸惑ったような表情になる。

「あれ？　ロックは外したのに、何かが引っかかって開かないですね」

腕組みをしていたアズマが壁を示しながら言う。

「遊奇さんと未知さんはゴーストなんだから、壁をすり抜けて確認しに行けないの？」

「いやいや！　そんなバグみたいなことができたら、推理ゲームとして成立しなくなっちゃうじゃないですか」

「私たちもできることは普通のアバターと一緒。椋田からもそう説明を受けたし」

ユウキとミチの弁解は信じても問題がなさそうだった。というのも、加茂が監修作業の時に聞いたゴーストの特徴とも一致していたからだ。

その間にケンザンが扉を調べはじめていた。

「扉は押せば数ミリ開きはするみたいだね。倉庫側に物が置かれていて扉を塞《ふさ》いでいる感じだ」

「私にも確認させて」

アズマはユウキとケンザンが扉が開かないフリをしているのではないかと疑ったようだった。だが……そんな訳はない。扉は押してもせいぜい定規が通るくらいにしか開かなかった。アズマはその隙間から何か見えないか試していたが、やがて諦めたように手を離した。

そんな彼女を見て、フワが苦笑いを浮かべる。

「また、扉を破るしかないかな」

今回ばかりは、加茂も扉を破るのに協力するのは止めておくことにした。彼はケンザンとユウキが金属扉に挑むのを厨房の奥から見守った。

ただ……厄介なことに、ムナカタが加茂の傍から離れなくなっていた。

これは加茂のことを『ミチ殺しの犯人役』と見なしているからだろう。そこまで見抜かれてしまった理由も薄々分かっていた。

ムナカタは罠を仕掛けたが、ゲームを監視している椋田にはバレバレだ。もちろん、共犯者である執行人にも情報は筒抜けだろう。そして、このことはムナカタも想定していたはずだ。

……つまり、この罠は犯人役のみをターゲットにしたものだ。

加茂は血が滲む右手を見下ろした。

ムナカタは広間の南北の扉のうち、どちらの罠が発動していたかを確認し、貼りつけていた刃を取り去っていた。

その段階で、ムナカタには加茂がユウキ殺しの犯人ではないと分かったはずだった。

ユウキ殺しの犯人は、VR犯行フェーズの最中に毒を入れている。また、廊下で物音を立ててユウキたちを外に誘《おび》き出しもした。この二つを遠隔で行うのは難しい。故に、ユウキ殺しの犯人は犯行フェーズの間に南棟に入ったか、元々そこにいた人物だと考えられた。

もし加茂がユウキ殺しの犯人なら、犯行の為に南棟に移動する際に、真っ先に南側の扉で怪我をすることになっていたはずだ。……ところが、これは北側の扉の罠だけが発動している状況とは矛盾していた。

以上のことから、ムナカタは加茂が『ミチ殺しの犯人役』である可能性が高いと判断したのだろう。

ユウキたちが扉へ二度目の突進を行った時……扉の向こうで何かが床に倒れる轟音《ごうおん》が響いた。

今朝から軽い耳鳴りを感じ、疲れ切っていた加茂の耳には堪えた。

気づくと、ケンザンとユウキの姿が厨房から消えていた。加茂は少しだけ頬を緩める。

……ここまでは、計画通りだな。

倉庫に転がり込んだユウキとケンザンは、オレンジ色の大きなものの上に倒れ込んでいた。アズマは彼らの下敷きになっているものを見てキョトンとした顔になる。

「え、ゴムボート？」

開いた扉の先にあったのはオレンジ色のボートだった。

今は空気が漏れていて、ユウキたちに踏まれてシウゥゥと小さな音を立てていた。

ケンザンは痛そうに頭に手をやりながら言った。

「このボートは昨日のVR調査フェーズの時に見た記憶が。確か、倉庫の棚に折り畳まれて置かれていたものだよね？」

加茂が用意したのは二人乗りのゴムボートだった。今は空気が抜けてはいるものの、それでもシングル布団くらいの大きさはある。重量も六キロを超えるはずだ。

ユウキがゴムボートを厨房へ引っ張り出した。すると、その下からウォールナット色をしたオープンシェルフが現れる。

シェルフ自体は古びたもので、木にはささくれが生じている部分もあった。それが今は床に倒れてしまっていた。

「なるほど。さっきの轟音はこの棚が原因か」

そう言いながらフワはオープンシェルフを調べようとしたが、アズマが上げた悲鳴により中断されてしまった。

彼女の視線の先、倉庫の左奥には人があお向けに倒れ込んでいた。

……もちろん、ミチの遺体だ。

顔は紫色に変色し、喉にはロープが巻きついている。首には索条痕《さくじょうこん》がくっきりと残っていた。胸元に鼻血が広がり、耳からも少量の出血がみられた。

相変わらず、その遺体はVR空間とは思えないほどリアルなものだった。

すぐにミチのゴーストが遺体に駆け寄る。

「私の死体ひどくない？　耳から血まで出てるじゃん」

ユウキが笑いながら応じる。

「いやいや、毒殺されてた僕のもひどいモノでしたよ」

「そんなことないって、私の場合……」

被害者たちが遺体勝負をはじめたのを見て、加茂は苦笑いを浮かべつつ、同時に二人が無事なことに改めて安堵していた。

コンクリートの床にはじわじわと水が広がりつつあった。これは横倒しになっているオープンシェルフから出てきたものだ。

倒れているシェルフはほとんど空だったのだが、一番下の段にだけ瓶入りの天然水が詰まったケースが二つ入っていた。もちろん、天然水は加茂が置いたものだ。シェルフが倒れた時にガラス瓶にヒビが入り、中の水が染み出していた。

「……とりあえず、私が殺された時の状況を説明した方がいいよね？」

ミチは誰から求められるでもなく飄々《ひょうひょう》と語りはじめた。

「傀儡館の私の部屋にはメッセージカードが置かれていて、『午後十時十五分に倉庫へ』とあった。で、犯人サイドからの指示だとは知りつつも、素直に倉庫に向かったの」

「どうして抵抗しなかった？　犯行を阻止することだってできたはずだろ」

鋭く質問を挟んだのはムナカタだった。ミチはたじろいだ。

「いや、普通やれないでしょ、そんなこと」

ムナカタは反論しようとしたが、それに先んじてミチが言葉を継いでいた。

「私にメッセージカードを寄こしたのは犯人役かも知れないんだよ？　私はアバターを殺されても屁でもないけど、犯人役は犯行に失敗しただけでリアルに殺されちゃうのに」

「非合理的だ。犯人役一人が犠牲になるのと、全員がここで皆殺しになるのと、どっちがいい？」

「……考え方が非人道的すぎ」

「元犯罪者に言われたくない」

ミチは小さく肩をすくめてから、今度は全員に向かって言った。

「警戒しながら倉庫に向かったんだけど、無駄だった。倉庫に入って調べていたら急に猛烈に寒気がして身体が重くなって……全身が締めつけられたと思ったら、訳の分からないままアバターが操作不能になってしまった感じ」

室内にいるほとんどの人はミチを見つめていたが、ムナカタは例外だった。彼だけは加茂から視線を外そうとしない。

動揺を悟られていないことを祈りながら、加茂はスマートウォッチを操作してマップを確認しているフリをした。既に、時刻は午前九時をまわっている。

頰に手をやって考え込んでいたアズマが問う。

「身体が動かなくなったということは、また毒？」

「かもね。口元に手をやったら血だらけになったから焦ったけど、あれは吐血だったのか鼻血だったのか。……この感じからすると、鼻血か」

「そして、アバターが死んで強制ログアウトさせられたのね」

アズマはそうまとめようとしたが、ミチは大きく首を横に振った。

「いや、私はすぐに死んだ訳じゃなかった。しばらくはアバターが操作不能になっただけで、ログインは続いてたから。三分くらい経った頃だったかな？　今度は首の回りが苦しくなって、気づいたら強制ログアウトされてた。結局、犯人の姿も見ずじまい」

遺体の首に絡まったロープを見下ろし、アズマが暗い声を出した。

「なるほど。その時に背後から首を絞められたのね」

「どうかな、毒の効果で窒息するまでに時間がかかっただけかも。……一つだけハッキリしてるのは、倒れた後で私の身体が移動させられたことかな」

そう言いながら、ミチはコンクリートの床についた血痕を示す。それは遺体を引きずって移動させた跡だった。

「元々、私が倒れたのはこの扉の真正面奥だった。そこから今遺体がある位置に向かって鼻血の跡が続いてるでしょ？　犯人は私を倉庫の東側に移動させたみたい」

フワが倒れたシェルフを調べながら言った。

「遺体を動かしたのは、入り口を塞いでいた棚が倒れた時に巻き込まないようにする為かな」

ミチはフワにニヤッと笑いかける。

「……いずれにせよ、今回もどうやって密室を作ったかが事件解明の鍵になりそうだね？」

「同感だ。でも、この棚は君が倉庫に呼び出された時から、こんな不自然な位置に置かれていた訳じゃないんだろう？」

「ああ、違ったよ」

ミチは倉庫をうろうろ歩きまわりはじめた。

壁際にずらりと並べられたオープンシェルフには埃が薄らと積もっている。シェルフは黒紫色を帯びた焦げ茶色をしていたので、余計に埃が目立って見えた。

シェルフは大部分が空で、ところどころに置かれているのは錆びた工具と破損した調理器具など。……それより目立っているのは、シェルフの主に天板に並べられている人形たちだった。

倉庫内の人形たちは人外の姿をしているものが多い。人狼、ヴァンパイア、顔が溶けた鮮血まみれの看護師など……小さな人形が百体以上も揃っている様は、不気味以外の何物でもなかった。異形の人形は思い思いのポーズで加茂たちのことを見下ろしている。

加茂は身震いを禁じえなかった。

これら異形の人形たちは、監修作業の時には置かれていなかった。椋田が悪意を持って追加したのに違いない。

やがて、ミチは倉庫の入り口の右隣にある壁の前で立ち止まった。

北側の壁に置かれているシェルフには人形の姿はなく、中でも扉の隣のシェルフが一つ歯抜けになっていた。

「私が倉庫に来た時、この壁際にはびっしり棚が並んでいた記憶がある。……そこで横たわっているシェルフは、元々はここに置かれていたものだろうね。誰かがここにあった棚とゴムボートを利用して扉を塞いだんだ」

ケンザンが眉根を寄せて呟く。

「何の為に?」

この問いかけにミチは意表をつかれた顔になる。

「えっ、犯行現場を密室にする為に決まってるでしょ」

ケンザンはこめかみを人差し指でつつきながら続けた。

「僕は日常的な出来事から謎を紐解くのは得意だけど、こういう人工的な事件は苦手だ。……そもそも、密室を作るなら『自殺に見せかける』か『別の人間を犯人に見せかける』かしないと意味ないのに」

ミチはうぅと唸り声を上げる。

「確かに。今の状況だと、他殺だとバレバレだよね。別の人間を犯人に仕立てるような工作も見当たらないし」

「そう、この密室は見た目こそいかにもな感じだけど……何かがおかしい。犯人が密室を作らなければならなかった理由が見えてこないんだ」

ここでユウキがくすりと笑った。ケンザンが彼を睨みつける。

「どうして笑うの」

「普通の事件だったら、乾山くんの言っていることは正しい。でも、今は僕らが置かれている状況の特殊性を考えるべきでしょう」

「特殊性？」

「ここではありとあらゆることが、椋田から身勝手に押しつけられた『探偵に甘美なる死を』のルールに縛られています。もし推理したいなら、常識的な考えは捨ててこのゲームに特化した考え方をしなくちゃなりません」

皆さんと違って積極的に推理する気はありませんが……と言外に匂わせながら、ユウキは更に続けた。

「今回、犯人役と執行人は『制限時間まで探偵役の追及から逃げ切る』ことを第一の目的にしています。あと一日ちょっと乗り切ればいいのであれば、現場を不可能犯罪で彩るのはかなり効果的でしょう。仕掛けられたトリックを見抜けない限り、僕らは彼らに手出しができないんですから」

この言葉にミチは半信半疑の表情になった。

「ということは……犯人役と執行人は、今後もありとあらゆるトリックを駆使して、異常な犯罪を連発してくる？」

「ええ、覚悟はしておいた方がいいと思います」

そう言うユウキを、加茂は複雑な気持ちになって見つめた。

かつて……佑樹は特殊設定ミステリを地でいく事件を解決したことがあった。その経緯を聞いた時には、加茂も呆気に取られたものだった。

佑樹は続発する異常な事態を当たり前のように受け入れ、それを前提とした推理を組み立てていった。本人は至極当然のことをしただけという顔をしていたが、彼が特殊な状況下で起きる事件で本領を発揮するタイプなのは間違いないだろう。

本人に自覚があるかは別にして……今回の常識外れのゲームには、自分などよりも佑樹の方がはるかに適性があるのではないか？　加茂にはそう思えて仕方がなかった。

その佑樹が推理を放棄したのは、犯人役である加茂にとっては幸運なことであり……同時にどうしようもなく不幸なことだった。

第六章　試遊会 二日目 調査フェーズ②

二〇二四年十一月二十三日（土）〇九：三〇

「よし、扉がどのように封じられていたのか、検証してみよう」

倉庫内をざっと調べ終わった後、フワがそう提案した。待ちかねていたようにケンザンが動き出す。

「まずは棚とゴムボートを復元した方がいいよね」

彼はシェルフと一緒に倒れていた天然水のケースに手を伸ばす。ヒビの入った瓶からは、今も少しずつ水が漏れ出している。

「……とりあえず、天然水は壁際に移動させとくよ」

ケンザンはプラスチックケースを二つとも移動させた。

一つのケースには一リットル入りと思われる瓶が六本収まっているので、合計で一二キロくらいありそうだった。ヒビの入った瓶はそのうち二本だけで、それ以外の瓶の水が減っている様子はない。

その後、加茂とユウキはオープンシェルフを起こす作業に取りかかった。

ムナカタはやる気なさそうに離れたところからそれを見ている。だが、監視対象である加茂からは決して視線を外そうとしない。

意外なことに、ムナカタはまだ加茂を告発しようとしなかった。

どうせなら、さっさと終わらせてくれた方が気も楽だったが、向こうは向こうで加茂がヘマをしないか期待しているらしい。

ちなみに、加茂が用意したシェルフのスペックは……高さ二メートル五センチ×幅八〇センチ×奥行き四〇センチ。デザインはカラーボックスから背板を外して高級にしたようなものだ。

棚は五段あって背が高かったので、それなりに力を込めないと立ち上がらなかった。

近くで見ると、最下段以外の棚板・天板には埃が均一にこびりついていた。シェルフが倒れたくらいでは埃は落ちなかったらしい。……元々は最下段にも同じように埃がついていたのだが、この埃は加茂が天然水のケースを載せたことや瓶から漏れ出した水が付着したことで大きく乱れてしまっていた。

……棟方さんに、証拠隠滅をしたと疑われても厄介だな。

加茂は埃には触れないよう気を遣って、棚の底が下になるようにシェルフを起こした。示し合わせた訳ではないが、ユウキもその辺りは心得ているようだった。

やがて、シェルフは倒れる前に立っていたと思われる場所に戻された。

「なるほど、この棚は扉から四〇〜五〇センチ離れた場所に、扉と平行になるように置かれていたのか」

相変わらずシェルフには近づこうともせず、ムナカタはそう言った。彼とは対照的に、ケンザンはフットワークが軽かった。

「棚に天然水が置かれていたのは、重しにする為かな？　空の棚って意外と倒れやすいから」

彼の言う通り、シェルフは少し揺らしただけでグラグラと不安定な動きを見せた。

働き者のケンザンはてきぱきと厨房から天然水のケースを二つ運んできた。それを加茂とユウキが手伝って、棚の一番下の段に設置する。

動いたせいもあり、加茂は暑さでＶＲスーツの中が汗ばむのを感じていた。

「これで概《おおむ》ね復元ができたね。……そっちの進捗《しんちょく》はどう？」

結局、動かずじまいだったムナカタは首を振り向けて、残りの三人に声をかける。

加茂たちが棚の復旧に回ったのに対し、フワ・ミチ・アズマはゴムボートの復元に取りかかっていた。

問題のボートは今ではすっかり萎んでしまっており、フワがボートに開いた穴に布テープを貼りつける作業に取り組んでいた。その姿はどことなくゴリラを思わせる。手が人一倍大きく指も太かったので無骨そうな印象があったが、どうやら手先はかなり器用なようだ。

フワはゴムボートをぽんぽんと叩きながら立ち上がった。

「これで検証する間くらいは持つだろう。さ、東さんたちはどうかな？」

呼びかけに応じ、倉庫の奥に散っていたミチとアズマが戻ってきた。

「一通り確認したけど、空気入れはこのエアポンプしかないみたい」

ミチが手にしていたのは大型のエアポンプだった。それを見たフワが呟く。

「なるほど、電動ではなく足踏み式のものか」

「だね。子供の頃に同じようなポンプで浮き輪を膨らましたことがあるよ。……私を殺した犯人も、これを使ってボートを膨らましたんだろうね」

エアポンプは一般的によく見る円柱形ではなく、ふいご形をしていた。一踏みで排出できる空気の量が多い、本格的なものだ。

フワは考え込むように顎に手をやった。

「足踏み式のエアポンプだと、室外から遠隔でボートを膨らますことはできないか」


その後、ゴムボートに空気を入れるのに三十分かかった。

加茂が準備を依頼したゴムボートのサイズは、二メートル×一メートル一〇センチ×四五センチと大きなものだった。その為、数名で交代しながらやっても、そのくらいの時間を要した。終わる頃には、皆が暑さで汗だくになっていたほどだ。

そして、膨らみ切ったボートはオープンシェルフと扉の間にピッタリと収まった。ほとんど微動だにしないくらいの嵌《は》まり具合だ。

フワは壁を叩きながら、扉越しに厨房に呼びかける。

「おーい！　前にやったのと同じように、ドアノブを回してみてくれないかね？」

厨房側にはユウキとケンザンの二人がスタンバイしていた。

彼らは扉を押し開こうとするも、ボートの縁が丸い形をしたドアノブをきれいに押さえ込んでいた。扉はやはりごく薄く開くだけで、それ以上は動かない。

「次は体当たりを！」

金属製の扉がズドーンと鈍い音を立てた。

二度目の衝撃が加わった時……シェルフが背後に傾ぎ、コンクリートの床に倒れて轟音《ごうおん》を立てた。ほとんど同時に扉が開き、ユウキとケンザンは倉庫内に転がり込んでゴムボートの上に寝転がっていた。

そして、ボートはまたしてもシウゥと空気が抜ける音をさせはじめ、棚に置かれていた瓶からは天然水が染み出す。

一連の流れを見ていたフワが、頷きながら言った。

「……我々が倉庫を開いた時に起きたことが、完璧に再現されたようだね」

ゴムボートには、修繕した場所とは別に新たな傷が生まれていた。これは倒れたオープンシェルフの底とボートが強く擦れたことが原因と考えられた。

それを確認したアズマは深くため息をつく。

「またしても、密室殺人か……。とりあえず、手近なところから調べてみましょう」

彼女はボートを引きずって倉庫の奥へ移動させた。そして、厨房から持ってきたキッチンペーパーで濡れていた部分を拭き取りはじめる。

ケンザンが訝《いぶか》しそうにアズマに問いかけた。

「何やってるの?」

「細工されているとしたら、ボートが怪しいかなと思って」

「確かに……このボートさえなければ、扉は棚に引っかかるまで最大で四五センチは開いたはずだよね。扉の厚みやドアノブの高さを除いて考えても、痩せた人が通れるくらいの隙間はありそう」

「とりあえず、ボートの中身を調べてみましょう」

倉庫内にナイフは見当たらなかったが、代わりに人形が持っていた大剣が使えた。それは金属製で、ミニチュアとは思えないほど鋭いものだったからだ。どうやら……人形たちが持つ道具は、切れ味まで再現されているらしい。

アズマは大剣でボートを切り裂きながら続ける。

「例えば、塩素系の洗剤と酸性の洗剤を混ぜると塩素ガスが発生するでしょ? ボートの中に液体や粉末が入っていたら、気化や化学反応を利用してゴムボートを膨らました可能性が出てくるはず」

ボートの中を熱心に調べる彼女を見て、加茂は苦笑いしてしまいそうになった。

ミチの殺害犯である加茂は誰よりもよく知っていたが……ゴムボートの中は水滴はおろかチリ一つないクリーンな状態だった。

やがて、ケンザンが気落ちした声になって呟く。

「何も……見つからないね」

「でも、昇華や化学反応を利用した可能性が消える訳じゃない。例えば、ドライアイスを入れれば、気体に昇華した二酸化炭素でボートを膨らますことができるかも。この場合は何の痕跡も残らないし」

突然、意地の悪い笑い声とともに椋田がボイスチャットで割り込んできた。

『期待外れですねぇ、そんな幼稚な仮説しか出てこないなんて？　初動調査も終わったようですし、いくつか補足説明を行いましょうか』

椋田に対し、フワが皮肉っぽい口調になる。

「ほう、どんな有益な情報を頂けるのかな？」

『まずはゴーストの扱いについて。現在、ゴースト化しているのは未知さんと遊奇さんの二人です。もし、ゴーストがもう一度ＶＲ空間で命を落とすと……』

ミチが苦笑いを浮かべる。

「まさか、二度死んだらゲームオーバー？　なら、豆腐の角に頭をぶつけたりしないように気をつけなきゃ」

『いえ、単に天使の輪が二重になるだけです。このゲームでは、天使の輪の数で死んだ回数を識別する仕組みになっているので』

拍子抜けした顔になったミチを放置し、椋田は更に言葉を続ける。

『それから、各部屋の錠について……。現実世界でもＶＲ空間でも、客室の扉のオートロックは各自が身に着けているスマートウォッチ以外では開錠できません。合鍵は存在しないので、そのつもりで』

　再びミチが愚痴るように言葉を挟む。

「密室殺人としては、定番の設定だね。他には？」

『ここからが重要です。「探偵に甘美なる死を」では、推理をよりシンプルなものにする為、アバターは液体しか取り込めない設定になっています』

　そういえば、加茂もVR空間で食べ物を見かけたことがなかった。それはこの設定の影響を受けている為らしい。

『それから、VR空間では容器の中身は、全てパッケージに書いてある通りのものが入っています。例えば、天然水の瓶にウォッカを入れるようなアンフェアなことはやっていません』

　VR空間では、味や匂いを感じることはできない。瓶の中身を匂いや舌で確認できない以上、フェアさを保つ為に必要な措置ということなのだろう。

　ここで一旦言葉を切ってから、椋田はなおも続けた。

『そして、アバターが液体として摂取可能なものに限って言えば……この建物には致死量を超える毒物や、誰かを昏倒させることができるような薬物は設置されていません』

　ユウキがぐっと顔を顰《しか》めた。

「あり得ない。現に僕のアバターは毒殺された訳だし、未知さんだって薬物か何かで身動きできない状況に追い込まれているんですから」

『その通りです。私は例外的に潤沢な飲み水を用意した上で……犯人役・執行人のうち一人だけに毒瓶を与えました』

椋田の言葉に加茂はギクリとした。これは彼にとってかなり不利な内容だったからだ。

案の定、ユウキも考え込むような表情になって呟いていた。

「……一人だけに？」

『ええ、その人物をX氏と呼ぶことにしましょうか』

ここでミチが鋭く質問を放った。

「毒には神経毒、血液毒などなど種類があるけど、X氏に渡したのはどんな毒？」

『そこまでは教えない。……代わりに、瓶や薬の形状に関する情報はあげましょう。私が用意した瓶は一本だけ。ちょうど君たちアバターの親指くらいのサイズの毒瓶だね。中には無色透明の液体が入っている』

ミチはあー怖いと言わんばかりに首をすくめてから、急に真顔になって言う。

「どうせ犯人役と執行人には、他にもロクでもない殺しの道具を渡してるんだろうね？」

『そうでもないですよ。VR空間での殺人の為に、私が与えたアイテムは限られています。犯人役と執行人のポケット内アイテムとして、暗視スコープつきの「犯人の仮面」を一つずつ、犯行用の黒手袋を一組ずつ。……それから、X氏には毒瓶と黒いロープを、同じくポケット内のアイテムとして与えました』

この言葉にケンザンが戸惑い顔になる。

「意外と少ないね？　犯行方法に絡みそうなのは毒瓶と黒いロープくらいか」

『ふふ、メイントリックがテグスや針金を利用しまくった、ただ複雑なだけの機械トリックでは……君も満足はしないでしょう？　今言ったアイテム以外のものは、誰にでも目につくところに置いてあるものが利用されています』

ケンザンは不快そうに黙り込み、椋田はなおも言葉を継ぐ。

『では、最後にまた少し重要な情報を……。私がX氏に与えた毒薬は、君たちのアバターで換算すると、致死量の八六四〇倍以上です』

その声に含み笑いが込められる。この情報は初耳だったので、加茂も訝しく思って問い返した。

「えらく大量に用意したな。しかも、どうしてそんなキリの悪い数字を？」

『そこに意味があるのか探るのも、素人探偵の仕事ですよ。くれぐれも、つまらない推理で私を失望させないで下さいね？』

*

椋田からの補足説明が終了した後、加茂たちは二十分ほどかけて情報のすり合わせを行った。それから解散して調査を進めようと話がまとまった矢先……、

「加茂さん、調査につき合ってくれない？」

ムナカタがそう声をかけてきた。

このことに他の皆は少なからぬ衝撃を受けたようだった。フワも苦笑いしながら言う。

「珍しいね。……君は誰かとつるんだりしないタイプの人なのかと思っていた」

「そうでもない。いつもはフラミンゴとバディを組んでいるから」

情報通を自称するミチが悩むように両腕を組んだ。

「放浪者探偵に相棒がいるなんて聞いたことないんだけど。……まさか、一緒に旅をしてるシベリアンハスキー、じゃないよね？」

ムナカタはそれに答えようとせず、加茂について来るよう顎で指示をして厨房へと向かう。加茂はその背中を追いかけながら、呆れ気味に呼びかけた。

「……大胆なことをやるな」

広間のミニチュアハウスの傍《そば》で立ち止まり、ムナカタは振り返る。

「逆だよ、僕は用心深いんだ。役割が分からない人間を選ぶより、正体が判明している人を選ぶ方がいいだろ？　執行人を助手に選んでしまうより、はるかにマシだ」

「で、俺に何を求める？」

ムナカタは中性的な美しさを持つ顔に、悪魔めいた微笑を浮かべた。

「言うがまま動く手足になること。僕は身体を動かすのが大嫌いだから」

「断る」

加茂が間髪を容れずに返すと、ムナカタは動揺を露《あら》わにした。

「そんなことが言える立場？」

「そっちこそ、どういうつもりだ。罠を仕掛けて分かったことがあるなら、さっさと全員に共有しろよ。その方が捜査の効率も上がるし、仲間の生存率も上がる」

「……仲間？」

そう呟いたムナカタの目元に痙攣《けいれん》が走る。彼は腹の底から吐き出すように続ける。

「僕が信じているのは自分自身だけ。君らの生き死になんて興味ないし……どうして、僕が摑んだ情報をわざわざ分け与えてやらなくちゃならない？　事件ならどうせ僕が解き明かすんだ、何も問題ないだろ」

想定外の返答に加茂は言葉に詰まってしまった。

その時、厨房からユウキとアズマが広間に顔をのぞかせる。厨房にいる時からムナカタの声が聞こえていたのだろう……アズマはムナカタを非難するように、じっと睨みつけていた。

ムナカタはそんな彼女に目を向けた。

「何、不満でもあるのか？」

いつもは誰だろうと構わずに感情的な言葉をぶつけるアズマだったが、無表情に自身を見返すムナカタには怯えを見せて黙り込んでしまった。

代わりに、後ろにいたユウキが不思議そうに小首を傾げる。

「そもそも、どうして僕らが棟方さんの持っている情報を知りたがっていると思ったんですか？　僕は別にこのゲームで起きる事件の解決に興味もないし……そんなもの聞きたいとも思わないのに」

ムナカタはたじろぎ、UMAでも見たような顔になったが、やがて何も言わないまま南棟へと消えてしまった。

それを気にする様子もなく、ユウキは瓶入りの天然水を片手に言葉を続けていた。

「天然水はセーブの時に使おうと思って持ってきただけなので、気にしないで下さい。……それはそうと、これは何ですかね？」

ユウキはミニチュアハウスが鎮座しているローテーブル下のゴミ箱を指さしていた。そこには丸められた紙が入っている。

拾い上げてみると、

ArteMis Hero　（アルテミス 英雄）
Ares hinted Pen　（アレスはペンを暗示した）

それは加茂がVR犯行フェーズで見かけたメモ用紙だった。昨晩の時点では、確かにローテーブルの上に置かれていたし、こんな風に丸められてはいなかった。

……俺のVR犯行フェーズ後に、誰かがゴミ箱に捨てたのか。まさか執行人の仕業《しわざ》？

加茂が考え込んでいると、ユウキはメモ用紙を見下ろしてため息をついた。

「ナンセンスな内容だなぁ。文法的にもちょっと違和感がありますし」

昔からそうだったが、竜泉家では外国語教育が熱心に行われていた。その関係もあって、伶奈も佑樹も特に英語には堪能だった。

「……さては、加茂さんが書いたものですね？」

突然、ユウキがそんなことを言い出したので、加茂は思わず顔を歪めた。

「そんな訳ないだろ。むしろ、佑樹くんが書いたものかと思ったが」

「僕じゃないですよ！」

そんなことを言い合っていると、メモ用紙を覗き込もうとしたアズマが小さく悲鳴を上げた。何事かと思ったら、彼女の紺色のワンピースがローテーブルの角に引っかかって、今にも破けそうになっていた。アズマは戸惑い顔になって呟く。

「こんなところに……釘？」

彼女の言う通り、ローテーブルの壁際の角には黒い釘が打ちつけられていた。見たところ、釘はテーブルから一センチほど頭を覗かせている。

アズマはほつれてしまったワンピースの裾を撫でながら言った。

「釘なんて、昨日からあった？」

「記憶にないな。場所的に壁際で目立たないし、色もローテーブルと一緒だから、見落としていただけという可能性もありそうだが」

加茂は釘から視線を上げて、改めてユウキに話しかけた。

「……そうだ、佑樹くんに聞きたいことがあったんだ」

メモ用紙の落書きを見下ろして、何やらブツブツ言っていたユウキが顔を上げた。

「何ですか？」

「そこのスイッチに触って黒い汚れをつけたのは、佑樹くんだよな？」

加茂はミニチュア近くの電灯スイッチを示した。前にも見た通り、そこには黒い汚れが薄く付着していて、その汚れの上に三本指の跡が残っていた。

ユウキはどうして自分に聞くのか分からないという顔をしていたが、すぐに納得がいった表情に変わる。

「あっ、僕ですね。……絵を描いている最中に物音がして、鉛筆削りの途中で廊下や広間を調べに向かったんでした。これは鉛筆を削った時に出た黒鉛の粉だと思います。僕の手についていたのがスイッチに移ってしまったんだ」

黒い汚れの謎は解けたが、問題はその上に押された親指から中指にかけての跡だった。

「スイッチの幅は四センチ、そこに指の跡が縦に並んでいる感じか。……とりあえず、佑樹くんがスイッチを触った後についたというのは間違いなさそうだ」

仲良く三本並んだ指の跡を見つめ、ユウキはスイッチの上に指を置くマネをした。

「こう、右手をべたっとスイッチに置いた感じですね。指先以外は不鮮明なところも多いので、誰のものか特定するのは難しそうですが」

アズマが不安そうな声になって言う。

「犯人役か執行人が残したもの？」

加茂は小さく頷く。

「その可能性は高そうだ。だが、指の大きさに特徴はないから、ここから誰か絞り込むのは難し……ん？　よく見ると、人差し指や中指の指先に模様が見えるな」

黒鉛の粉の上に残っていたのは、指紋とは全く違う痕跡だった。そこには小さな点がたくさん並んだ形が転写されていた。

「もしかして、これですかね？」

そう言いながら、ユウキは左ポケットから玄関ホールで確保した黒手袋を取り出した。

スイッチに写った跡にはブレや重なりがなかったので、照合するのは簡単だった。……手袋の手のひら側の滑り止めの凹凸とスイッチに残る跡は完全に一致した。

アズマが興奮を隠せぬ様子で鼻息荒く言う。

「やっぱり……これは犯行用手袋をつけた手で触った跡だったのね」

「でも、僕らが拾った手袋はボロボロすぎません？　木くずや黒い繊維もまとわりついているし」

彼の言う通り、手袋の滑り止めの加工は剝がれかけ、指先も例外ではなく摩耗していた。

……今の状態の手袋では、スイッチに残っているような、きれいな三本指の跡は残せそうにない。

ここで、アズマは唸るような声になって再び口を開いた。

「いずれにせよ……この指跡は、執行人のものである可能性が高そうね？」

「ああ。この指の跡がついたのは、佑樹くんが広間を確認した午前〇時五十分以降のことだ。

一方で、円卓にVR空間上での死を暗示した人形が置かれたのも、やはり午前〇時五十分以降だからな」

「被害者二人とものの死因をあらかじめ知っていたことからして……人形を動かしたのは執行人と断定して問題ないでしょう。となると、執行人が午前〇時五十分以降に広間に入って、電灯のスイッチを入れて人形を動かしたということになりそう」

なおも、彼女は犯行用手袋を調べながら続ける。

「手袋の滑り止め加工は手のひら側にしかついていないのね。となると、左手用の手袋を無理やり右手につけてもスイッチにこんな跡は残せないはず」

「そうだな。スイッチに残された指の跡は、右手用の手袋でつけられたものと考えて間違いなさそうだ」

「そして、私たちが玄関で拾ったのも、右手用の手袋……」

加茂は彼女から手袋を受け取って頷いた。

「考えられる可能性は二つ。……一つは、この手袋がこんな風に傷んでしまう前にスイッチが押されたというパターン。もう一つは、この手袋の落とし主ではない、もう一人がスイッチを押したパターンだ」

実際は、加茂の右手袋は午前〇時以前にカッターナイフの刃の餌食になっていた。その為、必然的に前者が真相だということになりそうだ。

少し目を離した隙に、ユウキは円卓に座って頬杖をついていた。全く捜査をする気がなさそうな彼を見て、アズマが苦笑いを浮かべる。

「……あなたのいとこって、いつもこんな感じ？」

「まあ、行動が予測できないって意味では、平常運転かな」

彼女は小さく息を吐き出してから続けた。

「遊奇さんは安楽椅子探偵タイプなのかぁ。ちょっと、親近感を覚えちゃうな。私の兄もそうだったから」

加茂の知る限り、佑樹が人から話を聞いただけで事件を解決したことは一度もなかった。何やら誤解が生まれてしまったらしいが……その点については説明がややこしくなりそうだったので、加茂もスルーすることにした。

むしろ、加茂が気になったのはアズマの兄の話だった。

自己紹介の時、彼女の兄の東香介が五年前に亡くなったと聞いたのを思い出したからだ。

「お兄さんとは、仲がよかったみたいだね」

加茂がそう問いかけると、アズマの顔に懐かしさと同時に影が宿った。

「ええ、兄は私の何倍も頭がよくて、どんな事件もあっという間に解決してしまった。優しくてシングルマザーになった私のことも家族ぐるみで支えてくれて……。でも不幸なことに、兄は事件の調査中に殺されたの」

彼女は辛そうに目を細めて言葉を続けた。

「その後、私は兄が調査していた事件を代わりに解決し、その犯人が口封じの為に兄を刺したことも突き止めた。……それ以来、私たちは兄の遺志を継いで、探偵として犯罪と戦う決心をしたのよ」

「私たち？」

「私は一人じゃなかった。もし一人だったら、兄の死を乗り越えることはできなかったと思う。正直に言うと……探偵になるのも、怖くて堪らなかった。人に恨まれても真実を追い続けるなんて、私にはできないと思ったから。でも、お義姉《ねえ》さんが……兄の奥さんだった人ね。彼女が『あなたのワトソン役になってあげる。何があろうと私が絶対に一緒に受け止めるから』と言ってくれたの」

「そう、か」

以前、ミチはアズマについて『姉妹で旅行に行く度に殺人事件に巻き込まれる』と言っていた。この姉妹はアズマと義姉のことだったのだろう。

アズマは涙を滲《にじ》ませながら言った。

「どんなに辛くても、私が探偵をやってこられたのは、お義姉さんのおかげ。……でも、今回ばかりは一人で来てよかった。あの人は地球最後のガラケーユーザーになってやるって宣言しているような人なの。スマートウォッチも断固として受け取らなかったから、人質にもならずにすんだみたいで」

いつしかアズマは少しだけ笑顔を取り戻していた。それから、彼女は続ける。

「あの、私も加茂さんの調査に同行して構わない？　私もユウキさんの部屋から調べたいと思っていたところだから」

加茂とアズマは南棟へ続く扉を開きながら、引き続き議論を続けていた。

「午前〇時五十分以降に、スイッチに触れることができなかった人がいれば、その人は執行人ではないとハッキリするのよね?」

「残念ながら……その時刻以降にアリバイを持つ人はいないけどな」

十秒ほど考えて同じ結論に至ったのだろう、アズマは肩を落としていた。

「本当ね。被害者の遊奇さんも、午前三時にアバターが死ぬまでは自由に動けた訳だし」

「もう一人の被害者である未知さんもアリバイは成立しない。アバターが死んだ後は強制ログアウトを喰らっていたようだが、彼女の場合は午前三時にはゴーストが解放されていたって話だからな」

「ゴーストになってからは自由に動けた訳だから……広間に向かうことも人形を動かすことも簡単にできたことになりそうね」

ユウキの部屋では、ムナカタが一人で扉を調べていた。

彼は加茂に遅いぞという視線を向けはしたものの、アズマが一緒にいることについては何も聞かなかった。

客室の扉は木製で、デザインはホテルなどによくあるタイプのものだ。レバーハンドルの上に開錠用の電子キー・リーダが取りつけられている。そして、これは全ての部屋に共通していることだったが……扉の上部には目測で五ミリほどの隙間が作られていた。

ムナカタが何も言わないのに業を煮やしたのか、アズマが口を開く。

「思ったんだけど、今回の事件は逆算的な推理をした方が効率がいいかも」

「逆算的？」

加茂が問い返すと、彼女は小さく頷いた。

「このVR空間は『探偵に甘美なる死を』というゲームの為だけに作られたもの。だから、ローテーブルに釘が打ちつけてあったのも、扉に隙間があるのも何もかも……トリックに必要だからそうなっているのだと思うの」

これは面白い考え方だった。

パズラー要素の強い本格ミステリを読んでいる時、読者はメタ的に作者の意図を読もうとすることがある。中には、作者の意図から逆算して、一気に真相を看破してしまった人もいることだろう。

確かに、傀儡館は推理ゲームの為だけに存在している館だ。

その性質上、VR空間で起きる事件は現実離れしたものになる可能性が高い。これはある意味、パズラー系の本格ミステリで起きる事件の内容に近づくということでもあった。……ならば、密室や現場の特異性から逆算して推理するのも有効かも知れない。

彼女の言うことにも一理あると感じつつも、加茂は首を横に振っていた。

「残念ながら……今回は扉に隙間があることも、トリック解明の直接的なヒントにはならないかもな」

急にアズマは力ない声になる。

「でも、隙間があれば針と糸などで細工することもできるはず」

「毒の混入があったと考えられるのは、午前〇時半から午前三時までだろ？　その間、佑樹くんがＶＲ空間の自室を空けたのは二回だけだ」

「一度目は午前〇時半に現実世界に戻った時で、五分でＶＲ空間に帰ってきたと言っていたな」

そう言葉を挟んだのはムナカタだった。すぐにアズマも頷く。

「もう一回は……午前〇時五十分ごろに物音を聞いて、傀儡館の廊下や広間を調べに行った時ね？　その時も十分弱で部屋に戻ったって話だった」

ここで加茂はユニットバスを示した。そこは一部がガラス張りになっている。

「傀儡館のユニットバスは実用性より見栄え重視で作られているらしい。このガラスのお蔭で、ベッドやセーブスポットがある方向からだと、トイレもバスタブも丸見えだ」

「他に人が隠れられそうな場所は……」

そう呟きながら、アズマはベッドの傍にしゃがみ込んだ。

ベッドの下は引き出しになっていた。引き出しの一段はせいぜい人形が入るくらいの高さしかなかったので、人が隠れることなどできそうにもない。

「ベッド下もダメね。この部屋には誰かが潜めるようなスペースはない」

「ということは、佑樹くんがＶＲ空間の自室にいなかった五～十分の間に、犯人は全てを終えて部屋の外に戻ったことになる」

加茂の言葉を受け、アズマは考え込むようにこめかみに手をやった。

「犯人がやらないといけないのは『施錠されていた扉を開いて室内に入り、毒を水に混ぜて部屋の外に戻って、外から錠とドアガードを再び掛けなおす』ことか。うーん、針と糸などの物理トリックを弄《ろう》しても、そんな短時間で終わらせるのは厳しそう」

「同感だ。あまりに運任せな行動だしな」

「確かに。現実世界に向かった遊奇さんが何分後にＶＲ空間に戻ってくるかなんて事前に予測できるはずもないし……廊下や広間の確認をしに行った時だって、どのくらいで切り上げて戻ってくるかは誰にも分からなかった訳だものね？　犯人がそんな行き当たりばったりの計画を立てたとも思えない」

意見を交わす二人を尻目に、ムナカタが意味深なことを言う。

「真相はいつだって、拍子抜けするほど単純なもの……。実際、この部屋からアバターを跡形もなく消し去るのは簡単だよ。ゲームからログアウトすればいいだけの話だ」

この言葉に加茂は苦笑いを浮かべる。

「通常のログアウトはセーブスポットの中でしか行えないだろ？　あいにく、犯人がこの部屋のセーブスポットを使った可能性はないと思うね」

「試してみれば分かる」

そう言いながら、ムナカタはセーブスポットのソファに勢いよく座った。だが、すぐにこんな音声が流れる。

ユウキさま専用のセーブスポットです。……VRゴーグルのIDが一致しない為、機能は使用できません。

「現実世界のRHAPSODYも同じだが、このセーブスポットもゴーグルのIDを認識して動いている。……VRゴーグルに生体・虹彩《こうさい》認証がついている以上、このセーブスポットは佑樹くんしか使えなかったことにならないか」

加茂の言葉を受け、ムナカタは悔しそうに言い返した。

「だったら、強制ログアウトはどう?」

「確かに、密室内で犯人が自殺をすれば、強制ログアウトが成立するだろうな。だが……その場合は犯人のアバターの遺体が現場に残ってしまうし、犯人がゴーストになる問題も発生する」

現段階でゴースト化しているのは、この事件の被害者であるユウキを除くと……ミチだけだった。

ミチは加茂が殺したので、彼女がユウキの部屋で自殺した可能性はない。また、アバターが二度目に死んだ場合は天使の輪が二重になるという話だったので、ミチがユウキの部屋で二度目の死を迎えた可能性も考えなくてよかった。今のところ、彼女の天使の輪は一重しかなかったからだ。

ムナカタは舌打ちをしてセーブスポットの横に移動し、壁の上部を指さした。

「……僕の部屋にもあったけど、あれは空調かな?」

壁の上の方には金網が取りつけられていた。ムナカタは手を伸ばしたが、彼の身長ではギリギリ手が届かなかった。

「金網がどうなっているか確認してみようか」

加茂はムナカタに代わって手を伸ばした。ムナカタより一五センチほど背の高い加茂の手は金網の下側に余裕で届いた。力を込めて揺さぶってみるも、壁に固定されていて微動だにしない。

アズマから感心した声が上がった。

「加茂さんって背が高いですよね、何センチ?」

「一七九センチ」

答えたのは加茂ではなくムナカタだった。

ピタリと身長を言い当てられ、加茂は無言のままムナカタを見下ろした。目測によるものではないだろう。それにしては、あまり正確すぎるからだ。

ムナカタはニヤニヤ笑いながら、次にアズマを指して続ける。

「そして、君は一五四センチだろ」

「どうして、知ってるの」

動揺するアズマを尻目に、ムナカタはゲームのメニュー画面を呼び出した。

「二人とも、プレイヤーのプロフィールくらい確認したらどうかな」

言い方が癪《しゃく》だったが、彼の言う通り……ゲーム参加者のプロフィール（第三章63頁参照）には各自の身長が記載されていた。例えば、加茂のところには5.87、東には5.05、棟方には5.38と書かれているといった具合だ。

このことは前々から知っていたが、加茂は初めて数字の意味が分かったフリをして口を開いていた。

「なるほど、これは各自の身長をフィートで表記したものか。確か、一フィートが三〇・四八センチだから……」

アズマは暗算が得意らしく、目を輝かせて続けた。

「換算すると、加茂さんは約一七九センチ、私は約一五四センチ、棟方さんは約一六四センチね」

改めてムナカタが腕組みをして言う。

「身長の話はもういいよ。それより、金網の中がどうなってるか確認できる？」

椅子に上がると、加茂の視線は金網の高さと同じになった。金網の向こうには、直径二〇センチ弱の通風孔が見える。

「……こういうのには俺も詳しくないが、冷暖房や換気を行う為の通風孔かな」

そう言うと、背伸びをしていたアズマから質問が飛んできた。

「金網の目は五ミリくらい？」

「そんなところだな。目も細かいし固定されているから、ここから何かを出し入れするのは難しいと思う」

ムナカタはため息をつきながらベッドに座り込んだ。

「そもそもＶＲ空間に空調があるなんて、おかしな話だね？　室温が上がろうと下がろうと、僕らは痛くも痒くもないのに」

「そうでもない。ＶＲスーツには冷感や温感を再現する機能がついているからな。ＶＲ空間でも快適に保っておかないと、プレイヤーに負担がかかるんだろう」

加茂はそう言いながら椅子から降りた。話を続けようと振り返ったところで、

「冷感……そうだな、一度調べてみなければ」

そう呟いたムナカタの唇はニィとめくれ上がり、自信に満ち溢れた表情へ変わっていた。

加茂は手袋型コントローラの中に嫌な汗がぶわっと広がるのを感じる。

……何に、どこまで気づかれた？

心中の動揺を悟られていないことを祈りながら、加茂はアズマと一緒にユウキの部屋の調査を再開した。

この部屋にはサイバーパンク風の人形と現代日本風の人形が半々くらいの割合で置かれていた。

加茂は顔の半分がメカに改造された人形を持ち上げながら言う。

「そういえば、俺の部屋にはエルフやドワーフの人形が転がっていたな。部屋によってテーマが違うのか？」

この部屋の人形もやはり見た目より重量があるのが感じられた。アズマは女子高生の人形を片手に苦笑いを浮かべる。

「加茂さんはハイファンタジー部屋か。……私は戦国武将っぽい人形や忍者の人形が多かったから、時代劇部屋ってことなのかな。棟方さんは？」

ムナカタはベッドの上にゴロンと寝転がったまま答えた。

「エドワード・サッチやアン・ボニーっぽいのは見かけたね」

加茂も海賊に詳しい訳ではないが、サッチが黒髭だということや、ボニーが女海賊として有名な人物だということは分かった。……こんな風に、回りくどい言い方をするのが彼らしいと言えばそうだったが。

人形の山もざっと調べたこともあり、思ったより時間を食った。だが、それでも二十分ほどでユウキの部屋を一通り調べ終わっていた。

床に膝をついていたアズマが気落ちした声を出す。

「……有力な手がかりは見つからず、か」

ムナカタはベッドから起き上がりながら、心の底から軽蔑しきった顔で言う。

「あれだけ時間をかけて収穫がゼロとは……君たちは想定以上に役立たずだね」

調査の間、ムナカタはベッドに寝転がったままだった。身体を動かすのが嫌いと豪語していただけのことはあり、その怠惰で気だるい様子は堂に入ったものだった。

カチンときたのか、アズマが皮肉っぽい声になって言う。

「へえぇ、これまでに関わった事件でも、そうやって助手に調査をさせていたの？」

「行きの船で初めて顔を合わせた時から、僕のことをそんな風に睨みつけていたな？　最初から君とは相性が悪いと思っていたよ」

「いや、挨拶をしたのに無視されたから、何なんだろうと思っただけで……」

「ああ、僕は口うるさいのが嫌いなんだ！　フラミンゴは本当に優秀だよ。不平不満を言わないし、人間と違って……僕を裏切ることもない」

ムナカタはそう嘯《うそぶ》いたが、その声には確かに翳《かげ》りが混ざっていた。だが、アズマはそれには気づかない様子で辛辣《しんらつ》に続ける。

「そういう性格をしているから、シベリアンハスキーしか友達がいないんでしょ？　その犬のことは、随分と大切にしているみたいだけど」

アズマの言葉にムナカタは自嘲するような微笑みを頰に刻んだ。

「いつでも捨てられると思ったから、拾った子犬だったんだけどな」

かつてなく苦しそうになったムナカタに対し、加茂はほとんど反射的に問いかけていた。

「勘違いならすまない。もしかして……君はフラミンゴを人質に取られたのか？」

「あんな犬、すぐに捨ててしまえばよかった！　そうすれば、こうして椋田に弱みを見せることも……フラミンゴを危険に晒《さら》すこともなかったのに」

何人たりとも信用しない彼の性格を理解した上で、椋田は仕事のパートナーであるフラミンゴを人質に取った。ムナカタにとっては、そのシベリアンハスキーが家族以上の存在だと知っていたからなのだろう。

そんな彼を見て、アズマもおろおろとして呟いた。

「ごめんなさい……あの、変なことを……言ってしまって」

しばらく誰も何も言わなかった。

いつしか、アズマも優しさと強い不安の入り交じった表情になって遠くを見つめていた。人質の話が出たことで、今も命の危険に晒されている子供のことを思い出したのかも知れない。

一方で、加茂の脳裏にも伶奈と雪菜の姿が蘇っていた。

犯人役である加茂はユウキ殺しを解決しただけで、ゲームを終わらせることができる。その点は探偵役よりはるかに有利なのに、加茂は事件解明の糸口すら摑めずにいた。それどころか、自らの犯行を暴かれないよう防御することで、手一杯になりつつある。

……こんなことで俺は、二人を守れるのか？

その時、廊下から話し声が聞こえてきた。

三人で廊下を確認しに向かうと、フワとケンザンが部屋の前にいた。

「どうやら、そちらも調査がひと段落したようだね」

そう言うフワは疲れが滲んだ笑いを浮かべていた。

ムナカタは加茂について来るように再び顎で合図し、広間へと続く扉の方へ移動した。アズマも一緒に来るかと思ったが、彼女は物思いに沈んだまま言った。

「私は一度、部屋に戻って頭の中を整理しようと思う。後で合流しましょう」

アズマが一足先に北棟へ向かい、フワとケンザンがユウキの部屋へ入るのも見送ってから、加茂はむっつり黙り込んだままのムナカタと一緒に広間に戻った。

「……何か、分かりましたか?」

そう問いかけてきたのはユウキだった。彼は退屈そうに、ミニチュアハウスのリモコンを取り上げ、ボタンを押して模型の屋根を上げ下げしていた。

ムナカタはそんなユウキを完全に無視した。

「加茂さん、次は厨房を調べるよ」

彼はそう言い残して厨房へと消えてしまう。加茂は広間に残ってユウキに報告した。

「残念ながら、こっちは特に収穫はなかった」

ユウキはリモコンを元あった場所に戻してから頷いた。

「そうですか。……加茂さんなら、きっとこの事件を解き明かせますよ」

皮肉を言っているのかとも思ったが、ユウキの声にそれらしき響きは込められていなかった。ただ淡々と事実を語っているだけ、そんな不思議な口調だった。

厨房に向かうと、ムナカタは冷蔵庫を覗き込んでいた。その口元には嘲るような嫌な笑みが浮かんでいる。

加茂も冷凍室の傍に立つと、VRスーツが強烈な冷気を伝えてきた。

冷凍室には何も入っていなかった。冷蔵室も天然水の瓶が数本入っているだけだ。他にあったものといえば……製氷機の受け皿の中にキューブ形の氷がぎっしりと詰まっていたことくらいだろうか。

ムナカタが氷の一つを摘まむと、彼の体温で少しずつ溶けていった。

「ふうん、この辺りは現実世界と変わらないんだね」

そう言いながら、彼は氷をシンクへと放り込んだ。氷は置かれていたスポンジに当たって止まる。

この時初めて、加茂は厨房に洗剤が置かれていないことに気づいた。そういえば、客室のユニットバスにもボディソープやシャンプーなどは置かれていなかった。

……妙だな。開発スタッフに洗剤類を排除するよう頼んだ覚えはないのに。

加茂が眉をひそめている間にも、ムナカタは調味料が入っている棚の前へと移動していた。

並べられている調味料は三十種類ほどもあるだろうか？　塩・砂糖・黒胡椒・豆板醤《とうばんじゃん》・ターメリック・ナツメグなどなど。どれも手のひらサイズのガラス瓶やガラスの容器に収められている。

ムナカタはそれを遠巻きに眺めるだけだったが、加茂は瓶を手に取って調べてみた。どれも中身は底に少量が残っているだけで、中でも塩と味噌は減りが激しかった。

昨晩の調査フェーズがはじまってすぐ、加茂はこの棚を確認していた。その時から、どの調味料も今と同じで中身が少なかったのは確かだった。

……この館の主は、ズボラな性格という設定になっているみたいだな。

調味料は買い足しを忘れて放置されているような状態だったし、シンクの周辺に食器や空き瓶が無造作に転がしてあるのも、その印象を強めた。

「その扉の奥には、何がある？」

ムナカタが指で示していたのは棚の最下段にある扉だった。言われるままに加茂が扉を開いてみると、そこには大型の調味料の瓶が並べられていた。

醬油や酢などの瓶……中でも醬油はやや大きめの瓶が置いてあるのに、底にほんの僅《わず》かな量しか残っていなかった。

「なるほどね」

ムナカタはそう呟きながら、棚の前から離れていった。

加茂は醬油の瓶を手に取った。サイズ的に四〇〇ミリリットル入りだろうか？　パッケージに減塩醬油と書かれている。とはいえ……この極限状況下で健康志向のものを見せられても、気持ちがげんなりするだけだった。

次に、加茂が酢の瓶に手を伸ばそうとした時、

「もう調査は終わりだ」

いきなりムナカタがそう言ったので、加茂はギョッとした。

動揺をどうにか押し隠して振り返ると、ムナカタはもはや加茂の方を見てすらいなかった。彼は冷蔵庫を見つめて意味深に笑う。

「終わりって……倉庫を再調査しに行くんじゃないのか？」

そう加茂が問い返しても、ムナカタは取りつく島もなかった。

「いいや、必要な情報は全て集まったからね」

いずれこうなると分かっていたのに、この言葉は何よりも加茂を追い詰めた。

ムナカタがこれまでに調査した内容をつなぎ合わせれば、真相に辿りつくことができるのは、加茂自身もよく知っていた。だが……。

「まだ早すぎる」

加茂はムナカタを真っ直ぐに見つめてそう言った。この反応にムナカタは驚いた様子だったが、すぐに低い声で言い返す。

「それは君が決めることじゃないだろ」

「どんな推理をしたのかは知らない。だが、もっと時間をかけて検証してから発表すべきだ。でなければ……」

この言葉も空しかった。先に、ムナカタが高らかに宣言していたからだ。

「椋田、事件の真相が全て分かった！」

もう手遅れだと悟って、加茂は黙り込む。いつの間にか、倉庫からミチも顔を覗かせていた。その目にはムナカタがどのくらい本気なのか、探ろうとする色があった。

喉の奥で笑う声が聞こえ、椋田がボイスチャット経由で応じた。

『その言葉を待ちかねていました。では、解答フェーズをはじめましょう』

「今すぐ、ここで推理を披露しても構わない」

ムナカタは自信に満ち溢れた表情でそう言ったが、それはすぐに一蹴されてしまう。

『ここで？　とんでもない』

「皆をどこかに集めた方がいいと言うなら、広間に移動しても構わないけど」

『それも論外です』

「……どういうことだ？」

『解答フェーズは告発した相手の表情の変化から嘘を見抜き、推理という網の目で搦《から》め捕るのが醍醐味です。アバターにもプレイヤーの表情は反映されますが……やはり生身の人間とは違う。推理する者と告発される者がぶつかり合うなら、現実世界ほど相応しい場所はないでしょう』

誰からも反論は出なかった。椋田はなおも続ける。

『ここからはメガロドン荘に移動します。自室に戻ってセーブし、今すぐ現実世界のラウンジに集まって下さい。……今回はＶＲゴーグルは不要ですが、手袋型コントローラだけは持参するのをお忘れなく』

第七章　試遊会　二日目　解答フェーズ①

二〇二四年十一月二十三日（土）一一：五〇

メガロドン荘では古い木材の匂いを強く感じた。暖房を効かしているのに忍び寄ってくる晩秋の寒さもまた、現実ならではのものだった。

現実世界の自室を出るのは、六本木が殺された時以来だった。

間取り図を見ながら、加茂は廊下を南へと進んだ。時々、背後で扉が開く気配はしたが、彼はそれを気にする余裕もなく歩き続けた。

……棟方さんが、両方の事件の真相を見抜いてくれていればいいんだが。

だが万一、彼がミチ殺しだけ部分正解を出してしまったら？

その場合は加茂だけでなく、ペナルティとして伶奈と雪菜の命まで奪われることになる。何より辛いのは、その結果は加茂が何をしようと変えられないことだった。

廊下の突き当りにラウンジはあった。

丸いタイプのドアノブを回して室内に入るも、ラウンジは無人だった。どうやら加茂は一番乗りだったらしい。

壁際の棚にはメガロドンソフトのゲームグッズが並べられている。フィギュア・ぬいぐるみ・攻略本・設定資料集などなど。小規模ながらゲーム博物館めいた雰囲気があった。

そんな部屋の中心には、やはり円卓が置かれていた。

傀儡館で見たのと同様、八人が座れるものだ。向こうが黒檀色であるのに対し、こちらは白木でできていた。そして、円卓には巨大な円形のモニターが嵌《は》め込まれている。

「……こんなに急いで、推理を披露することはなかったのに」

そう呟いたのは佑樹だった。ラウンジに次々と人が入ってくる気配がある。加茂はほとんど上の空で答えていた。

「そう、だな」

やがて、ラウンジに棟方が姿を現した。全員の視線が彼に集中する。それから少し遅れて東が現れ、これでラウンジに七人が揃った形になった。

全員がVRスーツを身に着けたままで、手袋型コントローラを持参していた。

棟方は相変わらず無表情だったが、それは表面上を取り繕っているだけだった。その証拠に頬には朱が差していたし、目には激しい興奮を宿している。その手にはサインペンとルーズリーフが握られていた。

そもそも……推理を披露するのは、探偵役にとってハイリスクなことだった。答えに少しでも間違いがあれば、容赦なくゲームオーバーとなって命を奪われるのだから。

だからこそ、加茂は棟方に解答を遅らせるよう説得しようとした。せめて、推理の裏づけを行ってから発表するように……だが、それも無駄な努力に終わった。

どこからか聞きなれた声が流れ出してくる。

『今回の解答者は棟方希さんです。……推理は一つずつ披露して頂くとして、どちらの事件からはじめますか？』

「ミチ殺しから」

加茂は思わず両手を握りしめる。

ブゥンという音とともに、円卓のモニターの電源が入った。

それがただのモニターだろうと思っていた加茂の予測は外れた。というのも、モニター上にはホログラムめいた立体映像が投影されていたからだ。

『これは3Dモニターです。開発途中のものですが、ゲーム内の映像を投影するくらいの用は果たせるでしょう』

今、モニターが映し出しているのはVR空間の広間だった。

加茂もゴーグルなしで3D映像を見るのは初めてだったが……そんなことより、皆が円卓に押し寄せて団子状態になったことに面食らった。もちろん、これは我先にモニターを確認しようとしたせいだった。

「おい、踵《かかと》を踏むなよ」

棟方が怒りのこもった声を出し、背後を睨みつけた。

その声の鋭さに、棟方の隣にいた不破は身をすくめ……棟方の真後ろにいた東と乾山は互いに自分がやったんじゃないとアピールをして後じさりをはじめた。そして、今度は東が佑樹の靴を踏んづけ、それに驚いた佑樹が未知の踵を踏むという負の連鎖が続く。

加茂だけはスラップスティックコメディめいた状況に巻き込まれずにすんだものの……彼にも誰が棟方の靴を踏んだか分からないくらいの混乱ぶりだった。

その間にも、椋田は淡々と説明を続けていた。

『3D映像は手袋型コントローラで移動や拡大ができます。必要なら、ゲーム中のどんな場所でも表示させられますので』

未知は右手の指先で広間の映像を回転させながら、問いかけた。

「……まさか、この3D投影技術がトリックに使われたりしないよね」

『それはありません。現在の技術では、現実と見間違えるような3D映像は投影できませんので。というか、そんなのがメイントリックだったら興醒めにもほどがあるでしょう？』

未知は答える代わりに腕を大きく振った。映像内の広間はコマのようにくるくると回って止まった。確かに、そこに投影されている3D映像はちらつきが目立った。一目で本物か映像か見分けがつくレベルだ。

椋田が低い声で続ける。

『なお、解答者は推理を中止することはできません。……覚悟はできていますね？』

「もちろん」

棟方は落ち着き払った様子で、円卓の背もたれなしの椅子についた。

他の者もそれに続き、加茂も床に固定されていた椅子をまたいで腰を下ろす。今回は未知も足をぶつけることなく無事に着席していた。

一同を見渡してから、棟方は円卓の上で両手の指を組み合わせた。

「まず前提として……昨日のVR犯行フェーズがはじまる前に、僕は広間と廊下をつなぐ南北の扉に罠を仕掛けておいた」

棟方は3D映像を拡大して、広間と廊下をつなぐ二つの扉を示す。その上で、その罠がカッターナイフの刃を使ったものだったことも説明した。

不破が困惑気味に口を開く。

「でも、そんな罠は椋田には筒抜けだろう。彼女の共犯者である執行人がそんなものにかかるとは思えないが」

棟方はすっと目をすがめた。

「そう、僕の目的は犯人役を炙り出すこと。……罠は北側の扉のみが発動して、カッターナイフの刃は取れて消えてしまっていた。ただ、ドアノブに残っていた接着剤には拭き取りきれなかった血の跡が残っていたよ」

昨晩、加茂は布巾で血を拭ったが、制限時間ギリギリだったこともあり、完全に痕跡を消すことはできなかった。接着剤に血の跡が残っていたのもそのせいだろう。

「僕がドールハウスの近くで拾った黒手袋の切れ端……あれはカッターナイフの刃で切り裂かれてできたものだろうね。広間の引き出しにあったカッターナイフと接着剤がなくなっているか確認しようとして、ドールハウスの方に向かったのに違いない」

そう言いながら、棟方は円卓の上に自室の様子を表示させた。ムナカタの部屋のテーブルには、確かに加茂の手袋の切れ端が載っていた。

乾山が唸るような声になって言う。

「……手を怪我しているアバターがいたら、その人が犯人役ってこと？」

ここで椋田の嬉々とした声が割り込む。

『手袋型コントローラをつけてモニター上にかざしてもらえれば……皆さんのアバターの手をそこに投影することができますよ』

「こんな感じ？」

乾山が手を伸ばすと、3Dモニターにアバターの手が投影された。もちろん、その手のひらには傷一つない。続いて、次々とアバターの手に負傷がないことが示されていく。

加茂も諦めて円卓へ両手を差し出した。

最も驚いていたのは……佑樹だった。彼は真っ青になって加茂のことを見返している。東も負けず劣らず愕然とした様子だった。彼女は先ほどまで加茂と一緒に行動していた。その分だけ受けた衝撃も大きかったのだろう。

『……告発を行う場合は、相手のフルネームを宣言して下さい』

椋田が言葉を挟み、それに応じて棟方が口を開いた。

「僕が告発するのは、加茂冬馬だ」

不破は嫌悪感を露《あら》わに加茂のことを見やったが、何も言わない。その隣に座っていた未知が冗談めかした口調になった。

「へぇぇ、私を殺した犯人は加茂さんだったのか」

加茂は右手の人差し指から薬指にかけて刻まれた切り傷を示し、苦笑いを浮かべる。

「見ての通り、俺のアバターが怪我をしているのは間違いない。でも、犯人役だと認めるつもりもない」

「往生際が悪い」

吐き捨てるように呟いた棟方を加茂は見返す。

「仮に、俺が犯人役だとして……それを認めたら、自白したと見なされるのを忘れてないか？俺が死ぬだけなら構わないが、自白は人質にまでペナルティが及ぶ」

ここで、東が言葉を挟んだ。

「加茂さんを犯人役だと断定した理由は分かった。でも、ユウキ殺しの犯人である可能性だってあるはずでしょ？」

「その可能性はない」

「どうして」

「ユウキ殺しの犯人は毒を盛っただけでなく、廊下で物音を立てたりもしていた。これらの全てを南棟に入らずに行うのは不可能だ」

まだ説明の途中だというのに、東は早くも全てを理解したらしかった。彼女は納得したように、その説明を引き継ぐ。

「そっか。加茂さんが自室のある北棟から南棟に移動した場合、最初に怪我をするのは南側の扉だものね。北側の扉の罠だけ発動していた状況と矛盾する」

このやり取りを聞きながら、加茂は内心でため息をついていた。

……説明を受けてから理解するまでが速すぎる。素人探偵として招待を受けたのは、伊達じゃないってことか。

それに対し、不破は相変わらず険しい表情を浮かべたまま口を開いた。

「悪くない推理だが、まずはあの密室をいかに攻略したか聞かせてもらおうかな」

「あれは単なる物理トリックだよ」

棟方はだるそうにそう答え、円卓上に倉庫を映し出した。そこにはミチの遺体が転がり、ゴムボートもオープンシェルフも室内に放置されたままだ。

「密室がどうやって封じられていたか検証した時、僕らは棚が扉から四五センチ離れたところに置かれていたと考えただろ？　扉と棚の間にゴムボートが挟まっていたから、扉が開かなかったんだと」

不破は小さく頷いた。

「シェルフが倒れていた位置からそのまま起こすと、さっき言った場所に立っていたことになるからね」

「そう考えたのが間違いだった。本当は犯人が棚を置いたのは、扉から一メートル以上離れた場所だったんだよ」

加茂は全身から血の気が引くのを感じた。暖房が効いているのに背筋を這いまわる寒気が消えない。……今や、彼が恐れていたことが現実化しつつあった。

一方で、東は訳が分からないという表情に変わる。

「それだけ扉から棚を離して設置すれば、間に膨らましたボートを置いても……五五センチ以上の余裕があることになるし、犯人も楽々と扉を開いて出入りができたでしょうね。でも、それじゃ密室の封にはならない」

「そう。密室から脱出した後で、加茂さんは氷を使って扉を塞《ふさ》いだんだよ」

余裕たっぷりに返した棟方に対し、東はいよいよ訝《いぶか》しそうな顔になった。

「確かに厨房には製氷機があったけど、氷なんて使ってどうするの」

「棚を立てて設置する時に、棚と床の間に氷を挟み込めばいい。その際、棚を上下逆さまに設置することがポイントだね」

「……天と地を逆に？」

「天然水の瓶が詰まったケースは、あらかじめこんな風に倉庫の床に置いておけばいい」

棟方はサインペンでルーズリーフに図を記した（図1参照）。加茂は暗澹《あんたん》とした気持ちになりつつそれを見下ろす。

今度は未知が半信半疑の表情になっていた。

「これだと、氷が溶けても棚はそのまま床の上に降りてくるだけじゃん。むしろその途中でバランスを崩して、倉庫の奥に倒れ込む可能性も高そう」

「そうはならない。氷には圧力がかかると溶ける性質があるから」

「あーなるほどね。……棚の下に置く氷の数を、場所によって変えればいいのか」

未知も詳しく説明を受ける前に、自力で結論に辿りついていた。棟方はそれが面白くない様子だったが、説明は続けていた。

図 1

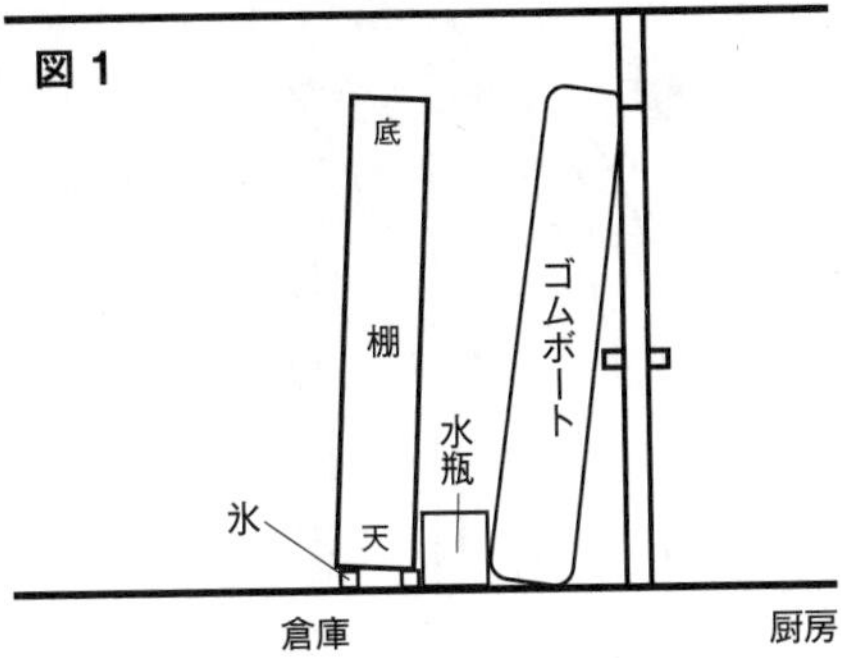

「倉庫の奥側を支える氷の数を多くして扉側を少なくすれば……より強く圧力がかかる扉側の氷が早く溶けるはずだ。つまり、棚を扉側に狙って傾けるのは可能だってことだね」

次々と放たれる推理に、加茂は衝動的に耳を塞ぎたくなった。だが、そうすることすら、状況が許してくれはしなかった。

一方で棟方はサインペンを走らせ、絵を書き足していく（**図2参照**）。

「氷が溶ければ、棚は傾いて『底にあたる部分』がボートを上から押さえ込むことになるから、倉庫の扉は封じられる」

図を見つめていた乾山も納得したように頷きはじめた。

「ほんとだね。この状態で扉に振動が加わると、棚の『天井にあたる部分』が徐々に倉庫の床を滑って、倉庫の奥側へ移動することになるのか」

「扉への体当たりが繰り返されれば、最終的に棚は『底にあたる部分』を扉側に向けて倒れ込む。僕らが聞いた轟音《ごうおん》は、その時のものだったのさ。同時に、ボートも棚の角に当たって破れてしまったんだろう」

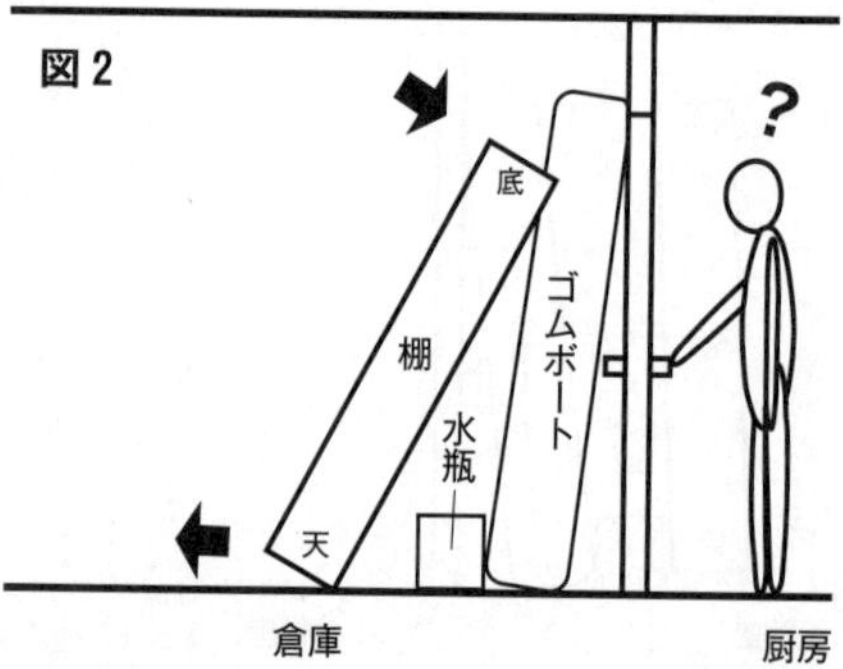

ここで乾山は図の中の天然水のケースを指さした。

「でも、棚に天然水が入っていた状況に説明がつかなくない？　オープンシェルフは背板がないから、棚に天然水を置いても斜めになった時に棚板から滑り出ちゃうよ。……どうやったら、床に置いてあるケースが棚の中に入るの」

棟方はふっと鼻で笑うような声を立てた。

「単純な話だ。棚は天然水のケースを最下段にすっぽり収める位置にきれいに倒れたんだよ」

棟方は三たびルーズリーフに絵を描き出した。さらさらとペンが走り、あっという間に三枚目の図が現れる（図3参照）。

「扉を開いた時、僕らは空気が抜けたボートと倒れた棚を発見した。天然水の瓶が棚の中にあったこと、棚の底が扉

図3

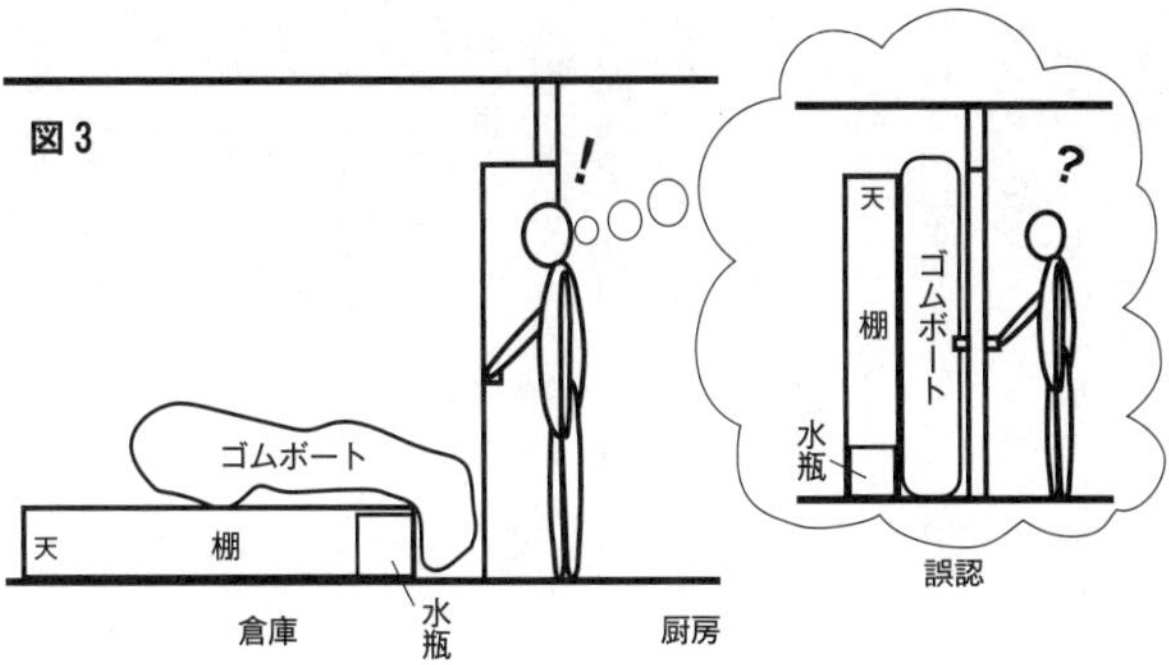

側を向いていたことから、『オープンシェルフは扉から四五センチほど離れた場所に立っていた』と誤認してしまった訳だ。……以上が、密室トリックの全貌だ」

この説明に、乾山は納得がいかないらしく不満げに言う。

「めちゃくちゃ、運任せの犯行じゃない？」

「そう、本来ならプロバビリティ（確率）に支配される犯行方法だ。でも……君こそ、これがＶＲ空間内の事件だということを忘れているんじゃないか？」

「どういう意味？」

「現実の犯罪と違って、犯人役は傀儡館で好きなだけシミュレーションを行うことができた。何度も何度も実験を繰り返して位置を微調整すれば、狙った場所に棚を倒すことも難しくはないはずだ」

確かに……加茂は監修作業時に、犯行のシミュレーションを重ねていた。

ＶＲ空間内では天候などを自由に設定できるので、例えば突発的な竜巻で計画が崩れるようなことは起きない。その分だけ、シミュレーション通りの結果がもたらされることが多いのも事実だった。

いつまでも黙ってはいられないと、加茂も覚悟を定めて口を開いた。

「……天然水の瓶にヒビが入っていたのは、どう説明するんだ？」

「棚が倒れた時の衝撃が原因だろう。瓶から流れ出た水は、棚の下に敷かれていた氷が溶けた跡も分からなくしてしまう。証拠隠滅の方法としても効率がいいやり方だね」

棟方は淀みなくそう反論した。

彼はまだ、自分の手から勝利が零《こぼ》れ落ちることはないと信じ切っていた。そんな棟方を前に、加茂は左手で頭を摑んでいた。先ほどから彼が耳を塞ぎたいとすら願っていたのは……棟方の推理が真相とは程遠いものだったからだ。

間違った推理をした以上、棟方はこれから執行人に命を狙われることになる。何より辛かったのは、棟方がその事実にまだ気づいていないことだった。

改めて、加茂は円卓に座る面々を見渡した。

ほとんどの視線が告発された加茂に集中している。

そんな中、一人だけ憑《つ》かれたように棟方を見つめていたのは佑樹だった。その目に宿っていたのは、避けられない事態への恐怖。……恐らく、佑樹も棟方の推理に綻《ほころ》びがあることに勘づいたのだろう。

その緊迫を破るように、笑いを含んだ声がモニターから流れ出してきた。

『ああ、一つ言い忘れていた。告発を受けたプレイヤーには反証の義務が生じますので』

椋田の言葉に、加茂は愕然とした。

「反証って、どういうことだ？」

『披露された推理が仮にも間違っていたとしても、加茂さんが生き延びる為には反証をしなければならないということですよ。反証に失敗した場合、君も解答者と連帯でゲームオーバーとなり、執行人の次のターゲットになってもらいます』

「……そんなの卑怯よ！」

怒りに声を震わせたのは東だった。途端に椋田は冷たい声に変わる。

『仮にも探偵を名乗るなら、降りかかる火の粉くらい振り払えて当然でしょう？　誤った推理の一つも崩せないなら、探偵として存在する価値もない。……まあ、これはプレイヤーの数を一気に減らす為に組み込んだルールでもあるんですけどねぇ』

椋田はタガが外れたようにケラケラと笑い出した。

加茂の口の中に血の味が広がった。気づかないうちに、それほど強く歯を食いしばっていたらしい。

……反証に成功するか失敗するかなんて、運の問題じゃないか。

告発を受けた人間はその場で反論を組み立てるしかない。そんな短時間でひらめきが生まれるかどうかなど、運以外の何物でもないだろう。

また、解答が間違っていたとしても、そのことを証明できない可能性もあった。現状判明している事柄全てと辻褄《つじつま》が合っていようと、それが真実とは限らないのと同じだ。

何よりやりきれないのは……彼が生き延びる為に反証を成功させたところで、棟方を待ち受ける未来は変わらないことだった。それどころか、加茂が反証を成功させることは……実質的に、彼が棟方に引導を渡すことになってしまわないか？

「そのルールは執行人にも不利になりますよね？　あなたの共犯者だって、反証に失敗する可能性は平等にあるんですから」

静かに言葉を挟んだのは佑樹だった。

『心配には及びません。私の執行人はリスクを承知でゲームに参加していますから。執行人が反証に失敗した場合、彼もしくは彼女は自ら死を選び、それを他殺に見せかけることで君たちを攪乱《かくらん》することでしょう』

それまで取り繕っていた冷静さの仮面が剝がれ、佑樹の顔が嫌悪に歪んだ。

「執行人ですら……使い捨ての駒ですか」

『人聞きが悪いなぁ。仮に君たちの披露する低レベルな推理で反証に困るほどの無能なら、いたって仕方がないでしょう？』

我慢がならなくなったように、棟方が肩をすくめながら口を開いた。

「どうして皆して、僕が間違っている前提で話すんだ？　反証する余地などありはしないのに」

加茂はひどく複雑な気持ちになりつつも、棟方に向き直って口を開いた。

「俺は化学や物理学には詳しくない。だから、『強い圧力がかかると融点が下がる』という氷の性質を利用したトリックが実行可能なものだったか、正直なところ判別がつかない。だが……今回はそんな専門的な知識がなくとも、棟方さんの推理には辻褄の合わないところがあったと断言できるな」

「……例えば？」

「まず、天然水のケースが棚板の間にピッタリ収まるよう狙ってシェルフを倒すのは、不可能だ。シェルフがどのくらい滑ってから倒れるかは、扉に体当たりする人の力加減で決まる。犯人がいくらシミュレーションを重ねようと、コントロールしきれるものじゃない」

「前も言ったけど、実験を繰り返せば精度を上げることはできる。それに、いくら失敗する可能性があったとまくし立てたところで、僕が言ったトリックが使われなかったという証明にはならない。それで反証のつもり？」

棟方の小馬鹿にしきった声を聞き、加茂は暗澹とした気持ちを強めた。

「本当は、身体を動かすことさえ厭わなければ……棟方さんも気づいていたはずだ。氷を使ったという推理と、現場の状況が矛盾していることに」

加茂はモニターに問題のオープンシェルフを表示させた。

それ以上の説明を求めることもせず、棟方は自ら3D投影されたシェルフを確認しはじめた。

やがて、彼は目を見開く。

「……埃？」

オープンシェルフの天板には埃が膜のように均一にこびりついていた。

佑樹と一緒にシェルフを起こした時、加茂は天板の埃を確認していた。だが、棟方はそれを手伝おうともせず、棚を間近に見ることもしなかった。

自らの手を動かすことを嫌う性格が災いし……棟方は推理が現場の状況と矛盾していることに気づけなかったのだった。

「こびりついた埃はシェルフが転倒しても落ちなかった。だが、天板と床の間に氷を挟んだら、話は変わってくるだろう？　天板の埃は氷が溶けて生まれた水で流れてしまったはずだ。こんな風に均一に埃がついたまま残ることはあり得ない」

加茂は再びモニターに手を伸ばし、今度は棚の最下段を表示する。この棚板は埃が乱れてぐしゃぐしゃになっていた。

茫然とする棟方に向かって、加茂はトドメを刺すように続けるしかなかった。

「見ての通り、最下段の棚板は埃が大きく乱れている。これは瓶から漏れ出した水がかかったせいだ。……もし、君の考えたトリックが使われていたら、天板の埃も同じように乱れていなければならなかったんだよ」

いつしか、棟方は頭をガリガリと掻きむしっていた。その指先に血が滲《にじ》む頃になって、彼は俯《うつむ》いたまま呟いた。

「君の言う通りだ。僕の推理は狂っていたらしい」

＊

『解答フェーズを続行しますか？』

思わぬ提案がスピーカーから流れ出した。

円卓に座っていた全員がビクッと身体を震わせる。中でも最も大きな反応を見せたのは棟方だった。彼は掠《かす》れた声を出す。

「続行、できるのか？」

椋田は含みのある笑い声を立てる。

『これで解答フェーズが終わってしまうなんて、拍子抜けにもほどがある。……棟方さんだって一つの事件についてしか解答していないんじゃ、不完全燃焼のはず。だから、生き延びるチャンスをあげましょう』

沈黙を続ける棟方に対し、椋田は囁《ささや》くように言葉を続ける。

『一度だけ、解答フェーズを続行することを認めます。このままユウキ殺しの真相を看破できれば、棟方さんの敗北は取り消される。どうです、利しかない提案でしょう？』

光を失いかけていた棟方の瞳に鈍い輝きが戻ってきた。彼は相変わらず喉が潰れたような声で呟く。

「……そちらには、不利な条件じゃないのか」

『君が執行人をユウキ殺しの犯人として指名してしまう可能性もありますからね？　でも、そのリスクを負おうと言っているのです』

嬉々として喋り続ける椋田の真意が読み取れず、加茂は混乱を深めていた。

少なくとも、これが善意から出たものでないのは確かだ。

……棟方さんがユウキ殺しの真相を見抜いていれば、次の推理で告発されるのは俺たちの中に潜んでいる執行人だ。当然、反証することもできず、その人物の死は確定するだろう。それなのに、椋田はそのリスクを意に介してすらいないらしい。

加茂はぐっと眉をひそめる。

椋田には執行人の犯行が見抜かれることはないという、絶対的な自信でもあるのだろうか？　あるいは、誰彼構わず死者を増やすことを優先するつもりか？

残念ながら、ユウキ殺しに関する棟方の推理が正しいという保証はない。むしろ、このまま間違った推理が繰り広げられた結果、探偵役のうちの誰かが棟方の敗北に巻き込まれる可能性の方が高いように思われた。

やがて、棟方が低い声で呟く。

「生き延びたければ……他人を危険に晒《さら》してでも、推理を続けろって？」

『そうです。このゲームで勝利を摑むには、自らの命を賭し他人の命を踏みにじるしかないのですから』

それを聞いた棟方の口元に不穏な笑みが浮かぶ。不破と未知は慌てて止めようとしたようだが、彼らの制止より早く棟方は立ち上がっていた。

「もちろん、解答フェーズを続ける」

言葉を喉に詰まらせて黙り込む不破と未知を見やって、棟方は首を横に傾けた。

「どうしてそんなに怯えているんだ。指名されるのが怖い？　でも……安心するといい。僕が執行人として告発するのは、君たちじゃないから」

この言葉に、残る三人の顔色が変わった。

既に犯人役として名指しされた加茂を除くと……棟方は佑樹・乾山・東の中から執行人を指名するつもりなのだろう。

中でも被害者の佑樹は比較的呑気そうに見えた。彼は穏やかに尋ねる。

「それで、僕を殺したのは誰だと考えているんですか？」

「君だよ、青葉遊奇」

「ああ……えっ、僕？」

完全に油断していたのか、佑樹はゴホゴホと激しくむせはじめる。

加茂は再び左手で頭を鷲づかみにしていた。誰が名指しにされても衝撃なのには違いなかったが……よりによって、佑樹が告発を受けるとは。

確かに、佑樹はたまに周囲をギョッとさせる行動を取ることがある。

その最たるものが、未遂に終わった幼馴染《おさななじみ》の復讐だった。

当人は復讐を望んだことを全く後悔していないようだし、自分と椋田が同じ側の人間だとすら考えているようだった。そういう意味で、彼は椋田の思想に共感しやすい部分を持っていると言えるだろう。

だが、佑樹の性格をよく知っている加茂には、佑樹が『殺戮者』と化しつつある椋田に協力するとは思えなかった。

……信じて、いいんだよな?

咳が止まらない佑樹のことなどお構いなしに、棟方は淡々と続ける。

「密室にどうやって侵入して毒を入れたのか? そんなことは考えるだけ無駄だった。あの状況で水に毒を放り込むなんて誰にもできないんだから」

佑樹は何とか呼吸を整えて言い返す。

「だとしても、僕が自殺したという結論に飛びつくのは短絡的すぎますよ。そんな犯行方法は意外でも何でもないし」

棟方が眉を上げて佑樹を見つめる。

「加茂さんはこちらの説明が進むまで黙っていてくれたけど、君は違うか」

「それは加茂さんの神経が変なだけだと思います……。いずれにせよ、僕の自作自演だとしたところで、説明がつかない部分が残ります」

佑樹が椅子に座り直してそう続けたのに対し、棟方はニヤッと笑った。

「毒薬かな?」

「そう、解答フェーズがはじまった時からずーっと気になっていたんです。棟方さんは毒薬について無視して推理を進めましたよね？　加茂さんも反証の時に毒の話には触れようとしなかったし」

鋭い指摘に、加茂は苦笑いを浮かべる。彼がその話題を避けていたのは、毒薬について追及することが自分の首を絞めることになりかねなかったからだ。

佑樹はなおも言葉を継ぐ。

「椋田さんによれば、この館には致死量を超える毒物もアバターを昏倒させられるような薬物も設置していないという話でしたよね？」

「そう。例外は犯人役か執行人のうちの一人だけが持つという、致死量の数千倍の毒薬が入った瓶だ」

「ところが実際は、未知さんは何らかの毒物で昏倒し、僕も中毒死した。犯人役も執行人も両方が毒薬を持っていないと説明がつかないじゃないですか！」

棟方は余裕の滲み出た笑いを浮かべる。

「僕が毒薬について触れなかったのは、その謎が君の犯罪と深く関わっているからだよ。……毒瓶の中身が使われたのは、本当はミチ殺しの方だったんだから」

この言葉に加茂は危うく声を上げそうになり、どうにかそれを自制した。

佑樹を見やると、彼も絶句したまま硬直していた。たっぷり十秒は経っただろうか、やっと衝撃から回復した佑樹が口を開いた。

「……そう考えた根拠は？」

「まず、椋田が用意した毒物の量が多すぎる。グラスにはセーブ五回分の量の水が入るから、グラスに注いだ水に毒薬を入れる場合でも、致死量の五倍もあれば足りたはず」

「確かに、致死量の八千倍以上も用意する必要はないですね」

それを聞いた棟方がニヤリと笑った。

「発想の転換をしてみよう。今までは『経口』で毒を盛る場合について考えていた。もし……犯人役である加茂さんが『経皮』で毒を盛っていたら？」

この言葉に佑樹は目を見開いた。

「まさか、ドアノブに毒薬が塗られていたと考えたんですか！」

「さすがに理解が早い。未知さんのアバターは素手で倉庫のドアノブに触れてしまった為に、皮膚から毒薬を吸収してしまったんだ。毒薬は無色透明の液体という話だったから、どこに塗られていても、見た目では分からなかっただろう」

「……そして、犯行後にはドアノブや遺体の手に付着した毒を拭き取って、証拠を隠滅してしまったと？」

「その通り。この方法の唯一の欠点は、効率が悪いということ。ドアノブに塗りつけた毒のうち、ごく一部しかアバターの指につかないからね？　体内に吸収される量になると、もっと僅《わず》かな量になってしまう」

黙り込んだ佑樹に向かって、棟方は勝ち誇った声になる。

「これこそ大量の毒薬が用意されていた理由だ。……この部分に関して僕は間違っていないはずだ。そうだろ、加茂さん？」

挑発的な言葉を受け、加茂は反論を行うべきか逡巡《しゅんじゅん》した。

だが、既にミチ殺しの反証は終わっていたし、解答フェーズの当事者は棟方と佑樹の二人に移っていた。今の段階では、失言をするリスクを冒してまで反論をすることはない……彼はそう判断して、ひとまず沈黙を守ることを選んだ。

「仮説としては面白いと思います。でも、僕のアバターが命を落としたことの説明にはなってないですよね？」

こう言い返したのは佑樹だった。彼は嘲るようになおも続ける。

「毒瓶の中身が使われていないのなら、僕はどうやって自殺したっていうんですか？　この点が説明できない限り、あなたの推理は成立しませんよ」

対する棟方はふっと笑うような音を立てた。

「君はいわゆる毒薬を使わず、中毒死したんだ」

この言葉に円卓にいる全員がざわめく。

「え……意味が分からないんですけど」

佑樹は焦りよりも戸惑いが強い顔になっていた。表情はまだ余裕がありそうに見えたが、それとは裏腹に顔面は蒼白になりつつある。

その動揺に何を感じたのか、棟方は唇に不穏な笑いを貼りつけたまま続けた。

「人は何も毒薬でのみ中毒を起こす訳じゃない。本来はそれほど害のないものでも、過剰に摂取すれば人の命を奪うこともある。急性アルコール中毒がいい例だね」

佑樹は虚をつかれた様子だったが、すぐに言い返していた。

「でも、傀儡館にお酒はない。潤沢にあるのは天然水だけ……です、よね？」

急に佑樹が自信のない声になった。加茂は小さく頷いて彼にその認識で正しいと伝える。

そうしながら、加茂は内心で深くため息をついていた。

……探偵役を放棄するとか言って、真面目に調査しなかったのが裏目に出たな。この感じだと、厨房に何が置いてあるのかも確認していないんだろう。

反証を成功させる上で重要なのは、どれだけ多くの情報を手にしているかということ。そして、それらをいかに活用するかということだ。

どう考えても、調査不足の佑樹には不利だった。

不安にさいなまれる加茂をよそに、棟方は３Ｄモニターを操作しはじめた。やがて、そこに厨房が表示される。

「僕は犯行にアルコールが使われたなんて言ってない。君が使ったのは塩だ」

「……塩？」

佑樹は鸚鵡《おうむ》返しに呟いたきり、黙り込んでしまった。

３Ｄ投影された厨房の棚には、様々な調味料が並んでいた。

手のひらサイズの瓶や容器にはどれも少量しか残っておらず、中でも塩や味噌は特に減りが激しいのが目につく。

「醤油を大量に飲むと死ぬ、こんな話を聞いたことがあるだろう？　塩分を過剰摂取すると、食塩中毒となって高ナトリウム血症を引き起こし、死に至ることがある」

　棟方の言っていることは事実だった。どんなものでも適量を守らなければ人体に害を及ぼすことがある。それは身近にある調味料でも同じことだった。

　佑樹は慌てたように言い返す。

「でも、調味料の容器はどれも小さなものですよね？　そのくらいの量の塩や味噌を飲んだとしても、命を落とすとは限らないと思うんですが」

「とぼけたって無駄だ。僕はこの棚の下側に醤油が入っていたのも確認している。そっちは確か、四〇〇ミリリットルくらいの大きさがあった」

　この指摘に佑樹はぐっと喉を詰まらせた。塩と味噌と醤油を全て合わせれば、致死量を超える可能性がゼロではないと判断したからだろう。

　棟方は容赦のない声で続けた。

「君は塩と味噌と醤油の中身を自室に持ち帰った。厨房にある容器を空にしてしまわなかったのは、そうすると逆に目立つと思ったからだろうな。……そして、室内から施錠をすませた上で、君はボイスチャット越しに『セーブ中に毒を飲んだ』という演技を披露した。その後で醤油を一気に飲み、塩と味噌も水道水に溶かして口にした。そうやって、致死量を上回る塩分を取り入れたんだ」

　なおも佑樹は沈黙を守っていた。棟方は矢継ぎ早に続ける。

「いわゆる毒薬を使わない毒死事件とは……考えたね？　遊奇さんの自作自演だという確証が得られるまで、僕らはありもしない密室トリックを暴こうと躍起《やっき》になり、迷走を続けるしかない」

加茂は思わず唇を嚙みしめていた。

……そんなはずはない。今の推理は間違っている。

記憶力に自信のある加茂だからこそ、断言できることがあった。

昨晩の調査フェーズがはじまってすぐ、加茂は塩と味噌の量が今と変わらない状態だったことを確認していた。その為、佑樹が調査フェーズや犯行フェーズ中に容器の中身を持ち出していないことは確かだった。

ところが、その間にも棟方は喋り続けていた。

「遊奇さんの自作自演と気づいたところで、今度は椋田の思わせぶりな毒瓶の話が効いてくる。……あんな話をされては、どうしたってユウキ殺しに毒瓶が使われたと考えてしまうじゃないか？　まさか、調味料が使われたとは思わない」

その話を聞き流しながら、加茂はなおも考え続けていた。

……昨晩、ちゃんと醬油の瓶も確認しておけばよかったな。

そこは加茂の手抜かりだったが、棟方と違って醬油の瓶を手に取って調べたというアドバンテージはあった。

あの瓶の中身は減塩醬油だった。食塩中毒を狙うつもりなら、醬油はあらかじめ減塩でないものを用意しておくのが普通だろう。反証の根拠としては弱いが、これで押し通すしかない。

加茂はそう考えて助け船を出そうと口を開きかけた。

『ああ、いけませんねぇ？　反証は告発された者が一人で行うもの、いかなる口出しも無用です。そんなことをされたら、遊奇さんと助言者の二人ともにペナルティを与えなくちゃならなくなる』

椋田の牽制《けんせい》は鋭かった。またしても考えを先読みされた加茂は言葉に詰まる。

この時、独り言のように佑樹が呟きはじめた。

「傀儡館には洗濯室があるのに、洗剤や柔軟剤はない。厨房にも中性洗剤はなく、僕の部屋にもボディソープやシャンプーは見当たらなかった」

棟方の目に警戒の色が浮かぶ。

「それが反証のつもりか？」

モニターから顔を上げた佑樹は頷いていた。

「……恐らく、あなたは椋田の言葉を解釈し間違えています」

「は？」

「アバターが液体として摂取可能な範囲に限っての話ですが、椋田はこの建物に致死量を超える毒物は置いていないと言いました。それから……例外的に潤沢な飲み水を用意した上で、一人だけに毒瓶を与えたとも」

加茂もこの内容は聞いた覚えがあった。棟方は困惑を深めるばかりだった。

「それがどうした」

「今の言い方だと……椋田が例外的に用意した毒物は二種類あるように聞こえませんか？　毒物には、毒瓶だけじゃなく飲み水も含まれているように」

　すぐに棟方は吹き出して笑いはじめた。

「水が毒な訳ないだろ！」

「それが、そうとも限らないんですよ。水中毒という言葉があるように、水も膨大な量を一気に飲めば害になりますから。塩と同じですね」

「そんなの、デタラメだ」

「嘘じゃないですよ？　前に小説のネタにならないか調べたことがあるので。……水中毒は、食塩中毒とは逆で低ナトリウム血症を引き起こすんです。腎機能が低下して水分の排出が上手くいかない時なども同じ状態になるみたいですね」

「……いつまで、そんな屁理屈を聞いてなくちゃならない？」

　吐き捨てるような声になった棟方に対し、佑樹は苦笑いを浮かべた。

「我ながら、酷い屁理屈ですよね？　でも、問題は『一般的な毒物の定義』ではなく『椋田が毒物の類をどう定義しているか』です。……その発言から考えて、椋田が大量に摂取すれば中毒を起こす水や食塩も毒物として扱っていたのは間違いないと思います」

　強引な発想の転換だったが、佑樹の考えは的外れなものではなかった。

アバターが口にできるのは液体だけ。加茂がＶＲ空間で洗剤やボディソープやお酒を見かけなかったのも、毒性のある液体と水に溶けやすいアイテムの設置を制限していたと考えれば説明がつくからだ。

佑樹はなおも続ける。

「毒瓶と『潤沢な飲み水』以外に傀儡館に致死量の毒物が存在しなかったのだとすれば……塩も味噌も醤油も、犯行で使われたから減ったんじゃないことになります。食塩の総量が致死量を超えてしまわないように、どれも最初から少量しか置かれていなかったんですよ」

「ハッタリで真実を捻じ曲げるな！」

激しく首を横に振りながら、棟方は今にも泣き出しそうな表情になっていた。佑樹もそれに負けないくらい顔を歪めながら言う。

「ゲームがはじまった時点で調味料がどのくらい入っていたか、僕は知りません。……棟方さんはどうですか？」

棟方は俯いたまま何も言わなかった。佑樹は視線をモニターに向けた。

「これ以上は二人で議論を続けても無駄でしょう。全てを把握しているあなたが判定をして下さい」

スピーカーからため息が漏れ出した。

『遊奇さんの推測は間違っていません。私の言った毒物には洗剤や調味料なども含まれていたし、この館には食塩中毒を起こすほどの量の塩化ナトリウムは設置されていなかった。……棟方さんが言った方法で自殺するのは不可能ということです』

既に覚悟を決めていたのか、これを聞いても棟方は自分の両手を見下ろしただけだった。佑樹も反証が成功した喜びなど微塵《みじん》も感じていない様子で黙り込んでいる。

そんな二人を嘲笑うように椋田は更に続けた。

『今回の解答フェーズでは三人まとめて血祭りに上げようと思っていたのに。名指しされた二人が反証を成功させてしまうなんて、台無しじゃないですか?』

「僕は……死なねば、ならないのか」

ぽつりと棟方が呟いた。

『ええ、二度推理を誤った君は生きるに値しません。その代わり、死ぬことで他の探偵諸氏を苦しめる謎へと生まれ変わるんですよ』

第八章　試遊会 二日目 第二波と調査フェーズ③

二〇二四年十一月二十三日（土）一三：一五

『では、メインの舞台であるＶＲ空間に戻りましょう。自室に戻ってＲＨＡＰＳＯＤＹと同期したら、広間に集まって下さい。……棟方さんを含む七人が揃ったところで、今後の説明をします』

ボイスチャットは途切れたが、誰も動く気力が起きずメガロドン荘の円卓に座り込んだままだった。

外は風が強くなり、窓の外に見える南国風の木々が大きく葉を揺らしはじめていた。今はまだ辛うじて太陽が覗いていたが、天気が崩れる予兆だろう。

沈黙に押しつぶされそうになりながらも、加茂は思い切って口を開いた。

「解散する前に、棟方さんの身を守る為にできる限りのことをやらないか」

鼻で笑うような声を立てたのは棟方だった。

「僕はデタラメな推理をして、君と遊奇さんを殺しかけたんだよ？　それなのに……相変わらずお人好しだな」

「お人好し？」

思わぬところから声が上がった。言葉の主の不破は厳しい表情をして加茂を見やりながら続けた。

「知っての通り、我々の中には執行人が混ざっている。……今だって、執行人は我々を誘導して犯行に及びやすい環境を作ろうとしているはずだ。下手に行動を起こせば、棟方さんの身を危険に晒《さら》す可能性があることも考慮に入れなければ」

ここで、先ほどから腕組みをしていた乾山が口を挟んだ。

「僕は加茂さんの提案に賛成だね。今は棟方さんを守ることが、何より最優先でしょ？　要は、僕らのうちの誰にも棟方さんに危害を加えるチャンスを与えないようにすればいい。慎重に行動すれば、執行人に裏をかかれるなんてあり得ないと思うけど」

東も小さく頷きながら言う。

「私も同感。誰も棟方さんの部屋に先回りできないよう、棟方さんに最初に自室に戻ってもらうのはどうかな？」

棟方は肩をすくめた。

「……その程度の対策で身を守れたら、世話がないよ」

軽い口調とは裏腹に、その目には深い諦念と絶望がとり憑《つ》いていた。隣に座っていた未知はぽんぽんと優しく棟方の肩を叩く。

「自暴自棄になりなさんなって。今はやれることを粛々とやるしかないでしょ」

結局、加茂と佑樹と不破の三人で棟方を部屋まで送っていくことになった。大人数で行っても互いの行動を監視しきれなくなるだけなので、人数は敢えて絞った。この三人が選ばれたのは、単純に自室のある方向が棟方と一緒だったからだ。

棟方はスマートウォッチで自室の扉を開錠すると、部屋の中をざっと見渡してから言った。

「そんな辛気臭い顔はやめてくれないか？　どうせVR空間ですぐ君たちと顔を合わせることになるんだから」

覇気のない声。不破は心配そうに棟方に注意を促す。

「何があろうと、この部屋から出てはいけない。施錠した後は扉や窓にも近づかない方が安全だろうね」

「言っとくけど、僕も黙って殺されるつもりはないから」

扉を閉めようとしたところで手を止め、棟方はふっと微笑んで再び口を開いた。

「そうだ、加茂さんにお願いしたいことができたんだった」

「お願い？」

「死ぬかも知れないと思ったら、フラミンゴのことばかりが頭に浮かんでしまって。もし君がこのゲームを生き延びられたら……フラミンゴのことを頼めないか」

この提案に驚きがなかった訳ではないが、加茂はすぐに答えていた。

「……分かった」

この時、棟方は初めて心の底から笑ったようだった。

「ありがとう」

はにかんだ笑顔は彼を実年齢以上に幼く見せていた。最後に棟方はシベリアンハスキーを預けている獣医師の名を伝え、そして扉を閉ざした。

＊

時間が過ぎるのが、遅く感じられて仕方がなかった。

加茂がいるのはメガロドン荘……つまり現実世界の自室だった。ベッドに腰を下ろし、もう何度目か分からないくらいスマートウォッチを確認している。

時刻は午後三時六分。現実犯行フェーズが終わるまでもう二十五分を切っていた。

……何も、起きていなければいいんだが。

メガロドン荘の家具やユニットバスは少し古びていた。昔からこの保養所で使われていたものなのだろう。天井のダウンライトだけは比較的新しいLEDで、これはここ十年以内に取り換えられたものらしかった。

そして、ダウンライトの傍《そば》には半球状の監視カメラが取りつけてあった。客室に監視カメラをつけることはないので、これは椋田が加茂たちを閉じ込める目的で設置したものに違いなかった。

加茂はテーブルを見下ろした。その上にはコーヒーの入ったペットボトルが置きっぱなしになっている。VR空間の容器はガラス製のものしかなかったので、これを見ただけでも自分が現実世界にいるという実感が湧く。

ペットボトルを取り上げながら、加茂は一時間半と少し前のことを思い出していた。

棟方を部屋に送り届けた後で、加茂は現実世界からVR空間に向かった。

自室のRHAPSODYに背中を預けると、同期がスタートする。VRゴーグルのバイザーを下ろす前に、加茂は窓の外に視線をやった。

遠くに小さく見える海は空模様を映して灰色がかっているものの、まだ雨は降りだしていない。

バイザーを下ろすと、加茂は淡い燐光を放つセーブスポットに戻ってきていた。

……VR空間に戻ったら、広間に直行しろという指示だったな。

加茂は自室を出て廊下を進んだ。

広間には加茂とフワ以外の全員が揃っていた。ほとんどの者は円卓に腰を下ろし、喋る気力もない様子で俯《うつむ》いたり、両腕に顔をうずめて突っ伏していたりした。

その中にムナカタを見出して、加茂は安堵の息をつく。

「無事でよかった」

疲れ切った動作で顔を上げたムナカタは小さく肩をすくめた。

「今のところは、ね」

それからフワの到着を待つ間、重苦しい沈黙が流れた。

やがて静けさに耐えられなくなったのか、円卓に頬杖をついていたケンザンがゆっくりと顔を上げた。彼はまじまじとムナカタを見つめ、躊躇《ためら》いを見せながら質問を挟む。

「さっきから気になってたんだけど……あなたは本物の棟方さん、なんだよね？」

これを受け、ムナカタは苦笑いを浮かべる。

返事がないことに不安を覚えたのか、円卓に伏せていたアズマとミチも顔を上げ、右手で頬杖をついていたユウキも、視線をムナカタの方に向けた。

この時、椋田がボイスチャットで乱入してきた。

『心外ですねぇ？　VR空間に集まってもらったのは、自室に戻った後も棟方さんが無事だと確認してもらう為でもあったのに……。そこにいるのは、本物の棟方さんですよ。犯行フェーズもはじまってないのに、フライングするようなマネはしない』

前に、椋田はプレイヤーのアバターの容姿が変わることはなく、それを操作するプレイヤーが入れ替わることもないと保証していた。VRゴーグルに生体・虹彩《こうさい》認証がついていることからも、椋田の言うことは信じてもよさそうだった。

加茂は敢えて円卓には近づかず、玄関近くの壁際に陣取った。ここの方が広間にいる人の行動を確認しやすかったからだ。

やがて、北側の扉が開いてフワが姿を見せた。

遅れたことを謝罪しながら、彼は加茂がいるのとは反対側の壁にもたれかかって顎に手をやった。どうやら、彼も視界のいい場所を選んだらしい。

『さて、全員が揃いましたね？　これから午後三時半までは現実犯行フェーズ……現実世界で探偵が狩られる時間です』

加茂は背筋がゾッとするのを感じていた。これまでと違って……いよいよ現実世界で犠牲者が生まれることになるのだ。

椋田は楽しげに言葉を続けていた。

『現実犯行フェーズでは、メガロドン荘の自室から出さえしなければ、何をしてもらっても構いません。推理に充てるなり、昼食に充てるなりご自由に』

ユウキが警戒心を滲《にじ》ませつつも問い返す。

「VR空間に入っても構わないんですか？」

『ええ、ミチ殺しとユウキ殺しの調査を続行するのも一興でしょう。ただし、VR空間に入れば現実世界では無防備になる。現実犯行フェーズで何人殺すかは執行人次第なので、そのつもりで』

これを聞いたユウキは苦笑いを浮かべる。

「実質的に選択肢はないみたいですね。確実に身を守ろうと思ったら、現実世界に留まるしかない」

その後、椋田により現実犯行フェーズの開始が宣言された。

最初に……円卓から立ち上がったのはムナカタだった。

アバターに再現された気だるい動きは実に彼らしいものだった。ムナカタは首を何度か回しながら顔をしかめる。

「思ったより、神経が参ってしまっているみたいだな」

自嘲するように呟きながら、彼は落ち着いた足取りで広間を去っていった。華奢《きゃしゃ》な背中は改めて見ると……どうしようもなく弱々しく見えた。

ムナカタを見送った後、加茂たちもバラバラと広間から自室へと戻っていった。それから自室のセーブスポット経由で現実世界に帰ってきたところで、加茂は驚いた。

いつの間にか、外は荒れ模様になっていたからだ。

それまでVRゴーグルがノイズキャンセルしていた為に、加茂は雨音に気づいていなかった。室内も昼とは思えないほど真っ暗で……床に落としていたサインペンを蹴飛ばしてはじめて、その存在に気づくようなありさまだった。

RHAPSODYから出て窓の外を見てみると、木々にはバケツをひっくり返したような雨が叩きつけていた。カーテンを閉めてダウンライトのスイッチを入れる頃には、遠雷までもが加わっていた。

……それが午後一時三十五分すぎのことだった。

通り雨は一時間以上かけて、戌乃島《いぬのしま》を通り過ぎて行った。

午後三時になってようやく雨が小降りになり、今では太陽が顔を覗かせている。

加茂は改めてスマートウォッチを見下ろした。

午後三時半……やっと、現実犯行フェーズが終わった。

その間、特に大きな物音を聞いた覚えもなかったし、事件の発生を匂わせるようなことも起きていない。だが、メガロドン荘の防音は割としっかりしているようだったし、棟方の無事を確認するまでは安心できなかった。

加茂はメガロドン荘の廊下へ出てみた。湿っぽい空気が充満しているのは、雨の影響だ。

棟方の部屋の前には、既に佑樹の姿があった。

彼も加茂と同じようにVR操作スーツを着たまま、扉をノックしているところだった。コンコンと軽い音が響くも、室内からは何の反応もない。

不安に駆られて加茂は佑樹に問いかける。

「佑樹くんの部屋は棟方さんの隣だよな？　何か物音を聞いたりしなかったか」

「いえ、特には。雨音は賑やかだったけど……隣の部屋で何か大きな音がしたら、さすがに分かったとは思うんですが」

その頃には、不破と東も駆けつけていた。佑樹はもう一度扉をノックする。今度は先ほどよりも力を込めて。

「棟方さん、返事して下さい」

やはり室内から答えはなかった。

「また扉を破るしかなさそうだね」

そう言ったのは、ラウンジの扉から姿を見せた未知だった。続いて乾山も駆けつけてくる。今回、扉を破ったのは加茂と佑樹の二人だった。

壊されることが前提となっているVR空間の扉と違い、現実世界の扉は頑丈だった。その為、二人がかりで体当たりと蹴りを繰り返しても、デッドボルトを受けていた部分やドアガードを壊すのに五分近くを要した。

室内に足を踏み入れた瞬間、加茂は思わず目を閉じた。

RHAPSODYの前方一メートルほどの場所に……人が倒れていた。

腰や膝を九〇度くらいに曲げた姿勢で横向きに倒れ込んでいる。顔はうつ伏せ気味になっていたので見えなかったが、髪型と背恰好から棟方なのは明らかだ。

そして、その華奢な背中から白いナイフの柄が突き出していた。

VRスーツは黒を基調としたデザインだったので、棟方の背中にどのくらい出血が広がっているかは分かりにくかった。唯一血がハッキリ見えたのは……スーツの背にある凹型ジャックだけだった。これはRHAPSODYとの接続時に使われるもので、ナイフはジャックよりも首よりの位置に突き立てられていた。

加茂は絨毯に染み出した血を踏まないように近づき、棟方の顔をそっと横に傾けた。

まつ毛の長い目はうつろに開かれたままで、形のいい唇から少量の血が零《こぼ》れる。ナイフは身体を突き抜けて、その切っ先は胸にまで達していた。

首筋に触れてみるも、脈はなく息絶えていた。体温も既に失われはじめており、指先に少し冷たく感じられた。

　東が泣きそうな声になって呟く。

「そんな……どうして？」

　ユニットバスを覗き込んでいた佑樹も暗い声になって報告した。

「室内には誰も隠れていません」

　加茂は立ち上がって扉に視線をやった。

　メガロドン荘の扉は傀儡館のものとよく似ていた。

　デッドボルトの具合から見ても、棟方の部屋のサムターンが回されていたことは間違いなかった。また、破った時の感触から、ドアガードがかかっていたのも確実だ。

　……VR空間でのユウキ殺しと同じ状況か。サムターンもドアガードも、室内からじゃないとかけられない構造だから、犯人が室外から錠をかけるのは至難の業だ。

　加茂は詳細に扉を調べてから報告した。

「扉に細工されたような痕跡はないな」

　不破はベッドの下を確認した後、その奥にあったカーテンの開かれた窓を凝視しながら口を開いた。

「ベッドの下も異状なし。窓も施錠されているしガラスも無傷だな。鍵に何か細工されたような跡もない」

　これを受け、乾山は困惑を隠すように小さく肩をすくめた。

「傀儡館の客室の扉は上部に隙間があったけど……メガロドン荘の扉に隙間はないみたいだね。これじゃあ、糸一本通らないよ」

「まさかとは思うが……この建物には秘密の通路でも存在しているのか？」

不破の言葉に対し、未知は大きく首を横に振っていた。

「それはない。私も招待を受けてから調べたけど、ここがメガロドンソフトの所有物で、社員向けの保養所なのは事実だから」

「今は保養所でも、前の持ち主が何か細工をしていた可能性はあるはずだ」

食い下がる不破に対し、未知は苦笑いを浮かべた。

「意見が合うなんて珍しいね？　私も曰くつきの建物だったら、そそるなぁと思って色々と調べたんだけど、面白い来歴はなかった。……二十五年ほど前にメガロドンソフトが更地を買って保養所を建てたってだけ」

この時、加茂はベージュの絨毯に何かが転がっているのを見つけた。

より正確に言うと、加茂は部屋に入った時からそこに赤いものがあるのは知っていた。てっきり絨毯に垂れた血だろうと思っていたのだが、窓から差し込む光を浴びた何かは金属質の煌《きら》めきを帯びていた。

「……これは？」

室内はそれほど暗い訳ではなかったが、加茂は佑樹に電灯のスイッチを入れるように頼んだ。真上近くにあったＬＥＤダウンライトに照らされ、絨毯の上に落ちているものがハッキリと見えるようになる。

　そこにあったのは六角ナットだった。

　場所的には遺体から一メートルほど離れたところ。絨毯に顔を近づけた未知が素《す》っ頓狂《とんきょう》な声を上げる。

「ＲＨＡＰＳＯＤＹの部品でも外れちゃった？」

　すぐに不破と乾山がＲＨＡＰＳＯＤＹの確認に取りかかった。その作業は二人に任せて、加茂はナットをハンカチ越しに拾い上げる。

「サイズは二センチほど……一般に見かけるナットよりも薄い。厚さは四ミリってところかな」

　そう言いながら、加茂は六角ナットを皆に示した。元々は銀色のものだったのが、血で汚れているせいで赤味を帯びていた。

　未知が訝《いぶか》しそうに目を細める。

「ナットは絨毯の血で汚れてない部分に転がってた。ということは、絨毯の血が染み込んでいた場所にあったのが移動したと考えるべき？　被害者が動かした可能性もありそうだし、犯人が動かしたものかも」

　この時、乾山がＲＨＡＰＳＯＤＹから顔を覗かせて報告をはじめた。

「こっちは部品が剝き出しになっているような部分はないみたい」

「もちろん、破損もない」

そう言葉を継いだのは不破だった。

加茂は考え込みながら、ナットを元の位置に戻した。それからナットを摑んでいたハンカチを未知や不破たちに示す。

「ナットについている血はもう固まっているみたいだ」

事実、加茂のハンカチに血は付着していなかった。

それを聞いた佑樹は絨毯に広がっていた血の跡に指先を触れた。血は棟方の遺体を中心に広がっており、端の方は黒みを帯びて乾いたり固まったりしていた。

「……出血がはじまって、ある程度時間が経っているようですね」

佑樹の言葉に、加茂は最初に遺体に触れた時のことを思い出していた。

「そういえば、脈を調べた時にも既に棟方さんの体温は少し下がっていたな。死後すぐという感じではなかった」

この言葉を疑ったのか、未知は自ら遺体の顔や襟の中に触れた。それからすぐに苦笑いを浮かべる。

「本当だ。服を着ている部分はまだ冷たい感じはないのに、露出している部分は冷たくなりはじめているね」

その後、加茂たちは死亡推定時刻について検証をはじめた。

冤罪事件について調べるうちに、加茂にも法医学の基礎の基礎レベルの知識が身についていた。それは素人探偵として活躍していた他の五人も同じだった。

一般に『死後一～二時間で露出している部分が冷たく感じられるようになる』と言われ……『死後一～二時間で死斑が発現し、二～三時間で明瞭に観察されるようになる』とされていた。メガロドン荘では二十四時間空調が効いていたので、この概算から大きくずれることはないはずだった。

正確に体温を測った訳ではないし、専門的な知識を持った上での判定でもないので、正確性に欠けるのは事実だった。だが、死斑が発現しはじめていること、服を着ていない部分が冷たくなりはじめていること、血の固まり具合などを合わせて考えた結果……『死後一時間以上経っているのは確実』という結論に至った。

これにより、棟方は午後二時四十分ごろまでに殺害されたことが明らかになった。

棟方の遺体を見下ろしていた佑樹がポツリと呟く。

「亡くなった時、棟方さんはVRゴーグルと手袋型コントローラをつけたままだったんですね」

彼の言う通り、棟方はゴーグルのバイザーだけを上げた状態で倒れ込んでいた。

バイザーを上げ下げするスイッチは指で押し込んでスライドするものだ。倒れた衝撃だけでスイッチが誤作動を起こしたとは考えにくかった。その為、棟方は自分の意志でゴーグルのバイザーを上げた可能性が高かった。

不破が考え込むように言う。

「ゴーグルは軽量化されてはいるが、長時間使わない時は外すのが普通だね？　それを頭に巻いたまま、バイザーだけを上げているということは……棟方さんはＶＲ空間にいる間か、あるいはそこから出てきた直後に刺された可能性が高そうだ」

手袋型コントローラをつけたままというのも、不破の推測を補強していた。

その後、加茂たちは遺体のＶＲゴーグルと手袋型コントローラを外して確認してみた。両方とも破損したような様子はない。加茂がバイザーに目を近づけると、こんなメッセージが表示された。


棟方さま専用のＶＲゴーグルです。本人ではない為、使用できません。


これでゴーグルが棟方自身のものであり、生体・虹彩認証機能もＯＮになっていることが確実になった。ＲＨＡＰＳＯＤＹもこのＶＲゴーグルのＩＤに反応していたので、こちらも別室のものと入れ替えられている可能性はない。

次に手袋型コントローラを調べてみると、中からスマートウォッチが出てきた。

もちろん、スマートウォッチから毒針が打ち出された跡はない。どうやら、持ち主が死亡したのを感知すると、ロックが外れ手首から取れる仕様になっているらしかった。

それらの確認が終わるのを待っていたように、椋田が喋りはじめる。

『初動調査は終わったようですね』

加茂が顔を振り向けると、天井の監視カメラの辺りから声がしていた。

『もう補足することもない。私が現実世界で執行人に与えたものは、秘密にしておいた方が面白いでしょうからね？　これからスタートする調査フェーズは、ＶＲ空間でも現実世界でも好きな方を調べて下さい』

監視カメラを睨みつける加茂たちに対し、椋田はなおも面白がるように続ける。

『ＶＲ空間で事件が二つ、現実世界で事件が一つ……。これ以上、犠牲者の数が増える前に決着をつけた方がいいんじゃないかなぁ？　事件が増えれば増えるほど、君たちの勝利は遠のくんですから』

その後、加茂たちは一時間近くかけて棟方の部屋を調べつくした。

室内には争ったような痕跡は見当たらない。天井からユニットバスの換気設備、それから排水溝までもしらみつぶしに確認が行われたが、室内のどこにも異状は見つからない。

そうしている間、加茂が最も気になったのは……佑樹の態度だった。

探偵役を放棄すると宣言しただけあって、これまでずっと佑樹は調査に非協力的だった。積極的に動いていたのは、誰かに危険が迫っている時か、誰かの無事を確認しようとした時だけ。この辺りは、何だかんだ冷淡になりきれない佑樹らしかった。

とはいえ、調査不足のせいで反証に危うく失敗しそうになった訳だから、これからは身を入れて調査するようになるだろう……加茂もそう考えていた。だが、今も佑樹から上の空の様子は消えていない。

……一体、佑樹くんは何に気を取られているんだ？

危うく、加茂まで上の空になりかけたところで、東が提案をした。

「全員が団子になって調査しても仕方がないでしょ？　それより、二組に分かれて現実世界とVR空間の両方から調査をした方がいいと思う。適当なところで調査場所を交代するというのはどうかな」

この提案に不破はあからさまに顔を顰《しか》めた。

「我々の中には執行人が混ざっている。そんな状況で分散するのが得策だとは思えない」

「リスクはゼロじゃないでしょう。……でも、このままだと調査の効率が上がりませんよ。椋田も犯行フェーズ以外で事件を起こす気はなさそうだったし、『現実世界では三人一組で行動する』というルールを守れば大丈夫なはず」

東の言葉が後押しする形で、多数決で二組に分かれることになった。

あみだくじにより……VR空間から調査をはじめるのが加茂と未知と乾山の三人、現実世界から調査をスタートさせるのが佑樹と不破と東の三人に決まった。

未知がニヤッと笑う。

「今は午後五時前だから、午後七時半になったらメガロドン荘のラウンジに合流すればいいよね？　そこで調査場所をバトンタッチしようよ」

＊

ＶＲ空間に戻った加茂が広間へと向かうと、そこにはもうミチの姿があった。

彼女は玄関ホールを覗き込んでいるところだった。

「結局……ここに落ちていた手袋、あれは何だったんだろ？」

二人して玄関ホールに入ると、廊下側のレバーハンドルが回転し、ケンザンがひょいと顔を覗かせた。どうやらミチの声は廊下にまで聞こえていたらしい。

「それ、僕も引っかかってたんだよね」

玄関ホールに入ってきたケンザンは床を見つめてそう言い、ミチも頷きながら応じる。

「あの手袋は右手用だった。加茂さんは指先を手袋ごと切り裂かれてたから……ここに落ちていたのは、執行人の手袋ってことで確定なんだろうけど」

「でも、証拠品として露骨すぎな気もする」

「同感。あの黒手袋はよく伸びる素材でできていたし、手首にバンドがついていたから、手を振ったくらいで抜け落ちるようなことはなさそうだし」

「……罠である可能性も考えた方がいいのかも」

加茂もその可能性については考慮に入れていた。

ＶＲ犯行フェーズでは、ユウキ殺しの為に三時間が与えられていたはずだ。落とし物をしたところで、時間的な余裕があれば取りに戻ることもできたことだろう。

……それなのに、手袋が落ちていたのは何故だ？

不意に、ミチが加茂とケンザンの背中を馴れ馴れしく叩いた。

「ね、二人とも……これからどうするの？」

「どうって別行動でしょ。ここは現実世界じゃないから、僕らが一緒に行動する必要もないし」

ミチの手から逃れようとするケンザンに対し、彼女は意味深な笑いを浮かべる。

「でも、こっちには犯人役の加茂さんがいるでしょ？　後々、ややこしいことにならない為にも、三人一組で調査を進めることにしようよ」

「……俺は別に構わない」

加茂は即答していた。単独で調査をすれば、証拠を隠滅したとかあらぬ疑いをかけられるのは目に見えていたからだ。

「まあ、僕も反対はしないけど」

ミチは二人の背中をぐいぐい押しながら歩きはじめた。

「そうと決まれば、まずはユウキの部屋から調べよう！　前の調査フェーズでは、私は倉庫ばっかり調べてたから、まだ再調査ができてなくて」

ユウキの部屋に到着してからは、ミチが中心となって加茂とケンザンが調べ漏れていたところを補足して調査する形で進んだ。

三十分ほどかけて室内を引っかき回したが、回数を重ねれば新しい発見が生まれるというものでもない。

調べるところが尽きてきたところで、ミチがテーブルからティッシュを一枚抜き取った。そして、加茂の目の前で壁の上部にある金網に手を伸ばす。

「何をやってるんだ？」

「ちょっと試してみたいことが……あっ、微妙に届かなーい」

ぴょこぴょこ飛び跳ねる彼女を見てケンザンが笑い出す。

「プロフィールに書かれていた数字って、やっぱり身長なんだよね」

「だね。私のとこに書いてある5.31をフィートからセンチに換算すると、約一六二センチでドンピシャだから」

加茂はムナカタと同じような話をしたことを思い出し、その時に言いそびれたことを口にした。

「……にしても、どうしてこんな分かりにくい書き方をするんだろうな？　普通は五フィート八インチみたいに、フィートとインチを併用して表記するものなんだが」

一方、ミチは加茂の言葉も耳に入っていない様子で、椅子を移動させてその上にのぼっていた。そして、改めて金網の前に手を伸ばす。

「いくらＶＲ操作スーツが優秀でも、空調から出てくる微風までは圧として再現しないでしょ？　だから、ＶＲ空間上の風を可視化してみようと思って」

ミチが差し出したティッシュは緩やかにたなびき、金網から穏やかに風が吹き出しているのが視認できるようになった。

「手は何も感じないけど、手首の辺りが暖かい。これはエアコンに違いないね」

それを聞いた加茂は目を見開いた。

「手は何も感じない？」

「だって、私たちがつけてる手袋型コントローラは、前作の『ミステリ・メイカー』で使われているものと同じ製品でしょ」

そう言い、ミチは椅子の背を手でバンと叩いてから続けた。

「やっぱり。ＶＲスーツを着ているところは痛覚や冷感温感までかなりの精度で再現されるけど……手袋部分は触覚が再現されているだけ。思い切り叩いても、痛い感じはしないもんね」

これはあり得ないことだった。というのも、加茂のアバターが指先を怪我した時には、確かに痺《しび》れるような痛みを感じたからだ。

加茂は信じられない思いで、自分でもテーブルの角を叩いてみた。だが、ミチが言っているのが正しいと証明されただけだった。痛みは感じない。

……どうしてこんな矛盾が？

先ほどから、ケンザンは呆れたような顔をして加茂とミチを見やっていたが、やがて痺れを切らしたように口を開く。

「下らない確認はほどほどにして……。本当は椅子に上がって調べるまでもなく、消去法でそこにあるのが空調設備だって分かってたんだけどね」

「えっ！」

ミチは椅子の上でバランスを崩しそうになった。ケンザンはスマートウォッチを操作してメニュー画面を呼び出し、更に続ける。

「ほら、マップにも書いてあるでしょ？　傀儡館内の各部屋には空調設備と排気設備がついていて、空調設備は調温と給気の機能があるって」

椅子から降り、ミチはマップを呼び出しながら口を尖らせた。

「もう、早く言ってよ。……ユニットバスに取りつけてある方が排気設備に決まってるから、こっちは空調設備で確定かぁ」

彼女の言う通り、ユニットバスの壁面上部には排気設備が取りつけられていた。もちろん、こちらの金網も壁に固定されているのは確認済だ。

ケンザンは大人びた仕草で肩をすくめる。

「このくらい分かって当然だと思ったから」

やがて、メニュー画面を操作していたミチが素っ頓狂な声を上げた。

「んん？　私のＩＤには空調設備や排気設備を操作する権限はないみたい」

「それは僕も同じ。探偵役には権限が与えられてないいってことじゃない？　犯人役や執行人は別かもだけど」

ケンザンの推測は当たっていた。

実際、犯人役である加茂にはいくつか特別なコントロール権が与えられていた。

一つは逃亡時などに館内の全照明を落とす権限。この権限は犯行フェーズでしか使用が認められていないのに対し、もう一つの権限はどのフェーズでも使うことができた。それが各部屋の空調設備や排気設備を操作する権限だった。つまり、加茂はその気になればいつでも室温を好きにできる訳だ。だが……。

加茂は苦笑いを浮かべながら、ケンザンに対して言った。

「だが、室温を変えたところで事件解明の助けにはならなくないか？」

「サウナ並みに温度を上げようと氷点下まで下げようと、それでこの密室が破れる訳じゃないもんね」

「そこまで激しい温度変化があったら、ＶＲスーツ経由で佑樹くんにも伝わって印象に残っていたはずだ」

「確かに。昨晩のＶＲ犯行フェーズの後半は寒く感じることもあったけど、あれは深夜になって現実世界の気温が下がった影響を受けただけだろうし……」

「あっ！　一つ新しい発見をしたかも」

突然、そう叫んだのは天井を見上げていたミチだった。彼女は更に続ける。

「この事件に関係あるかは分かんないけど、傀儡館では照明や空調設備などが全て壁に取りつけられてない？」

これには思わず加茂とケンザンも顔を見合わせる。

「言われてみればそうだな。現実世界では、照明もエアコンも天井についていたのに」

「そっちの方が普通で、VR空間の方が変わってる気がする」

ミチは二人を見やって、ニヤニヤ笑いながら再び口を開いた。

「ちなみに、メガロドン荘と傀儡館にはいくつも差が作ってあるよね？　現実世界のマップではプレイヤー名は漢字で表記され、VR空間のマップ等ではカタカナで表示される。壁の色や円卓の色も違うし、空調や電灯がついている位置も違う」

「どちらの世界にいるか、パッと見分けがつくようにする為でしょ」

ケンザンが何を当たり前のことを……という顔になるも、ミチは面白がるように応じた。

「いやいや、私はこういう差こそがVR空間上のトリックに関わっているんじゃないかと思うんだよね」


次に、三人が向かったのはムナカタの部屋だった。

この部屋を調べたいと言い出したのは、加茂だった。

「棟方さんはVR空間にいる間に襲われた可能性もある。彼のアバターがどうなっているか確認すれば、執行人に刺された時の状況が分かるかも知れない」

ムナカタの部屋の扉を破ってみると……期待に反して、アバターのムナカタはセーブスポットに座ったままフリーズしていた。

その右手が敬礼するような形で止まっているのは、ＶＲゴーグルのスイッチを押した時の姿で固まっているからだろう。加茂はアバターの手を動かせるか試してみたが、どれほど強い力で引っ張っても微動だにしなかった。

それを見たケンザンは小さく首を横に振った。

「フリーズって文字通りなんだね。どうやっても一ミリも動かないや」

ミチは頰に手をやって呟く。

「……この感じだと、棟方さんが自らの意志でセーブスポットに戻り、ゴーグルのバイザーを上げたと考えて間違いなさそうだね。うーん、やっぱり現実世界にいる間に襲われた可能性が高いかな？」

彼女の分析は間違ってはいないだろう。

だが、加茂はアバターが浮かべている表情が気になって仕方がなかった。ムナカタは訝しさと恐怖が入り交じった表情を浮かべてフリーズしていたからだ。

とはいえ……このことから分かることはほとんど何もなかった。

適当にカメラのシャッターを押していると、思いもしなかった変顔が撮影されることがある。このアバターに残されているのも、一連の動きのごく一瞬が切り取られたものに過ぎなかった。必ずしも、その時の感情を反映しているとは限らない。

最後に、三人が調べたのは倉庫だった。

「ったく……自分を殺した犯人と一緒に調査を行うって、どんな状況なんだか！」

ミチがブツブツとぼやき、ケンザンは髪の毛に手をやりながら応じた。

「どっちにせよ、僕らには有利だよ。加茂さんが動揺しているなと思ったら、そこを追及すればいい訳だし」

二人の後を追いながら、加茂は内心でため息をついていた。

ミチを殺した犯人の加茂からすれば、倉庫の調査など何の意味もなかった。せいぜい、ミチとケンザンの調査の進行具合を知ることができるだけだ。

……調査を攪乱《かくらん》すべきか？　誰も真相に辿りつかなければ、少なくとも伶奈と雪菜は無事でいられるんだから。

だが万一、ミチたちがその攪乱に乗せられて間違った推理を披露してしまったら……加茂が彼らの命を奪ったも同然のことになるだろう。

やはり、このゲームで勝利を摑む為には、他人の命を踏みにじるしかないのだろうか？

ジレンマから抜け出せぬまま、加茂は二人の調査に立ち会っていた。

倉庫には西側以外の壁を覆いつくすように、背の高いオープンシェルフが並べられている。ずらりと並んだシェルフを見上げたケンザンが言った。

「この部屋にも空調設備と排気設備があるはず。誰か、その金網は確認した？」

その時、ミチは扉を調べているところだった。彼女はケンザンの声も耳に入っていない様子で、独り言のように続ける。

「扉の上下左右に隙間はなし、しっかりした造り。グレモン錠のレバーが厨房側にしかついてないから、倉庫側からはロックできない」

ミチの言っていることは全て正しかった。一方でケンザンは深くため息をつく。

「……未知さん？」

呼び掛けられた当人は目視で扉の厚さを測りながら、なおも呟いていた。

「五センチ、室内扉にしちゃ厚い方ね」

「僕の話……聞いてる？」

ケンザンの声に苛立ちが混ざりはじめたところで、ミチは顔を上げて笑い出した。

「そんなに怒らないで。金網なら前に調査をした時に確認したよ。確か、そこの壁の右端と左端についていたはず」

彼女が指さしていたのは倉庫の南側の壁だった。

その壁にもオープンシェルフが一列に並べられている。いずれも黒紫色を帯びたウォールナット色をしているので重厚感があった。

それを見上げたケンザンはミチに呼びかける。

「信用してないみたいで悪いけど、自分の目で確認するね」

「どーぞ」

まずケンザンが向かったのは、南側の壁の東側……広間よりの位置だった。

彼はシェルフの上部に手を伸ばすが、やはり身長が足りない。続いて倉庫内を見渡すも、ここには脚立はなかった。

そこで、ケンザンはシェルフの下の段に足をかけてよじ登る作戦に切り替えた。このままだと棚ごとバランスを崩して転倒するのがオチだったので、加茂は慌ててシェルフを押さえに向かう。

二段目の棚板に足をかけたところで、やっとケンザンはシェルフの天板の奥まで手が届くようになった。彼は天板よりも高い位置にある、問題の金網に腕を差し伸べる。

「うん……暖かくも冷たくもない。こっちは排気設備だね」

そう呟いて、ケンザンは手探りで排気設備の金網を摑んで引っ張った。金網はしっかりと固定されていたので微動だにしない。

……本当にまずいのは、ここからだな。

加茂が調べて欲しくなかったのは、排気設備ではなく空調設備の方だった。

やがて、ケンザンは扉の真正面奥にあるシェルフへと向かった。位置的には南側の壁の西側にあたる。先ほどと同じように加茂のサポートを受けつつ、ケンザンはシェルフの天板の上に手を伸ばした。

「あれ？　こっちには人形が置いてあるのか」

彼の言う通り、そのシェルフの上には異形の人形が並べられていた。不意に、ミチが思い出し笑いをはじめる。

「いたねぇ……棚にへばりついてた変な人形が」

彼女の言葉を完全にスルーし、ケンザンは金網の真正面に置いてあった二体の人形に手を伸ばしていた。

天板に胡坐をかくように座り込んでいるのは……紫色と朱色の燕尾《えんび》服を着こんだ道化人形たちだ。ケンザンが人形を鷲づかみにしたのを見て、加茂は身体を硬くする。

それは加茂がミチを殺害する直前に目にした、あの二体の道化人形だった。

昨晩、加茂は床に落ちていた道化人形を元あったと思われる場所に戻していた。そうやって存在を隠しはしたものの、二体の道化人形の足とお尻の部分にはミチの鼻血がついてしまっていた。

……どうだろう、血で汚れていると気づかれてしまっただろうか？

固唾を呑んで見守っていると、ケンザンは道化人形には目もくれることなく、金網に手を伸ばしていた。そしてこう続ける。

「うん、腕が暖かいからこっちが空調設備だね。金網も固定されてる」

ケンザンは人形を元の位置に戻してシェルフから降りてきた。それを見て、加茂は密かに胸を撫で下ろす。

昨晩、道化人形を空調設備前のシェルフの天板へ戻した時、加茂は一つ賭けに出ていた。

……血の汚れが人形の一部についていれば目立つ。でも、色々なところが少しずつ汚れていたら？

彼は敢えて、人形の両腕や上半身にも血の汚れをつけてからシェルフに戻した。

幸か不幸か、倉庫にはホラー要素満載の人形ばかりが置かれている。

ケンザンも道化人形を目にしたはずだが、血のりがついていると判断してスルーしたと考えられた。……血のりにしては妙に黒っぽい色に変色していたが、どうにか誤魔化せたらしい。

だが、この賭けに出た際、加茂は一つミスを犯していた。

彼は血で濡れた人形を乾かさずに天板に戻してしまったのだ。もし、ケンザンがあの天板をじっくりと確認していれば、そこに血痕が残っていることに気づいたはずだ。

……倉庫内に脚立がなかったのが、幸いしたか。

棚板に足をかけた不安定な姿勢だったので、ケンザンにも天板の上をじっくり調べる余裕はなかったようだ。また、シェルフがこげ茶に近いウォールナット色をしていたのも血痕を見つかりにくくしていた。

とはいえ、この幸運がいつまでも続くとは思えなかった。今はやりすごせても、いずれ誰かがこの血の跡に気づくかも知れない。

加茂はひどく憂鬱な気持ちになりながら、空調設備を見上げた。

*

倉庫での調査は全体で一時間ほども続き……加茂は神経をすり減らしてへとへとになって、現実世界の自室へ戻った。

余った時間は休憩に充てようということになっていた。三十分にも満たない時間だったが、水分補給をしゼリー飲料などで食事もすましておく。

午後七時半が近づいたところで、加茂はメガロドン荘の廊下へ出た。

そのままラウンジに直行しようと思ったら、佑樹が自室の扉をスマートウォッチで開こうとしているところに出くわした。

「……ラウンジには向かわないのか」

加茂が声をかけると、佑樹が飛び上がった。

「ウワッ、何で加茂さんが現実世界にいるんですか！」

相手が加茂だと分かって多少は安心したようだったが、その顔から警戒心は抜けきらない。

加茂は苦笑いを浮かべた。

「いや、もうすぐ午後七時半だろ？」

佑樹もスマートウォッチを見下ろしてブツブツ言いはじめる。

「まだ五分あるのに。水分補給をしたらすぐにラウンジに向かいますって」

「他の二人は？」

「……自室だと思います。二人とも、さっきまで物置で天井裏を確認して大騒ぎしていましたが」

思わぬ言葉が出てきたので、加茂は目を丸くする。

「天井裏？」

「何でも、物置にある点検口から棟方さんの部屋の上まで天井裏がつながっているらしくて。

……ただ、点検口の付近が老朽化していて、天井裏に上がろうと体重をかけるとベキバキと大きな音がするんですよね」

それを聞いた加茂は考え込んだ。

「電気工事の為に天井裏に人が上がることはあるが、あそこは素人が入ると危ないんじゃなかったか？」

天井板は体重を支えられるほど頑丈ではないので、梁など頑丈な部分を選んで歩く必要があった。万一乗る場所を少しでも間違えれば、天井板ごと踏みぬいて落下してしまう危険性もある。

佑樹は肩をすくめた。

「不破さんも天井裏を覗き込んだだけで、上りはしませんでしたよ。……でも、棟方さんの部屋の天井には穴も亀裂もなかったでしょう？　空間として完全に分断されているという意味では、天井裏も僕の部屋も同じこと。いくら天井裏を調べたところで、何の役にも立たないと思うんですけどね」

午後七時半には、ラウンジに無事に六人が揃っていた。

次は午後十時に集合することが決まり、また三対三に分かれて現実世界とＶＲ空間に散った。

現実世界に留まった加茂たちが向かったのは、棟方の部屋だった。

既に夜の帳《とばり》が下りていたこともあり、室内は真っ暗でほとんど何も見えない。窓の外には満天の星が広がっていたが、月は出ていないようだ。

加茂は手探りで電灯のスイッチを入れた。

メガロドン荘内の照明は光量が低めに設定されていた。部屋の隅などは電灯をつけてもやや暗かったが……事件現場はダウンライトに近かったので、調査に支障はなかった。

乾山は棟方の遺体を見下ろして言う。

「前から思ってたけど、自分で背中にナイフを刺すのは不可能じゃないよね？」

この言葉に加茂は頷いた。

「ああ、床にナイフを立てた状態で固定し、その上に刺さりに行くなどすれば……できないことはないだろうな」

「でも、私はやっぱり自殺じゃないと思うなぁ」

そう言ったのは未知だった。彼女はなおも言葉を続ける。

「傷の位置と深さから考えて、ナイフが刺さった後、棟方さんはごく短時間で行動不能に陥ったはず。ナイフを刺すことはできても、自殺の痕跡を消し去ることまでやるのは無理でしょ」

「血を固めた氷を使うのはどう？　ナイフの柄の下側に、血の氷で作った台をつける感じ。氷が溶けても、傷口から出た血と混ざれば分からなくなるし」

「いや、それはないだろうな」

「どうして？」

加茂は遺体に突き立ったナイフを乾山に示す。その柄は真っ白で汚れた様子はない。

「血を固めた氷を使ったのなら、ナイフの柄は血みどろになったはずだ」

「なら、血じゃなくて普通の氷を使ったとか」

「そもそも、氷を使うこと自体に無理があるだろ。溶けかけのモノなんか特にそうだが、氷はよく滑る。絨毯も濡れれば滑りやすくなるだろうし……組み合わせ的に、何かを固定するには向かない気がするな」

未知もうんうんと頷きながら言った。

「それに、台にできるほど大きな氷だと、溶けるのに時間がかかるのも問題だよ。二時間しかなかった犯行フェーズの間に消えてくれるか、ものすごく微妙」

なおも乾山は食い下がる。

「なら、僕は六角ナットが怪しいと思う。この上にナイフを置いたら安定するとか、そういうのがあるんじゃない？」

未知はしばらく頬を掻いていたが、やがて強張った表情になって提案した。

「……ナイフを抜いてみよっか？」

この提案に乾山は小さく息を呑んだが、加茂は驚かなかった。彼も少し前から未知と同じことを考えていたからだ。

今回、加茂たちは凶器について何も調べられていなかった。

現場保全の観点から大きく外れるとはいえ……警察の介入が見込めない状況だからこそ、今はどんな些細な手がかりでも手に入れたいというのが本音だった。

加茂は小さく息を吸い込むと、改めて棟方の遺体の傍にしゃがみ込んだ。

「なら、俺が抜こう」

二人から反対の声は上がらなかった。

間近でVRスーツの背中を確認し、加茂は初めてスーツが大量の血を吸って固まっていることに気づいた。三センチほど厚みのあるウレタン風の素材は、かなりの吸水性を持っていたらしい。

血の広がり方には特徴があった。一つは倒れた時に下側になっていた体の右側へと広がったもの。もう一つは凹型ジャックのある腰側に広がったものだった。

……この方向に血が広がっているということは、棟方さんは刺された時に立つか座るかしていた可能性があるということだな。

加茂は頭の隅でそんなことを考えながらナイフの柄を握った。

傷を広げないように気を遣いつつ、そっとナイフを引き上げる。独特のぬめるような感触はあったものの、思ったよりすんなりとナイフは抜けた。死後時間が経過している為か、出血もあまりなかった。

手の中のナイフを加茂は見下ろす。それは小刻みに震えており、LEDダウンライトの光を反射してギラギラと輝いていた。

刃わたりは一五センチほど、幅は最も太い部分でも三センチほどだ。刃先に欠けたような部分もない。

「……かなり軽量のナイフだな」

ゴムっぽい質感の柄まで非常に軽い素材でできていた。金属製の鋭そうな刃は薄かったが強度はあるようだった。

乾山は顔色を青ざめさせつつも、加茂に向かって右手を差し出す。

「ナットと組み合わせて何かできないか、僕が責任を持って確認するよ」

その言葉通り、乾山は五分ほどかけて試行錯誤していたが、やがて六角ナットを放り出す。

「ダメだね。柄とも刃とも形が合わないし……そもそもナットの厚さが四ミリしかないんじゃ、ナイフを床に立てる役には立たないか」

ナイフについての検討はひとまず諦め、三人は棟方の部屋の調査を続けた。

だが、いくら調べようと壁にも床にも天井にも不審な点は見当たらない。

天井には僅《わず》かなヒビすら存在していなかった。また、ダウンライトやエアコンも含めて、設備にも異状は見つからなかった。

最後に、加茂たちは隠し通路の確認を行うことにした。

「ちなみに、私は隠し通路……いや、隠し金庫を探すのは得意だから」

何やら怪しいことを言い出した未知が中心となって、廊下と室内の寸法にずれがないか確認が行われた。その結果、壁の中に秘密の通路は存在せず、床下にも空洞があるような気配はないことが分かってきた。

「経験から言って、隠しスペースはないと断言していいと思うよ」

すました顔をして未知がそう言うのを見て、乾山がくすくすと笑いはじめた。

「元犯罪者っていうのは、本当だったんだ」

「ぶっちゃけ、私は自主的に改心した訳じゃないからね？　そもそも私に探偵としての主義主張を求められても困るんだ。……六本木に脅されて、半ば強制的に足を洗っただけなんだから」

どこまで本当の話なのか疑いつつも、加茂は問い返す。

「脅されてたって、どういうことだ？」

「いや、私だって六本木に尻尾を掴まれるほど間抜けじゃないよ？　そうじゃなくて、ヒモくんのことで脅されたもんだから」

「……ヒモくん？」

加茂と乾山はほとんど同時にそう聞き返していた。

「そう、私と十年くらい同棲している男のこと。あ、ヒモくんは、だらしなさすぎて働いてもすぐにクビになる、ギャンブル大好きのダメ人間ね？　彼のことで……六本木に弱みを握られてしまったのが運の尽きだったなぁ」

途端に、乾山が困惑顔になる。

「ヒモでダメな人間なのに……その人の為に生き方まで変えたんだ？」

この言葉に、未知がのろけたように照れはじめる。

「いやぁ、生活力が皆無という点以外は、性格も顔も好みにピッタリなんだよね。すぐに破産寸前になる以外は、私なんかと比べものにならないくらい善人なのが、また面白くて。……どうしても放っておけないというか、何というか」

未知とヒモ氏の関係について、加茂も深追いするのは遠慮しておくことにした。かなりプライベートに踏み込む話だったし……何となく、細かく説明されても理解しきれないような気もしたからだった。

ここで未知は深くため息をつき、笑いを苦いものに変えた。

「ほんと、彼と出会ってからは散々だった。六本木に弱みは握られるし……椋田に人質に取られて言いなりになる羽目になるし。でも、やっぱり……もう一度だけヒモくんに会いたいな」

いつしか未知は力なくベッドに腰を下ろしていた。乾山は加茂と顔を見合わせてから言う。

「事件を解決すれば、また会えるよ。僕だって……友達にもう一度会いたい」

会いたい人に『家族』が入らなかったのが、加茂には意外に思えた。どうやら彼は複雑な家庭事情を抱えているらしい。

乾山が更に何か言葉を継ごうとしたところで、

『その言葉を、待ちかねていました』

聞き慣れた声が監視カメラから降ってきた。加茂の背筋にびりびりと寒気が走る。この言葉を聞くのは二度目だったからだ。

乾山も真っ青になって口の中で呟く。

「今のは、僕らに対して言ったんじゃない。……まさか、VR空間にいる誰かが解答フェーズをはじめようとしている?」

椋田は楽しそうに笑いながらなおも言葉を続けた。

『それでは、手袋型コントローラを持参の上、メガロドン荘のラウンジに集合して下さい。解答フェーズをはじめます』

マイスター・ホラによる読者への第一の挑戦
～The first challenge to the readers from Meister Hora～

僭越《せんえつ》ながら、読者の皆さまへ一つ目の挑戦状をお贈りいたします。

VR空間と現実世界にまたがる二重のクローズド・サークルでは、多くのアバターと人間が犠牲になりました。

そのうち、アバターのミチとユウキ、それから棟方本人は不可能犯罪めいた状況で遺体が発見されています。

残念なことに、現時点ではまだ全ての事件に光を当てることはできません。

加茂冬馬の手元にも、読者の皆さまの手元にも……現実世界で起きた殺人事件を完全に解明するのに必要な情報がまだ揃っていないからです。

この段階で、皆さまに直感ではなく推理によって解き明かして頂きたい謎は、以下の三つです。

①『ミチ殺し』の不可能犯罪はどのようにして生み出されたのか？
②『ユウキ殺し』の犯人の正体は誰か？

③『ユウキ殺し』の不可能犯罪はどのようにして生み出されたのか？
※『ミチ殺し』の犯人は加茂冬馬ですので、その部分についての推理は不要です。

以上の謎について……真相を看破する為に必要な材料は、既に皆さまに提示されております。

これまでに出揃った情報を分析して順序よく組み立てれば、真相を看破することができるでしょう。

フェア・プレイを強化する為につけ加えるなら……『探偵に甘美なる死を』がはじまって以降、VR空間が外部から隔絶されているのは事実です。

ユウキ殺しもクローズド・サークルの中にいる七人の誰かの手で行われました。もちろん、冒頭の登場人物紹介に名前がある人物です。犯人は犯行時に一人で行動し、被害者や他のプレイヤーの協力は得ていません。

また、椋田がゲームマスターとして放った言葉に嘘は含まれておりません。

最後になりますが、今回の事件について時空移動（タイムトラベル）や未知の生物が関わっていないことは、この私が保証いたしましょう。

それでは、皆さまのご武運とご健闘をお祈り申し上げます。

第九章　試遊会　二日目　解答フェーズ②

二〇二四年十一月二十三日（土）二〇：五五

『解答者は不破紳一朗さん。……どの事件から推理をはじめますか？』

メガロドン荘のラウンジにある円卓には、六人が腰を下ろしていた。

解答フェーズは現実世界で行われる決まりなので、円卓のモニターにはＶＲ空間の３Ｄ映像が投影されている。

不破はいつになく硬い表情で答えた。

「では、ミチ殺しから」

『結構です。告発を行う相手をフルネームで宣言して下さい』

またしても……推理は加茂が起こした事件から幕を開けた。

案の定、不破は叩きつけるように言う。

「私が告発するのは加茂冬馬だ。彼がミチ殺しの犯人という根拠は、棟方さんの推理を踏襲させてもらうよ」

加茂はヤケクソ気味に苦笑いを浮かべて応じた。

「それはいいが……どうやって犯行に及んだと言うんだ？」

「解明しなければならないのは二点。一つは、倉庫内に足を踏み入れたアバターのミチの意識をどのような方法で奪ったかということ。もう一つは、現場の扉をゴムボートと棚でどのように塞《ふさ》いで密室にしたかということだ」

私立探偵としてこれまで多くの事件に関わってきた経験があるだけあって、不破の語り口は棟方よりも整然としていた。

黙り込む加茂に対し、不破はなおも続ける。

「不可解な状況が二つあるように見えているが、両方とも根っこは同じだ。一つが解ければ、芋づる式でもう一つの謎も解けてしまう」

明らかに……真相を見抜いていなければ出てこない言葉だった。

加茂は表情を変えまいとしたが、顔から血の気が引くのまでは止められない。不破は目を細めて笑うと、更に続けた。

「まずはアバターの意識を奪った方法から説明しよう。……何のことはない、あれは単なる酸欠だ」

「酸欠？」

こう問い返したのは被害者でもある未知だった。不破は小さく頷いた。

「そう。加茂さんは文字通り、倉庫から空気を抜いて君のアバターを酸欠状態に追いやったんだ」

未知はすぐには理解が追いつかなかったらしい。口をパクパクさせる彼女を見て、不破は気の毒がるような表情になった。

「例えば大型旅客機が飛行する一万メートル以上の高度では、気圧は〇・二五気圧ほどにまで下がる。これほど低気圧だと……人は酸欠に陥ってごく短時間で気絶してしまうんだよ」

未知は反射的に耳に手をやった。

「もしかして、私のアバターの耳から出血があったのも？」

「耳からの出血も鼻血も、極度の低気圧に晒《さら》された影響だろうね。気圧調整が行われている飛行機の中でも耳が痛くなるくらいだから、急な減圧に耐えられずに鼓膜でも破れたんだろう」

「じゃあ、失神する前に寒気を感じたのは何？」

「ちょっと専門知識が必要な話になるが……外との熱の出入りなしに空気を膨らませ気圧を下げると、断熱膨張により温度が下がるんだ。今回の場合、倉庫の気圧を極度の低気圧にまで一気に下げたことで、室温も連動して急激に下がったと考えられる。……もちろん、生身の未知さんが感じたのはVRスーツで再現可能なレベルの寒さにすぎなかっただろうがね」

鋭い指摘に何とか平静を装いつつ、加茂は口を開いた。

「確かに、倉庫にも排気設備があったな。まさか……それを使って室内の空気を抜き、人が失神するレベルにまで気圧を下げたと考えているのか」

「毒薬を使わず、アバターのミチを気絶させる方法はこれしかない。加茂さんも倉庫の扉が普通でなかったのは認めるだろう？」

そう言いながら、不破は3Dモニターに倉庫の扉を表示させた。

扉には丸いタイプのドアノブの他にもう一つレバーがついている。レバーによって『開』と『閉』の切り替えを行う特殊な錠だ。

「これはグレモン錠、ドアノブの機能も兼ねることが多いものだよ。実際、私が通っている音楽教室ではドアノブにグレモン錠を使っていた。……防音性が必要なところで使われるということは、密閉性に優れた錠ということにならないかな？」

この言葉に加茂の背筋に冷たい汗がつたう。反論の言葉も思いつかず彼は黙り込むしかなかった。

未知が唸るような声になって言葉を挟む。

「そういえば、傀儡館の他の室内扉は隙間があったり猫扉がついたりしていて、気密性は皆無だったよね？　それに対して、倉庫だけは金属製の扉がついていた。グレモン錠も含めて、倉庫内の気圧が下がっても耐えられるようになっていたのか」

……まずい、まずい、まずい。

真相を言い当てられては、もう犯人役にできることは何もなくなってしまう。

無駄な抵抗とは分かりつつも、加茂は状況を打破する方法はないか必死に考えを巡らせた。

一方で不破は空恐ろしい微笑みを彼に向けた。

「被害者を倉庫に閉じ込め、加茂さんはスマートウォッチを操作して排気装置を最大限に起動させた。五分ほどかけて倉庫内の気圧が失神するレベルにまで下がったことにより、アバターのミチは昏倒してしまう」

彼の推理は流れるようで、淀みがなかった。

それを聞きながら、加茂は無気力の深みへと引き込まれかけていた。

真相は見抜かれてしまった。惨めに言い逃れを続けるよりさっさと認めて楽になりたい……。

その衝動をどうにか押しとどめたのは、伶奈と雪菜の存在だった。

不破はなおも容赦のない口調で続ける。

「アバターのミチが意識を失ったところで、君は今度は倉庫に急速に空気を送り込んだ」

無駄と分かりつつも、加茂は反論を試みる。

「……どうやって？」

「マップにはメガロドン荘には換気設備があると記され、傀儡館には排気設備があると書かれているだろう？　換気と排気で表記ゆれがあるのを不思議に思っていたんだが……これは傀儡館の排気設備が純粋に排気のみを行い、空調設備の方に給気機能がついているせいだった」

東が目を丸くして呟く。

「給気って室内に新鮮な空気を送り込むという意味よね？　確かに、給気機能を使えば下がってしまった倉庫の気圧を元に戻すこともできるかも」

不破は薄笑いを浮かべて頷いた。

「そう、加茂さんは空調設備を使って大量の空気を送り込むことで、倉庫内の気圧を急速に元に戻した。気圧がある程度上がったところで、君は倉庫内に入ってアバターのミチを絞殺し、遺体を部屋の奥へ引きずって移動させた。……どうかな、ここまでの推理は？」

加茂の犯行を間近で見ていたのではないかと疑いたくなるほど正確だった。もちろん、推理の穴など見つけられるはずもない。

ここで、加茂はふっと苦笑いを浮かべた。

……何をバカなことを。今やるべきは不破さんの推理の粗《あら》を探すことじゃない。このまま真相を言い当てられたとしても、彼が残り二つの事件も上手く解明してくれれば、このゲームは探偵サイドの勝利で終わる。それこそが俺たちの望んでいたことじゃないか！

「どうして、笑うのかね？」

気づくと、不破が少なからず怯えを含んだ目を加茂に向けていた。加茂は小さく首を横に振る。

「いや、今のところ反論の余地がなさそうだと思っただけだよ」

何故か不破は軽蔑しきった表情に変わり、推理を再開した。

「次に、現場の扉を塞いだ方法について考えよう。実は……これにも倉庫の空調設備と排気設備が使われた」

珍しく、佑樹が咬みつくような口調で言った。

「確かに、空調設備を使って倉庫側の気圧を高くすれば、気圧差で扉は開かなくなるかも知れませんね？　でも、今回の事件はそれでは説明がつかない」

「どうしてだね」

「遺体を発見する前も、倉庫の扉は全く動かなかった訳じゃない。あの扉は数ミリですが、確かに開いたんですよ」

すかさず東も加勢に回る。

「それは間違いない。私なんか、扉の隙間から倉庫の中が確認できないか覗き込んだくらいだし」

「ですよね？　数ミリとはいえ扉を開きっぱなしにすれば、厨房と倉庫の気圧差は解消し、扉を押さえていた力も消えてしまいます」

佑樹の主張は正しかったが、不破は憐《あわ》れむような声になっただけだった。

「ミステリ作家は何でもやたら複雑に考えたがるからいけないね。この密室はもっともっと単純な方法で作られたものだ。……それも、ＶＲ空間でしか成立しないトリックを使ってね」

加茂は思わず目を閉じた。

……そう、あの時の倉庫と厨房に気圧差はなかった。俺が倉庫の扉を封じていたのは、ＶＲ空間ならではのシンプルな方法だ。

彼が再び目を開いた時には、３Ｄモニターに倉庫を上から俯瞰《ふかん》した映像が広がっていた。不破は更に続ける。

「加茂さんはボートに八割くらい空気を入れたところで止めた。膨らみ切っていないボートなら、潰すようにして扉の後ろ側に生まれるスペースに押し込めるだろう？　それなら、扉から四五センチ離れたところにシェルフを置いていたとしても、ボートが倉庫への出入りを邪魔することはない」

　昨晩、加茂はほとんど不破の言った通りのことをやった。

　シェルフと扉の後ろで潰れたボートが邪魔になる関係で、扉は三十数センチしか開かなかった。だが、それだけの幅があれば痩せ型の人間なら通れる。加茂はドアノブを避けつつ、横歩きで倉庫から厨房へと脱出したのだった。

　加茂は覚悟を決め、恐らくは最後になるだろう質問を放った。

「ボートが膨らみ切っていなかったのなら、佑樹くんや乾山くんが扉を押した時にも扉は大きく開いたはずだ。ところが、実際は倉庫の内側から扉は押さえ込まれていた。これはどう説明する？」

　不破は鼻で笑うと、３Ｄモニターを示した。

「見ての通り、空調設備は扉から見て真正面奥の壁についている。ここから強い風を送れば扉にぶち当たるからね」

「……は？」

　加茂は相手が何を言っているのか分からず固まった。状況が理解できるようになるにつれ、彼は両手で頭を鷲づかみにする。

　とっさに言葉が出てこない加茂に代わって、乾山が戸惑い気味に問うた。

「えっと、扉は風圧で押さえられていたから開かなかった……と考えているの？」

「ありとあらゆる可能性を潰した結果、最後に残ったものが真実だ。たとえ、それがどんなに奇異なものに見えたとしても、それ以外に答えなどありはしない」

決めゼリフと言わんばかりに、不破は加茂に人差し指を突きつけていた。

加茂は思わず唸り声を立てた。

この期に及んで、不破は持ち前の常識とはズレた感覚を発揮しはじめたらしい。今や、推理は見当違いの方向に飛んでいきつつあった。

ありとあらゆる意味で、最悪の状況だった。

不破は推理を誤ったせいで、自らの敗北と死を確定させてしまった。いや、椋田が推理を続行するように求める可能性はあったが、それも椋田の気分次第だろう。

一方で加茂には反証の義務が生まれていた。いや、反証だけならまだいい。問題は不破がトリックを八割ほど見抜いてしまったことだった。

反証をするなら、残りの二割について行うしかない。だが……加茂にもそんなピンポイントに間違いを証明できる自信はなかった。

極めつけは、この場で反証を成功させたところで、もう加茂には後がないことだった。

他の探偵役は少し発想の転換をするだけで、残りの二割を埋めてミチ殺しの真相に辿りついてしまうことだろう。

……こんな状況で、俺にどうしろと？

千々に乱れる心中を知る由もなく、不破はルーズリーフに図を描きはじめていた。それは棟方が推理を披露した時から、円卓に放置されていたものだ。

「現場にあったのは背板がないオープンシェルフだったろう？　これなら風は棚を抜けてボートにまで届く。棚に置いてあった天然水は、風で動いてしまわないようにする為の重しだ」

図を見つめた未知は感心したように息を吐きながら言った。

「なるほど、膨らみ切っていないボートが帆のように風を受け、扉は風圧で押されたゴムボートにより封じられていたのか（図4参照）」

図 4

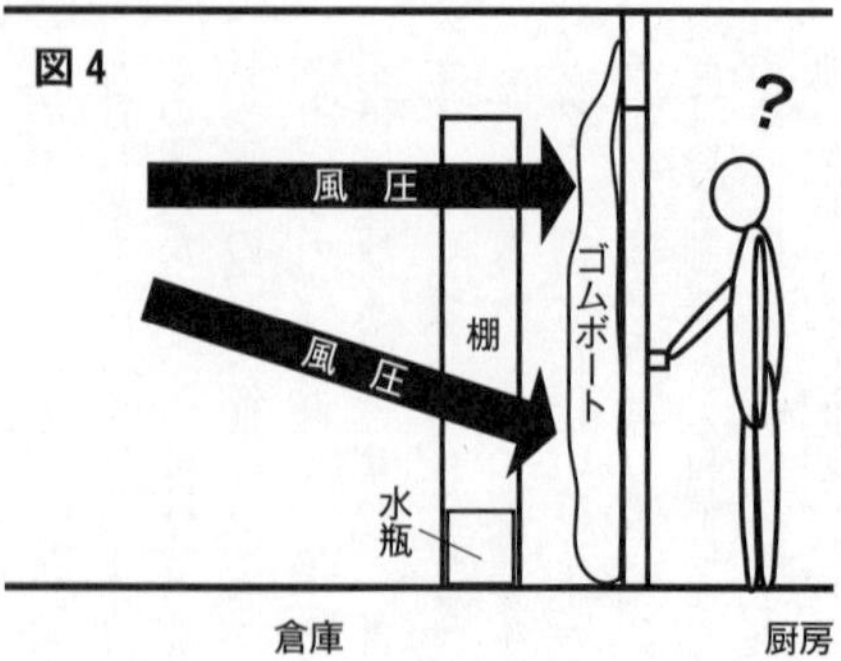

不破はサインペンを置いて、大きく頷いた。

「我々が扉に体当たりを試みている間に、加茂さんは空調設備の送風を切った。抵抗を失った扉は一気に開いて、ボートを押し潰しながら背後の棚にぶち当たることになる。シェルフが倒れる時に、ボートに傷がつくように細工をしておけば完璧だっただろうね」

「ボートに穴が開いてしまえば、最初にどのくらい空気が入っていたか知りようがなくなるもんね」

「以上が、ミチ殺しの真相だ」

不破は真っ直ぐな目をして加茂を見つめた。自分の推理が間違っているとは、まだ露ほども疑っていないのだろう。

加茂はやりきれない気持ちになりつつ、手袋型コントローラを両手につけた。

「残念ながら……今の推理は間違っている」

そう言いながら加茂は3Dモニターを操作して、扉正面奥の壁際にあったシェルフを映し出した。

「空調設備の前にあったシェルフだが、その天板には人形が並べられていた」

加茂は素早く指先を動かして血だらけの人形を拡大する。紫色と朱色の燕尾《えんび》服を身に着けているのは……例の二つの道化人形だ。

それを見た瞬間、不破以外の全員がどよめいた。

ただ一人、冷静さを保ったままの不破が言う。

「それが、どうかしたかね?」

「この館の人形はそれなりに重量があるから、普通のエアコンの風くらいでは飛ばないだろうな。だが、扉を押さえられるほどの強風となると話は全く違う。そんなとんでもない風を空調設備から出せば、この棚の人形は吹っ飛んで床に落ちてしまうだろ? ところが……アバターのミチの遺体を発見した時、倉庫の床には人形など落ちていなかった」

血だらけの道化人形に注目させることは、加茂にとってリスクが高かった。だが、これ以外に方法を思いつかなかった。

彼の隣にいた佑樹が安堵した様子になって頷く。

「よかった、これで扉が風圧で塞がれていなかったと証明されましたね?」

だが、不破は余裕の笑みを消さない。

「策士が策に溺れるとはこのことだ。……私が道化人形の存在に気づいていなかったとでも？　あの二つの人形はむしろ、この犯行に空調設備が使われた証拠だ」

加茂の手袋型コントローラの中に嫌な汗が広がる。代わりに、佑樹が訝《いぶか》しそうに問い返していた。

「証拠って？」

「見ての通り、道化人形には血が付着している。演出に見えないこともないが、単なる血のりにしては黒ずんでいるとは思わないかな」

それを聞いた瞬間、佑樹は息を詰まらせた。

「まさか、本物の血……？」

「気を失った時、未知さんは扉の真正面奥にいたと言ったね。ちょうど道化人形が載っていた棚の前だ。……もう、何が起きたか分かるだろう？」

不破の言葉に応じ、東が口を開いた。

「アバターのミチを殺害する直前、下げていた倉庫内の気圧を戻す為にも空調設備は使われた。酸欠状態のアバターが意識を取り戻す前に犯行を終える必要があった訳だから……当然、空気は一気に倉庫内に送り込まれたはず。その時に空調から吹き出した強い風に飛ばされて、人形が床に落ちたのね？」

「その通りだ。そして、床に落ちた人形はアバターの流した鼻血を吸ってしまった。加茂さんは人形を更に血で汚し、血のりに見せかけて誤魔化そうとしたようだがね」

犯行時のことを思い出し、加茂は思わず目を閉じていた。

あの時……彼は床に転がる道化人形を見て愕然とした。

すぐに空調が吹き飛ばしたものだと気づいたものの、彼が監修作業をした時にはこんな人形は置かれていなかった。監修作業の時と全て同じだろうと高をくくって確認を怠ったのは、迂《う》闊《かつ》だったとしか言いようがなかった。

……間違いなく、あの人形は俺の犯行を妨害する目的で追加されたものだ。

加茂は二体の人形の扱いに悩んだ。

別の棚に移動させて誤魔化すか？　自室に持ち去ってしまうか？　それとも、元の場所に戻すか？　自室に持ち去って、他の人形に交ぜてしまうのが最も安全かも知れない。だが……気を失う直前まで棚の前にいた未知が道化人形の存在を覚えている可能性もゼロではない。いや、記憶力に自信のある加茂が逆の立場だったら、道化人形のことを覚えている確率は更に高いものになったことだろう。

短い逡巡《しゅんじゅん》の末、加茂は道化人形を元あった場所に戻すことにした。

幸いにして、道化人形の服は紫と朱だったので、血をつけても人形全体の印象はそれほど変わらなかった。さすがに人形の服の細かい部分までは誰も記憶していないだろうから、これで人形に異変が起きていると気づくのはほとんど不可能になったはずだった。

……結局、未知さんは人形のことは覚えていなかった訳だが、この選択で正解だったたってことだよな？

加茂は若干の落ち着きを取り戻し、反論を再開した。

「どんな解釈をするのも自由だが……遺体発見時に道化人形がシェルフの上にあったという事実は揺るがない。遺体発見時に二つの人形が床に落ちていなかった時点で、不破さんの推理は破綻しているんだよ」

これを聞いても不破は笑い飛ばす。

「人形に気づかずに空調設備を稼働させた時点で間が抜けているが……それでも、同じ失敗を繰り返すほどのバカではないだろう？　一度目の失敗で君は学習し、吹き飛ぶ位置にあった人形を隣の棚にずらすことで問題を回避したんだ」

「……は？」

間が抜けていると言われて目くじらを立てるほど、加茂も若くはなかった。だが、どうにかしてこのトンチンカンな推理が間違いだと証明しなければならない。

乾山が腕組みをして口を開いた。

「ちなみに、遺体発見時に道化人形がどこにあったか覚えている人はいる？」

誰からも返答はなかった。不破は勝ち誇ったように続ける。

「倉庫の調査を行っている間に、加茂さんはこっそり人形を空調の前に戻したんだよ。倉庫に脚立はないが、一八〇センチくらいある君なら、手を伸ばしただけで天板の上に届いたことだろう」

棟方が生きていれば、加茂が道化人形を移動させていないことを証明してくれたはずだった。

棟方は早い段階から加茂を犯人役だと疑い、その言動をずっと監視していたから。だが、今はそんなことを主張しても無駄だった。

加茂は再び目を閉じた。

誰かの言葉が、行動が……反証への起死回生の道標になってくれはしないか？

椋田の嬉々とした声が、ラウンジに響き渡る。

『それでは、加茂さんは反証に失敗したということで……』

加茂はすっと目を開くと、未知に向き直った。

「前に、道化人形のことを『棚にへばりついてた変な人形』と呼んだよな。あれはどういう意味だ？」

急に話を振られた未知は戸惑いながらも、すぐに答えた。

「ああ、空調を調べる為に人形を動かそうと思ったら、あの二体だけ何故か天板に貼りついていたから。ちょっと力をかけたら剝がれたけど」

思った通りの答えに、加茂はほんの少しだけ笑うと、椋田に注文を出した。

「空調前に置かれているシェルフの天板には血がついているはずだ。その部分だけ3Dモニターで表示できないか？」

椋田は不機嫌さの滲《にじ》み出る沈黙でこれに応じ、すぐにモニターに人形が載っていない状態の天板が表示された。

棚板がウォールナット色をしている為に分かりにくかったが、確かに天板とその上に薄《うっす》らと積もった埃には、二体の人形のお尻や足がつけた血痕が残っていた。

　加茂はそれを示しながら続ける。

「誰も棚の上までちゃんと調べなかったみたいだな？　天板に血痕が残っているということは、人形は血のついた直後に戻されたってことだ。これで昨晩の時点で、人形は既にこの棚の上にあったことが証明された」

　不破は血管が浮き上がるほど顔を歪めて、言い返した。

「デタラメを言うな！　お前は初歩的なミスを犯し、血に濡れたままの人形を天板に戻してしまった。だが、そのままでは密室トリックに差し支えると気づいたんだろう。だから、人形を乾かしてから隣の棚に移動させたんだ」

「あり得ない。……未知さんが調べた時、道化人形は天板に貼りついていたんだからな？　これは血が埃ごと凝固して糊《のり》のようになったせいだ。つまり、人形は血が乾く前に天板の上に置かれ、未知さんが触るまで動かされなかったということだ」

　人形の血を乾かさずに置いたのは単なるミスだったのだが、今回はそれが回りまわって役に立った形だった。

「なら、道化人形はガッチリ血で固まっていたから、空調の風でも飛ばなかったんだろう！」

　不破は口調も荒くがなり立てたが、反論の精度は下がってしまっていた。加茂はため息まじりに続ける。

「未知さんによれば、ちょっと力をかけただけで剝がれるレベルだったらしい。とても、さっ

き言ったような強風に耐えられるようなものじゃないだろ」

とうとう不破は黙り込んで、歯ぎしりするように俯《うつむ》いた。

＊

『不破さん、君にも一、、、度だけ推理を続ける選択肢を与えましょう。……解答フェーズを続行しますか？』

喉の奥で笑いながら椋田はそう言った。やはり、一人の犠牲者では満足しないらしい。

不破もそれを予期していたようで、すぐさま顔を上げる。

「待っていたよ、その言葉を」

その目は興奮の為か充血していた。

また、誰かが名指しされることになる……そう考えただけで加茂は不安で仕方がなかった。今の不破が冷静に推理を続けられるとは思えなかったからだ。

『では、どの事件について解答するか、選んで下さい』

「現実世界で起きた殺人事件を」

加茂はこれからユウキ殺しの推理が続くのではないかと思っていたのだが、その予想は外れた。円卓にいる皆も慌てたように姿勢を正す。

不破は一同を見渡しながら言った。

「この事件については、実際に棟方さんの部屋を見ながら説明することにしよう」

最初に室内に足を踏み入れた不破は嫌悪感に満ちた声を上げる。

「……誰がこんな惨いことを？」

加茂を除く四人が何事かと室内に押し寄せた為に、不破を部屋の中に押し込むようにしながら、入り口付近で軽いもみ合いが発生した。

加茂は不破が何について言っているのか薄々察していたので、東や未知の頭越しに棟方の遺体を確認してから声をかけた。

「ナイフを引き抜いたのは、俺だ。凶器を調べる為にやった」

不破は棟方の背中に残る傷口を見て顔を歪めた。だが、それについて議論する気もなかったようで、再び全員に向かって喋りはじめる。

「私も色々と調べたが、この部屋は髪の毛一本通らないくらい完璧な密室だったと言っていい」

それは皆の共通見解だったらしく反論する者は現れない。不破は小さく息を吸い込んで、一言一言を区切るように続けた。

「前にも言ったが、これは秘密の通路が存在しなければ成立しない殺人だ」

途端に、乾山が脱力した声になる。

「またそれ？　さっき僕らも室内を調べたけど、そんなもの見つからなかったよ」

不破はふっと笑うと、またしても加茂に向かって言った。

「私たちが棟方さんと最後に会ったのは、VR空間の広間だった。その後、解散して自室に戻ってから、君は何をやった？」

質問の意図が分からなかったものの、加茂は素直に答えた。

「すぐに現実世界に戻って、それからはずっとメガロドン荘の自室にいた」

「メガロドン荘内で、何か不審な物音を聞かなかったか？」

「雨音は賑やかだったが、特に建物内で物音はしなかったと思う。……というか、その質問は佑樹くんにした方がいいんじゃないか？　メガロドン荘の防音は割としっかりしているみたいだし、俺の部屋はこの部屋からは離れているんだから」

すかさず佑樹が口を開こうとしたのを押しとどめ、不破は再び人差し指を加茂に突きつけていた。

「今のでハッキリとした。やはり加茂冬馬、君が執行人だ」

「……俺が？」

犯人役としての反証を終え、次に誰が名指しされるか心配までしていたというのに……事態はまたしても加茂の思いもしなかった方向に動き出していた。

不破は容赦のない口調になって言葉を継ぐ。

「棟方さんは君のことを犯人役だと考えていたね？　しかし、私は最初から君が執行人かも知れないと疑っていた」

「何でだよ！　椋田の共犯者なら、こんな集中砲火を受けるようなヘマをする訳がない」

加茂は思わず叫んでいたが、不破には取りつく島もなかった。

「椋田の卑劣な共犯者なら、ドアノブの罠にわざとかかりにいって『自分は犯人役だ』という演技をするくらい、平気でやるさ」

……著名な私立探偵のクセに、とんだポンコツじゃないか！

しばらく睨み合いを続けてから、加茂はため息まじりに言う。

「ならまず、俺が執行人だという根拠を聞かせてもらおうか。そうでないと、反証すらはじめられない」

「君の厚かましさは賞賛に値するよ」

「……勝手に言ってろ」

「未知さんや乾山くんは知らないだろうが、メガロドン荘の天井裏には物置から入れるんだ。そして、この犯行には天井裏が使われた」

熱の入った調子で語る不破を見て、加茂は思わず笑ってしまった。

「天井裏なんて使って、何になる？」

「天井裏から犯行に及んだ方法は後で説明しよう。今、重要なのは……物置の点検口が老朽化していたということだ。誰かが天井裏に上ろうと体重をかけると、ベキバキと大きな音を立てて軋《きし》むんだよ」

加茂は佑樹が同じようなことを言っていたのを思い出していた。

「だったら、何だ」

「君の部屋と物置は壁一枚で隔てられているだけだ。外が雨音で賑やかだったとしても、建物の防音が比較的しっかりしていようと……点検口が軋む音はかなり大きい。君の部屋にだけは届いたはずだ」

加茂は大きく首を横に振る。

「俺はそんな音は聞いていない。つまり、犯行フェーズの間に天井裏に上がった人はいないということだ」

「いや、棟方さんを殺害するには天井裏を使うしかない。君がその音を聞いていないと言うのなら……その証言は嘘であり、君こそが天井裏に上がった執行人だということになる」

このままでは議論が平行線を辿るだけだった。

加茂はマップや各自のプロフィールを思い出して考え込んでいた。

……とりあえず、天井裏に上がっていないことを証明しないとマズい。不破の次に背が高いのが俺で5.87フィート、その次が佑樹くんで5.81フィート、だったか。

身長から反論できないかと思ったものの、フィートからセンチに換算するのは面倒だった。普通にセンチで書いてくれていれば、こんな苦労はせずにすむのに……。そう考えた瞬間、加茂は小さく声を上げていた。

首筋に電撃に似た衝撃が走って、指先までもがビリビリと震える。

彼は譫言《うわごと》のように呟いていた。

「手袋、それから毒瓶……」

これまで意味不明だったパーツが収まるべきところへと嵌《は》まっていく。真実を覆い隠していた闇が晴れていくような感覚……。必要な情報はとっくに加茂の手元に集まっていたし、それに気づくチャンスは何度もあったはずだった。

加茂は自分の迂闊さを呪った。

自らの犯行を隠蔽《いんぺい》することに気を取られてさえいなかったら、少なくともユウキ殺しの真相はもっと早い段階で看破できていたはずだ。

誰かに左腕を掴まれ、加茂は飛び上がりそうになった。

思考だけが暴走し、自分がどこにいるのかも忘れかけていた。左隣を見やると、佑樹がそっと加茂の腕から手を離していた。

「……大丈夫ですか」

一方で、不破は冷ややかな表情を浮かべていた。

「VR空間で起きた事件に話を逸らそうとしても無駄だよ？　君は今、現実世界で起きた事件について告発を受けているんだから」

薄笑いを浮かべる不破に対し、加茂は全身の毛が逆立つような寒気を覚えた。彼が導き出したユウキ殺しの犯人は、不破だったからだ。

……ポンコツでも常識からズレている訳でもない。コイツが執行人だったのか。

これまでデタラメな推理を披露してきたのも、全ては椋田の指示によるものに違いなかった。

不破がこんな行動を取った目的は、恐らく二つ。

強制的に解答フェーズと犯行フェーズを生じさせ、加茂たちの調査を物理的に妨害する為。

もう一つは、犯人役である加茂を確実に潰す為だった。

加茂がこのまま反証に失敗すれば、次に現実犯行フェーズがスタートする。そこで不破は加茂を殺害し……自身も推理に失敗して敗北したという体で、他殺に見せかけた自殺をとげるつもりに違いなかった。

……そうやって明日の正午まで時間稼ぎし、状況を攪乱《かくらん》して皆を真相から遠ざけるつもりか。

卑劣な手だな。

身体の底から怒りに震えつつ、加茂は不破を睨んだ。対する不破はすっと目を細める。

「やっと、置かれている状況が理解できてきたようだね？」

「ふざけるな、お前こそ執行……」

全てをぶちまけてやろうとした加茂に対し、素早く椋田の牽制《けんせい》が飛ぶ。

『静粛に。今は不破さんの解答フェーズですよ？ 君に許されるのは反証のみ。それ以外の発言を続けるようなら、退場を願うことになります』

この場で不破を告発する気なら毒針を起動する、という脅しだった。

加茂は歯を食いしばって口を閉ざした。

……ユウキ殺しの真相に気づくのが遅すぎた。この反証を成功させて生き延びなければ、俺は摑んだ情報を皆に伝えることすらできない。

追い詰められつつある加茂に対し、不破は肩をすくめる。

「茶番につき合っている暇はない。さっさと推理を進めるとしようか」

ほとんどの人は加茂にも不破にも加勢せずに、ただやり取りを見守るばかりだった。そんな中、佑樹だけは鋭く言葉を挟んでいた。

「天井裏とこの部屋は空間的に完全に分断されています。この部屋の天井にはヒビ一つないというのに、どうやって天井裏から犯行に及んだと主張するんですか?」

加茂も不破の言葉を待った。

彼が執行人なら、ここで棟方を殺害した方法を明かすはずがない。不破がこれから語るのは、い、い、い、い、い、い、い、い、い真相だと騙し通せるレベルの偽の推理に違いなかった。

不破は思わせぶりに、人差し指で遺体の真上近くにあった照明を示す。

「加茂さんは、ダウンライトを使ったんだ」

「ええ?」

天井を見上げた佑樹は意味が分からないという表情になっていた。そこに取りつけてあるLEDダウンライトには、どこにも異状は見当たらなかったからだ。

自らの言葉がもたらした効果を楽しむように、不破は笑う。

「ダウンライトは天井板に丸い穴を開けて、そこに照明器具を下側からはめ込んで、取付バネで固定しているだけのもの。シーリングライトなどと違って、天井板にぽっかりと穴が開いたままになっているのが特徴だね」

……なるほど、知識がないと分からないタイプの推理を捻じ込んできたか。

これもまた卑怯なやり口だった。加茂は照明器具に詳しくなかったので、その分だけ不利にならざるを得ない。

加茂は皮肉っぽい声で応じた。

「随分、照明器具に詳しいんだな？」

「たまたまだよ。ある事件を解明する為に、必要に迫られて身につけた知識にすぎない」

わざとらしく謙遜する不破に加茂は不快感を強めた。

「……いや、不破さんの言っていることは正しいよ」

言葉を挟んだのは乾山だった。彼は前髪をかき上げながら続ける。

「去年、僕の家ではダイニングのダウンライトを交換した。その時、確かに天井に穴が開いているのを見たから。LEDダウンライトは電球の交換をせず、本体ごと交換するものも多いんだって。これって、割と簡単に本体の取り外しができるようになっているってことだよね？」

不破は満足そうに微笑んだ。

「そう、犯行にもその特徴が利用された。加茂さんは天井裏からダウンライトを外したんだ。とはいえ、ライト本体を天井裏に引き上げることはできなかったはずだがね」

すかさず乾山も補足する。

「ダウンライトの枠は天井の穴より大きいからだよね？　下から見上げた時に、天井板の穴が見えないのも、それより大きな枠がすっぽり穴を覆い隠しているせいだし」

「その通り。取り外されたダウンライトは、電線がついた状態で天井からぶら下がったことだろう。そして、天井板には穴が出現する。……疑うのなら、脚立を持ってきて、ダウンライトを実際に外してみてもいい」

自信満々な様子を見る限り、不破がダウンライトについて語った性質は事実なのだろう。加茂はその部分への反論はひとまず諦めて言った。

「いやいや、発想そのものに無理があるだろ？　人が天井裏で歩き回ったり、ダウンライトに細工をしたりしたら、音で棟方さんにすぐに気づかれてしまう」

「椋田の協力を得ればいい」

「どういう意味だ？」

「椋田から『生き延びるチャンスをあげるから、VR空間で話をしよう』と言われたら、棟方さんだって心が揺らいだはずだろう？　罠かも知れないとは思いつつも、一％でも生き延びられる可能性があるなら賭けたくなるのが、人の心情だからね」

棟方が無防備にならざるを得ないVR空間に入ったかどうかは、微妙なところだった。

だが、椋田が甘言あるいは脅し文句を駆使して、棟方にそうさせた可能性もゼロではない。あり得ないと言いきれない以上、反証の拠りどころとしては弱すぎた。

やむなく、加茂は質問を変える。

「天井裏から犯行に及んだと主張するのなら、棟方さんをダウンライトの下に誘《おび》き寄せ、その真下で天井に背中を向けさせる必要がある。でないと、背中にナイフを突き立てることなどできないからな。……その部分について、どう説明する？」

「君は棟方さんがＶＲ空間に入っている隙に、天井板の穴から六角ナットを落とした。現実世界に戻った棟方さんは絨毯に転がるナットを発見し、調べようとかがみ込んだ。そこを狙って、君は天井板の穴からナイフを落としたんだ」

不破の説明を聞きながら、加茂はどう反論すべきか模索し続けていた。

……六角ナットに血がついていたのは？　使えないか。絨毯の上で目立つように、あらかじめ血で汚したものを用意していたと返されれば、それ以上の反論は難しい。

ナイフが軽量だったことは？　天井から落として刺し殺すことを目的としているなら、もっと重く頑丈なナイフを用意するはずだ。いや、これも一点突破する根拠としては弱すぎるか。

目の前では、不破が勝利を確信して笑っていた。

「突然、ナイフに背中を貫かれた棟方さんは、何が起きたか分からなかったことだろう。よろよろと前方に数歩進んだところで膝をついて倒れ込んでしまった。遺体がダウンライトの真下になかったのはそのせいだ」

加茂は頭の中を整理する意味も含めて小さく息を吸い込んだ。それから、不破に対して鋭く質問を放つ。

「ＶＲ空間で最後に棟方さんと話をした後、俺たちが現実世界に戻ったのは……午後一時三十五分ごろのことだったよな？」

不破は警戒するように口をつぐみ、代わりに佑樹が頷いていた。

「ええ、そのくらいの時間でしたね」

「その時点で外はもう大雨だった。それから一時間以上も雨は降り続き、やっと小降りになりはじめたのは午後三時のことだった」

皆が時刻をはっきりと覚えていた訳ではないだろうが、誰からも異論は起きなかった。更に、加茂は説明を続ける。

「現実世界の自室に戻ってVRゴーグルのバイザーを上げた後……誰もがやったことがあるはずだ」

佑樹が小さく歯を見せて笑いながら言った。

「僕の場合、まず電灯をつけましたね。昼とは思えないくらい部屋の中が暗くなってしまっていたので」

「ところが……俺たちがこの部屋の扉を破った時、ダウンライトはついていなかった。絨毯に転がっていた六角ナットを調べた時、佑樹くんにスイッチを入れてもらった記憶があるからな」

不破は加茂を憎らしげに睨みつけた。

「なら、棟方さんは雨が止んでから殺害されたんだ。天気が回復して明るくなっていたから、ダウンライトをつける必要がなかっただけだろう」

「いや、死斑の発現具合や体温の下がり方などから、棟方さんは午後二時四十分までに殺害されたと判断された。これは雨が小降りになるよりも前の時刻だ」

言葉に詰まった不破は黙り込む。加茂は絨毯に転がった六角ナットを見下ろして再び口を開いた。

「さっきの推理では、棟方さんは殺害される直前にVR空間に入っていたという話だったよな？　その時刻、外は通り雨のせいで真っ暗だった。VRゴーグルを外した直後は、暗さに慣れていないから、周囲が余計に暗く感じられたことだろう。そんな状況で、床に転がる小さなナットを見つけられたとは思えない」

実際、加茂は似たような状況で床に転がっていたサインペンを蹴飛ばしていた。それほど室内は暗かったのだ。

加茂は目をすがめながら続ける。

「つまり、棟方さんは照明をつけることもなく……もちろん、六角ナットを発見することもなく亡くなった。ダウンライトの真下でかがんだ理由が消え去った以上、ナイフを落として背中に突き立てたという推理も成立しなくなる」

「……そんなバカな！」

いつの間にか不破は額に玉の汗を浮かべていた。加茂は容赦のない声になって言った。

「徹頭徹尾《てっとうてつび》、ふざけた推理を披露してくれたもんだな？　通り雨がなければ、こっちも反証に失敗するところだった」

「黙れ！」

そう叫びながら、不破は右手で棟方の部屋の壁を殴った。壁は窪み、人一倍大きな拳からは血がたらたらと流れる。

「お前が執行人なのは分かっているんだ！　このまま、逃す訳には……」

息を荒げ、不破はなおも加茂を睨み続けていた。その拳は殺意すら帯びて小刻みに震えている。

加茂は暴力に対する恐怖は覚えなかった。

だが、それは……不破が今にも倒れてしまいそうなほど青い顔色をしていたせいではなかった。加茂を睨む目に浮かんでいたのは、憎しみと混じりけのない敵意だった。だが、加茂はその目の奥から嘘偽りのない率直さも見出した気がした。

不破の握り拳から血が滴り落ち、絨毯に染みを作っていく。

意識の外側、はるか遠くで、椋田がこう言っているのが聞こえてきた。

『解答フェーズを続行するチャンスは既に使ってしまいました。よって、今回の敗北者は不破さん一人で確定です。……残念ではありますが、加茂さんは二度とも反証を成功させてしまいましたので』

「まだだ。まだ反証は終わっていない」

ほとんど無意識のうちに、加茂はそう口走っていた。

解答フェーズが続くことを望んでいたはずの不破も魂が抜けたような表情になる。椋田でさえ、動揺を隠す術もなく口ごもっていた。

『今さら、何を？』

自分が選んだのがハイリスクな選択肢だということは、加茂にも分かっていた。だが、それが最善の方法であると信じ、加茂は監視カメラを見上げて言った。

「不破さんは、俺が執行人だと疑ったままだろ？　なら、俺が執行人でないことまで証明しない限り、この反証は終わらない」

数秒の沈黙の後、椋田がいつものように喉の奥でクツクツと笑いはじめた。

『いいでしょう、ただし反証に失敗したら死んでもらいますよ』

＊

「お前は執行人と犯人役に……例の黒手袋を一組ずつ与えたと言ったよな？」

ラウンジに戻ったところで、加茂は椋田にそう問いかけた。

『ええ。各自のポケット内の持ち物として、犯行用手袋を一組ずつ与えました』

加茂は手袋型コントローラを身に着け、円卓の上にＶＲ空間の広間を表示させた。そして、南側の電灯スイッチを拡大する。

……スイッチには三本の指の跡が縦に並んでいた。親指から中指にかけての跡で、何者かが右手をべたっとスイッチに当てた時についたものだ。

「午前〇時五十分の段階では、まだ円卓に人形はなかった。このことから……スイッチの跡は執行人がつけたもので、円卓に人形を設置する際についたものだと考えられる」

それから、彼は前に佑樹や東と一緒に確認したことを説明した。

スイッチについているのは黒鉛の粉であり、午前〇時五十分に佑樹がつけたものだということ。三本指の跡には犯行用手袋に特有の滑り止めの形状が写っていたこと。手袋の手のひら側にしか滑り止めがついていないことから、これは右手用の黒手袋によりつけられた跡に間違いないこと……などを。

だが、それを聞いても不破は少しも表情を変えなかった。

「この跡から分かることは、午前〇時五十分以降についたことだけだろう？　指の跡には不鮮明な部分も多いし、誰が触ったかを特定できるような特徴もない」

円卓に座る残りの四人は無言のまま、加茂たちのやり取りを見つめていた。まるで、音を立てることすら二人の邪魔になるとでも考えているように……。

不破の指摘に対し、加茂は小さく頷いた。

「スイッチは縦一〇センチ×横四センチの大きさだ。べたっと手を置いてスイッチを押せば、こんな風な跡が残ってもおかしくない。……まあ、極端に手の大きな人は別だろうがな」

不破はいよいよ訳が分からないという表情になる。彼は応急処置的にハンカチを巻きつけた右の拳を見下ろした。高身長の彼の手は人一倍大きかった。

……あれだけ指が太ければ、幅が四センチしかないスイッチに指は三本も乗りきらない。つまり、不破はユウキ殺しの犯人だが、執行人ではないということだ。

椋田は執行人が一人しかいないと断言した。

だが、犯人役の人数を明言したことはなかった。これは犯人役が最初から二人存在していた為だったのだろう。結局のところ……加茂だけではなく不破も犯人役にすぎなかったのだ。

執行人は……加茂たち二人の他にいる。

「私が執行人でないと証明して、どうする。何を企んでいるんだ？」

こう呟いたのは不破だった。

声には少なからず戸惑いが混ざっている。彼もまた椋田のミスリードに乗せられ、加茂のことを執行人だと思い込んでいるからだろう。

実際、加茂も壁を殴りつけた時の不破の拳を見てその大きさを再認識するまで、自分が間違っていることに気づけなかった。

……こんな初歩的な見落としをするなんて、情けない。

だが、この解答フェーズがはじまってから状況がめまぐるしく変化しているのも事実だった。加茂もつい十五分ほど前に『ユウキ殺しの真相』に辿りついたばかりだ。その内容と証拠品との間に食い違いがないか、確認する暇すら与えられなかった。

加茂と不破は嫌悪と憎しみをぶつけ合い、相手を敗北させ破滅させようと躍起《やっき》になり……危うく互いに自滅するところだった。

このまま解答フェーズが終了してしまえば、もはや不破は加茂の話に耳を傾けようとしなくなるだろう。それどころか、彼は他の参加者に対し加茂の提案を突っぱねるように求め、命を賭けてでも加茂のやろうとすること全てを妨害してくるはずだ。

そうなれば事態は泥沼化し、取り返しがつかなくなる。

だからこそ、加茂はリスクを承知で『自分は執行人ではない』という反証を続行することに決めた。

解答フェーズが続いている間に、不破に執行人が別にいると気づいてもらう為に……。次の犯行フェーズで不破の全面的な協力を得て、この状況を覆《くつがえ》す起死回生の一手とする為にも……。

更に加茂が言葉を続けようとした矢先、椋田が鋭い口調で言った。

『加茂さん。これ以上、反証と関係のない発言を続けるようなら、ルール違反と見なしますよ?』

どうやら椋田も加茂が真実に気づきはじめたことを察したらしい。相変わらず、絶妙なタイミングで言葉を挟んできた。

加茂は首を横に振った。

「いや、反証に関係のない話はしていない。あの三本指の跡が俺のものかどうかは、非常に重要な問題だからな。……ちなみに、俺のアバターには人差し指から薬指にかけて指先に切り傷がある。ここまでは周知の事実だろ?」

不破は肩をすくめる。

「そんなこと、今さら説明されるまでもない」

「なら、棟方さんの罠にかかったのが俺という仮定で話を進めよう。すると、棟方さんが拾った手袋の切れ端は、俺が右手の指先を手袋ごと切り裂いた時に生じたものだということになる。そんなボロボロの手袋で、電灯のスイッチに……滑り止めの形状まで読み取れるような指先の跡を残せたと思うか？」

この言葉に対し、不破は考え込むようにして答える。

「不可能だね。執行人も黒手袋は一組しか持っていないという話だったから、スペアを使ってスイッチを押した可能性もない。……だが、それは順序の問題にすぎないだろう？　黒鉛の跡などから君が午前〇時五十分以降に電灯のスイッチに触れたのは確実な訳で、単純にその後で指先を怪我した、だけ……？」

言葉が途切れ、不破の視線が大きく泳ぎはじめた。自らの発言の矛盾に気づいたからだろう。

加茂はふっと笑ってから続けた。

「そう、棟方さんが広間で黒手袋の切れ端を拾ったのも、午前〇時五十分のことだ。ということは、俺はそれより前に指先を怪我していたことになる。当然、午前〇時五十分以降にスイッチに指の跡を残すことはできなかったことになるよな？」

なおも不破は食い下がる。

「いや、あの切れ端は偽装だ。捜査を攪乱する為に置いたものに違いない」

これを受け、加茂は3Dモニターを操作して、自分の部屋のテーブルを表示した。その上に載っていたものを見て、円卓を囲む全員が息を呑む。

「……犯行用手袋！」

喉を詰まらせたような声を上げた不破に対し、加茂は小首を傾げる。

「どうしてそんなに驚く？　これは今朝、俺が廊下で拾ったものだ。そのことを皆に知らせず黙っていたのは悪かったが、別にルール違反をした訳でもないだろ」

もちろん、これは嘘だった。

テーブルの上にあるのは、加茂が実際に犯行に用いた黒手袋の片割れだ。その右手用手袋の指先はカッターナイフで切り裂かれ、アバターの血にまみれている。

加茂は手袋を示しながら続けた。

「棟方さんが回収していた切れ端は、この手袋の欠けている部分に嵌まるはずだ。それさえ一致すれば……今度こそ、棟方さんの罠にかかった人間は執行人ではないと証明されるだろ？」

今では不破は円卓に突っ伏し、低い声で何かを口ごもっていた。

加茂はただ静かに待ち続けた。

電灯のスイッチを押したのが不破でないことは、当人が誰よりもよく知っていることだろう。手の大きさからも、不破がＶＲ空間で行った犯行方法からも……彼にはあんな指の跡を残すことは不可能だった。

加茂もまたスイッチを押していないと証明された以上、答えは一つしかなかった。

このＶＲ空間には、三組目の犯行用手袋が存在しており……その持ち主こそが執行人なのだ、と。

不安はなかった。これまでの不破の推理を目の当たりにし、彼ならこの結論に必ず辿りつくという確信があったからかも知れない。

誰も、椋田さえもこの沈黙を破ろうとはしなかった。

次に不破が顔を上げた時、彼は憑《つ》き物が落ちたような表情になっていた。けれど、すぐに加茂に目を留めて顔を苦しそうに歪める。

「ああ、また……とんでもないことをしてしまった。私の推理は見当外れだった、すまない……すまない」

この言葉に椋田の嘲笑う声が混じる。

『ほんと、君って二十六年前から何も変わらないねぇ？　口を開けばデタラメな推理ばかり、それで何人が犠牲になろうと意にも介さないんだから』

不破は怯えた表情を浮かべたが、その怯えは椋田に対してではなく、自分自身に向かっているように見えた。

やがて、彼は血の気の失われた顔色のまま頷いていた。

「それは事実だ。……だが、やっと私にも真実が見えてきた」

『今さら気づいても遅い。君の解答フェーズはもう終わったんですから』

椋田に叩きつけるように言われ、不破は悲しげに微笑んだ。

「私は敗北を認める。執行人に殺されねばならないのなら、その未来も受け入れよう。確かに、それが私に相応しい死に方なのかも知れない」

『殊勝な心掛けですね、どういう風の吹き回しなのだか』

「その代わり、解答フェーズが終わってしまう前に……解答者として二つ質問をしたい」

この提案には加茂も驚かされた。加茂は無言の問いかけを不破に送ったが、彼は穏やかな目をして言葉を続けていた。

「多分、これが私の果たすべき最後の役割なのだろう」

たっぷり三十秒ほど経ってから、椋田から返事が戻ってきた。

『それで、質問とは？』

「一つ目はとてもシンプルだ。執行人が私たちの中に一人しかいないというのは聞いた。なら、犯人役はどうだ？」

自白と解釈されないようにする為だろう、不破は敢えて遠回しにそう問いかけた。

『ふふ、そんなことですか。……別に隠していたつもりもないのですが、君たちの中に犯人役は二人います』

椋田の答えに、円卓がざわついた。

これは加茂と不破を除いた四人の勘が悪いせいという訳ではない。加茂たち二人が解答フェーズの裏側でやり取りしていたのは、自身が犯人役でなければ百パーセントは理解できないものだったというだけだ。

一方で、加茂は再び背筋が冷たくなるのを感じていた。

椋田があっさりと犯人役が二人いると認めたのが不気味だったからだ。まるで、自分や執行人が不利になることなど意にも介していないらしい。

『もう一つの質問は？』

椋田の問いかけを受け、不破はどっと疲れたような表情になって言った。

「その質問をする前に、私と君のお父さんの間に何があったのか、二十六年前の出来事を説明しておきたい。……これが最後の機会になるだろうし、ここにいる皆にも知ってもらった方がいい」

返事はなかったが、不破は勝手に言葉を継いでいた。

「私は二十代半ばに興信所に入り、それから独立も経て三十年も今の仕事を続けている。その間、数えきれないほどの事件に関わって解決に導き……もしかすると、それと同じくらいの数の過ちも犯したのかも知れない」

「過ちって？」

戸惑ったように声を上げたのは乾山だった。不破は小さく頷く。

「君は若い。だから、まだ矛盾に直面したことがないんだろうね？　私はこれまでに自分が正しいと信じた推理しかしてこなかった。でも、私が導き出した推理が正しいかどうかなど、結局は誰にも分からないことだ。……知っての通り、人間は全知全能ではないから」

「でも、証拠が特定の犯人や犯行方法を示している場合は、確実でしょ」

「証拠品に対する解釈が間違っていないという保証は？　偶然に偶然が重なってできたもので、犯行には実は何ら関係がないものである可能性だってある。あるいは……真犯人が私のような『探偵』の思考を深読みして何重にも罠を張りめぐらせて生み出した、『偽の証拠品』でないとどうして言いきれる?」

この返答に、乾山は目に苛立ちを宿して問い返す。

「なら、犯人が自白した場合はどう? 証拠と自白があれば、もう確実だと思うけど」

「偽証かも知れない。人の記憶など曖昧なものだ。嘘はついていなくとも、自分が犯行に及んだものと思い込んで、自ら記憶を改ざんしている可能性もある」

「……その理屈でいくと、容疑者も広げないとダメだよね」

真面目に応じる気がなくなったらしく、乾山は皮肉っぽい声になって続ける。

「ほら、容疑者の中に超能力者や宇宙人が混ざっている可能性まで考えないと! どんなことだって『百パーセント起きていない』と言いきることは難しいんだから」

そんな乾山を見て、加茂は思わず笑ってしまった。

「極論に走るのが正しいかはさておき……さっき不破さんが言った問題は、本来は素人探偵に限って起こるものじゃない。むしろ、事件の捜査を行えば必ず発生するものだと言っていいだろう。警察・検察が捜査を行おうと、素人探偵が調べようと同じこと……。時には、間違った推測に基づいて判決が下されてしまうこともあるくらいだからね」

冤罪事件を記事として扱っている加茂は、その恐ろしさを誰よりも深く身をもって知っていた。

不破も悲しげに微笑んで応じる。

「この仕事をはじめた時から、私もその危険性は理解しているつもりだった。だからこそ、事件の幕引きは必ず警察と密に連携して行っていた。そうすれば、私が重大な過ちを犯すのを、少しでも防げるのではないかと思ったからだ」

ここで不破は遠い目になって、苦しそうに続ける。

「この三十年間で行った推理の大半が正しくあったことを祈りたい。だが……中には私の推理が誤りだったと後で判明した事件もある。そして、その一つが椋田耀司の命を奪うことになった」

椋田耀司……それは不破が『椋田千景の父』としてあげた名だった。

「私が耀司さんと知り合ったのは、二十九年前のこと。当時の私は二十代後半の若造で、毎月の家賃の支払いもできず、ボロアパートを着の身着のままに放り出されたところだった」

＊

「耀司さんは私よりも十歳年上で、当時働いていた興信所の隣にある定食屋の常連だった。彼とは……昼食時によくカウンターで席が隣になったんだ。それで、少しずつ話をするようになった。

その時も、私は軽い愚痴のつもりで彼に自分の苦境を話した。そうしたら、

『うちに来るといい。困っている時はお互いさまだから』

後で知ったんだが、耀司さんは二階建てのアパートを相続したばかりだったらしい。そこの

二階の一室をほとんどタダみたいな賃料で貸してくれたんだ。

出来高制だった私の収入が安定してからは、頼みこんで家賃を相場まで上げてもらったよ。本人はなかなか受けてくれなかったが……私の気がすまなかったからね。

駅からは遠いし、自動車が入れないような細い道の先にあったせいか、四部屋あるうちの残りの三部屋にはなかなか借り手がつかなかった。

でも、耀司さんにはアパートを取り壊して土地を売る気はなかったようだった。そこには祖父との思い出が詰まっていると言っていたな。だから、私は恩返しのつもりで、お金ができた後もその部屋を借り続けた。

思えば、その判断も何もかも、私がやったことは間違いだった訳だが……。

耀司さんは奥さんに先立たれ、不動産系の会社で働きながら子供と三人で暮らしていた。二人の子供たちに初めて会ったのは……入居前に耀司さんの家にお礼をしに行った時だったかな？　確か、姉が十歳で弟が八歳くらいだったと思う。

残念ながら、名前は覚えていない。多分、姉がチカゲだったんだろう。

姉のチカゲは私に挨拶しようともせず、怯えて逃げてばかりいたっけ。そして、弟は姉を守ろうとして、私のことを睨みつけてばかりいた。

何度か家にお邪魔しても、二人は私に寄りつこうとしなかった。

でも……とても仲のいい姉弟だということだけは伝わってきた。ただ、二人に似ているところがほとんどないのだけは不思議だったね。

ある時、耀司さんは子供たちについて話してくれた。

その時に知ったんだが、姉のチカゲは耀司さんのいとこの子供らしい。今は耀司さんと養子縁組をし、晴れて親子になっているということだった。

チカゲと両親を引き離し、彼女から幸せな生活を奪ったのは……ある殺人事件だった。

私と出会う三年前まで、チカゲは都内で両親と一緒に暮らしていた。ところがある日、近所で二人暮らしの夫妻が惨殺される事件が起きたんだ。

警察の捜査で、金品を狙って押し入った強盗によるものだと分かった。だが、現場に何か所か不審な個所があったのも事実だったらしい。

この時、六本木至道は警視庁を退職し、素人探偵のような活動をスタートさせたばかりだった。そう、私たちも知っている……あの六本木だよ。

彼はこの夫妻惨殺事件の調査に名乗りを上げた。

もちろん、警察から依頼されたものではなかったし、公式な調査などではなかった。ただ、本人にはこの事件に関わることで手っ取り早く名を上げたいという想いがあったらしい。

その時の経緯は私にも分からないんだが……六本木は惨殺された夫とチカゲの母が不倫していたと考えるようになった。浮気に気づいたチカゲの父が逆上して、浮気相手の家に乗り込み、浮気相手である夫だけではなく、犯行現場を目撃した浮気相手の妻まで殺害したのではないか、と。

六本木はチカゲの両親を問い詰めることまでやったらしい。

当たり前だが、六本木の主張を裏づけるような証拠はなかった。そんなものが存在していれば、警察が動いていたはずだからね。彼があんな恐ろしい行動を取ったのは、功名にはやったあまりの暴挙だ。

それでも人の口に戸は立てられない。瞬く間にダブル不倫の噂や真犯人がチカゲの父だという噂が流れはじめた。六本木自身が、わざと情報を流したのかも知れない。

それを苦にしたチカゲの両親は自殺してしまった。

二人は同日に自殺を決意したらしい。弱い自分を許して欲しいという言葉とともに、夫は妻に、妻は夫に……チカゲのことを託す内容の遺書を残して亡くなっていた。

ああ……やりきれない話だ。夫は妻が自殺したことを知らずに、妻は夫が自殺したことを知らずに亡くなったんだから。

一人残されたチカゲは聡明な子だった。父と母を自殺に追い込んだのが六本木だということも、子供ながら理解していたらしい。

彼女は六本木という探偵に両親を奪われ、耀司さんの家で再び平穏を手に入れた。耀司さんは本当に心根が優しい人だったから、あの人とともに暮らした数年間は間違いなく幸せだったはずだ。

そして、私は彼女の安寧《あんねい》を脅かしにきたもう一人の探偵だった。

彼女が私に怯えるのも無理はなかった。私はチカゲに深く同情した。……いや、本当にそう思っていたなら、私はもっと早く耀司さんから離れるべきだったんだ。

あの人と知り合って三年ほど経った頃、私は有頂天になっていた。

迷宮入りしかかっていた、ある連続殺人事件を解決したからだ。警察が見落としていた、被害者たちのミッシングリンクを見つけ出し……一気に犯人を特定することに成功した。

これで大手クライアントの信頼も得ることができるだろうし、仕事の幅も大きく広げられる。興信所からの独立も考えはじめた頃だった。

そう、あの時の私は功名心にはやっていた。そういう意味では六本木と何ら変わらなかったんだと思う。

その日……定食屋で隣になった耀司さんと話をしているうちに、うっかり風呂の水を出しっぱなしにしたまま家を出てきたことを思い出した。……こんなケアレス・ミスをするなんて、私もほとんど初めてのことだった。

だから私は余計に慌ててしまった。それを見た耀司さんは笑っていたな。

『仕事が忙しいんだろ？　だったら、代わりに僕が水を止めてきてあげよう。……いいんだよ、アパートはこれから営業で向かう場所と近いし、ちょうどマスターキーをしまい忘れて持ったままだし』

万一、水浸しになっていたり給湯器が壊れていたりしたら、その修理代は払うように……と冗談めかして言われたね。本当は部屋がどうなっていようと、出世払いだとか何とか言って、絶対に私に払わせたりしない人だったよ。

そして、耀司さんは私が借りていた部屋の中で亡くなった。

耀司さんの命を奪ったのは、私が連続殺人事件の犯人だと名指しした男性の母親だった。

そう、あの時も……私は推理を誤っていたんだ。

見つけたミッシングリンクは不完全で、情報が足りていなかった。私が導き出した男性は、連続殺人事件とは無関係な人だったんだよ。

警察は証拠が固まるまで容疑者である彼を逮捕しなかった。だが、その男性が重要参考人として聴取を受けていることは大きく報道され、世間的に彼が実質的な犯人として扱われてしまった。

その結果、男性の家に嫌がらせが集中した。直接的な罵倒、電話、落書き……それは次第にエスカレートし、ついには敷地に石を投げ込む輩《やから》まで現れたそうだ。

耀司さんが襲われた日の早朝、そんな石の一つが男性の頭を直撃した。そして、そのまま転倒して頭を強打し……帰らぬ人となったんだ。

冷たくなりゆく息子を腕に抱き、母親は『何が何でも、あの探偵を殺さねばならない』と思ったと語っていた。

不幸はどうして、これほど重なるものなんだろうね？

私が風呂の水を止め忘れるなんて、数百回に一回も起きないことだ。あの日がその一回でさえなければ……定食屋で私がそのことを思い出しさえしなければ……部屋に代わりに行こうとする耀司さんを止めてさえいれば……。

その母親は私をアパートで待ち伏せし、マスターキーを使って部屋に入った耀司さんを包丁でめった刺しにした。

すぐに人違いに気づいた母親は、その後も私の帰宅を待ち続けたんだ。

夜になって帰宅した私は、玄関で耀司さんの遺体を発見した。そして、包丁を構えて私に向かってくる母親の姿を見て、全てを悟ったよ。

確かに、私は死に値するだけの罪を犯した。……でも、耀司さんは違う。本来なら、私が身を挺してでも守るべき人だった。それなのに……どうして耀司さんが殺されて、私がのうのうと生きている？　肩を刺されても、ほとんど痛みすら感じなかった。脇腹を刺されても、どこか遠いところで起きた出来事のように感じられて、もう全てがどうでもよくて……。

近所の人が物音を聞きつけて通報してくれたおかげで、私は助かったらしい。

病院で目を覚ました途端、私は命があることに感謝して泣いた。……そう、あれほどどうでもいいと思ったはずの生に、私はまたしがみついていたんだ。

数か月の入院を経て退院した時には、耀司さんの家は空になって子供たちもいなくなっていた。

耀司さんの葬儀も随分前に終わっており、二人とも親戚に引き取られたという話を伝え聞いた。だが、私はその引っ越し先まで調べなかった。

卑怯だったんだ。

姉弟と会って、二人にどう言葉をかければいいのか、どう謝ればいいか分からなかった。

……だから、そこから逃げ出した。

何も考えたくなかった。耐えられない記憶から逃れる為、私は新しい事件を追い続けた。そうすれば、事件以外のことは何も考えずにすんだから。……そうやって、私は記憶の奥底に全てを埋めて踏み固めたんだ。

こうして、私はチカゲから家族を奪った二人目の探偵となった。

姉弟から父親を奪って彼らの人生を狂わせ、椋田にこんな恐ろしい計画を実行させたのは、間違いなく私だ」

*

円卓の上で指を組み合わせ、不破は自嘲するように続けた。

「招待を受けてここに来るまで、私は招待主である椋田と耀司さんをつなげて考えることさえしなかった。……それだけでも、私の人間性が分かるというものだろう?」

スピーカーから小馬鹿にした吐息が漏れ出てくる。

『不破さん、自惚《うぬぼ》れが過ぎるんじゃないかなぁ? 確かに君や六本木は私に、素人探偵がいかにこの世に害悪をもたらすか教えてくれた。でも、それすらキッカケにすぎないんですよ』

「……私でさえ、キッカケ?」

呆けたように呟いたのは不破だった。椋田は皮肉っぽい声で応じる。

『その後も、私は色々な素人探偵と出会い、彼らのやることを見てきた。それがもう、どいつもこいつも酷くてねぇ。推理はデタラメだわ、中には賄賂で証拠を捏造《ねつぞう》するような輩まで交ざっているような始末で……。まあ、賄賂組の若干名はここに招待する価値もないので、一足先に死んでもらいましたが』

椋田はなおも嘲笑いながら続ける。

『すぐに、一人ひとりを相手にしていても埒《らち》が明かないと悟りましたよ。だからこそ、こうして君たちをメガロドン荘に集めることにした』

佑樹が虚ろな目になって呟く。

「手っ取り早く、僕らを……素人探偵を始末する為にですか」

『こんな絶好の機会は何度もないからね。一度で最大の効果を狙う必要があったのですよ』

ラウンジに沈黙が訪れた。しばらく経ってから、不破が再び口を開いた。

「では、これが二つ目の質問だ。……お前は何者だ？」

スピーカー越しの声が訝しげなものに変わる。

『質問の意図が分からないな。私は間違いなく、椋田です。……今さらそんな質問をしてくるとは思いもしませんでしたが』

「私が最後に椋田千景の姿を見たのは、行きの船の上だった。だが、メガロドン荘に到着してから、彼女は一度たりとも生身の姿を私たちの前に晒してないじゃないか！」

不破の言葉に、加茂は船上で見た光景を思い出していた。

……俺も十文字ディレクターと親密そうに話をしていた椋田千景を見た。その時が彼女を見た最後だったな。

　不破は声を鋭くして更に続ける。

「メガロドン荘に監禁されてから、我々が会ったのは椋田千景の姿をしたアバターだけ。後は何かと理由をつけて、声だけのやり取りが続いている。……どうして、こんな歪な状況が続くのか。理由は一つしかない。お前、本当は椋田千景ではないだろう？」

『ふふ、椋田千景の声を借り、その姿を真似たアバターを使っている別人だと？　面白い、私は誰なんですか』

「先ほど気づいたんだが……メガロドンソフトの関係者に一人、耀司さんに面影が似ている人物がいる」

『その名は？』

　スピーカーから流れてくる声には少しの乱れもなかった。むしろ面白がっているようだ。

「ディレクターの十文字海斗《かいと》だ」

『……』

「十文字はイラストレーターとしても有名だ。ゲーム開発者は本名を使っている人も多いようだが、イラストレーターはそうとは限らないだろう。慣習的にペンネームで活動している人の率も高いはずだし、別の職種に就いた後もペンネームを使い続ける人もいるはずだ」

『つまり？』

「十文字はペンネームで、お前の本当の苗字は椋田……耀司さんの息子であり、椋田千景の弟なんだろう?」

不意に、コツコツと南側からガラスをノックする音が聞こえてきた。音のしてきた方に視線をやった加茂は思わず声を上げていた。ガラス戸越しに、十文字が顔を覗かせてにこやかに手を振っていたからだ。

『やあ……せっかくなので挨拶に来ましたよ。皆さんとは事前の説明会などで何度も顔を合わせていますよねぇ? それから、第一便で島に来た人たちとは船でもご一緒でしたし』

ラウンジの灯りに照らし出された十文字はヘッドセットをつけていた。ガラス越しに聞こえてくる彼の生の声に被さるように、室内のスピーカーからは椋田千景の声だと思っていたものが流れ出してくる。

その二重音声は人ならざるものの声に聞こえた。

彼はテディベアめいた顔に人懐っこい笑いを浮かべて続ける。

『不破さんの推測通り、十文字海斗はペンネームで、戸籍上の名は椋田海斗……。私は椋田千景の弟です』

その顔に浮かぶのは、監修作業の時に見せていたのと同じ屈託のない表情だった。それが逆に怖気を誘って、加茂は吐き気すら覚えた。告発を行った不破でさえ、息を詰まらせている様子だ。

言われてみれば、行きの船で喋っていた二人の気安さと親密さは……仕事仲間というより姉弟と言った方が相応しかった。

それを見た椋田弟は困ってしまったように眉をひそめる。

『こんな話の流れになりそうだと思って出てきたんですが、ちょっと刺激が強すぎたかな？』

加茂はやっとの思いで問い返していた。

「本物の椋田千景は？　彼女は無事なんだろうな」

ガラスの向こうで、椋田弟は不愉快そうに目を細めた。

『復讐についてちょっと意見が合わなかったとしても、私が姉さんを傷つけるはずがないでしょう？　姉さんは元気ですよ』

そう言いながら、彼は加茂たちからは見えない位置から何かを引っ張り寄せる仕草をした。

彼が引き寄せたのは車椅子だった。

屋外灯により浮かび上がったのは、身体をバスタオルで縛られた女性の姿。口にはタオルを詰め込まれ、美しいアーモンド形の目には大粒の涙を浮かべている。

「椋田千景！」

思わず円卓から立ち上がった加茂に対し、椋田弟は左手首を人差し指で示す。それ以上動くと、毒針を起動させるという警告だろう。

加茂は立ったままガラス戸の向こうを睨みつける。

……あの怯え方は演技じゃないな。やはり、俺たちに死のゲームを仕掛けた主犯は椋田海斗で、姉の椋田千景は利用されていただけだったのか！

椋田弟は車椅子の前に膝をついた。そして、切なげにさえ見える表情を浮かべながら、車椅子の背に優しく指先を這わせる。

『これも全て、素人探偵に人生を目茶苦茶にされた姉さんを思ってのことなんですよ？　それなのに……あなたは何一つ分かってくれない。暴れさえしなければ、こんな手荒なこともせずにすんだのに』

そう言いながら、椋田は車椅子から手を離し、ガラス戸に歩み寄った。

『姉さんは本当に、才能に溢れた素晴らしい人なんです。父を失って生きる目的を見失っていた私にイラストレーターの道を示してくれたのも姉さん。二十代半ばでプロデューサーに抜擢され、その後にミリオンセラーを連発したのも、全ては姉さんの実力です。……私はただ、その影となっていただけ』

そう言う椋田の顔は誇りに輝いていた。彼はなおも続ける。

『今や、椋田千景はメガロドンソフトの執行役員にして、業界でもトップクラスのゲームクリエイターとなりました。……姉さんの光輝く名声がなければ、この計画を実行に移すことも全て夢のまた夢だったことでしょう』

狂信的に姉を崇めているのに、彼女の名声を利用して身勝手に復讐を実行に移すことについては全く躊躇《ためら》いを覚えないらしい。

明らかに……この男は異常だった。

『そう。キックオフ・ミーティングでの千景姉さんの熱弁が見事だったからこそ、君たち八人を上手くここに集めることができたんです』

加茂は身震いを覚えながら、ガラスの向こうで笑う椋田を睨みつけた。

「お前が姉を利用したのは分かった。だが……俺たちをメガロドン荘に閉じ込めた後まで姉のフリを続ける必要はなかったはずだ。違うか？」

返ってきたのは加茂も予想だにしていなかった、キョトンとした表情だった。

『何で、そんなことを言うんですか？』

すぐに椋田は憐れむような表情になって続ける。

『姉さんは素人探偵のせいで、母を一人に父を二人も奪われたんですよ？　本当に、この世で探偵を気取るほど罪作りなことはない……。姉さんの結婚相手が命を落としたのだって、結局はその罪によるものだった訳ですから』

未知が震え声になって呟く。

「まさか、椋田千景は夫すらも……素人探偵に奪われたのか？」

『ふふ、姉さんほどこの復讐に相応しい人はいないんですよ？　この事件は、椋田千景の名のもとで起こしてこそ、はじめて意味を持つ』

「……狂っている」

ポツリと呟いたのは不破だった。

この言葉に椋田は激高するかと思ったが、そのテディベアめいた顔に薄笑いを浮かべただけだった。

『それでいい。姉さんのことを理解したつもりになられても、かえって怖気が走るだけですから』
　ここで椋田はポケットからスマホを取り出して見つめながら言う。
『予定の時間を過ぎてしまいましたが、これにて二度目の解答フェーズは終了です。……不破さんには、皆を最大限に苦しめる謎に生まれ変わって頂きましょう』

第十章　試遊会　二日目　第三波

二〇二四年十一月二十三日（土）二三：〇五

『それでは、ＶＲ空間に戻って下さい。その後、自室に戻った不破さんの無事をアバターを通して確認して頂いた上で、犯行フェーズに移ります』

　この流れは棟方の敗北が決定し、その命が奪われた時と全く同じだった。

……このままでは、また同じことが繰り返されてしまう。

そう思った加茂は叫んでいた。

「ふざけるな。ＶＲゴーグルをつけさせ、室内の状況が分からなくなったところを襲うつもりだろうが！」

　ガラス戸の向こうで、椋田海斗は笑う。

『構いませんよ』

「……は？」

『ＶＲ空間で集合する手順は省いても構わないと言っているんです。……そんなことは私にも執行人にも、どうだっていいことだから』

二重に聞こえる椋田の声は自信に満ち溢れていた。

加茂は不安で堪らなくなっていた。こうして抵抗を試みることも何もかもが、相手の計画のうちなのではないかという疑いすら湧いてきたからだ。

椋田はなおも楽しそうに続ける。

『それでは皆さんがメガロドン荘の自室に戻った時点で、犯行フェーズをスタートすることにしましょうか。……では、私たちも戻ることにしますね。姉さん?』

最後は囁《ささや》くような声になり、椋田は恭しい手つきで車椅子のグリップを握ると押して移動しはじめた。やがて、彼の姿は芝生を左に横切って消えていった。

それに伴って彼の地声も聞こえなくなり、ラウンジには加工された女性の声だけが残る。

『……犯行フェーズの詳細は、追って連絡します』

その言葉を最後に、ラウンジには沈黙が訪れた。


「お願いがある」

静寂を破ったのは不破だった。

彼はひたすら前向きな声で、それでいて今にも泣き出すのではないかと思うほど顔を歪ませ、円卓にいる全員を見渡していた。

「お願い、って?」

不安を隠そうともせずに問い返したのは乾山だった。

「間違っても、私の命を救おうとしないで欲しいんだ。……君たちも、もう分かっただろう？　椋田という化け物を生み出したのは私だ。その始末は、私がつけなければ」

東は目じりに涙を浮かべていた。

「そんなのダメですよ！　不破さんはこれまで誰の為に頑張ってきたんですか」

「人質になった妻の為に……」

「だったら何としても生き延びて、ここから帰って下さい。ほら、前にワタルの為にも皆で協力してこの状況を切り抜けようって……言ってくれたじゃないですか」

最後は消え入りそうな声になった彼女に対し、不破は微笑みかけた。

「息子さんの為にも、これでいいんだよ」

未知も珍しく真剣な声になって言った。

「何もよくない。ここで諦めるってことは、さっきのシスコン糞野郎の思うツボになるってことなんだから」

「……諦める？」

そう呟いた不破の目には強い光が宿っていた。

「椋田海斗は、私を殺すことで新たな謎を生み出し、皆を苦しめるつもりでいるらしいな？　その謎は確かに我々を悩ますだろうが、同時に椋田と執行人にも牙を剝くことになる」

不破の言葉に対し、佑樹は陰鬱《いんうつ》な口調になって応じた。

「本来なら、犯行の数が増えるのは犯人側には不利なことです。棟方さんを襲った時には完全犯罪が成立していたとしても……次の犯行で執行人が致命的なミスを犯し、形勢が逆転することだってありますから。でも、それを期待するのは、さすがに……」

彼はそのまま言い淀んでしまったが、加茂が代わりに言葉を継いでいた。

「ああ、そんな方法は受け入れられないな。俺たちは絶対に不破さんを見殺しにするようなマネはしない」

乾山も大きく頷いた。

「そんなこと、探偵として許されることじゃないからね」

それを聞いた不破は微笑んだ。

「だが、このゲームは椋田の都合のいいように作られたものだ。ヤツが作ったルールに縛られた状態で、いくら君たちが私を守ろうとしたところで……残念ながら、役には立たない。何をやろうと、椋田の想定の範囲内なんだから」

今では加茂を含む全員が俯《うつむ》いてしまっていた。不破の言っていることは、紛れもない事実だったからだ。

不破はここでふっと苦い笑いを浮かべた。

「思えば、私は最初から探偵として失格だったんだろうね？」

未知が慌てたように言う。

「いやいや、不破さんが探偵失格ってことはないよ。私なんか法に触れることも数知れずやってきたし、今だって足を洗ったと言いながら、グレーゾーンの……」

最後の方はモゴモゴと口ごもったが、未知の言わんとしたことは伝わってきた。

だが、不破は言葉を緩める様子もなく続ける。

「二十六年前に耀司さんを失ったあの日、私は死ぬべきだった。一度は生に執着してしまったとはいえ、その後は事件の解明にこの身の全てを捧げてきたつもりだ。……それが私の探偵としての矜持だった。椋田に言わせれば、こんなものは私のエゴであり偽善にすぎないんだろうが」

「そんなことない、不破さんのやってきたことは間違っていませんよ！」

涙ぐむ東の言葉を遮《さえぎ》るように、不破は円卓から立ち上がっていた。

「もう、正しいか間違っているかなんて、どうでもいいんだ。生きてこの事件が解明できないのなら、私は自分の死を利用してでも事件を解決に導いてみせる」

佑樹は何も言わずに顔を俯け、未知は諦めと憐《あわ》れみの入り交じった目を不破に向けていた。

東と乾山は何とか思い直させようと口を開くものの、二人とも不破の目に込められた気迫に押されて黙り込んでしまう。

小さく息を吸い込んでから、加茂は問うた。

「……どうする気だ？」

不破は凄みを帯びた声になって続けた。

「これから、私はメガロドン荘の自室にこもる。……椋田、お前がいくら甘言を弄《ろう》しても無駄だぞ？　私は何があろうと部屋の外には出ないし、誰だろうと私の部屋に侵入を試みる者には容赦はしない！　相討ちになろうと、この手で執行人を止めてやる。……そして、皆が生存できる可能性を一パーセントでも上げてみせる」

「不破さん……」

そう口ごもった乾山に視線をやり、不破は更に続けていた。

「もういいんだ。私の為に使う時間が一秒でもあるなら、どうか事件の謎を解くことに使ってくれないか？　それが私の、最後の願いだ」

＊

加茂はベッドに横たわって、クリーム色の壁紙を見つめていた。

壁紙の色からも分かるように、彼が今いるのはメガロドン荘……つまりは現実世界の自室だった。

スマートウォッチの時計は午後十一時半を示している。椋田から犯行フェーズをスタートさせるという説明はなかったが、もう戦いははじまっていると考えた方がいいだろう。

どこかから甲高い電子音が聞こえてきた。聴力検査の音によく似たもので、その出どころはVRゴーグルだった。

何かの罠なのかと警戒しつつ、加茂はゴーグルを取り上げる。

『この音声は私と君にしか聞こえていません。……VRゴーグルを装着する必要はありませんから、耳に近づけて頂けますか?』

　やっと聞き取れるほどの小さな声だったが、ゴーグルのヘッドホンから椋田の呼びかけが流れ出ていた。そのくらいなら危険はないだろうと判断し、加茂はゴーグルを耳元に近づける。

「相変わらず、姉の声を使い続けるんだな?」

　ゴーグルのマイクが加茂の声を拾ったらしく、椋田は耳をくすぐるような笑い声を立てた。

『この復讐は椋田千景の名のもとで行う必要があるもので』

　加茂はベッドに腰を下ろしながら言った。

「まあ、どっちでもいい。次は現実犯行フェーズなんだろ。どうして俺にコンタクトしてきた?」

『次の犯行フェーズに入る前に、加茂さんには落とし前をつけてもらう必要があります。……君は自白をしましたから』

「どの部分で?」

　はぐらかそうという意図はなかった。

　加茂にも何度か危険な賭けを繰り返した自覚があった。それどころか、椋田がどの部分を自白と見なしたのか、本気で分からないレベルだった。

『もちろん、自分の犯行用手袋を証拠品として提示したことですよ。あれはやりすぎですし、実質的な自白としか解釈できない』

「どこが?　拾ったものだと説明したじゃないか」

しれっと加茂は言い返していた。

椋田に本気で自白と見なすつもりがあるなら、加茂は解答フェーズの途中で殺されていたはずだ。それをしなかったということは、何か目的があるということだろう。

案の定、椋田は深くため息をついた。

『そう言うだろうと思っていました。……ですが、自白というのは受け取り手がどう思うかが重要です。あれを聞いた人は、不破さんも含め実質的に「君が自白した」と見なしたはずだ』

「黒に近いグレーってところかな」

『ええ、一応はグレーなので問答無用に君と人質の命を奪うことはしません。……ですが、これから一つ賭けに乗ってもらいます』

加茂は少し考えてから言った。

「賭け？　俺が勝てば自白の疑いはナシとなり、負ければ自白をしたと断定される訳か」

『そういうことです』

「拒否権はないんだよな」

『ある訳ないでしょう？　これからユウキ殺しに関する君の推理を聞かせて下さい。真相を言い当てたら、この賭けは君の勝ちだ』

予想外の提案に加茂は黙り込んだ。耳元では椋田が鈴を転がすような笑い声を立てる。

『実を言うと……君の推理の進捗《しんちょく》具合が気になっているんですよ。戦々恐々としていると言い換えてもいいかも知れません』

「その割に、楽しそうじゃないか」

『ふふ、この辺りで君の推理がどのくらい進んでいるか確認するのも悪くないと思いましてね。もちろん、推理に少しでも誤りがあった場合は容赦しない』

加茂の手の内を探りつつ、あわよくば彼の命を奪おうという目論みなのだろう。

仮にそれに失敗したとしても、賭けが終わるまで加茂は棟方殺しの推理を進められなくなる。時間だけでなく、精神力や体力も削るつもりなのかも知れなかった。

いずれにせよ、このゲームの支配者である椋田の提案に逆らうことはできない。

「なら、さっさとはじめよう」

『何も死に急ぐことはないでしょう。……その前に、ミチ殺しについての話をして構いませんか？』

問いかけておきながら、椋田は返事も待たずに一方的に言葉を継いでいた。

『君の仕掛けたトリックは、不破さんに八割ほど見抜かれてしまっていましたよね。君の陣はもう崩れかけのボロボロだ』

これには加茂も苦笑いを浮かべるしかなかった。

昨晩、加茂は倉庫にアバターのミチを閉じ込めた。

そして排気設備を使って倉庫内の空気を抜き、急激に気圧を下げることで彼女を気絶させた。倉庫から脱出した後、加茂は空調設備と排気設備を活用し……密室を封じた。

ここまでは、不破は確かに真相を見抜いていた。

今では椋田は口惜しそうな声になっていた。

『あのまま真相を見抜いてくれるかと期待したんですが、解答者があの不破だということを忘れかけていましたよ。よりによって、風圧などという視点の小さな結論に至るなんて！』

加茂は小さく頷いた。

「遺体発見時に、倉庫と厨房に気圧差はなかった。……また、広間に猫ドアつきの扉がついていて、客室の扉の上部に隙間があることからも分かるように、傀儡館は倉庫以外は気密性ゼロの部屋ばかりだ。つまり、厨房だけではなく広間・北棟・南棟とも気圧差はなかったってことだな」

『結局、不破はある先入観から抜け出すことができなかった』

その為のヒントは、いくつかあった。

排気設備があるとはいえ、どうしてあれほど簡単に倉庫内の気圧を下げられたのか？

午前八時ごろにＶＲ空間に入って以降、加茂たちがしばらく身体の重さを感じていたのは何故か？

ユウキの部屋で絨毯に零《こぼ》れていた水が異常に早く乾いた原因は何か？

ふっと加茂は複雑な笑いを浮かべた。

「そういえば……お前は皆に『傀儡館の外は虚無』と説明したよな？　あれを聞いた時にはヒヤッとした」

『私は本当のことを言っただけだよ。何せ、傀儡館の外は文字通りの虚無……つまり宇宙空間レベルの真空なんですから』

気圧を下げるのは容易だが、中の人間の生命を維持するのには苦労する空間。そういう意味では、傀儡館はむしろ宇宙ステーションに近いと言えた。

傀儡館の空調設備に給気機能がついていたのも、これが特殊な環境にある建物で……定期的に酸素を含む新鮮な空気を供給する必要があったからだ。

なおも椋田は言葉を継ぐ。

『倉庫から脱出した後、君は傀儡館の各部屋に取りつけられた排気設備を使って、じわじわと館内全体の空気を抜いていった。何時間もかけて、全建物内の気圧を富士山の山頂付近レベルに……〇・七気圧以下にまで下げたんでしたね？』

高山ではポテトチップスの袋が真ん丸に膨らむことがある。これは外側の大気圧が下がったせいで起きることだった。

「そう。一気圧では八割半ほどしか空気が入っていなかったゴムボートでも、周囲の気圧が下がれば……勝手に膨らんでくれるからな」

あの密室は、実に単純な方法で塞《ふさ》がれていた。

加茂がやったのは、ただ館内全体の気圧を下げたことだけ。それだけで、遺体発見時に、扉はオープンシェルフと膨らんだボートで押さえられる形になった。

『倉庫の扉が破られた後は、シェルフが倒れる際にボートに傷をつけてくれますからね？ そうなれば、気圧を戻しても元々ボートにどのくらい空気が入っていたか知りようがなくなる。

後は空調設備を使ってゆっくりと館内の気圧を上げていけばＯＫです』

　実際は、扉への体当たりの力加減により、ボートに狙い通り穴が開かない可能性もあった。その場合も、加茂はボートの中に細工の痕跡がないか確認すべきだと提案し、気圧を戻す前に誰かにボートを切り裂かせるつもりだった。

　また、椋田は言及しなかったが……気圧を変化させる際、他のプレイヤーに気づかれにくくする為に、室温の変化は可能な限り小さく抑える必要もあった。その為、加茂は建物内の空調設備の調温機能も活用して、じっくりと何時間もかけて気圧を変化させる工夫をしていた。

　ここで椋田は大きくため息をつく。

『しかし、他の探偵は無能揃いでしたねぇ？　ＶＲ空間に再ログインしてから気圧が戻るまで……全員が身体の重さを感じていたというのに。そのことを誰も気に留めなかったとは』

　加茂たちが身体を重く感じていたのは、アバターが高山病になっていた為だった。アバターが低気圧の環境に置かれていることを、ＶＲスーツやＲＨＡＰＳＯＤＹは可能な限り再現しようとした。そして、それがプレイヤーにとっては耳鳴りや身体の動きにくさとして再現されたのだ。

『ユウキの部屋では、絨毯に広がった水が異常に早く乾いていたじゃないですか。その時点で、変だと思うべきでしょう？　どうして誰も気づかないかなぁ』

　標高が高く気圧の低い場所では水の沸点は百度よりも低くなり……逆に、圧力鍋を使えば水の沸点が上がって高温での調理が可能になる。

今回は加茂が傀儡館の気圧を下げた為に水の沸点が下がり、濡れた絨毯や衣服が乾きやすくなるという意図せぬ現象を招いていた。

加茂はぐっと眉根を寄せてから言った。

「これ以上はお前の愚痴につき合う気もない。そろそろ、ユウキ殺しの推理に移るぞ？」

『では、まず誰が犯人かを指摘して頂きましょうか』

加茂は自分の両手を見下ろす。

「それは、玄関ホールに落ちていた例の黒手袋が示してくれた」

『……ほう』

「あの手袋はかなり傷んでいた。そのことからも、持ち主がＶＲ犯行フェーズで手袋を身に着けて犯行に及んだことは確実だろう」

『しかしながら、ユウキ殺しに使われたとは限らないのでは？』

確かに、その可能性についても考慮する必要があった。

「広間の人形を動かすだけで、手袋があれほど傷むとは考えにくい。……だから、ユウキ殺しと人形の移動の両方で使われたか、あるいはユウキ殺し単体で使われたと考えるべきだ。どちらにせよ、持ち主はユウキ殺しの犯人ってことだな」

『なるほど』

加茂は小さく息をついてから更に言葉を継ぐ。

「この手袋は次の犯行でも使うものだし、犯人も失くさないよう気をつけていたはずだ。……

その前提で考えて、一度身に着けた手袋を何の理由もなしに外すと思うか？　手袋をつけたまま部屋に戻った方がウッカリ落とす心配もないというのに」

『加茂さんは怪我に慌てふためいて、手袋を脱いでいましたけどね？』

椋田が含み笑いを漏らし、加茂は顔を顰《しか》めて応じた。

「その時にも実感したが、あの手袋が自然に手から抜け落ちることはない。伸縮性があって手にフィットしていたし、手首はバンドで締められるようになっていたからな。つまり……ユウキ殺しの犯人は、自室に戻る前にどうしても手袋を脱がなければならない事情に迫られた人ということになる」

『ふふ、それが第一の条件という訳ですか』

加茂はＶＲゴーグルを持ち直してから続けた。

「この条件だけでは限定ができないから、第二の条件についても考える必要がある。……犯人が落とした手袋を回収しなかった理由は何だと思う？」

『単に、落としたことに気づかなかったせいでしょう』

椋田の言葉に加茂は首をすくめた。

「それはどうだろうな？　メガロドン荘には観察力のある素人探偵……あるいはお前が共犯者に選んだ素人探偵と同等以上の能力がある人物しかいないはずだ」

『否定はしません』

「仮に、犯人が脱いだ手袋を手にしたまま自室に帰ったとしよう。その場合、部屋に戻って落ち着いたところで手袋が片方ないことに気づくはずだ。ここには観察力の優れた人しかいないんだから、なおさらだよな？」

『……では、ポケットに手袋をしまったつもりになって、片方をウッカリ落としてしまったんでしょう』

「それも変だ。ＶＲ空間でポケットから物を出し入れする時は、ポケット内にあるアイテム名が表示され、その名を確認しながら行うことになるだろう？」

『ええ。例えば「犯人の仮面」を出そうとして、別のアイテムを誤って一緒に引っ張り出してしまうことはない仕組みですね』

加茂は頷いてから続けた。

「ポケットに手袋を入れた時に表示されるアイテム名を見れば、犯人も自分が手袋を片方落としたことには嫌でも気づいたはずだ。……何せ、アイテム名には『犯行用手袋（左手用）』と明示される訳だからな」

実際、佑樹は落とし物の片手袋を預かった時、ポケット内で『犯行用手袋（右手用）』と表示されていると語っていた。

『……なるほど、素人探偵なら、その表記の違いを見落としはしないと？』

「そうだ。ユウキ殺しの犯人は、手袋を片方紛失したことに気づいていたにも拘《かか》わらず、何らかの理由でその手袋を回収できなかった人物ということになる」

ふん、と鼻で笑う声が聞こえてきた。

『それが第二の条件？　犯人がどこで手袋の紛失に気づいたにせよ、心当たりの場所を探しに行くのには数分もあれば充分だ。その数分の時間さえ、犯人にはなかったと言うつもりですか』

「妙な話だよな？　仮にVR犯行フェーズで回収できなくても、犯人には二日目の朝もあった。あの朝、広間に一番乗りしたのは俺だが……それだって午前八時を少し過ぎてのことだった。もし犯人が八時ピッタリに動き出していれば、俺に出くわす前に玄関ホールの手袋を回収することもできたはずだろう？　仮にそれは間に合わなかったとしても、手袋を探す為に俺より先に広間や玄関ホール付近に来るくらいのことはやれたはずだ。ところが……実際の犯人はそれさえしなかった。その理由が問題なんだよ」

『朝になっても回収が不可能だったのは……君たちの中では、遊奇さんだけなのでは？　彼は自身のアバターが毒で死んだ時から強制ログアウト状態となり、朝になっても遺体を発見してもらえるまでVR空間に戻れずにいましたからね』

椋田が意地の悪い声になって言い、加茂は首を横に振る。

「さっきも言ったが、あの手袋はユウキ殺しの際に傷んだものだ。被害者である佑樹くんが犯行を自作自演するなら、手袋がボロボロになるような作業をする必要もないだろ？　やはり、あの手袋を落としたのは佑樹くんではない」

『でも、他に第二の条件を満たす人などいないでしょうに』

「いや、第一と第二両方の条件を満たす人物がいる。……不破紳一朗だ」

しばらくの沈黙の後、椋田はため息まじりになった。

『どう条件を満たすのか、説明して下さい』

「お前が言った通り、ユウキ殺しの犯人は数分もあれば、落とした手袋を余裕で回収できたことだろう。それどころか、玄関ホールでポケットに手袋をしまった直後に紛失に気づいていれば、十秒で回収できたかも知れない。これほど短時間で完結することが行えず、朝にもう一度あったチャンスさえ生かすことができなかった……そんな特殊な状況を俺は一つしか思いつかないな」

『何ですか』

加茂は力のない笑いを浮かべて続ける。

「ユウキ殺しの犯人は、犯行から戻るところを人に見られそうになって焦っていたんだよ。それが本当に際どい状況だったから、その人物はとっさに仮面と手袋を外してポケットに突っ込み、そのまま俺たちと合流したんだ」

もちろん、これは二日目の朝に加茂たちが広間に集まった後、アバターのフワが遅れて現れた時のことを言っていた。

『ということは……不破の犯行はVR犯行フェーズ内では終わらずに、朝まで続いていたと主張するつもりですか』

「このゲームでは、犯人役は制限時間内に自室に戻らなくても問題ないようだからな？　現に、俺もミチ殺しの時には午前〇時を過ぎてから部屋に戻ったが、時間オーバー扱いにならなかった。多分、制限時間内に不可能犯罪さえ構築しておけば、セーフという扱いなんだろう」

椋田は答えず沈黙を守った。加茂は小さく息を吸い込んで続ける。

「確か、あれは乾山くんだったよな？　今朝、広間になかなか現れなかった不破さんたちを心配して……各自の部屋を確認することを提案し、自らフワの部屋に向かおうとしていたのは」

思い返してみると、不破だけは当人に関する話題が出て、無事を確認するべく具体的な行動が起こされようとした矢先に広間に乱入してきた。そのタイミングは不自然だったし……他の皆が広間に現れた時とは違い、不破は自分の話題が出たのに焦って飛び出してきたようにも見えた。

恐らく、あの時の不破はやっと犯行の全てを終え、玄関ホールから自室に戻ろうとしていたところだったのだろう。そして、広間から聞こえてくる乾山の声に気づいた。

皆が今にも、自分の部屋の確認に向かおうとしている……不破はパニックに陥ったはずだ。

「部屋を調べられては、自分が中にいないことがバレてしまう。そして、何より不破さんはあ、い、る理由から玄関ホールに自分がいたことを隠さねばならなかった」

『ふふ、不破が慌てふためいたのは想像に難くないですねぇ？　泡をくって、犯行用手袋と仮面を脱ぎ、ポケットに押し込んだことでしょう』

加茂は大きく頷きながら続けた。

「これで犯人の第一の条件は満たされたよな？　その後、乾山くんが北棟に入るよりも早く、不破さんは玄関ホールから廊下を経由して広間の皆と合流した。もちろん、ついさっき自室から出てきたばかりだという顔をしてね。……ただ、本当にギリギリのタイミングだったから、手袋を玄関ホールに落としたことには気づけても、拾いに戻ることはできなかった』
椋田が喉の奥で笑う声が聞こえる。
『そうですね。皆と合流した後は互いの行動が監視される形になったので、どうしようもなかったんでしょう』
「これでユウキ殺しの犯人の第二の条件も満たされた」

しばらく静寂が続いた後、椋田はまた口を開いた。

『ユウキ殺しの犯人が不破紳一朗だと考える理由は分かりました。では、犯行方法は？』

「まず注目すべきは、お前が言葉を使い分けていたことだ」

『……ほう』

「二十二日のステージのことは普通に傀儡館と呼んでいたのに、何故か二十三日のステージのことは傀儡館とは呼ばなくなり、『この館』とか『この建物』とか、ぼかすようになったな？このことが不破さんの使ったトリックを示している」

この指摘に椋田は沈黙で応じた。加茂はなおも続ける。

「再ログインして俺たちが入った二十三日のステージは……いや、俺たちが二日目に入った建物と言った方が正確かな？　あれは傀儡館ではなく、それにそっくりな全く別の建物だったんだ」

椋田はわざとらしいくらい、しらばっくれた。

『仮にそれが正しいとしても、ユウキ殺しの解明に役立ちますか？　不破は誰にも見られずにアバターのユウキに毒を盛りました。これらは全て二十二日のステージで行われたこと。全て同じ建物内で行われたのなら、第二の建物の出番などないでしょうに』

「その辺りのことはこれから説明する。……とりあえず、二十二日のステージを傀儡館、二十三日のステージをドールハウス館と呼ぶことにしようか」

『ふふ、ネーミングが面白い』

加茂は深くため息をついてから説明を続けた。

「建物が二つあることに気づいた直接的なキッカケは、ゲーム参加者のプロフィールだった。俺は身長が一七九センチなのに対し、5.87という数字が記されている。てっきり身長をフィート換算したものかと思ったが、単位が書かれていないのは変だし……普通は、五フィート八インチとかいう風に二つの単位を併用するものだよな？」

『ええ、欧米でもそれが一般的です』

「インチはフィートの十二分の一の長さだ。そして、例のドールハウスも十二分の一の縮尺で作られていた」

『ドールハウスは一フィートを一インチに縮小して作製されているものが多いですからね。十二分の一の縮尺なのも、ごく普通のことだ』

加茂は漆黒の天井を見上げてから言った。

「あるいは、こう考えることもできる。二十二日のステージが傀儡館だったのに対し、二十三日のステージは……傀儡館の広間に置かれていた、十二分の一サイズのドールハウスだったんじゃないか、と」

『想像以上にブッ飛んだ推理ですねぇ』

VRゴーグルのヘッドホンから小さく口笛を吹くような音が聞こえたので、加茂も苦笑した。

「俺もそう思ったが、不破さんならこんなトリックを考えかねない気がしてきてね」

真面目そうな見た目と違って、不破は常識からズレているところがあったし、夢の内容などから考えても頭の中にワンダーランドが広がっていそうなタイプでもあった。

『その点について否定はしません。ですが、一体どんな経緯をたどってこんな結論に行きついたんですか?』

「まず、プロフィールの数字に単位がないのが引っかかった。……単位がないのは、一日目と二日目で身長を示す単位が変わるからなのかも知れない。そう考えた時、全てがつながり、ドールハウス館が存在する可能性が見えてきた」

『なるほど。一日目のアバターは5.87フィートで傀儡館サイズ、二日目は5.87インチでドールハウス館サイズになっていたと考えた訳ですね?』

「普通は、途中で身長が変わる可能性なんか考慮に入れはしないが……二日目には俺たちのアバターは十二分の一サイズに縮んでいたんだよ」

椋田は一層楽しげな声になる。

『では、不破はどのようにして毒を盛ったんですか』

「午前〇時を過ぎた後で、不破さんはまず広間に向かい、そこに置いてあるドールハウスの屋根を下ろし広間のライトを消した」

この行き帰り、不破は広間の北側の扉を使ったはずだ。だが、その直前に加茂がドアノブの罠にかかったことにより、既にカッターナイフの刃は外れていた。その為、不破は帰る際にも指先に怪我をせずにすんだのだろう。

『彼がそんな行動に出た理由は？』

「ドールハウスは二十三日のゲームステージになる。そのドールハウスの天井や屋根が上がっていたら、そこが傀儡館じゃないと一瞬でバレてしまうだろ？」

『消灯したのも似たような理由ですか』

「ああ、傀儡館の外は虚無が広がっているが、ドールハウスは違う。あれは傀儡館の広間に置かれているからね。……電灯をつけたままにしておけば、翌日にはドールハウス館の外に巨人サイズの広間の光景が広がることになってしまう」

椋田はクスクスと耳に心地いい笑い声を立てる。

『なるほど。傀儡館の広間の電灯を消せば、ドールハウスの周囲は暗闇に包まれることになるから、外が虚無でなくなったことに気づかれにくくなりますね』

ドールハウスが置かれていたローテーブルは黒い色をしており、傀儡館の壁紙はダークグレーに統一されていた。傀儡館の広間を暗くしてさえおけば、ドールハウス館の窓から見える光景は黒一色に染まったことだろう。

ここで加茂はローテーブルに置かれていた、ギリシア神話の神々の名が記された落書きを思い出しながら続けた。

「昨晩の時点では、ローテーブルには謎のメモ用紙が載っていた。あれをテーブル下のゴミ箱に捨てたのも不破さんだ」

『何の為に？』

「落書きの内容はどうでもよく、それがドールハウスの近くに置かれていたことが問題だった。……誰かがドールハウス館の窓から外を確認した時に、巨大なメモ用紙があるのが見えてしまっては困るだろう？」

だからこそ、不破はメモ用紙を丸めてゴミ箱に放り込んだのに違いなかった。

ここで一息ついて、加茂は推理を再開する。

「その後、部屋に戻った不破さんは一日目のログアウトをすませ、すぐに再ログインした。既に日付が変わっていた訳だから、彼が入ったのは二十三日のステージだ」

『君の主張では、そこは十二分の一サイズの世界……ドールハウス館なのでしたね？』

「そう、アバターのフワも一六センチほどの小人サイズになっていた」

再ログインしてドールハウス館に現れたミニ・フワは、まず自室から出て玄関ホールを目指したはずだ。

加茂はその時の出来事を想像しながら、更に言葉を続ける。

「ドールハウスの玄関から外に出たミニ・フワは、傀儡館のローテーブルから広間の床に降りた。……とはいえ、小人サイズのミニ・フワからすればローテーブルは四メートルほどの高さがあるように見えたことだろうな？　下りるのには、お前から支給された黒いロープが必要だった。おおかた、テーブルの壁際の角にあった釘にでもロープを括りつけたんだろう」

『その時点では、傀儡館の広間は暗闇になっていたんじゃないですか？』

「『犯人の仮面』には暗視スコープ機能があるから問題ない。もちろん、電灯がついている時ほどハッキリは見えなかっただろうがな」

これに関して椋田から反論がなかったので、加茂は言葉を続けた。

「床に降りたところで、ミニ・フワは傀儡館の広間から南棟へ移動を開始した」

広間にある扉には猫ドアがついていたので、小人サイズのアバターなら難なく南棟の廊下へ出ることができたはずだった。

加茂はこの猫ドアが自分の要望で取りつけられたものだと信じていたが、実際は不破の犯行に必須なものだったのだ。

「午前〇時五十分ごろ、ミニ・フワは廊下で物音を立てた。そして佑樹くんが自室の扉を開いて外を確認しに向かった隙に彼の部屋に潜り込んだんだ。……ミニ・フワは一六センチほどの大きさだからな。そんな小人がいると想定していない以上、誰の目にも留まりにくかったことだろう」

ギリギリまで扉近くの壁に貼りついておいて、佑樹の視線が違う方向へ逸れた隙に移動すれば、発見されるリスクを下げることもできたはずだ。

『そうやってユウキの部屋に侵入し、遊奇さんが廊下や広間を確認している間に、毒瓶の中身をコップの中にぶちまけたと？』

「コップが載っていたのはくるぶしくらいの高さの台だからな。ミニ・フワでも登れたはずだ。……そういえば、例の毒瓶には致死量の八六四〇倍以上が入っていたな？」

『一度言っただけなのに、記憶力がいいですね』

「それに対し、セーブ用のコップには水が五回分だけ入る。コップに毒液を全て注いだ場合、一回分に含まれる毒はその五分の一……致死量の一七二八倍以上になるな。これは十二の三乗の数字だ」

ＶＲゴーグルからパチパチと拍手をする音が漏れ出てくる。

『正解です。あの時、私が伝えたのは既にミニサイズになっていた皆さんのアバターにとっての致死量でした。それに対し、一日目の遊奇さんはその十二倍の縮尺の世界にいました。体重差から割り出した単純計算で恐縮ですが……巨人サイズの人間を殺害する為には、十二×十二×十二倍以上の毒が必要だったという訳です』

加茂はすっと目を細めてから続けた。

「毒を入れたミニ・フワは、部屋の隅にあった人形の山にでも身を隠したんだろう。部屋に戻ってきた佑樹くんもミニ・フワが侵入しているとは疑いもしないまま、コップに入っていた毒を飲んでしまった。……これが午前三時までに起きたことだ」

『確かに、小人化は部屋に侵入する際には有利ですね。でも、密室から脱出する上では不利になりませんか？　扉のレバーハンドルには手が届かないし、非力だからほとんど何もできない。……ああ、客室のドアの上部には五ミリ程度の隙間がありますが、いくらミニ・フワでもそれほど小さな隙間は抜けられない』

椋田の主張は正しかった。ミニ・フワの体感でも扉の隙間は、五ミリの十二倍……たった六センチにしかならないからだ。

『それで、ミニ・フワはどうやってユウキの部屋から脱出したんですか』

「午前三時前に、お前はログアウトと再ログインをするよう指示を出した。これにより、その時点で再ログインが可能だったアバターは、全員が二十三日のステージであるドールハウス館へ移ったことになる」

その時、椋田は明言をしていた。……加茂たちが再ログインした建物には『二十三日午前三時にセーブした傀儡館内の状況』が反映されている、と。

この言葉通り、再ログインした時点でドールハウス館の内部は、同時刻の傀儡館と同じ状況に書き換えられていた。

全てが十二分の一サイズになっているという差こそあれ、建物内のアイテムも家具も建具も……アバターの遺体まで、何もかも傀儡館内と同じ状況・配置で再現されていたのだ。その為、加茂たちは何の違和感もなく、二日目も一日目と同じ建物にいると信じてしまった。

ゲームを再開する際、事前に保存しておいたセーブデータをロードするのは、どのゲームでもよく行われることだ。まさか、その前提まで悪用してくるとは思わなくて、加茂も油断していた。

加茂は小さく息を吐きながら、なおも言葉を継いだ。

「皆がドールハウス館に移った後、傀儡館にはミニ・フワだけが残った。自分以外のプレイヤーが誰もいない状態の傀儡館でなら、やりたい放題に動けたことだろう」

『かも知れません』

「……前に、ゴムボートをミニチュアの大剣で切ったことがあったよな？　どうやら傀儡館にあるミニチュアは切れ味まできっちり再現されているらしい。ミニ・フワは人形の持つ斧か何かを借りて、ユウキの部屋の扉に穴を開けたんだ」

客室の扉は木製だ。二日目のことではあるが、加茂たちが体当たりをした時にもすぐにたわんだ記憶がある。強度の低い木材で作られていたとすれば、時間をかければ小人サイズになったミニ・フワの力でも穴を開けることができたはずだ。

突然、椋田が吹き出し、笑いはじめた。その意味を察した加茂は眉をひそめながら続ける。

「残念ながら……扉を破る作業は不破さんの思った通りには進まなかった」

『ふふっ、どうしてですか？』

「俺がミチ殺しの密室を作る為に、傀儡館全体の気圧を高山病が発生するレベルにまで下げていたせいだ」

加茂は時間をかけてじっくりと傀儡館内の空気を抜いた。実際に気圧が下がりきったのは午前三時を過ぎてからだったが……その影響を不破はもろに受けてしまったのだ。

『その通り。RHAPSODYはミニ・フワが高山病に陥っていると判断し、彼の動きを激しく阻害した。彼の作業は監修作業時と比べて、何倍も何倍も厳しいものになったことでしょう』

白々しく言っているが、椋田はそうなることを理解した上で、不破を犯行に及ばせたのに違いなかった。加茂は血が出そうになるほど強く爪を手のひらに食い込ませながら言った。

「本来の計画では、不破さんは余裕を持ってドールハウス館の自室に戻るつもりだったんだろう。だが、巨人サイズのドアの破壊に手こずったせいで、大幅な遅れが発生してしまった。恐らく……午前八時ごろの時点では、彼は傀儡館の広間にあるローテーブルをよじ登っている最中だったはずだ」

今朝、不破がドールハウス館の広間に現れたのは、加茂より十分近く遅かった。

その際、彼の呼気が乱れていたのは……ロープを使って巨大なローテーブルをよじ登る重労働をすませたばかりだったせいだろう。

最後に、加茂の脳裏に玄関ホールで確保した犯行用手袋が浮かんだ。

あの手袋の滑り止めはひどく摩耗していた。これはロープを使って体感四メートルの高さがある巨大テーブルを登り降りした為にそうなったと考えられた。手袋に付着していた木くずは扉に穴を開けた時のもの、黒い繊維は擦られたロープから発生したものだったのだろう。

加茂はなおも言葉を継ぐ。

「ドールハウス館へ帰還して玄関扉の閂をかけて安堵したのも束の間、不破さんは広間の皆が自分の部屋を確認しに行こうとしているのを知った」

『さぞかし、焦ったことでしょうねぇ』

「……不破さんはやむなく、広間にいる俺たちと合流することにした。だが、急いでいた為に手袋の片方を玄関ホールに落としてしまい、結果的にそれを拾いに行くこともできなくなってしまった」

『合流した後は、君たちは素人探偵らしく互いを監視していましたからね。では、不破が玄関ホールにいたことを隠そうとした理由は？』

「自分が玄関扉から入ってきたと勘づかれれば、ユウキ殺しのトリックを見破られる可能性が上がってしまう。それを恐れたんだよ」

ユウキ殺しのトリックの要は、他の皆に『VR空間の玄関扉は開かないし、外は虚無で床も何もない』と思い込ませ続けることだった。誰かが『建物の外に出られる』という可能性に思い当たる事態は、何としても避けたかったのだろう。

だが、犯行用手袋を玄関ホールに落としたせいで、それも台無しになってしまったのだった……。

＊

『やはり……ユウキ殺しの真相に辿りついていましたか、あなたは』

半ば呆れたような感心したような口調になり、椋田はそう呟いた。

「さっきの解答フェーズの途中でやっと思い当たったんだ。……もっとも、電灯のスイッチに残っていた三本指の跡が不破さんのものではないと気づき、執行人が俺たちとは別にいるという結論に至るまで、更に手間取ったが」

それから一分ほど椋田から応答がなかった。

もうボイスチャットは終了したのかと思いはじめた頃になって、

『確かに、あなたは推理や謎解きに長けているようだ。でも、このゲームを生き延びることはできない』

「今さら、そんな月並みな脅し文句を言ってどうする?」

椋田は耳に心地いい笑い声を立てた。

『どうせ死んでしまうんだから、その前に教えて下さい。……あなたはどうして、素人探偵なんてやっているんですか』

思わぬ質問だったので、加茂はＶＲゴーグルを反対の手で持ち直して言った。

「そもそも、俺は素人探偵をやっているつもりはない。というか、探偵であろうと思ったことも一度もない」

『そんな言葉を、遊奇さんや未知さんの口からも聞きましたね?』

加茂は小さく息を吐き出しながら笑う。

「ここに集められた八人は……確かに、何らかの事件を解決したことがある人ばかりなんだろう。フィクションの探偵なら、その世界で共通の探偵観を持っていてもおかしくはないかもな？　だが、現実はそうじゃない」

『ほう、探偵という立場や謎に特別な思い入れがある人もいれば、あなたのようにそうじゃない人もいると？』

「事件を解決した経緯や目的は、ここにいる人の数だけ違って当然だ」

『なら、聞かせて下さい。あなたはどうして古い事件を引っかき回すんですか』

加茂は躊躇《ちゅうちょ》なく答えていた。

「俺は冤罪を訴える人から、話を聞いて記事を書いている。できる限り先入観のない目で事件を洗い直し、有罪判決を受けた人たちが無罪である可能性が少しでもあるなら、それを言葉にして訴えたいからだ」

『どうして、民間人であるあなたが……』

「誰かがやらなきゃ、冤罪に苦しむ人たちの声は掻き消されてしまうだろ？　だから、俺は彼らの声を聞くことを選んだ。ただ、それだけの話だ。そこに探偵がどうとか、絡む要素はない」

これを聞いた瞬間、椋田は声に激しい怒りを込める。

『嘘だ！　それなら、どうしてあなたはどれほど不利な立場に立たされようと、何度犯人だと名指しされようと……平然と事件に立ち向かえるんですか？　こんなこと……探偵であるという信念を持ち、謎を解き明かすことに意義でも感じていない限り、できることじゃない』

かつてマイスター・ホラも言っていたが、加茂はこういった常軌を逸した事件の謎を解くことに長けているのかも知れない。だが、長けていることと、それに意義を感じるかは別の問題だった。

「家族を人質に取って、事件を解明する以外の選択肢を全て潰しておいて、よく言えたもんだな？」

『あなたを突き動かしているのは……家族の命を守りたいという想い、生き延びてもう一度家族に会いたいという望み、これ以上事件で犠牲となる人を生み出したくないという願い……それだけだと言うんですか？』

敢えて加茂は何も答えなかった。椋田が喉の奥で笑いはじめる。

『だとしても、不破や六本木と何も変わらない！　優秀な自分が事件に関われば、必ず誰かを救えると、犠牲となる人の数を減らせると、思い込んでいるんだから。ねえ、その身の程知らずの妄信が、害悪をもたらしていると言っているんですよ』

「俺がやっているのは、そんな大層なことじゃない」

『は？　どこが違うと言うんですか』

「お前は、手を伸ばせば誰かの命が救えるかも知れない状況で……じっとしていられるか？　悪いが、今の俺には無理だ」

『今の……？』

椋田の声が訝《いぶか》しげなものに変わる。

意識して放った言葉ではなかったので、加茂自身も戸惑っていた。

だが心のどこかに……十数年前の彼なら誰が苦しんでいようと、自分には関係ないとバッサリ切り捨てていたという確信があるのも事実だった。

加茂は苦みの強い笑いを浮かべる。

……そう、あの頃の俺は、弱い者は喰われて当然だと思っていたからな。

だが、彼は伶奈と出会った。

箱入りのお嬢さんとして育てられたせいか、彼女は優しすぎるところがあり、他人を疑うことを知らなかった。何せ、荒れた性格のせいで人から敬遠されていた加茂にさえ、会った瞬間から無条件の信頼を寄せてきたほどだったから。

そんな彼女を見て、加茂はむしろ呆れかえった。

だから、出会った当初は少しばかり彼女を脅して、いかに危険なことをしているか気づかせてやろうと思った。それなのに……伶奈はいつまで経っても伶奈のままで、気づいたら変わっていたのは加茂の方だった。

伶奈は文字通り、彼の運命を大きく変え……そして、今の加茂には守りたいものができた。

椋田は苛立ちを含んだ声でこう続けていた。

『なら、あなたが手を差し伸べた相手が助かりたいと望んでいると、どうして言いきれるんですか？　加茂さんの力不足のせいで、逆に命を奪う結果になるかも知れない。あるいは、その人を救ったせいで、別の誰かが未来で不幸になることだってありますよねぇ？　それでも……あなたは自己満足の為だけに手を伸ばすと言うんですか』

「お前こそ、何を思い上がっている？」

『……』

「俺たちは神じゃないんだ。未来を全て見通すことなんて、どれほど優れた人間だろうとできる訳がないだろ？　だからこそ、手探りだろうが地獄を見ることになろうが……俺たちは進む道を自分で選ぶしかない」

　加茂にとってはそれこそが、今を生きるということだった。

「だから、俺はこれからも『手を伸ばす』ことを選ぶ。そのあがきを未来が過去になるまで待ってから笑うつもりなら、勝手にすればいい」

　椋田は深くため息をついた。

『やはり、私たちは相容れない存在のようですね』

　返ってきたのは何故か疲れ果てた声だった。だが、次の瞬間には椋田は嘲るような力強さを取り戻して続けた。

『このゲームにも勝利して、一人でも多くの命を救いたい？　それがあなたの生き方だと言うなら、結構です。だったら……まずは、次のＶＲ犯行フェーズを生き延びてみせて下さい』

　その言葉に加茂は思わず顔を歪める。

「なるほど、そう来たか」

『実は、執行人は現実犯行フェーズの準備で忙しくてね。だから、VR犯行フェーズは加茂さんのみに任せるものとします。加茂さんが試遊会で予定していた犯罪は二つ。片方はミチ殺しとして達成されましたが、もう一つは……』

「フワ殺しだ」

元々の計画では、二つ目の事件の犠牲者となるのは不破だった。

『それはいけない。彼はもう執行人のターゲットになることが確定していますからねぇ。あなたにはターゲットを変えてもらう必要があります』

「なっ……！」

予想だにしなかった言葉に、加茂は思わずベッドから身体を起こしていた。

彼が計画していたトリックは、加茂自身の部屋の隣にあるフワの部屋でなければ……高身長な相手でなければ上手くいかないものだ。もちろん、別のアバターを殺害する時には応用がきかない。

椋田は加茂をいたぶるように続ける。

『前にも言ったはず……VR空間での殺人は、被害者がゴーストとなって蘇るのがキモだと。犯人役は被害者にすらボロを出せない、そんなシチュエーションを作ることでゲームとして難易度を上げていたんです。なのに、フワ殺しの後に現実世界の不破さんも殺してしまったら、本末転倒じゃないですか』

加茂はぐっと歯を食いしばった。

「建前はいい。本気でこっちを殺しにかかってきたらしいな」

ＶＲゴーグルの中で椋田の笑い声が爆発した。

『理解が早くていいねぇ。今回はゴースト化したミチでもユウキでも、ターゲットにして構いませんよ？　それか、あなたが自殺することで事件を作るのもいいでしょう。……今は午前○時二十五分。皆への告知に五分かかるとして、ＶＲ犯行フェーズは午前二時半までとしよう』

スマートウォッチを見下ろした加茂は愕然とする。

「たった、二時間？」

『あなたがユウキ殺しの真相を見抜いたところで、全ては無駄だったんですよ。さあ、二時間以内に新しいターゲットを一人選んで、全く新しい不可能犯罪を考え出して実行して下さい。……できるものなら、ね？』

これは椋田の実質的な勝利宣言だった。

＊

その後、椋田はスピーカー経由でメガロドン荘にいる全員に、ＶＲ犯行フェーズのスタートを知らせた。

条件は、昨晩のＶＲ犯行フェーズとほとんど同じ。

プレイヤーは原則的に、ＶＲ空間の自室で待機するものとする。……ただし、不破が今回の

ＶＲ犯行フェーズのターゲットになることはなく、彼だけはＶＲ空間に入る必要はないというルールが加えられた。

説明が終わるなり、加茂はＶＲ空間に入っていた。

今いるのがドールハウス館だということは頭では理解していたが、初日に入った傀儡館と全く見分けがつかなかった。とても、十二分の一の世界にいるとは思えない。

加茂は何度か深呼吸をしてから、右手の怪我を確認した。

傷痕は今も残っていたが、もう完全に出血は止まっていた。鋭利な刃物で切られた傷だったせいか、塞がるのも早い様子だった。

彼はセーブスポットから立ち上がると、虚空に向かって問いかける。

「二つ、確認したいことがある」

『何でしょう』

加茂と椋田だけのボイスチャットが再開され、上機嫌な声が聞こえてきた。

「まさか、三日目のステージがドールハウス館の中のミニチュアハウスに変わったりはしないよな？」

くすくすと椋田が笑う声が聞こえる。

『二十四日のステージは、引き続きドールハウス館ですよ。……一日目は皆さんのアバターの身長をフィートで、二日目はインチで表したけど、その十二分の一の単位は存在しないから』

この解答は想定の範囲内だったので、加茂は質問を続ける。

「さっき、『フワ殺しの後に現実世界の不破さんも殺してしまったら』と言ったよな？　このVR犯行フェーズが終わった後で、現実犯行フェーズに入るのか」

『その予定です』

「より明確にしろ。VR犯行フェーズが終わるまで……不破さんは無事なんだな？」

『殺人は各犯行フェーズでしか起こさないというルールで運営していますからねぇ。今回もVR犯行フェーズ中に、現実世界で不破さんを襲うようなマネはしないと約束しましょう』

加茂がすぐに死ぬと確信しているからだろう、椋田の声は勝者の憐れみすら帯びているように聞こえた。加茂は微笑む。

「よかった。……なら、犯行には一時間もあれば足りるな」

『なっ……！』

先ほどとは真逆で、椋田が詰まったような悲鳴を上げた。

加茂はそれには応じずに、右手に捜査用の白手袋をつけ、その上にテーブルに放置していた犯行用手袋を重ねた。もちろん、指先が切り裂かれてしまったあの手袋だ。

次に、左ポケットからは犯行用の手袋の片割れと『犯人の仮面』を取り出し、それらを身に着ける。

廊下に出て玄関ホールに向かう間も、椋田は加茂の耳元でずっと質問を投げかけ続けていた。正直、五月蝿《うるさ》いくらいだ。

『一体何を……』

玄関ホールに入ったところで、加茂は初めてその質問に答えた。

「そもそも試遊会で犯罪を用意していたのは、俺だけじゃないだろ？　何せ、犯人役は二人いたんだから」

加茂は左手で閂を外して玄関扉を開いた。その最中にも椋田は喉に引っかかったような声を出す。

『あり得ない。……どうして、お前が不破の用意したトリックを知っている？』

「ユウキ殺しの真相を見抜いた時の、副産物かな」

玄関の外には漆黒の世界が広がっていた。ドールハウス館の外には巨人サイズの傀儡館広間が広がっていると知っている加茂でさえ、足を踏み出すことが躊躇《ためら》われるほど濃厚な闇だった。

彼は屋外に足を踏み出し、後ろ手に玄関扉を閉めながら続けた。

「ユウキ殺しの時、不破さんは大小二つの館を用意するという、ブッ飛んだトリックを使った。あの人は……何というか、真面目そうな外見とは裏腹に、変わったところがあったみたいだからな」

暗さに目が慣れても、アバターの肉眼では館の周囲に何があるか全く分からない。

加茂は『犯人の仮面』の暗視スコープ機能をＯＮにした。すると、視界が白黒に切り替わる。見え方をテストしてみたところ、腕や足の輪郭はしっかり捉えられるものの……やはり、どこまでがジャケットかパンツかというところまでは見分けがつきにくかった。ただ、ローテーブルの縁やドールハウス館の外壁などは充分に視認できたので、動き回る分には支障はなさそうだった。

　彼は建物の外を歩きながら話を続ける。

「これほど大きな仕掛けを用意したんだ。犯人役からすれば、一つの犯罪だけで使い捨てにするのは惜しく感じられてもおかしくないだろ？　性格的にも、不破さんは二つ目の犯罪でもこの仕掛けを応用するんじゃないかと思った」

　やがて、加茂の足は巨大なリモコンの前で止まった。

　初日の夜に見た時は、傀儡館のローテーブルに載っていたのは小型のリモコンだった。

　今は加茂のアバターが十二分の一サイズになっているので、リモコンは八〇センチほどの大きさに見えた。このボタンを押せば、傀儡館の広間天井に繋がるピアノ線が巻き上げられ……ミニチュアであるドールハウス館の屋根を引き上げることができる。

　リモコンを見下ろした加茂はニヤリと笑った。

「犯行時に逃げ場を失った場合などに備え、俺たち犯人役には館内の全照明を一時的に落とす権限が与えられているんだよな？」

　椋田は何も言わなかったが、マイクが拾う息遣いが激しい動揺を伝えていた。

「おまけに、このドールハウスの天井・屋根部分はリモコンで自由に上下させられる仕組みになっている。ここまで条件が揃うと……もう、やることは決まってくるだろ」

　椋田が低く呟くのが聞こえた。

『もっと早く……あなたを殺しておくべきでした』

第十一章　試遊会 三日目 調査フェーズ④

二〇二四年十一月二十四日（日）〇八：〇〇

加茂はメガロドン荘の廊下へ向かった。

昨日と同様に、調査フェーズのスタートは午前八時からだ。ただ……タイムオーバーまでもう四時間しかなかった。本日の正午までに真相に辿りつけなければ、椋田は指先でひねり潰すように加茂たち全員の命を奪うことだろう。

とはいえ、加茂の推理にも進展がない訳ではなかった。

既に不破が行った犯罪については真相に辿りついた。あとは執行人の手による事件を解決するだけ。……これからは文字通り、時間との勝負だった。

部屋を出るなり、加茂は不破の部屋の扉をノックした。

それから大きな声で呼びかけるも、やはり応答はない。その頃には、部屋の前に不破を除く五人が揃っていた。

乾山が憮然《ぶぜん》とした顔をしているのは、加茂にアバターのケンザンを絞殺されたせいだろう。

加茂がＶＲ空間で犯行を終えたのが……午前一時十分のこと。

午前二時半からは、椋田により現実犯行フェーズのスタートが宣言され、それも午前五時半に終了した。その後、初日と同様にログアウトと再ログインの手続きが踏まれ、今に至っている。

再ログインの際、椋田は『皆がログアウトした後で、建物の状況を変えたり犯罪の痕跡や証拠を消し去ったりするような、アンフェアな真似はしていない』と誓った。二十四日のステージが引き続きドールハウス館だということを考えると……今回は、その言葉を文字通りに受け取っても問題ないだろう。

最終日の調査フェーズでは、メガロドン荘でもドールハウス館でも好きな方から調べていいということになっていた。……当然のように、加茂たち全員が現実世界に集合していた。もちろん、不破の無事を確認する為だ。

「扉を蹴破ろう」

加茂は佑樹に声をかけてから、驚いた。

今朝はいつになく佑樹の顔色が悪く、表情にはただの疲労とは違う……悲愴さと思いつめた色が浮かんでいたからだ。

「……大丈夫か？」

そう問いかけると、佑樹は逆に加茂を心配するような顔になる。

「そっちこそ全く寝てないって顔をしていますけど」

加茂が徹夜したのは事実だったが、佑樹の様子がおかしいのはとても寝不足では説明がつかないように思えた。

五年前、佑樹は幽世島《かくりよじま》に向かう前に、ライターとしての加茂に話を聞きに来たことがあった。その時の佑樹は幼馴染《おさななじみ》の復讐を心に決め……加茂にその計画を見抜かれることを恐れていた。何故だろう？　今の佑樹の目にもその時と同じような覚悟と怯えが潜んでいる気がして仕方がなかった。

しかしながら、今は不破の無事を確認するのが最優先だろう。

加茂はそれ以上何も言わず、佑樹と協力して扉を蹴り開けた。前に棟方の部屋の扉を破った時に比べると、苦労もなく扉は開いた。

その理由はすぐに分かった。今回はドアガードがかけられておらず、サムターンによる錠もかかっていなかった為だ。扉を封じていたのは、オートロックによるデッドボルト一つだけだった。

意外なことに……室内に不破の姿はなく、荒らされた様子もなかった。

テーブルの上にはＶＲゴーグルと手袋型コントローラが並べられ、ルーズリーフには事件の推理を試みたと思しきメモ書きが残されていた。字の癖が強く読めなかったが。

皆が室内を調べている間に、加茂はＶＲゴーグルを取り上げてバイザー部分を覗き込んでみた。表示されたのはお馴染みのメッセージだった。


不破さま専用のＶＲゴーグルです。本人ではない為、使用できません。

ユニットバスから出てきた未知が苦笑いを浮かべる。

「難攻不落の密室から不破さんが消失した……という訳じゃないよね？　部屋にはオートロックがかかっていただけだから、普通なら自分の意思で外に出たと考えるとこなんだけど」

この言葉に東が眉をひそめる。

「でも、不破さんは絶対に自室から出ないと言っていた。椋田がどれほど甘言を弄《ろう》そうと、あの人が簡単に騙されるとも思えないし……。一体、椋田はどうやって不破さんを部屋の外に連れ出したの？」

最大の謎はそこだった。

昨晩、不破は自室にこもって執行人と相討ちになる覚悟まで決めていたようだった。彼の性格的に、あの言葉が嘘だったとは考えにくい。

佑樹が廊下へと向かいながら言った。

「もしかすると、執行人が何らかの方法で室内に侵入し、不意を襲って不破さんの身体を拘束して外に運び出したのかも知れません」

これも決して納得のいく仮説ではなかった。加茂は腕組みをして口を開く。

「不破さんは一九〇センチ近い長身だ。体格的に体重もそれなりにあるだろうし、そんな彼の身体を簡単に移動させられたと思うか？」

「確かに、一人で運べる人となると限られてくるでしょうね。体重は九〇キロくらいありそうだし……割と身長のある加茂さんや僕でさえ、長い距離を運ぶのはキツいかも知れません」

全員に確認してみたが、昨晩から今朝にかけてメガロドン荘内で特に大きな物音を聞いた覚えのある者はいなかった。これは建物の防音が比較的しっかりしていることが原因かも知れない。

次に、加茂たちは棟方の部屋の確認に向かった。

この部屋は昨晩と何も変わっていなかった。遺体や凶器も特に動かされたような気配はない。もちろん、室内に不破の姿は見当たらなかった。

続いて、その正面にある空室が調べられた。

加茂たちもこの部屋を調べるのは初めてだった。RHAPSODYが置かれていない分だけ広く感じられるものの、他の客室と変わるところはない。もちろん、中は無人だった。

結局、不破はその隣のゲーム室で発見された。

ゲーム室には鍵はかかっておらず、レバーハンドルを回しただけで扉はすんなりと開いた。そして、部屋の奥の……北側にある棚の前に、不破は横向きに倒れていた。

彼が息絶えているのは、一目瞭然だった。

棚に頭と右肩をもたれかからせるように倒れ込み、胸からは白いナイフの柄が突き出している。刺されているのは鳩尾《みぞおち》の上……どうやら、心臓を一突きにされたらしい。

VRスーツの分厚いウレタン風素材でも吸収しきれなかった血が、絨毯張りの床にまで染み出していた。

遺体の周囲には棚に入っていたと思われるゲームソフトが散らばり、不破はその上に横たわっていた。状況からして、正面から胸を刺された後で、誰かに棚に向かって横向きに突き飛ばされでもしたように見えた。

誰一人、驚きの声を上げはしなかった。

ある意味、こうなることを予期していたからだろう。ただ……全員が悲痛な表情を浮かべて遺体を見下ろしていた。

しゃがみ込んで脈を確認した未知が低い声になって言う。

「……昨日の棟方さんの遺体と比べても、体温の低下が激しい感じかな。亡くなってから、数時間が経過してるのは間違いないね」

現実犯行フェーズがスタートしたのが午前二時半のこと。椋田の言ったことを信用するなら、不破が襲われたのはそれ以降ということになる。だが、椋田が嘘をついていないという保証もない。

その為、加茂たちは再び死亡推定時刻の割り出しを試みた。

今回は、不破の身体は服を着ている部分まで少し冷たくなっていた。また、死斑はかなり明瞭にはなっているものの、死後硬直は下肢関節までは及びきっておらず、手指や足指などはまだ硬直していない。

一般的に『死後四~五時間経つと、遺体の被覆部まで冷たく感じられるようになる』とされており、『死後二~三時間で顎関節等に死後硬直が発現し、それは上肢関節から下肢関節へと進んで、六〜八時間で全身の諸関節に及ぶ』と言われている。

不破の体温の低下具合や死後硬直の状態などから考えて……今回は死後三時間〜五時間が経過しているのではないかと考えられた。

　加茂は頭の中で素早く計算する。

「今が八時十五分過ぎだから、死亡推定時刻は午前三時十五分から午前五時十五分の間ということか」

　現実犯行フェーズは午前二時半から午前五時半までだったので、執行人が現実犯行フェーズ内に不破を殺害したのは、これでほぼ確実になった。

　続けて、加茂たちは遺体を更に詳しく調べた。

　同一犯の手によるものだからか……不破と棟方の死には共通点が多かった。

　まず、不破もVR操作スーツを身に着けたままだった。どうやら、彼は引き続きスーツを脱がずにいたらしい。

　次に加茂が調べたのは、不破の左手首のところにあったスマートウォッチだった。

　今回もスマートウォッチは手首から外れていた。……棟方の時もそうだったが、これは持ち主の死亡を感知するとロックが外れる仕様になっているらしい。もちろん、毒針が射出された傷跡は見当たらなかった。

　並行して、乾山が遺体の胸に刺さっているナイフを調べた。ゴム状の白い柄の形状からして、棟方の命を奪ったのと同じ製品なのは確かだった。

乾山が嫌悪感に顔を歪ませる。

「執行人って……ナイフを何本隠し持っているんだろ？」

ここにあるのは、棟方の殺害に使われたナイフとは別のものだった。そのナイフが棟方の部屋に放置されたままになっていたのは、つい先ほど確認したばかりだったからだ。下手をすると……執行人は加茂たち全員分の数のナイフを用意している可能性もありそうだった。

奇妙なのは、遺体の腕に防御した傷跡が全くないことだった。

……不破さんは『相討ちになろうと、この手で執行人を止めてやる』と意気込んでいた。それなのに、どうして何の抵抗もしないまま刺されてしまったんだ？

もちろん、不破が油断している間に執行人の接近を許し、不意をつかれた可能性もあるだろう。あるいは、執行人に昏倒させられ、意識を失ったままここに連れて来られて刺された可能性も考えられた。

改めて、加茂はゲーム室を見渡す。

室内にあるのは、折り畳みテーブルとパイプ椅子とウォールシェルフだけ。テーブルとパイプ椅子は折りたたまれて南側の壁に立てかけられている。

それに対し、ウォールシェルフは南側以外の三面の壁に取りつけられていた。

東側のウォールシェルフには歴代の家庭用ゲーム機が並べられており、大型の壁掛けテレビも備えつけられていた。北側と西側の壁にはメガロドンソフトのものを中心に、古今東西のゲームソフトがところ狭しと並べられている。

北側の棚は中身が一部落下しており、床には日本語版・中国語版・英語版……など様々なリージョンのゲームソフトが散らばっていた。これは不破の身体が横向きにぶち当たった際に落ちたものだと考えられた。

佑樹も部屋の壁を見渡し、訝《いぶか》しそうな顔になる。

「ゲーム室という割に、座り心地のよさそうな椅子の一つも置いていないのは変ですよね？　パイプ椅子だけなんて、どう考えても快適にゲームさせる気がないでしょ」

確かに、この部屋はウォールシェルフ以外には家具も少なく、妙にガランとした印象があった。加茂も小さく頷く。

「ラウンジも含めて、置いてある家具の数はかなり絞り込まれているようだ。……今回、俺たちを監禁する上で使う予定のないものは、全て椋田が運び出させたと考えるべきなのかも知れないな」

その後、全員でゲーム室の内部を調べ上げるも、執行人の正体につながりそうなものは何一つ発見できなかった。

この時点で……時刻は午前九時近くになっていた。

タイムリミットが迫る中、乾山が少なからず苛立った声を上げる。

「一回、VR空間へ移動しない？　現実世界の調査ばかりやっていても仕方がないよ。事件はVR空間でも起きてる訳だし……というか、僕が自室で殺されたんだけど」

妥当な提案だったので、全員でVR空間に戻ることになった。

もちろん……ケンザン殺しの犯人は加茂だった。

その調査をすることは加茂にはほとんど意味がない。しかしながら、VR空間を調べることもまた、執行人の正体を突き止める上で重要なプロセスだった。

執行人が行ったのは……現実世界での棟方殺しと不破殺しだけではなかったからだ。執行人はVR空間で人形を円卓に動かし、照明のスイッチを触って第三の手袋の跡を残すということもやっていた。

前々から、加茂の胸には確信があった。

……現実世界の調査だけで執行人を特定できなくとも、三本指の跡などVR空間で手に入る情報を組み合わせることで、必ずその正体に迫ることができるはずだ、と。

*

VR空間に戻った加茂たちはまず、ケンザンの部屋の前に集合した。

集まったのは加茂を入れて四人だけ、ケンザンの姿はない。

これは昨日のユウキ殺しと同じパターンにはまったからだ。……自室でアバターが殺害された場合、不可解な密室殺人であることを強調する為、第三者が遺体を確認するまではゴーストが解放されない仕組みになっていた。

いつものように、加茂とユウキは二人がかりで施錠されていた扉を破った。

ケンザンの部屋の中はひどく荒れていた。ベッドの上にも床にも色とりどりの人形がごろごろと転がっている。そして……ケンザンはベッドの傍《そば》に倒れ込んでいた。口元からはだらりと舌が垂れ、その首には骨折した跡が残っている。

ミチはそんなケンザンを見下ろして呟く。

「私と同じで絞殺、か」

現実での殺人が連続した後だったので、VR空間での殺人に対する皆の態度は事務的なものに変化していた。今回は乾山が現実世界では無事なことがあらかじめ分かっているので、なおさらだった。

だが、彼らが相対しているのは、視覚的には現実と何ら変わらない凄惨な遺体だった。それを目にしても平然としていられるのは……加茂にはあまりよくない種類の慣れのように感じられて仕方なかった。

ユウキが進み出て右手でケンザンの脈を調べる。

第三者により乾山涼平のアバターの死が確認されました。……ケンザンのゴーストを解放します。

そんな通知とともに、室内のセーブスポットにケンザンの姿が現れた。彼はソファから立ち上がりながら口を開く。

「やっと、ログインできた……」

ケンザンは今ではミチやユウキと同じように、天使の輪を一重につけた姿をしていた。

ゴーストと化したケンザンは、涎《よだれ》を流し失禁した跡の見える自らの遺体を見て、ぎゅっと顔を歪めた。しかしながら、タイムリミットまで時間がないことを思い出したのだろう、彼はすぐに肩をすくめていた。

「とりあえず……僕が殺された時の状況を説明した方がいいよね」

ミチもいつものニヤニヤ笑いを取り戻して口を開く。

「VR犯行フェーズがはじまって、割とすぐに停電が起きたね。あの最中に殺されたってこと？」

「そう、暗闇に乗じて襲われたんだ」

もちろん、停電は加茂が起こしたものだった。彼は犯人役の権限を使ってドールハウス館の全照明を落としたのだ。

ミチはスマートウォッチを見下ろして続ける。

「この時計の表示も光が弱すぎて、周囲を照らす役には立たなかった。それで仕方なく、私も自室で大人しくしてたんだけど。あの停電は二十分くらい続いたんだっけ？」

その時の状況を思い出したのか、アズマも小さく身震いしながら言った。

「停電中にどこかで乱闘しているような物音がしはじめて……あの時は自分が狙われているのかと思って、生きた心地がしなかった。あれは、ケンザンくんの部屋でしていた音だったのね？」

彼女の言葉に、ケンザンは小さく頷いた。

「だと思う。停電が起きてからは、僕もベッドの上でじっとしていたんだけど……何分くらい経った頃かな？　ものすごい衝撃で誰かにのしかかられて首を絞められた。気づいたら、強制ログアウトを喰らっていたよ」

ユウキが戸惑い顔になって言う。

「停電中に、室内にいきなり犯人が出現した？　いや、普通に考えてあり得なくないですか」

途端にケンザンは恨みがましそうな顔になって、破られた扉を示した。

「僕は起きたことをありのままに話しただけ。……見ての通り、ドアガードもサムターンもちゃんとかけていたから、そう簡単に室内に入れたはずがないんだ。それなのに……正直、訳が分からないよ」

彼の言う通り、ドアガードは扉を破った衝撃で破壊されており、デッドボルトもダブルロック状態になっていたことを示していた。

お手上げの表情を浮かべるケンザンたちに対し、加茂は内心で苦笑いを浮かべていた。

今回の試遊会の為に、加茂も探偵役の意表をつく犯罪を考えたつもりだった。だが、不破はいい意味でも悪い意味でも……加茂よりはるかに、ブッ飛んだ内容の犯罪を用意していた。

ケンザン殺しの真相は、次のようなものだ。

まず、加茂はドールハウス館の全照明を落とした。暗闇は犯人役である加茂の味方をする。

探偵役は視界を奪われて動けなくなるのに対し、彼は暗視スコープつきの『犯人の仮面』により自由に行動できたからだ。

その後、加茂は例の巨大リモコンを使って、ドールハウスの屋根・天井を引き上げた。

アバターの身体が小さくなっている分、リモコンのボタンは固く感じられたが、それでも足で強く踏みつければ問題なかった。これにより傀儡館の天井へとつながっているピアノ線が巻き上げられていく。

ものの十秒ほどで、ドールハウス館は天井がない状態へと変わっていた。

屋根・天井が充分に巻き上げられたところで、加茂は建物の外側を回ってケンザンの部屋へと向かった。

模型としてのドールハウスを見た時から気づいていたことだったが、ドールハウス館の外壁は凸凹の大きいレンガ風の造りになっていた。

……多分、ボルダリングの要領で、よじ登れるようになっているんだよな？

加茂の予想は当たっていた。幸い彼は運動神経がいい方だったので、体感で三メートル近くある外壁をよじ登るのにも、それほど苦労はしなかった。

外壁をよじ登った加茂は、タイミングを見計らってケンザンの部屋のベッドの上に飛び降りた。

暗闇の中、襲撃されたケンザンは抵抗もままならないまま、加茂に腕で首を絞められた。結果的に、アクション映画の殺し屋めいた殺害方法になってしまったが……加茂にも手段を選んでいる余裕はなかったのだ。

自らの遺体を見下ろし、ケンザンは頭を抱えて説明を続ける。

「襲われる少し前から、何かが擦《こす》れるような音はしていたんだ。でも、扉が開くような気配はなかったし……油断していたら、いきなり首を絞められて」

ミチは床に転がっていたチャイナドレスを着た人形に手を伸ばし、考え込むように言った。

「こうして部屋を荒らしているのにも、何か意味があるはずだよね？」

加茂が室内を荒らしたのは、壁に取りつけてある互い違いの棚の人形を取り出したことを目立たなくさせる為だった。

部屋から建物の外へと戻る為には、互い違いの棚に手や足をかけてよじ登るしかない。その時に人形が棚の中にあると、よじ登るのに邪魔になったし、足で踏みつけて壊してしまう可能性があった。

……にしても、この部屋の人形は思ったより色が派手だったんだな。

ケンザンの部屋には三国志風の恰好から辮髪《べんぱつ》のものまで、幅広い時代の中華風の人形が取り揃えられ、中にはキョンシーもいた。

やはり暗視スコープの不鮮明な白黒映像は、人形の細かな装飾を見分けるには不向きだった。その為、この部屋に中華風の人形が集められているのを、加茂も今朝になって初めて知ったような具合だった。

一方で、ユウキは壁に取りつけてある棚を見つめていた。その視線は下から天井へと上がっていく。

故意か偶然か、それは加茂がこの部屋を脱出する時に使ったルートと同じだった。

……いや、佑樹くんでもこれほど早く真相に辿りつくのは無理だろう。幸い、棚に目立つような血痕を残さずにすんだようだし。

ケンザン殺しで一番の不安材料になったのは、右手の怪我だった。

彼のアバターはカッターナイフの刃で指先を負傷している。ボルダリングの要領で壁をよじ登っている間に、その傷口が開く可能性は高かった。外壁に血がつくのは問題ないが、ケンザンの部屋に血痕を残すのはなるべく避けたかった。

その予防措置として、捜査用の手袋の上に犯行用手袋を重ねていたのだが……幸い、傷口は思ったほど開かずにすんだし、多少の出血も捜査用の白手袋が吸収してくれたようだった。

ケンザンの部屋の棚をよじ登って建物の外に戻った後、加茂は巨大リモコンのボタンを踏みつけてドールハウス館の屋根・天井を下げて元通りにした。……最後に停電状態を解除したことで、犯行の全ては完了していた。

要した時間は二十分ほど。急遽《きゅうきょ》不破の計画を踏襲した割には、健闘した方だと思う。

だが、誰がケンザンを殺したかは、もうバレバレだったらしい。気づけば、加茂は全員から「一体、どうやったんだよ!」という視線を向けられていた。

「どうして……皆して『俺が殺したので確定』って顔をしてるんだ?」

加茂が問いかけると、アズマが言いにくそうに口を開いた。

「だって、犯人役はＶＲ犯行フェーズで犯罪をやり損ねたら、ゲームオーバーになるんでしょ？　アバターのケンザンくんが殺されていて、加茂さんが無事ってことは……加茂さんがＶＲ空間での犯行に成功したと考えるしかなさそうだから」

そう答えながらも、アズマは加茂の立場に同情すべきか、容赦なく犯罪を追い詰めるべきなのか迷っているようだった。

加茂は小さくため息をつく。

……ここまで疑われて、今更ケンザン殺しの調査をやる演技をしても意味がないか。

「提案がある。ここに残ってケンザン殺しの調査を続ける人と、別の場所を調べる人の二手に分かれないか？」

彼がそう言うと、ミチが訝しそうな顔になった。

「二手って、もしかして三人と二人に分かれるって意味？」

「俺が一人で行くと、証拠隠滅を疑われそうだからな。できればそうしたい」

「あのねぇ、私らはケンザン殺しの本格的な調査をこれから行うんだよ？　この事件の推理を放棄して、別の場所から調べようと思うヤツなんて、加茂さん以外にいないでしょ」

彼女の言い分ももっともだったが、ユウキがその言葉を遮《さえぎ》った。

「だったら、僕が別の場所を調べる方に回りますよ」

ミチはポカンとした表情になって固まり、代わりにアズマが鋭い口調になって言葉を挟む。

「そういえば、昨日も遊奇さんは事件の解決に興味がないとか……変なことを言っていた。あの時は、てっきり棟方さんに皮肉を言っただけかと思っていたけど」

対するユウキは微笑みを深めて言った。

「あの言葉に嘘はないですよ。……ちなみに、僕は安楽椅子探偵じゃありません」

どうやら、彼はアズマの兄に関する話も聞いていたらしい。アズマの発する怒気が一気に鋭くなる。

「皆の命がかかっているのに、本気で推理を放棄する気なの？」

兄の遺志を継いで探偵になった想いを語っていた彼女からすれば、彼の言動は当然、許しがたいものに違いなかった。

ユウキは視線を床にまで下げながら応じる。

「少なくとも……皆さんの邪魔はしませんから」

「そういう言い方も、何もかもが卑怯よ！　あなたには探偵として真実を追い続ける覚悟すらないの？」

憤りのあまり涙を浮かべるアズマにも、ユウキは首を横に振るばかりだった。

この時、ミチが何かを思いついたように小さく声を上げた。

「あっ！　事件が解明できようとそれに失敗しようと興味がない、調査も何もかもが道楽にすぎないのだとしたら……。一人だけ、そんな探偵に心当たりがある」

話の流れを完全に無視した言葉に、アズマは戸惑ったように口をつぐんでしまう。ユウキは珍しく軽蔑したような顔になってミチを見返した。

「……何の話ですか」

「最初から、ペンネームじゃなくて本名を名乗ってくれたらよかったのに。どうせ、作家業の方も遊びみたいなものなんでしょ？　竜泉佑樹さん」

本名を呼ばれ、ユウキはさっと顔色を青ざめさせた。その反応に気をよくしたのか、ミチはなおも続ける。

「やっぱり、幽世島事件の！　あー、ユウキという響きでもっと早く気づくべきだった。前に知らないと言ったのは、前言撤回。……竜泉さんといえば、大富豪リューゼングループの創始者一族で、現代のディレッタント探偵か？　って、めちゃめちゃ期待がかかってるもん」

いつものように野次馬根性を丸出しにするミチに対し、ユウキは苦しげに顔を歪めた。

「趣味、道楽……そんな生半可な気持ちで事件に関わったことなど、一度もありませんよ」

小さな声だったのに、その言葉に込められた何かが室内に沈黙をもたらした。ユウキは廊下へ向かいながら続ける。

「もう時間がない。……加茂さん、急ぎましょう」

＊

加茂は佑樹と仲がいい方ではない。

それでも、伶奈に聞いた話から……彼が自分のやることを『遊び』『道楽』と呼ばれることを、何より嫌っていることくらいは知っていた。そんな言葉を聞きたくなかったからこそ、彼は安定した生活を嫌い、大学入学と同時に家を飛び出した。それも、自分の進む道は自らの手で決めたいという思いがあったからなのだろう。

実際、加茂も彼が作家という仕事に対して真摯《しんし》なのは知っていたし……どれほどの覚悟を決めて幽世島での復讐に臨んだか、事件の解明に挑んだかということも、理解しているつもりだった。

廊下を進みながら、加茂はユウキに言った。

「悪かったな。俺が二手に分かれようと言ったせいで、不愉快な思いをさせてしまって」

「え、そんなこと気にしてたんですか？」

意外にも、ユウキはさばさばとしていた。加茂は拍子抜けしつつ笑ってしまう。

「一応な」

「ああいう言葉は昔から何度となく聞かされていますから、慣れちゃいましたよ。……さすがに、担当編集者に皮肉で言われた時は傷つきましたけどね？　でも、そう思われるような作品を書いた僕も悪いんだろうし」

何だかんだ、ミチの言葉はしっかり彼の心に突き刺さっている様子だった。

いたたまれなくなってきて、加茂は話をそらす。

「とりあえず……手近な共有スペースから再確認していこう」

最初に加茂が向かったのは、玄関ホールだった。

ちらっと背後の廊下を振り返ってみると、ケンザンの部屋からは残りの三人が大声で相談をしながら調査を進めているのが聞こえてくる。

加茂自身は廊下からレバーハンドルを回して扉を開き、玄関ホールへと入った。

玄関扉の閂はきちんとかかっている。見たところ、この場所が犯行に関わっていることを疑わせる痕跡は何も残っていないようだ。

VR犯行フェーズの時、加茂はここを通ってドールハウス館の外に出た。かつて不破がケアレス・ミスを犯したように、自分もこの場所に何らかの痕跡を残してはいないか？　そんな不安が加茂の心に浮かばなかったと言えば嘘になった。

幸い、それは杞憂に終わった。

廊下から玄関ホールを覗き込んでいたユウキが呟く。

「しかし、意外だったなぁ」

「何がだ？」

「加茂さんが最初に玄関ホールを調べたことが、です。ここって例の犯行用手袋が落ちていただけの場所でしょう。重要度も低そうなのに」

何となく思いついただけというような顔をしながら、相変わらず鋭いところをついてきた。

加茂はため息をつく。

「思わせぶりなことばかり言ってないで、次は広間を調べるぞ」

この言葉にユウキはニッと笑った。

「やっぱり、今回の事件を解明する鍵となるのは、電灯のスイッチに残っていた指の跡ですよね。あとは……ん？」

広間に足を踏み入れたところで、ユウキは意外そうな顔になって立ち止まった。その理由は加茂にもすぐに分かった。

中心にある円卓には、ミチ殺しとユウキ殺しを暗示した人形が転がっているだけで、特に人形が増えている様子はなかった。

円卓を見下ろし、ユウキは残念そうに言う。

「現実世界での事件はＶＲ空間とは関係ないという理屈だとしても……ケンザン殺しの死因を暗示する人形は増えているんじゃないかと思ったんですけどね？　あわよくば、執行人が何か新しい証拠でも残していないかな、と」

「多分、一昨日の晩に人形を設置しようとして、三本指の痕跡を残すケアレス・ミスをしたのが尾を引いているんだろうな」

加茂の言葉にユウキも小さく頷く。

「でしょうね。同じ過ちを繰り返すくらいなら、人形の移動は取りやめにしたのかも知れません」

元々、『人形による暗示』は椋田サイドにメリットがあったから行われていたことだった。『人形による暗示』には、ミチ殺しとユウキ殺し両方の死因を知る人物……つまり執行人がＶＲ空間で暗躍していると強調する効果があった。

加茂はまんまとこれに引っかかり……執行人が『人形による暗示』を行ったのだから、ユウキ殺しも執行人の手によるものだ、という思い込みを強めてしまった。

ところが、今回のVR犯行フェーズで事件を起こしたのは、加茂一人だけだった。

この状況では『ケンザン殺しの犯人は執行人』と思わせたところで意味がない。だから、不用意に行動して証拠を残すリスクを冒すより、『人形による暗示』は行わない方を選んだのだろう。

新しい情報を手に入れられないまま、加茂たちは広間の南側へと移動した。

扉を挟んで左手の壁際に置かれている棚には、数十体の人形が乱雑に並べられていた。

テーマは決まっていないらしく、ハイファンタジー風・和風・サイバーパンク風……ありとあらゆる種類の人形がごろごろ転がっていた。

加茂は顎に手をやって言う。

「どうも広間の人形は全て、この棚にまとめて置かれているみたいだな」

広間は扉や窓の数が多い関係もあるのだろう、南側以外の壁には棚は置かれておらず、客室に比べてスッキリとした造りになっているのが特徴だった。

ユウキは緑の服を着た妖精の人形を取り上げ、悲しそうな表情になった。その人形の顔はどことなくムナカタに似ていた。

彼は人形を棚に戻しながら口を開く。

「そういえば、初日のVR調査フェーズの時……棟方さんもこの棚の人形を調べていましたよ」

その言葉に、加茂も初日のことを思い出した。

「ああ、そんなこともあったな。俺は厨房を調べるのを優先して、すぐに広間から離れてしまったが。……ちなみに、その時点で棚がどんな感じだったか覚えていたりしないか？」

「うーん、僕は加茂さんほど記憶力がよくないですからね。……でも、円卓に移動していた王様の人形がこの棚に置いてあったのは見た気がします。何となく、顔が僕に似ていたから印象に残っていて」

「アバターのユウキの死を暗示していた、盃を持っていた人形だな」

加茂はそう言いながら円卓に視線を泳がせた。

彼は王様の人形については覚えていなかったのだが、ミチに似た顔をした燕尾《えんび》服の人形がこの棚にあったのは、確かに見た覚えがあった。

加茂は小さく頷きながら言う。

「やはり、執行人がこの棚に置いてあった人形のうち、二体を選んで円卓に持っていったのは間違いなさそうだな」

「それから……棟方さんは物憂げというか、動作にちょっと投げやりなところがありましたよね？」

「本人も身体を動かすのが嫌いだと言っていた」

「そのせいかは分からないんですけど、棚の調べ方もかなり乱雑で……。人形が床に落ちたり人形が手にしているアイテムがその辺りを転がりまわったりしても全く気にしていなかったんですよね」

広間を離れる直前、ムナカタが棚をそんな風に引っかきまわしていたのは加茂も見た記憶があった。

その後、ムナカタも落下した人形だけは棚に戻したものの、アイテムの一部は拾わずに立ち去ってしまったのだという。仕方なくユウキが床から拾い上げて、適当に棚に戻しておいたという話だった。

加茂は苦笑いを浮かべる。

「まあ……あの時点では傀儡館でまだ事件が起きておらず、現場を保存する義務もなかった訳だからな」

そう言いながら、加茂は扉を挟んで右側にあるミニチュアハウスに視線を移した。

ドールハウス館に置いてあるミニチュアハウスは……大元の傀儡館と比べると、十二×十二＝百四十四分の一サイズの極小模型ということになる。そう知った上でミニチュアを見ると、感慨深いものがあった。

一方で、ユウキは電灯のスイッチを見つめていた。

「やっぱり、重要なのはこの三本指の跡ですよね」

「今のところ、執行人が意図せずに残したと考えられる、唯一の物証だからな」

ゲームマスターである椋田は、ＶＲ空間と現実世界における加茂たちの行動を全て把握している。

執行人はその椋田のオペレーションを受けながら犯行に及んでいるので、加茂や不破に比べ、その立場は何倍も有利だと言えた。……正直な話、椋田が黒鉛の粉の存在を見落としたこと自体が奇跡のようなものだった。

例の三本指の跡は、誰かが触ってブレたり重なったりすることもなく、相変わらずきれいに残っていた。痕跡としては小さなものだったが……この手がかりは執行人を特定する上で重要な手がかりの一つだった。

加茂はスマートウォッチを見下ろす。

時刻は午前十時前……『探偵に甘美なる死を』の制限時間が迫りつつあった。推理の説明に要する時間から逆算しても、次が最後の解答フェーズになるだろう。

加茂は小さく息を吸い込んでから言った。

「……事件の真相が分かった」

マイスター・ホラによる読者への第二の挑戦
〜 The second challenge to the readers from Meister Hora 〜

僭越《せんえつ》ながら、物語の案内人として二つ目の挑戦状をお贈りいたします。

ＶＲ空間と現実世界にまたがる二重のクローズド・サークルで発生した事件のうち……ＶＲ空間で起きたミチ殺し、ユウキ殺し、ケンザン殺しの真相は既に明らかになっています。

残るは、現実で棟方と不破の二人が命を奪われた事件のみ。

皆さまに直感ではなく推理によって解き明かして頂きたい謎は、以下の三つです。

①棟方と不破を殺害した執行人の正体は誰か？
②棟方の死にまつわる不可能犯罪は、どのようにして生み出されたのか？
③不破の死にまつわる不可解な状況は、どのようにして生み出されたのか？

既に、全ての真相を看破するのに必要な材料は、皆さまのお手元に集まっております。これまでに集まった情報を分析し、パズルのピースのように当てはめていけば、執行人の正体までも看破することができるでしょう。

繰り返しになる部分もありますが、フェア・プレイを強化する為につけ加えるなら……『探偵に甘美なる死を』がスタートして以降、傀儡館とメガロドン荘が外部から完全に隔絶されていたというのは紛れもない事実です。

執行人はクローズド・サークル内に閉じ込められた七人のうちの一人ですし、もちろん冒頭の登場人物紹介に名前がある人物です。今回の執行人も単独で犯行に及んでおり、被害者や他のプレイヤーの協力は得ていません。

また、椋田がゲームマスターとして放った言葉には、やはり嘘はございません。

最後に、今回の挑戦についても時空移動（タイムトラベル）や未知の生物が関わっていないことを保証して、この挑戦状を締めくくることにしましょう。

改めて、皆さまのご武運とご健闘をお祈り申し上げます。

第十二章　試遊会　三日目　解答フェーズ③

二〇二四年十一月二十四日（日）一〇：〇〇

『今回の解答者は加茂冬馬さんです。どの事件から推理をはじめますか？』

現実世界のラウンジには、加茂を含む五人が集められていた。それぞれが白木の円卓に腰を下ろしている。

加茂はＶＲ空間で発生した事件については全て、既にどのように犯行が行われたか把握していた。

……俺自身が起こしたミチ殺しとケンザン殺しについては、解答をせずとも勝利条件は満たせる。とりあえず、椋田から既に『真相に辿りついた』と言質を得ている事件からはじめるのが安全か。

「じゃあ、ユウキ殺しの推理から」

３Ｄモニターを見下ろしながら加茂がそう言うと、スピーカー越しに椋田が応じた。

『告発を行う相手を、フルネームで宣言して下さい』

「不破紳一朗、彼を犯人役として告発する」

それから、加茂は昨晩遅くに椋田に語ったのと同じ推理を話しはじめた。

犯行用手袋が玄関に落ちていたことなどから、不破が二十三日朝の段階では自室にはおらず、玄関ホールから廊下経由で広間に向かったと導き出せること。

密室トリックは、傀儡館とドールハウス館という大きさが違う二つの館を利用したものであり……二十三日に再ログインして以降、加茂たちのアバターもドールハウス館に合わせて十二分の一になっていたこと。

不破は一足先に自分のアバターを十二分の一サイズにすることで、誰にも見とがめられずにユウキの部屋に侵入し、毒を盛ったことなどを。

念の為、アバターのフワが高山病になっていた部分は省略しておいた。傀儡館全体の気圧を下げたことは、加茂が行ったミチ殺しのトリックに直結する。自白と解釈され得る言動は、取らない方が無難だと考えたからだった。

加茂はなおも説明を続けた。

「玄関ホールまで戻ってきたところで、不破さんは広間に俺たちが集まっていることに気づいた。俺たちが今にも部屋を調べに向かおうとしているのを知って、もう自室に戻るだけの時間はないと判断したんだろうな? だから、不破さんはとっさに広間にいる俺たちと合流する道を選んだんだ。そしてその際に、誤って手袋を玄関ホールに落としてしまった……。以上が、ユウキ殺しの真相だ」

円卓に集まる四人にとっては初耳の内容かも知れなかったが、椋田と加茂にとってはそうではなかった。

説明が終わるなり、椋田は何の感情もこもっていない声で応じる。

『告発を受けた不破さんは既に死んでいますから、今回は反証の手続きを省略しましょう。……おめでとう、加茂さん。君はユウキ殺しの真相に辿りつきました』

ここまでは加茂にとって予定通りの展開だった。問題は、ここから先の推理だ。

案の定、椋田が煽《あお》るように言う。

『さあ、次はどの事件について推理をしますか？』

「……棟方さんが殺された事件について」

『ふふ、今度の相手は執行人ですか？　それでは、告発する人をフルネームで宣言して下さい』

「今の段階では難しいな」

『難しい？』

「ああ。棟方さんが犠牲になった事件だけを解き明かしても、執行人を特定することはできない。その正体を暴くには……不破さんが命を奪われた事件の謎も一緒に解明する必要がある」

これを聞いた未知が揶揄《やゆ》するような、同時に恨めしそうな表情になって言葉を挟んだ。

「思わせぶりなことを言うね。真犯人の名前は最後に明かさないと嫌なタイプだったりして？」

円卓を囲む残りの三人も彼女と似たり寄ったりの表情で加茂のことを見返していた。さっさと真犯人の名を言えという圧を感じつつ、加茂はため息まじりになる。

「そういうつもりはない。ただ、棟方殺しのトリックが俺たちの中の誰でも実行可能なもので……なおかつ、誰を殺害するのにも使えるオールマイティなトリックだったというだけだ」

これを聞いた東が目を丸くする。

「そんな犯人にとって都合のいいトリックってある？」

「まあ、トリックとしては厄介な部類に入るかもな。解き明かしたところで、犯人を特定する役には立たないんだから」

ここで加茂は言葉を切って円卓の上に組んだ指先を見下ろし、更に続けた。

「知っての通り……『探偵に甘美なる死を』では、執行人でさえ次のターゲットを誰にするか自由に決められる訳じゃない」

執行人のターゲットとなるのは『推理に失敗した解答者』『犯行を暴かれた犯人役』『反証に失敗した被告発者』など、いくつものパターンがあった。

椋田にしても執行人にしても、プレイヤーのうちの誰がどのような推理をするか、どのような反証をするかを事前に予測するのは不可能だった。

東は考え込みながら頷いた。

「なるほど。誰がどんな順番で『執行人のターゲットとなる条件』を満たすかが分からない以上、執行人としてもオールマイティな殺害方法を用意するしかなかったということね？」

ここで椋田が言葉を挟んできた。

『前置きは結構です。……では、執行人はいかにして自室に籠城していた棟方さんを殺害したと言うんですか？』

加茂は手袋型コントローラを取り出すと、円卓の３Ｄモニターを操作して傀儡館のマップを呼び出した。

「これは傀儡館のものだが、ドールハウス館のものとしても使える。そして……」

彼は更に自室から持ってきた紙を円卓の上に広げた。

「こっちがメガロドン荘のマップだ。ＶＲ空間と現実世界のマップを比較して、気づくことはないか？」

ほとんど同時に東と佑樹が「あっ」と小さく声を上げた。二人は加茂が何を言おうとしているか、いち早く理解した様子だった。

乾山は意味が分からないといった表情のまま口を開く。

「うーん、気づくことって言われても……両方の建物の客室の家具配置がほとんど同じってことくらいかな。あと、メガロドン荘のラウンジと傀儡館の広間の真ん中に、円卓がどんと置かれているのも、変といえば変だよね？」

正解ではなかったが、乾山の目のつけどころは悪くなかった。

加茂はメガロドン荘の自室からラウンジに至る道筋を指でなぞりながら続けた。

「俺の部屋について言えば、メガロドン荘の『自室とラウンジ』と傀儡館の『自室と広間』は位置関係が全く同じなんだよ。それらをつなぐ道筋も距離も……廊下に出てから左折して真っすぐ廊下の突き当りまで進む、というところまで完全に一致している」

乾山は目を皿のようにして二つのマップを比較した。それから、呆けたように呟く。

「……もしかして、同じことが僕らの客室全てについて言える？」

「その通りだ」

加茂は『棟方の部屋とラウンジ』、『ムナカタの部屋と広間』を例に取って、現実世界とＶＲ空間における位置関係と、それらをつなぐ道筋が実質的に同じだということを示した。**（図５参照）**

「偶然そうなった、というレベルじゃないですね」

僅かに顔色を青ざめさせた佑樹がそう言い、東も大きく頷いた。

「メガロドン荘は元々こういう建物だったとしても……傀儡館は、椋田が建物の形も部屋の配置も何もかも自由にできた訳でしょ？　これは椋田が自分たちのトリックに都合のいいように、傀儡館の部屋の配置を決めたせいで起きたことね」

未知が悔しそうに唇を尖らせながら口を開く。

「確かにちょっと驚いた。でも、それが分かったところで、棟方さんが殺された事件を解決する役に立つ？」

加茂は円卓から立ち上がりながら言った。

「これは今回の密室トリックの要だよ。……更に詳しい説明をするなら、棟方さんの部屋に移動した方が分かりやすいかも知れないな」

図5

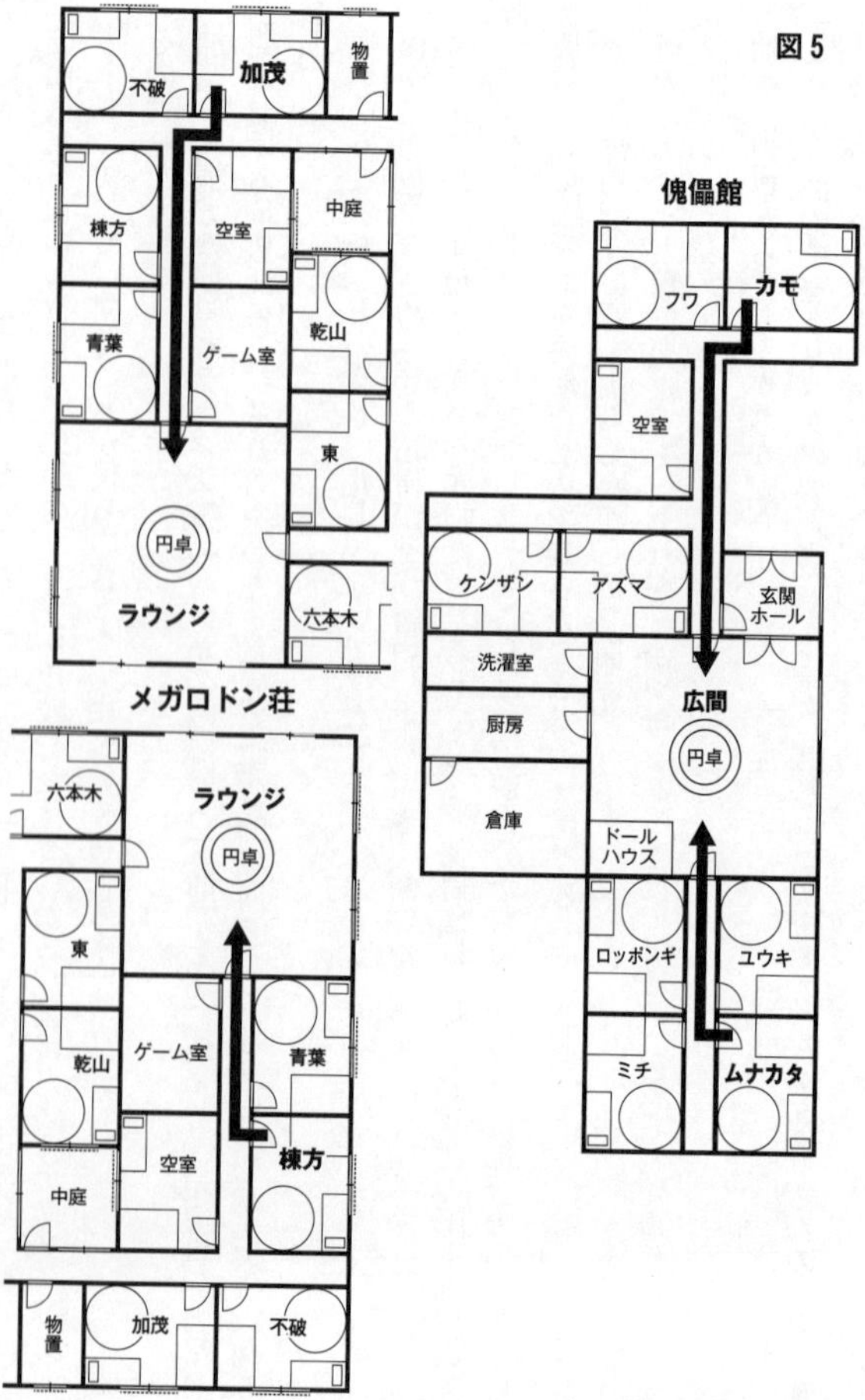

不破
加茂
物置
棟方
空室
中庭
青葉
ゲーム室
乾山
東
円卓
ラウンジ
六本木
メガロドン荘
六本木
ラウンジ
円卓
東
ゲーム室
青葉
乾山
空室
棟方
中庭
物置
加茂
不破
傀儡館
フワ
カモ
空室
ケンザン
アズマ
玄関
ホール
洗濯室
広間
厨房
円卓
倉庫
ドール
ハウス
ロッポンギ
ユウキ
ミチ
ムナカタ

＊

「この事件を解くもう一つのカギは、これだ」

棟方の部屋に到着するなり、加茂は遺体から一メートルほど離れたところに転がっていたものを示した。乾山はハンカチ越しにその物体を拾い上げて、まじまじと見つめる。

「この六角ナットが？」

直径二センチ、厚さは四ミリくらい……ついている血は今では真っ黒に変色していた。

加茂は遺体発見当時のことを思い出しながら言葉を継ぐ。

「この六角ナットは、絨毯の血で汚れていなかった場所に転がっていただろ？」

「だから、絨毯の血が染み込んでいた場所にあったのを、誰かが移動させたんじゃないかという話が出ていたよね」

加茂は棟方の遺体の傍《そば》にしゃがみ込むと、VR操作スーツの背中に注目するように促した。

「見ての通り、このスーツの背中部分は三センチほど厚みがあるウレタン風素材でできている。これには強い吸水性があって、今もかなりの血を吸って固まっているだろ？　そして傷口から血が流れている方向は二つあって、一つは倒れた時に下側になっていた身体の右側へと広がっている」

ウレタン部に手を触れた東がハッとしたような顔になる。

「もう一つは、傷口から腰の方向に広がってる！　刺された時に、棟方さんは立つか座るかしていた可能性があるということ？」

「そういうことだ。もう一つ注目すべきは……腰の方に流れた血の先には、ＲＨＡＰＳＯＤＹとの接続に使われるジャック部分があったってことだな」

加茂が指さす金属製の窪み部分……つまり、ジャック部分にもどす黒く変色した血がついていた。それを聞いた東が顔色を真っ青に変える。

「それじゃあ、執行人は……まさか」

そのまま口ごもってしまった東に代わり、佑樹が続けた。

「ＶＲスーツのジャック部分は直径が二センチなのに対し、六角ナットも直径が二センチくらい……大きさが同じですね。おまけに、ＲＨＡＰＳＯＤＹの凸型プラグとＶＲスーツの凹型ジャックはマグネット式でドッキングする仕組みだったはず」

皆の視線に促され、乾山は手にしていた六角ナットを棟方のＶＲスーツのジャック部分に近づける。

六角ナットは二センチほどの深さがあるジャック部分に音もなく収まり、そのまま中に貼りついた。もちろん、これは鉄製の六角ナットがジャック部分の磁力に吸い寄せられたからだった。

突然、全てを悟ったという表情になった未知が震える声で言った。

「これで色々と分かってきたね？　六角ナットが血で汚れていた理由も……何もかもが」

加茂は遺体の傍から立ち上がりながら頷いた。

「そう、ナットが血で汚れていたのは、それが元々はVRスーツのジャック部分にはめ込まれていたものだったせいだ。傷口から腰の方に流れた血液がジャックに入り、その時に六角ナットに血が付着したんだろう」

次に、加茂は六角ナットが落ちていた辺りの絨毯を見つめた。

「刺された棟方さんが床に倒れ込んだ時、その衝撃でジャックから六角ナットが外れて飛び出した。俺たちが発見した時、ナットが絨毯の血のついていない場所に転がっていたのはその為だ」

この説明にも、乾山は納得ができなかったらしい。彼は眉をひそめつつ言う。

「でも、ジャックにこんな異物が入っていたんじゃ……RHAPSODYとの同期が上手くいかなくなるでしょ?」

加茂はふっと笑う。

「むしろ、それこそが椋田と執行人の狙いだ」

「えっ」

キョトンとした表情になる乾山に対し、加茂は説明を続けた。

「そもそも、RHAPSODYはプレイヤーの動きを制御し、思い通りのモーションを安全に行えるようにする為の装置だ。それに対し……高性能なモーションキャプチャー機能が搭載され、プレイヤーの動きをゲームに反映しているのは、VR操作スーツの方だ」

今度は、東が戸惑ったような表情に変わる。

「だとしても、RHAPSODYなしでアバターが操作できるとは限らないんじゃ」

「それが可能なのは、既に証明されていますよ」

そう言葉を挟んだのは佑樹だった。東の目が大きく見開かれる。

「え？」

「毒針で命を奪われる前、六本木さんのアバターは右手をこめかみに当ててフリーズしていましたよね？　ところが、六本木さんが殺害された後で僕らがVR空間に戻ってきた時、彼のアバターは……現実世界で応急処置を試みていた時の六本木さんと全く同じポーズに変わっていたんですよ」

加茂も補足するべく口を開いた。

「そう、アバターのポーズが変わっていたのは、応急処置の最中に誤って、不破さんが六本木さんのゴーグルのバイザーを下げるスイッチを押したせいだ」

あの時、バイザーが下りた瞬間に……ゴーグルは瀕死状態だった六本木の生体・虹彩《こうさい》認証を行ったのに違いなかった。

「ゴーグルは本人がVR空間に戻ってきたと判断し、アバターのフリーズを解除した。あの時、六本木さんはRHAPSODYからは離れた場所にいただろ？　それにも拘《かか》わらず、アバターが現実の六本木さんと同じ体勢に変化したということは……」

その説明に佑樹は何度も頷きながら言った。

「VRスーツだけでもアバターは操作可能ってことですね」

改めて、加茂は円卓を囲む四人を順番に見やってから口を開いた。

「これは装置外れの殺人なんだよ。……執行人は、RHAPSODYとVRスーツの同期を切ることで、不可能犯罪を成し遂げたんだ」

しばらく誰も何も言わなかった。

だが、これは呆けている為ではなく、各自が加茂の言ったことの意味を自分なりに消化しようとした為に生まれた沈黙のようだった。

「……じゃあ、執行人はいつ棟方さんの背中に六角ナットを仕込んだの？」

こう問いかけてきたのは未知だった。

「昨日の昼ごろに行われた、最初の解答フェーズの最中だ。あの時、俺たちは全員が現実世界にいただろ？　推理に集中している棟方さんの隙をついて、スーツのジャック部分にナットを貼りつけたんだ」

未知は眉をひそめる。

「簡単に言うけど、棟方さんだって警戒はしてただろうし、そんな簡単に背中を取れるとは思えない」

「いや、チャンスはあった」

「例えば、いつ？」

「ラウンジの円卓に設置してあった3Dモニターの電源が入った時、物珍しさに皆が円卓に押し寄せたことがあったよな？　その時には俺以外の全員が……連鎖的に靴を踏んだり踏まれたりするのに巻き込まれていた」

当時のスラップスティックコメディめいた状況を思い出しつつ、加茂は複雑な笑いを浮かべた。未知は苦虫を嚙みつぶしたような顔になって呟く。

「確かに、そんなことがあったね」

「あれだけの人数が密集して団子になっていた訳だ。誰かが棟方さんの背中に何かを貼りつける動きをしていても、分からなかった可能性が高い」

これを聞いた佑樹が微妙な表情になる。

「それはおかしくないですか？　3Dモニターが初披露されたのは、棟方さんが推理をする前のことだったはず。まだ棟方さんの敗北が決まっていた訳でもないのに、執行人が準備をはじめていたなんて」

「いや、執行人の行動としては何らおかしくない。……元々、解答者が完全解答に辿りつく可能性は高くないと踏んでいただろうからな。執行人はその立場上、最初から解答者が敗北することに賭けて動いていたはずだ」

「なるほど」

佑樹が納得したので、加茂は説明を再開した。

「じゃあ、解答フェーズ中に六角ナットが仕込まれたという前提で話を続けるぞ？　昨日の午後一時半ごろ、現実犯行フェーズがスタートした。……その開始を宣言する前に、椋田は俺たち全員にＶＲ空間の広間に集まるように指示を出したよな？」

今度は乾山が嫌悪感まじりの苦笑いを浮かべた。

「確か、椋田は『棟方さんが無事だということをＶＲ空間で示す為』……とか何とか言ってたね。実際は、真の目的を覆い隠すための方便だったみたいだけど」

加茂は無言のまま、棟方の部屋にあるＲＨＡＰＳＯＤＹの前に移動した。今はスリープ状態になっているらしく、装置はウンともスンとも言わない。

彼はＲＨＡＰＳＯＤＹに背を向け、更に言葉を継ぐ。

「現実世界の自室に戻った棟方さんは、椋田の指示通りにＶＲ空間の広間へ向かおうとした。彼はＲＨＡＰＳＯＤＹに入るも……六角ナットが邪魔をして、ＶＲスーツとＲＨＡＰＳＯＤＹが同期されないままＶＲ空間へと舞い戻っていた」

すかさず東が口を挟む。

「本人も気づかない間に、棟方さんは装置外れ状態になっていたのね」

「ああ。ＶＲ空間にいる間は、ゴーグルのバイザーが棟方さんの目を覆っているからな。棟方さんも、まさか自分自身がＲＨＡＰＳＯＤＹから離れて歩き出しているとは思わなかったんだろう。……彼は何も疑わずにＶＲ空間を移動するモーションを行い、それによって現実世界でも生身の体がメガロドン荘の中を歩き回る結果となった」

加茂はＲＨＡＰＳＯＤＹを離れて扉へ向かった。そうしながら更に言葉を継ぐ。

「傀儡館とドールハウス館の客室は、内装も家具の配置も全てがメガロドン荘に似せて作られている。だから、棟方さんはＶＲ空間と現実世界の両方で同時に扉を開錠し、ドアを開いて廊下へと出ることになった。ちょうど、こんな風に……」

扉は蹴破られている為に存在しなかったが、彼は扉のあったところで立ち止まり、ドアガードとサムターンを外し、レバーハンドルを回すジェスチャーを行った。

それを見つめる東が顔を歪めて呟く。

「棟方さんは現実世界で自室の外に出ているという自覚もないまま……執行人が待ち受ける室外へ誘《おび》き出されたのね？」

加茂は頷きながら廊下へと出て、現実世界の廊下を進んでラウンジに向かった。他の四人もハーメルンの笛の音につられた子供のように、フワフワとした足取りでついて来る。

「前にも言ったが……メガロドン荘の『自室からラウンジに向かう道筋』と、ドールハウス館の『自室から広間に向かう道筋』は同じになるように作ってある。だから、棟方さんのアバターがＶＲ空間の広間に辿りついた時、彼の生身の体は現実世界のラウンジにも辿りついていたんだよ」

そう言いながら、加茂はラウンジの扉を開いて、中心にある円卓に腰を下ろした。少し遅れて、未知も円卓の椅子に座る。ここで彼女は初日に椅子で足を引っかけたことを思い出したのだろう、苦笑いを浮かべた。

「あー、円卓の椅子が固定されていたのもそのせいか。床に固定しておきゃ、ＶＲ空間と現実世界で円卓や椅子の位置がずれる問題も発生しない訳だし」

とはいえ、この装置外れの状態も万能ではなかった。

「ドールハウス館とメガロドン荘の扉や家具の配置は一致している部分も多いが、そうじゃない部分もある。例えば、棟方さんが装置外れの状態でドールハウス館の北棟に向かっていたら、マズいことになっていたはずだ。……VR空間では北棟へ続く扉があるのに、現実空間では行き止まりだからな」

加茂の言葉に、東がすっと目を細めた。

「だからこそ、椋田は私たちにVR空間の自室から広間に直行直帰するように仕向けた訳？　そうすれば、棟方さんが予期せぬところへ移動して、装置外れ状態になっていると気づく可能性を下げられるから」

ここで乾山が疲れの滲《にじ》んだ様子になって、口を開く。

「……で、執行人はどうやって棟方さんの命を奪ったと考えているの？」

加茂は円卓の3Dモニターを見つめながら言った。

「もちろん、ラウンジで棟方さんの生身の背中をナイフで刺したんだ」

「でも、あの時はここにいる全員のアバターがVR空間にいたし、それぞれちゃんとアバターを操作していたよね？　生身の状態で現実世界のラウンジに来る暇なんて……あ、まさか！」

喋りながら乾山もある可能性に思い至ったらしく、最後には悲鳴まじりの声になっていた。

加茂は大きく頷く。

「そう、執行人も装置外れ状態になることで、VR空間の広間と現実世界のラウンジの両方に来ていたんだ」

円卓を囲む全員が、驚愕の表情を浮かべて絶句する。

誰の客室についても、メガロドン荘の『自室からラウンジに向かう道筋』と、ドールハウス館の『自室から広間に向かう道筋』は実質的に同じ……そんな特別な関係にある二つの建物だからこそできたことだった。

加茂はなおも説明を続ける。

「あの時、VR空間の広間には全員が集まっていた。それに対し、現実世界のラウンジには装置外れ状態になっていた棟方さんと執行人の二人だけが集まっていたんだよ。もちろん、その際に執行人は殺害に使う為のナイフを持参していたはずだ」

ラウンジに入ってから、執行人は誤って棟方と自分の生身の体が接触してしまうことのないよう、計算して気を配っていたことだろう。身体が当たれば、棟方に装置が外れていると勘づかせてしまう可能性があったからだ。

おもむろに、加茂は架空のVRゴーグルのスイッチを押してバイザーを上げるジェスチャーをした。それから、立ち上がって佑樹の背後に回って彼の背中にナイフを寸止めで刺すマネをする。

「タイミングを見計らい、執行人は密かに自分のVRゴーグルのバイザーを上げた。そして、現実世界のラウンジにいる棟方さんの位置を肉眼で確認して移動し……彼の生身の背中にナイフを突き立てた。ただし、ごく浅くだ」

ＶＲゴーグルをつけている棟方からすれば、生身の執行人は文字通り透明人間だった。実体はそこにあるのに、絶対に目で捉えることはできない……。棟方には抵抗する術もなかったことだろう。

当時のＶＲ空間の状況を思い出しながら、加茂は更に言葉を継いだ。

「あの時、ほとんどの人のアバターは広間の円卓で頬杖をついたり、両腕に顔をうずめて突っ伏したりしていただろ？　例外は俺と不破さんだが、俺たちも動き回らずに壁際でじっとしていた。このうちの誰かが密かにバイザーを上げていたとしても……そのアバターが一時的にフリーズ状態になっていたとしても……誰も、そのことには気づかなかった可能性がある」

背中を刺される役となった佑樹が困惑まじりの笑いを浮かべた。

「そういえば、このＶＲスーツの背中には、三センチほどの分厚いウレタン風素材が使われていますよね。執行人は、そのウレタン風の部分を狙ってナイフを突き立てたってことですか」

加茂は佑樹の背中の真ん中あたりを見つめながら、小さく頷いた。

「あのナイフが軽量だったのも、被害者が背中にナイフが刺さっていると気づきにくくする為だったんだろうな」

それでも多少は背中に違和感があったのだろう。棟方は円卓から立ち上がった時に、首を何度か回して顔をしかめていた。

……あるいは、ナイフの切っ先が背中に達していた可能性もゼロではないかもな。

彼のＶＲスーツには、傷口から流れた血が腰側に流れた跡が残っていた。その量から考えても、ラウンジにいる時から少量の出血がはじまり、ウレタン風の素材がそれを吸収していたとしてもおかしくはなかった。

背中に多少の痛みはあったかも知れないが、それでも棟方はまさか自分にナイフが刺さっているとは思いもしなかったのだろう。

加茂は円卓から立ち上がると、皆についてくるように合図をしながら、再び棟方の部屋を目指して歩きはじめた。

「広間での顔合わせが終わった後、棟方さんのアバターはVR空間の広間から自室へと戻った。当然、現実世界での彼の生身の体もラウンジから自室に戻ることになる」

彼は棟方の部屋の扉をスマートウォッチで開錠するフリをして中に入った。

現実世界でもVR空間でも、スマートウォッチが部屋のキーになっていた。言い換えれば、全く同じ仕草で両方の世界の扉を開けられるということだ。

室内に入った加茂は、扉のドアガードやサムターンをかけるパントマイムを続けた。それから部屋の奥に進み、RHAPSODYに背を向けながら説明を再開する。

「VR空間の自室に戻った棟方さんは室内から施錠した。これにより、現実世界の棟方さんの部屋も同じように完璧な密室状態になった。……その後、棟方さんはセーブスポットのソファに座ってセーブし、現実世界に戻ろうとした」

東が完全に顔色を失って口ごもる。

「そ、そんなことをしたら……」

「ああ、その行動が棟方さんの命を奪ったんだ。アバターがVR空間のソファに座り込む動きは、現実世界では生身の体がRHAPSODYに座る動きになるからな」

そう言いながら、加茂はRHAPSODYの中心にある、湾曲した太く黒い柱に背中を預けて腰を落とした。この動きだけで彼の言わんとすることは伝わったようだ。今では、全員が完全に血の気を失った顔になっていた。

加茂は皆に視線を向けつつ言葉を続ける。

「棟方さんは背中の真ん中にナイフが浅く刺さったまま、この黒い柱の湾曲部分に勢いよく座ったと考えられる。この動きにより、ナイフの柄が強く押され……ナイフの切っ先がウレタン風素材を抜けて棟方さんの身体に深く入り込んでしまった」

ナイフの柄がゴムっぽい素材でできていたのは、柄が黒い柱の上を滑るのを防ぎ、確実に被害者の命を奪う為……。ナイフの刃が細身だったのも、その方が小さな力で身体に深く刺さるからだった。

加茂は顔を歪めながらも続けた。

「棟方さんは執行人に襲われたと思い、慌ててVRゴーグルのバイザーを上げたんだろう。そして訳の分からないまま、何とか立ち上がって数歩前に進むも、そこで力尽きて倒れてしまった」

言葉の通り、加茂は架空のVRゴーグルのスイッチを押す仕草をした。そして、RHAPSODYの黒い柱から立ち上がり……数歩分離れたところに倒れている棟方の遺体を見つめる。

十秒ほどの沈黙の後、未知が唸るような声になって言った。

「ナイフが押し込まれた瞬間に出血しただろうけど……その血は例のウレタン風の素材が吸収してしまったのか。だから、ＲＨＡＰＳＯＤＹには目視して分かるほどの血痕は残らなかったってことなんだろうね」

それには応えずに、加茂は天井付近にあった監視カメラを見上げた。

「……どうだ、俺の推測した犯行方法は合っているか」

すぐに椋田から返事があった。

『今は、お答えできませんねぇ。まだ、加茂さんは告発する相手を指定していない。告発した相手の反証が終わってからでないと、私からも返答のしようがありません』

「なら、執行人を特定する為の推理を続けて構わないということだな？」

『もちろんです』

これを受けて、加茂は再びラウンジへと移動した。ここに来るのは、今回の解答フェーズに入ってからも既に三度目だった。

加茂はまた円卓に腰を下ろして、手袋型コントローラを身に着けた。

「ここから重要になってくるのは、ＶＲ空間に残っていた三本指の跡だ。不破さんが行った解答フェーズでも議論されたが、この指の跡は犯人役である不破さんのものでも……『もう一人の犯人役』のものでもないことが証明されている」

そう言いながら、加茂は３Ｄモニターに問題の電灯スイッチを表示した。黒鉛の粉の上についた三本指の跡は、相変わらずブレも重なりもなくきれいに残っていた。

加茂はそれを見下ろして淡々と続ける。

「佑樹くんと棟方さんの証言から、二十三日の午前〇時五十分の時点で傀儡館の広間のライトは既に消されていたことが分かっている。その後、執行人は何らかの理由で電灯のスイッチに触れて跡を残したが、翌朝にはやはり広間のライトは消えていた。……ここで問題になってくるのは、スイッチに触れた跡が一回分しかないということだ」

「一回なんて……あり得ない」

そう呟いたのは乾山だった。加茂は指先で3Dモニターに投影された映像を示す。

「だが、このスイッチに残っている指の跡にはブレも重なりもないだろ？　一度スイッチを押してライトをつけ、もう一度押して消したのなら、こんなにきれいな三本指の跡が残る訳がない」

こんな時だというのに、未知が半笑いを浮かべて言う。

「単に、連続で二回押したからじゃないの？」

「間違ってスイッチに手が当たったのだとしても、少し手を引っ込めてからライトがついたのに驚いてもう一度押すという流れになるはずだろ？　その場合、二度目につく指の跡は一度目のものとは微妙にズレるはずだ」

「う、確かに」

「考えられる可能性は一つ……。執行人は広間にある電灯のスイッチのうち、南側にあるものを一度、北側にあるものを一度押したんだ」

それを聞いた途端、東が戸惑い顔になって口を開く。

「でも、普通は自室がある棟に近い方のスイッチだけを使わない？　どうして両方とも使ったりするの」

「それは執行人がやったことを考えれば分かってくる。……まず、椋田は執行人にも暗視スコープつき『犯人の仮面』を渡したと言っていた。本来なら、執行人は暗闇でも問題なく動けたはずだ。それなのにわざわざ、広間のライトをつけたのは何故か？」

そう言いながら、加茂は3Dモニターに広間の南側にあった棚を表示させた。そこには数十体の人形が乱雑に並べられている。

その映像を見つめ、加茂は薄く笑った。

「初日のVR調査フェーズで……棟方さんはかなり荒っぽくこの棚を引っかきまわしていたよな」

これを聞いた未知が頷く。

「それなら私も見たよ。人形や小物類が床に飛び出したりしていた」

「なら、棚の中に入っていた人形の配置は大きく入れ替わってしまっていたはず。……そんな状態の棚から、暗視ゴーグル越しに目的の人形を探すことができると思うか？」

ケンザン殺しの時に、実際に暗視スコープを使った加茂にははっきりと分かっていた。

暗視スコープ越しでは、ケンザンの部屋に置かれていた人形の詳細までは視認できなかった。

同じことが執行人の身にも起きたのに違いなかった。

佑樹も納得したように呟く。

「確かに、人形を見分けるのは無理かも知れませんね。暗視スコープを通した視界は単色になったり、不鮮明になったりするでしょうから。明るいところで見るのと同じという訳にはいかないはず」

加茂は頷きながら言葉を継いだ。

「執行人がライトをつけたのは、ミチ殺しとユウキ殺しの暗示に使う人形を探し出す為だったと考えられる。……執行人は広間の南側に置かれている棚の前まで行って、初めて棚の中身が引っかきまわされていることに気づいた」

本来なら、椋田が事前にそれに気づいてフォローすべきだったのだろうが、その辺りの連携は上手くいかなかったらしい。

なおも、加茂は推理を続けた。

「やむなく、執行人は暗視スコープを使うのは諦め、近くにあった南側のスイッチを押してライトをつけた。この時に三本指の跡がついたんだ。そして、棚から目的の人形を探して円卓に移動させた後で、北側にあるスイッチを押して消灯した。これが意味するのは、執行人は北棟に客室がある人……つまり、東さんと乾山くんのどちらかだ」

凍りつく東と乾山を尻目に、未知は容疑の圏外に出たせいか嬉しそうに言う。

「南棟に自室がある人なら、人形を置き終わったところで、南側のスイッチをもう一度押して部屋に戻るもんね？」

北棟に自室があるという意味では、加茂と不破も同じだった。だが、前回の解答フェーズで、

不破と『もう一人の犯人役』が執行人でないことは証明されていた。

アバターの指先を負傷している加茂が『もう一人の犯人役』であることは、もはや暗黙の了

解になりつつあった。その為、執行人の容疑者に加茂を含めるべきだと主張する人は現れなか

った。

加茂は更に言葉を続ける。

「ここから執行人を絞り込むには、不破さんが殺害された事件を解き明かさなければならない。

……既に気づいている人もいるだろうが、不破さんも装置外れ状態を利用した方法で殺害され

たんだ」

これを聞いた佑樹が表情を硬くして口を開いた。

「なるほど。そう考えれば、不破さんの死にまつわる不可解な出来事の大部分には説明がつく

ようになりますね？」

「ああ、不破さんを装置外れ状態にすれば、本人に気づかれることなく生身の彼を自室の外に

誘き出すことができるからな。……おまけに、ＶＲゴーグルをかけている不破さんには、現実

世界に潜む執行人の姿は見えない。真正面から胸を刺される瞬間まで、自分に危険が迫ってい

るのに気づきもしなかったことだろう」

不破の腕に防御創がなかったのも、ある意味で当然のことだと言えた。

加茂はなおも説明を続ける。

「今回も、六角ナットは不破さんの解答フェーズの最中に仕込まれたと考えられる。……怪しいのは、推理の途中で棟方さんの部屋を確認しに行った時だな。あの時も、扉付近で軽いもみ合いが発生したことがあったから」

「確か、遺体から引き抜いたナイフのことを不破さんが話題にした時だよね」

未知がそう言葉を挟み、加茂は頷いてから続けた。

「……棟方さんが殺された時と違って、不破さんの場合はVR空間の広間に全員で集合するステップが省略された。だから、メガロドン荘の自室に戻った不破さんは、その後も現実世界に留まり続けたはずだ。彼だけは次のVR犯行フェーズでも、現実世界にいていいという扱いになっていたからな」

一方でその間、加茂は椋田に推理を語ったり、ケンザン殺しの為にVR空間を駆けずりまわったりしていたのだった。

「その後……現実犯行フェーズがスタートしたのが午前二時半ごろのことだ。不破さんの死亡推定時刻は午前三時十五分~午前五時十五分だから、彼がVR空間に入ったのもその前後だと考えられる」

この流れに納得がいかないらしく、乾山が冷ややかな声音で言った。

「VR空間へ入ると、現実世界では無防備になるよね? 不破さんがそんな不用意な行動に出たとは思えないけど」

「椋田がどんな甘言を弄《ろう》したのかは、俺にも分からない。執行人の正体を教えるから、VR空間で落ち合おうと言ったのかも知れないし……。いずれにせよ、現実世界の自室から外に出ろと指示するよりも、不破さんが従う可能性が高かったのは事実だ」

口ではそう説明しながらも、加茂の胸からはある疑念が消えなかった。

……あの現実犯行フェーズの時点で、俺だけじゃなく不破さんも装置外れの殺人が起きていることに気づいていたんじゃないか？

もちろん、これは加茂の考えすぎかも知れない。

だが、不破は『自分の死を利用してでも事件を解決に導いてみせる』と豪語していた。この言葉の通り、彼は罠だと承知した上で敢えてVR空間に入り……自らの命と引き換えに、装置外れの殺人を暗示する情報を残そうとしたのではないか？

不破の亡き今となっては真相も闇の中だったが、少なくとも、加茂にはそんな風に思えて仕方がなかった。

小さく息を吐き出し、加茂は説明を再開する。

「椋田は不破さんに対し、ドールハウス館の外に来るように指示を出したと考えられる。装置外れの状態で生身の不破さんがゲーム室に進めば、VR空間のアバターは玄関ホールに移動することになるからな？」

マップを比較すると、不破の部屋から現実世界のゲーム室までの道筋と、VR空間の玄関ホールまでの道筋は完全に一致していた。

「指示の通り、不破さんはドールハウス館の玄関から建物の外に出た。その動きは現実世界にも反映され、生身の不破さんはゲーム室の北端まで進むことになった。……そこを執行人に襲われたんだ」

今や、全員が沈痛な面持ちになって俯《うつむ》いていた。それを見渡しながら、加茂はなおも続ける。

「今回、執行人は不破さんを襲う為にVR空間に入る必要はなかった。だから、VRゴーグルは身に着けずにゲーム室で待ち伏せしていたんだろう。現実世界が見えていなかった不破さんは抵抗することすらできず、胸を刺され部屋の北の壁に向かって突き飛ばされた」

東は信じられないといった面持ちで呟く。

「どうして、命を奪った上に突き飛ばすなんて惨いことを？」

「理由がなかった訳じゃない。装置外れの殺人のメリットでもありデメリットでもあるのは……被害者の生身とアバターが連動して動くことだからな」

この言葉に東は愕然とした様子で目を見開いた。

「つまり、現実世界で殺人に及んだら、VR空間にも同じポーズで倒れる被害者のアバターが残ってしまうということ？」

「そういうことだ。これは現実世界での殺人がVR空間での出来事とは無関係だと見せかける上で、大きな障害になる」

それを聞いた未知が腕組みをして唸った。

「なるほどねぇ。棟方さんの時は、実際に致命傷を負ったのは現実世界のＲＨＡＰＳＯＤＹの中だったから……それに対応する形で、VR空間のセーブスポットにアバターが残っていたのか」

「セーブスポットにフリーズしたアバターがいるのは何ら不自然ではない。だから、棟方さんの時はこのデメリットが表面化しにくかったんだが……不破さんの場合はそうはいかない。どうにかして、邪魔なアバターを確実に消し去る必要があった」

未知は二つのマップを比較してニヤッと笑う。

「それで文字通り……アバターをドールハウス館の外へ放り出した訳か。間違っても、アバターが建物側に倒れてくることのないように」

「ああ、現実世界のゲーム室の北端は、VR空間の玄関扉の外に対応しているからね。生身の不破さんを北側に向かって突き飛ばす動きは……VR空間上のアバターを建物の外へ向けて突き飛ばす動きにもなった。恐らく、これが最も簡単に確実にアバターをドールハウス館から消し去る方法だったんだろうな」

死亡したプレイヤーのアバターの処理は、意外に厄介なものだった。

まず遺体が生体・虹彩認証をクリアできるとは限らない。万一、死亡したプレイヤーのアバターをゴーグルがフリーズさせてしまえば、執行人といえどもそのアバターを動かすことはできなくなる。……フリーズする位置によっては、装置外れの殺人を疑うキッカケを与えることになりかねなかった。

改めて加茂は顔を上げ、虚空に向かって要求した。

「椋田、ドールハウス館の玄関外を表示してもらえないか？」

しばらく沈黙が続き、唐突に円卓に真っ暗な映像が表示される。

明るさ調整がされたのか映像は少しずつ鮮明になり……玄関扉のすぐ外にアバターのフワが、見えない柵に寄りかかるように倒れ込んでいるのが見えてきた。その体勢は、ゲーム室で殺害された現実の不破と全く同じ姿勢だった。

この映像に円卓を囲む四人はそれぞれの反応を見せた。息を詰まらせる者、顔色を変える者……。実質的に、加茂の推理が正しかったことが証明された訳だが、加茂自身はその喜びをほとんど感じていなかった。

彼はただ淡々と言葉を継ぐ。

「不破さんを殺害した後、執行人は仕掛けていた六角ナットを回収し、不破さんが身に着けていたVRゴーグルと手袋型コントローラも外した。もちろん、これは彼がVR空間にいたことを隠す為だ」

不破が死亡した段階でスマートウォッチは外れていた。その為、執行人はそれを拾っていくらでも利用することができた。

「執行人は不破さんのスマートウォッチを使って彼の部屋のオートロックを解除し、室内にVRゴーグルと手袋型コントローラを戻したと考えられる」

ここで一旦言葉を切り、加茂は円卓を見渡した。

少なくとも、ここにいるうちの二人は執行人の正体に辿りついていた。一人は佑樹で、もう一人は執行人の容疑者として残ったうちの片方……。彼らはある人物を戸惑いと恐怖の入り交じった目で見つめていた。

加茂は自らの役割を果たすべく、再び口を開いた。

「実は今言った以外にも、執行人はＶＲ空間で二つのことを行ったと考えられる。一つは、不破さんをＶＲ空間に呼び出すよりも前に……ドールハウス館の玄関扉の閂を外し、その扉を全開にしたことだ」

未知が訝《いぶか》しそうな顔になって呟く。

「どうして、そんなことを？」

「椋田によれば、プレイヤーが現実世界でどんな動きをしようとも、アバターの身体は必ず壁や扉に当たった位置で止まるという話だっただろ？　玄関扉が閉じていると、生身の不破さんを突き飛ばした時に彼のアバターが扉に引っかかってドールハウス館内に残る危険があったからだ」

「……で、もう一つのことは？」

質問を投げかけながらも、未知の表情は次第に鬼気迫るものに変わりつつあった。恐らく、彼女にも誰が執行人か分かりはじめているからだろう。

「不破さんを殺害した後、執行人はＶＲ空間側に残った痕跡を消す為、ドールハウス館の玄関扉を閉めて閂をかけた。ちなみに……今朝、俺と佑樹くんが確認した時には既に扉の閂はかかっていた。つまり、執行人は現実犯行フェーズがはじまって以降、俺たちが確認するまでにＶ

R空間の玄関ホールに行けた人物ということになる」

これを聞いた乾山が笑う。

「だったら……僕には鉄壁のアリバイがあるね」

「ああ、乾山くんは現実犯行フェーズがはじまるより前にアバターを殺され、強制ログアウトを喰らっていたからな。次にゴースト化してVR空間に入れるようになったのは、今朝になってからだった。その後……二手に分かれて俺たちが玄関ホールを調べに行くまで、乾山くんが単独行動していたことはなかった。当然、玄関扉を閉めたり閂をかけたりすることもできなかった」

ここで一旦言葉を切り、加茂は東をじっと見つめながら言った。

「つまり、執行人は……あなただったんだな?」

東はビクリと身体を震わせ、戸惑ったように口を開きかけた。だが、すぐに苦しそうに視線を下げてしまう。

代わりに、スピーカーから低く唸るような声が乱入してきた。

『二人目のターゲットにケンザンを選んだのは……こうなると、分かっていたからだったのか』

椋田の声はいつになく乱れ、割れたような響きすら帯びていた。加茂は東から視線を外さずにしれっと答える。

「さあ、何のことか分からないな」

なおも椋田は恨みを込めた声で続ける。

『お前は昨晩の時点で、現実世界の殺人にVR空間が関係していることにも……容疑者がある程度絞り込めることにも……気づいていたんだな？』

下手に返事をすると自白と見なされかねないので、加茂は沈黙を守った。だが、椋田の言っていることは概ね正しかった。

昨日、不破の解答フェーズが行われる前から、加茂は装置外れの殺人の可能性には薄々と気づきはじめていた。しかしながら、その後いくら推理を試みても東と乾山の二人から執行人を絞り込むことができず、加茂も焦りを感じていた。

……このままでは手詰まりのまま、制限時間を迎えてしまう。

彼が賭けに出ると決めたのは、VR犯行フェーズが現実犯行フェーズより前に行われると知った時だった。そこで、加茂はアバターのケンザンを殺すことで……乾山に強制的にVR空間での不在証明《アリバイ》を作ることにした。

本当は、アズマとケンザンのどちらを狙ってもよかった。

彼がケンザンを選んだのは、不破の用意していたトリックの都合だった。屋根を持ち上げて密室に侵入する方法は、ドールハウス館の外壁に面した部屋でなければ実行が難しかったからだ。

椋田は罵り言葉を吐き出しながら続ける。

『ケンザンを殺すことで、ケンザンがVR空間に入れなくなる時間帯を作り……そのことが不破を殺す計画にどう影響を与えるか、私と執行人の行動がどう変わるか、見定めようとした。……そうなんだろ?』

加茂は目を細めて笑いながら応じた。

「ケンザン殺しの犯人なら、そう考えて動いていた可能性もありそうだな」

不破の時もそうだったが……館に大掛かりな仕掛けを組み込んだ場合、犯人の心理としてそれを応用した犯罪をいくつか用意したくなることがあるらしい。だから、執行人も装置外れの犯罪を何パターンか作っているのではないか、と加茂は考えるようになっていた。

なおも加茂は言葉を続ける。

「ケンザン殺しの犯人にとっても、これは賭けだったはずだ。そして、それを受けた椋田も執行人も悩んだことだろうな。……引き続き、VR空間を利用した殺人を行うか。それとも、現実世界だけで完結する計画に切り替えるか、どうするか」

椋田はいつしか歯ぎしりするような声になっていた。

『あの時、私たちが選択を誤った、と言うんですか?』

「お前たちが現実世界だけで完結する犯罪に切り替えていれば、状況は大きく変わっていたかも知れない。乾山くんにVR空間での不在証明ができたことが犯行方法に影響したのか、最初からそういう計画だったのか……俺たちには判別がつかなかっただろうからな」

そして、加茂も執行人が誰かを特定するのに失敗していたことだろう。

「とはいえ……ケンザン殺しの犯人にも勝算がなかった訳じゃないぞ? 例の三本指の跡は容

疑者を絞り込む重要な手がかりだった。だが、お前や執行人がそのことに気づいていない可能性も充分にあった」

加茂の言葉を受け、初めて東が口を開いた。

「椋田や執行人があの跡を甘く見て……『乾山にVR空間における不在証明が生まれても、まだ他に容疑者が何人も残っているから問題ない』と判断すると、そう考えたと言うの？」

「その通りだ」

東は瞳を閉じ、ほとんど消え入りそうな声で続けた。

「本来なら、私は反証をしないといけないのでしょうね。……でも、それは無理。加茂さんの推理には反駁《はんばく》の余地がないから」

『それ以上、余計なことは言わないで下さい！』

椋田の苛立ち乱れた声が挟まった。だが、東はそれすら聞こえていないように、涙を滲ませながら続けた。

「でも、もう全てを受け入れて……終わりにする時よ。加茂さん、あなたは私を……東柚葉を執行人として告発するのね？」

加茂は小さく首を横に振りながら、答えていた。

「いいや、俺が告発するのは……椋田千景だ」

第十三章　試遊会 三日目 解答フェーズ④

二〇二四年十一月二十四日（日）一〇：五五

「私、じゃない？」

東が息を詰まらせた声を出し、円卓を囲む他の三人も呼吸すら忘れたように硬直していた。

『どういう、意味ですか？』

再び音声が二重に聞こえるようになり、ラウンジのガラス戸の外に椋田海斗の姿が現れた。男の地声も変換されて聞こえてくる女性の声も、ひどく震えていた。

心ここにあらずといった様子で未知が口を開く。

「意味が分かんない。前に椋田海斗が姉を車椅子で連れて来たのも、全ては芝居だったってこと？」

「そういうことだ。……前に宣言していた通り、椋田海斗は直接的な嘘は一つも言っていない。だが、言葉巧みに嘘にならない範囲で『椋田海斗こそが全ての元凶で、椋田千景はその被害者だ』と俺たちに思い込ませようとしたんだ」

なおも、椋田海斗は殺意のこもった目で加茂を見つめるばかりだった。何も言い返さないのが、かえって加茂の背筋を薄ら寒くさせた。

その間にも、未知は言葉を継いでいた。

「でも、さっき東さん以外に犯行は不可能って結論が出たばかりだよね。それなのに……棟方さんも不破さんも、メガロドン荘の外にいた椋田千景に遠隔で殺されたって主張するつもり？」

勝利を目前にして加茂がトチ狂ったのか……あるいは、全てが仕組まれた演出で、実は加茂が執行人だったのではないかとまで疑っているようだった。彼女の表情は様々な感情ではちきれんばかりになっている。

加茂は東に視線を戻してから、口を開いた。

「前から少し引っかかっていたことがある」

感情を読み取らせない目をした東は、彼の視線を真正面から受け止めた。

「何？」

「ある言い間違えについてだ。戌乃島《いぬのしま》に上陸した際にメガロドンソフトのスタッフに質問した時も、メガロドン荘の食堂にいた別のスタッフに聞いた時も……彼らは『招待客のうち二名がまだ到着していない』と言った」

これを聞いた乾山が何度か頷いた。

「それは僕も気になってたんだ。招待客は八人なのに、K港で集合した時も五人しかいなかったし、食堂で待たされていたのも五人だったからね」

それなのに、メガロドンソフトのスタッフ二人は既に『六人が島に到着している』という扱いをしていた。

加茂も大きく頷きながら続ける。

「最初は誰かが別の船で先乗りしたんだろうと思っていたが、そうじゃなかった。椋田海斗……お前は昨晩に姿を現した時、俺や不破さんやお前自身が乗って来た船のことを『第一便』と呼んだ。つまり、あの船が招待客を乗せた最初の便で、それ以前の船などなかったということだろ？」

相変わらず、椋田海斗は口を開こうとしない。

「……一方で自己紹介の時、未知さんは行きの船で棟方さんと一緒だったと言っていたよな？そして、その棟方さんも東さんと行きの船で顔を合わせ、その時から相性が悪いと思っていたという風なことを言っていた。こっちはユウキ殺しの調査の時に聞いた話だ」

未知は警戒心の残る目で加茂のことを見やりつつも、すぐに認めた。

「確かに、私と棟方さんと東さんは同じ船で来たよ。言わば『第二便』だね。そっちに招待客が三人乗ってたのは間違いないんだから、メガロドンソフトのスタッフが数え間違えただけでしょ？」

これを受けて、ふっと加茂は笑った。

「いや、俺たちの認識の方が狂っている。……実際に、第一便の船には招待客が六人乗っていて、第二便の船には招待客は二人しかいなかったんだよ」

すかさず乾山が言葉を挟む。

「あり得ないでしょ。そもそも僕らが乗っていた第一便の乗客は七人しかいなかったし」

「そうだな。俺と佑樹くんと乾山くんと六本木さんと不破さんの五人。それから十文字Dと椋田Pの二人がいただけだ」

「このうち、十文字Dこと椋田海斗は事前の説明会でも会っているし、メガロドンソフトのディレクターなのは確かだよね？　いくらなんでも、スタッフが同じ社員である椋田海斗を招待客として扱うことはないと思うんだけど」

これを受け、加茂は小さく頷いた。

「もう、答えは一択しかないだろ？　俺たちが椋田千景だと思い込んでいた女性は六人目の招待客であり……あのアーモンド形の目をした彼女こそ、本物の東柚葉だったんだ」

佑樹は目を見開いてから、すぐに苦笑いを浮かべた。

「だとすると、第二便の船に乗っていた招待客は未知さんと棟方さんの二人だけで……僕たちが東柚葉だと思い込んでいた女性こそが、椋田千景だったということになりそうですね？」

「ああ、建物の外でゲームマスターを演じていたのが弟の海斗で……彼の共犯者として建物内で事件を起こしていた執行人こそが姉の千景だったんだよ。これが事件の真相だ」

未知は隣の、東と名乗っていた女性を見つめ、パニックを起こしたように叫んでいた。

「え、えぇ？　でも、私たちはキックオフ・ミーティングで椋田千景本人と打ち合わせをしたじゃないの！」

海斗も薄く笑いながら言葉を挟んだ。

『前にも言った通り……あの時に、君らが話をしたのは姉に間違いありませんよ？　私がゲームマスターとして放った言葉に、嘘はありませんから』

確かに、目の前にいる東は顔も体型も丸く柔らかな印象があった。たれ気味の目といい、アーモンド形の目をした女性とは似ても似つかない。

加茂は首を横に振りながら言った。

「確かにお前の言う通り、俺がキックオフ・ミーティングで話した相手は椋田千景だったんだろう。だが、その時はVR空間での打ち合わせだったじゃないか」

あのミーティングの最中、加茂は千景に『名刺の用意を忘れていた』と言った。

だが、加茂も仕事用の名刺を持っていなかった訳ではなかった。実際、今回の試遊会でも、彼は財布やスマホと一緒に……ライターになった時から仕事の際は肌身離さず持っている名刺入れまで、スタッフに没収されていたのだから。

あの時、椋田千景に対して言ったのは、『VR空間で交換が可能なデジタル名刺を用意するのを忘れていた』という意味だった。

また、加茂は打ち合わせ中に数回喉の渇きを覚えていたが……あの場に飲み物がなかったことも、リモートで行われたVRミーティングだったことを示していた。

もし彼が本当にメガロドンソフトのオフィスを訪問していたなら、打ち合わせの場に水やお茶などが供されるのが普通だったことだろう。

なおも、加茂は言葉を続ける。

「キックオフ・ミーティングでは、互いにアバターを介して話をしただけだから、俺は椋田千景の素顔を見ていないし、素の声も聞いていない。そして、その後の説明は全て十文字Dにより行われ、改めて彼女と会う機会もなかった。……他の皆も、同じなんじゃないか？」

誰からも否定の言葉は出なかったし、この場にいる皆が浮かべている表情は加茂の想像が当たっていることを何よりも雄弁に語っていた。

乾山が皮肉っぽくも疲れ果てた声になって言った。

「古典的な手に引っかかったのは、不覚としか言いようがないね？ でも、船に『アーモンド形の目をした女性』が乗っているのを見た時、僕も椋田千景があの時のアバターと同じ姿をしていると信じ込んでしまった。まさか……十文字Dとあれほど親密に喋っていたのが別人だなんて、思いもしなかったから」

佑樹も小さく頷きながら言う。

「いや、それが実は招待客かも知れないなんて、あの時点で気づくのは無理ですよ。それに……不破さんが十文字Dの正体を見抜いた時の、車椅子を使った三文芝居にもすっかり騙されてしまいましたし」

椋田海斗は『アーモンド形の目をした女性』こと東柚葉を車椅子に乗せて加茂たちに見せつけることで、更に皆の誤認を強めることに成功した。あの時は加茂でさえ、監禁されている女性が椋田千景だと信じて疑わなかったくらいだ。

加茂は改めて、東と名乗っていた女性に向き直った。

「結局、東柚葉も被害者の一人にすぎなかった。……俺が告発すべきは椋田千景、つまりあなただ」

＊

彼女はガラス戸の外の椋田海斗に視線をやってから、深くため息をついた。

「残念、あと少しで私たちの……完全勝利だったのに」

海斗は未だに現実が受け入れられないらしく、口の中でブツブツと呟き続けていた。

『装置外れのトリックは見抜かれて当然だと思っていたし、東柚葉が告発されるのも想定の範囲内だった。そのくらい見破られようと……告発する相手を間違っている限り、姉さんの勝利には何の影響もなかったのに』

千景は憐《あわ》れむような視線を弟に向けて口を開いた。

「彼らのことは私が引き受ける。……あなたは予定通り、戌乃島から脱出する準備をして」

海斗は戸惑い、子供っぽくすらある表情を見せる。

『でも』

「大丈夫、後で船で合流しましょう」

海斗がガラス戸の前から消えるまで見送ってから、千景は加茂に向き直った。

「敗者の遠吠えにしか聞こえないかも知れないけど、うちのスタッフがそんな要らぬことを君たちに漏らしていたとはね？　人はなかなか思い通りには動いてくれない。……そんなことで、私の正体について手がかりを与えてしまうなんて」

加茂はスマートウォッチを見下ろした。時刻は午前十一時十分すぎ。まだゲームの制限時間が尽きるまで時間があった。

「結局……俺の推理は正しかったのか？」

そう問いかけると、千景は諦めたように頷いた。

「ええ、このゲームは私たちの完敗。あなたは自らが起こした事件以外の全ての謎を解き明かし、その犯人の正体も明らかにした。……だから、後は君たちの自由だよ」

加茂は安堵感と一緒に、味わったことのないほどの強い疲労感が押し寄せてくるのを感じていた。これほど疲弊したのは、生まれて初めてかも知れない。

犯人役としてVR空間で二つの犯罪を遂行し、他の探偵たちの推理を三度にわたって論破し、最終的に自身も探偵として三つの事件の謎を解いた。

現実だろうとフィクションだろうと……わずか二日ほどの間に、これほどひどい状況に追い込まれた探偵はそうそういないだろう。だが、その悪夢のような時間もやっと終わりを告げようとしていた。

加茂は大きく息を吸い込んでから口を開く。

「では、俺たちと人質を……」

今すぐに解放しろ、と続けるつもりだった。

「前に、言っていましたよね」

突然、そう言葉を挟んだのは佑樹だった。彼はなおも続ける。

「……このゲームに勝利すれば、どんな願いだろうと叶えてくれるって」

最初、彼が何の話をはじめたのかすら、加茂には理解ができなかった。

すぐに椋田が『バトル・ウィザウト・オナー』のキャッチコピーを真似てそんなことを言っていたのを思い出す。……狂気と妄執を滲《にじ》ませた、あの翠《みどり》の魔女のセリフだ。

その真意が分からずに加茂は戸惑う。

「佑樹、くん？」

奇妙なことに佑樹の目には、かつて幽世島《かくりよじま》での復讐を決意していた時によく似た、覚悟を決めた色がはっきりと浮かんでいた。

だが、それよりも加茂を驚かせたのは……佑樹の言葉を聞いた千景が顔面蒼白になったことだった。それも、加茂の推理を聞いていた時とは比べものにならないほどに。

佑樹はスマートウォッチを見下ろして続けた。

「もう時間もない。手短にいきましょう」

「何を、するつもり？」

そう問い返す頃には、千景は元の落ち着きを取り戻していた。

「『探偵に甘美なる死を』のルールを最初に聞いた時から、気になっていたことがあるんですよ。……あなたがこのゲームを仕掛けた本当の目的が、どうしても分からなかった。それ以来、事件の推理もそっちのけにずーっと考え続けていたくらいですから」

これを聞いた乾山が眉をひそめて問い返す。

「そこは悩むとこじゃなくない？　椋田千景は実の親と育ての親を奪われ、素人探偵という存在そのものを憎むようになった。その代表者として、僕ら八人を集めたんだよ」

未知も大きく頷いていた。

「彼女の理屈に従えば……制限時間内に真相に辿りつくことができない無能さを悔いながら死ね、ってことでしょ？」

二人の意見に、佑樹は首を横に振りながら言った。

「過去にこういった事件が起きた例を聞いたことがないので、フィクションで例えるしかないんですが……デスゲームものって、主催者が何故そんなゲームを行っているのか、段々と分からなくなってくることがありませんか？」

千景は鈴を転がすような笑い声を立てる。

「確かに。フィクションではデスゲームを見世物にすることで、主催者側が収益を上げているパターンも多いかな。ゲーム開発者として言わせてもらうと……実際に興行して採算が取れるとは思えないものが混ざっているのも事実だけど」

佑樹は彼女に敵意を見せるでもなく、淡々とした口調で続けていた。

「あるいは、ゲームを仕掛けることで本当に復讐したい相手が誰か特定しようとするパターンもありますよね？　いずれにせよ、『他にもっといい方法があるだろ！』とツッコミを入れたくなったりもしますが」

　これを受け、千景は小さく肩をすくめた。

「でも、私はそのどちらにも当てはまらない」

「ええ。あなたは素人探偵という存在そのものを憎み、その属性を持つ人間を可能な限り多く集めて一気に復讐しようとした。その場としてこのゲームを用意したということなんでしょうが……そう考えても、色々とおかしいところがあるんですよ」

　黙っていられなくなって、加茂も口を挟む。

「おかしいところって？」

「椋田千景は素人探偵のことを憎悪しながら、よりによって素人探偵の活躍を描いた『ミステリ・メイカー』シリーズを開発しました。それも、他では類を見ないほどのクオリティで、プレイヤーが本格的な推理を楽しめるものを……。だからこそ、全世界の人々を虜《とりこ》にした訳ですが」

　これを聞いた千景が再び笑い出す。

「君もバカだねぇ。もちろん、名探偵を題材にしたゲームを開発するのは怖気が走る作業だった。……でも、素人探偵気取りを集めるには理由が必要だろう？　ゲーム開発者が目的に最適なゲームを作り上げたというだけの話じゃないか」

「本当に、それだけが理由ですか？」

佑樹がそう問い返すと、千景は再び強張った表情を見せて黙り込む。その間にも佑樹は言葉を継いでいた。

「僕が復讐するなら、たとえデスゲームという形だろうと、ターゲットに生存ルートを用意してやるようなマネは絶対にしません。……どうしてもゲームを仕掛ける必要があるなら、ターゲットに『ゲームに勝てば生き残れる』という偽の希望を与えるに留めますよ。ゲームの結果がどうなろうと、助ける気などさらさらないということですが」

「怖い考え方だね。まるで、君も復讐を目論んだことがあるみたいだ」

一瞬、千景は心から嬉しそうな顔になって言ったが、すぐに容赦のない口調に切り替える。

「前にも言った通り、私たちがゲームマスターとして放った言葉に嘘や偽りはない。復讐の結果としては不本意だけど……君たちが望むのなら、今すぐにでも全員のスマートウォッチを外し、人質も解放すると約束する」

一方、佑樹は少しも表情を晴らすことなく続けた。

「では、その点はあなたの言葉を信じることにしましょう。でも……なおさら分からなくなってくるんですよ。たった一度、デスゲームを行うだけなら、憎んでも憎み足りない素人探偵を肯定的に描くゲームを二本も用意する必要はなかったですよね？　試遊会と称して人を集めるだけなら、一作目の『ミステリ・メイカー』の発売前でも行えたはずだ」

この指摘は加茂にとって盲点だった。彼は戸惑いながらも考え込む。

……確かに、メガロドンソフトほど大きな会社なら、前作の段階でも素人探偵たちをイベントのゲストに招くことは充分に可能だったはず。

だが、千景は小さく首を横に振っていた。

「あのねぇ、『ミステリ・メイカー2』の試遊会にここまでの予算が取れたのは、前作が六千万本以上の出荷・ダウンロードを記録したからなんだよ？　こうして時間をかけたからこそ、RHAPSODYを使ったトリックも計画に組み込めた訳だし」

小馬鹿にされ笑われても、佑樹は少しも慌てなかった。

「でも、それは結果論ですよね？　あなたもゲーム開発者ならよく分かっているはず。どの会社も空前絶後のヒットを期待してゲームを開発しますが、成功するのはごく一部だけ。壮大なシリーズを企画しながらも思うように売れず、二作目の開発ができなくなったゲームはそれこそ山のようにありますよ」

「ふふ、それは事実だね」

「いくらあなたが自分のプロデューサーとしての能力に絶対的な自信を持っていたとしても……COVID-19が大流行したように、どんな不測の事態が起きるかは分からない時代です。実際に開発できるかも分からない二作目の試遊会が行われるまで、復讐を持ち越すのはリスクが高すぎます」

「かもね」

「あなたは無計画に動くタイプではないですよね？　復讐を先延ばしにしたのにも、何かしら理由があるはずです」

「さあ、どうだろう」

そう呟いた千景に対し、佑樹は鋭く問い返した。

「……本当の意味であなたが目的を果たすには、あらかじめ前作の『ミステリ・メイカー』を全世界に流通させておくことが必要だったんじゃないですか？」

この問いかけに千景はクスクスと耳に心地のいい笑い声を立てる。

「下らないねぇ。ゲームを流通させたからって何になる」

「あなたが設定した『探偵に甘美なる死を』の制限時間は本日の正午まで。……そして、全く同じ時刻には別のイベントも開始される予定で、全世界の人がそのスタートを待ち焦がれています」

佑樹の言葉を聞いた瞬間、加茂は背筋がすっと寒くなるのを感じた。

「タイムアタックイベント……『至高の名探偵』、か」

彼がそう呟くと、佑樹も大きく頷いていた。

「そう、僕らのゲームが制限時間を迎えるのと同時に、前作『ミステリ・メイカー』の追加エピソードが全世界同時に解禁されるんですよ？　これが単なる偶然の一致だとは思えません」

これを聞いた未知が考え込むように呟いた。

「確か、誰が最も有能な名探偵かを競うイベントだよね？　いち早くクリアできた者には豪華特典が用意されているとか何とか」

すかさず、乾山も前髪を上げながら口を開く。

「でも『探偵に甘美なる死を』と『至高の名探偵』に直接的な関係があるとは思えなくない？　僕らがプレイさせられたのは『ミステリ・メイカー2』がベースになっていて、もう片方は前作の方のイベントなんだから」

　これを聞いた佑樹はうんうんと何度も頷いて見せた。

「そうなんです。僕も二つのゲームの共通点が何なのか、それらがどんな風に絡むのか、見当さえつけられずものすごく悩みました。でも、丸一日以上考え続け、今朝になってやっと糸口がつかめたんです」

「糸口？」

　乾山は半信半疑といった顔をしている。

「注目すべきは、『ミステリ・メイカー』の出荷本数と、豪華すぎるクリア特典です。……六千万本が出荷されていることから考えて、『ミステリ・メイカー』のプレイ人口は数千万人を下らないでしょう。発売から結構経っていますから、既にこのゲームから離れていた人も多かったでしょうが、豪華なクリア特典があると告知されれば、話は変わってきます」

　ここで一旦言葉を切り、佑樹はより真剣な表情になって続けた。

「過去にプレイしたことのある人たちのうち、熱心なファンであればあるほど、推理力に自信があればあるほど……『至高の名探偵』のエピソードが解禁されるのを待ち望み、日本時間の正午になるなりプレイをはじめるはずですよね？」

　加茂は愕然としながらも呟いていた。

「まさか……」

「ええ、『ミステリ・メイカー』というゲームと『至高の名探偵』というイベントは、全世界に潜むある属性を持つ人間を炙り出す為の罠だったのだと思います」

佑樹が明言しなかった、ある属性が何なのか加茂には既に分かっていた。

「まさか、タイムアタックで自らの推理力が優秀だと示し、それに見合う豪華特典を手に入れようと画策する人々は……椋田千景からすれば、全員が素人探偵と同類、あるいは潜在的な素人探偵に見えていた、のか？」

加茂でさえ声が震えるのを抑えられなくなっていた。

それはあまりに歪んだ考え方だった。

だが、椋田千景と海斗は既に……復讐の対象を六本木や不破という個人を超えた、素人探偵全てにまで拡大していた。この解釈だけでも、かなり狂気じみたものと言えるだろう。

年月を経ることで彼らの解釈がさらに歪み……『謎解きに強い興味を持ち、素人探偵になる素質を持つかも知れない人』の全てに害意が及んでいる可能性も、ないとは言いきれないように思われた。

佑樹は一層青ざめた顔色になり、言葉を継いでいた。

「彼らの真の目的は、僕ら八人の命を奪うくらいで収まってくれるような、生易しいものではなかったんですよ。……僕らをメガロドン荘に監禁したことすら、計画のほんの一部にすぎなかったのかも知れません」

なおも無言を貫く千景を見つめつつ、未知が口を開く。

「それはさすがに考えすぎじゃない？　仮に、潜在的な素人探偵を全て見つけ出して殺そうと目論んでいたとしても……タイムアタックに参加する人は何百万人も、下手したら一千万人以上もいる訳でしょ。ゲーム開発者にすぎない椋田千景が、何かできるとは思えない」

「いえ、ゲーム開発者だからこそ、できることもあるはずです」

佑樹の返答を受け、千景が面白がるようにたれ気味の目を細めた。

「面白そうね、聞かせてよ」

「正直、単なる僕の妄想であって欲しいと願っているくらいなんですが……。『ミステリ・メイカー』をプレイする際、ＶＲゴーグルは他社製のものが使えますが、手袋型コントローラはメガロドンソフト製のしか使えませんよね？　これはつまり……販売されたゲームソフトの数と同等の数の手袋型コントローラが市場に出回っていることを意味します」

そう言いながら、佑樹は円卓を見下ろしていた。

卓上には彼の手袋型コントローラが転がっている。加茂はそこにメガロドンソフトのロゴを見出し、思わず身震いをする。

「もしかして、続編ができるまで椋田千景が復讐を先送りにしたのは……この手袋型コントローラの存在が原因なのか」

「少し前まで、メガロドンソフト製の手袋型コントローラの転売が社会問題になっていましたよね？　ゲーム機にせよ周辺機器にせよ、発売してしばらくは供給が全く追いつかない状態が続くことも多いんです。恐らく、椋田千景の復讐は……このコントローラがゲームユーザーの隅々にまで行きわたった後じゃないと、実行できないものだったんだと思います」

今では乾山は怯えた目をして手袋型コントローラを見下ろしていた。

「まさか、このコントローラにも、スマートウォッチと同じような『死の罠』が仕込まれていると考えてるの？」

佑樹は小さく頷きながら答えた。

「ええ。椋田千景は『ミステリ・メイカー』のプロデューサーであり、メガロドンソフトの執行役員でもあります。彼女なら自社製のコントローラを開発・製造する段階で、何らかの工作を加えることも可能だったと思うんです。例えば、メガロドンソフトのサーバから特定のデータを受信した時にだけ発動する罠を仕込むとか」

ディレクターの海斗を含む社内の協力者と共謀すれば、確かに不可能なことではないかも知れなかった。それは分かっていたが……加茂は右手で頭を鷲づかみにして、首を横に振る。

「それは現実的ではない」

「どうしてですか」

「コントローラに目立つ仕掛けを組み込めば、製品の検査や輸出入の際に気づかれるリスクも高くなるだろ？　おまけに、購入者の中には手袋型コントローラを趣味で分解し改造する人もいる。コントローラの中に毒針が組み込まれていたら、もっと早い段階で誰かが気づいていたはずだ」

この反論も想定していたと言わんばかりに、佑樹は力なく微笑む。

「その点は僕も悩んだんですが、電気を使った単純な仕掛けなら気づかれにくかったかも知れません」

それを聞いた瞬間、加茂はハッと目を見開いた。

「そういえば……このコントローラは充電の持ちが悪いのと、手袋部分の通気がやたら悪いので有名だったな？」

充電しながら使用すれば、漏電した時の危険性は上がるに決まっているし、汗で濡れた手も同じように電気を通しやすくなるはずだ。

佑樹は自分の両手を見つめながら、言葉を継いだ。

「一般的に、電流の入り口と出口に該当する部分ができると、感電すると言われていますよね？　中でも、電流が心臓を通過したら、低い電流でも命の危険にさらされるとか」

これは心臓が電気信号によって動いているせいだろう。強い電流は深刻な不整脈あるいは心停止を誘発することがあった。

なおも幽鬼のような顔色をしたまま、佑樹は続ける。

「家庭用の電源は基本的に百ボルトなので、感電したからといって必ず命を落とす訳ではないと思います。でも……電流が手袋型コントローラの手からもう片方の手へ抜けるとしたら？　あるいは、手から入った電流が足や臀部経由で地面（アース）に抜けたとしても同じです。電流は必ず、急所である心臓を通過することになりますよね？」

この指摘に加茂は愕然とした。

感電により身体が痙攣《けいれん》しはじめれば、もはや自力で手袋型コントローラを外すこともままならなくなるだろう。そのまま長時間にわたって心臓が電流にさらされれば……どれほど恐ろしい結果を招くかは明らかだった。

加茂の耳に心地のいい笑い声が響く。

「ふぅん。そこまで見抜くとは、意外だね」

そう言い放った千景の目を見た瞬間、加茂の背中に走る寒気は最高潮に達していた。彼は口ごもりながら問いかける。

「じゃあ、本当に……」

「そうだよ？　素人探偵を何人か殺したところで、この世界は何も変わらない。私がやろうとしていたのは……潜在している素人探偵まで残らず炙り出し、この世からことごとく抹消すること。そして、中でも罪深い君たち八人を生き地獄に落とすことだった」

それから、彼女は右手で目元を覆って続けた。

「あはは……君たちが『探偵に甘美なる死を』をクリアしようと、本当はどうだってよかった。無能さが原因で君たちが死んでいくのもいい。優秀であるが故に、真相に辿りついて生き延びるのもいい。むしろ、その方が私の復讐はより鮮やかなものになるからね？」

切りつけるような勢いで放たれる言葉に、加茂は意識していなくては歯の根が合わなくなりそうになっていた。

対照的に、佑樹は少なくとも表面上は穏やかに喋り続けていた。

「おかしいと思ったんです。僕らが『探偵に甘美なる死を』をクリアしても、何故かあなたは僕らと人質を解放するとは約束しなかった。その代わり、願いを何でも叶えてやると……奇妙な言い方をしました」

「そう、君たちには自身と人質の解放を願ってもらうつもりだった」

実際、加茂もその願いを口にしようとしていた。

あの時は佑樹がそれを止めた形になったが、もし実際に願いを口にしていれば、椋田姉弟はその言葉の通りに加茂たちと人質の命を救ったことだろう。だが……。

なおも、千景は泣き笑いするような声で言う。

「君たちがゲームに勝利したと大喜びしている裏で……何百万以上もの人が手袋型コントローラに仕掛けられた『死の罠』で感電死を遂げるはずだった。そして、君たちは束の間の安堵と歓喜の後に、否応なく知ることになっただろうねぇ？　世界中で、君たちだけが惨劇を未然に防ぐことができたのに……無能な君たちはそのことに気づかず、何よりも重要な機会を見落としてしまったのだ、と」

ここで言葉を切り、千景は大きく息を吐き出しながら続けた。

「その瞬間の……何百万以上もの命を守ることができなかったと知った時の、君たちの絶望と罪悪感に塗り固められた顔が見たかった。君たちを……死の方がよほど慈悲深いと思える生き地獄に突き落とすことこそ、私の本当の目的だったんだよ」

さすがに佑樹も平静の仮面を保っていられなくなったらしい。彼は千景をものすごい目で睨みながら言った。

「でも、言い換えれば……今ならまだ、手袋型コントローラの『死の罠』を解除し、大虐殺を阻止できるということだろ？」

佑樹の言葉に、千景は目を右手で覆ったまま動かなくなった。

なら、加茂が言うべきことは決まっていた。彼は深呼吸をしてから口を開く。

「何でも願いを叶えるというのなら……手袋型コントローラに仕掛けた『死の罠』の発動を停止しろ。それから、俺たちと人質に取った人間を全て解放し、スマートウォッチのロックも外すんだ」

＊

くすくすと鈴を転がすような笑い声が聞こえた。

「そんな約束……馬鹿正直に守るとでも思った？」

凍りついたように息を呑む加茂たちの前で、千景は悠々と手袋型コントローラを身に着けながら続けた。

「願いは一つだけ叶えてあげましょう。そのまま無様に生き延び……見届けるといい」

彼女は３Ｄモニターに向かって素早く指先を動かす。次の瞬間、加茂の左手首が軽くなって何かが床に落ちていた。

「招待客とその人質全員のスマートウォッチのロックを解除した。安心して、もう人質には手を出さないから」

加茂は反射的に外れ落ちたスマートウォッチを拾い上げていた。

十一時四十分……『至高の名探偵』を利用した大量殺人がはじまるまで、もう二十分しかない。

だが、以前とは状況が変わった部分もあった。

これまで、加茂たちはメガロドン荘に閉じ込められていたが……それは物理的な扉やシャッターがあったからではなかった。彼らの手かせ足かせになっていたのは、スマートウォッチに仕掛けられた『死の罠』だった。

その脅しが失われたからには、もうこれ以上は建物内に留まる理由もなくなっていた。

いち早く佑樹が麻痺状態から回復し、ラウンジのガラス戸へと向かった。加茂は慌てて彼を呼び止めようとするも、先に佑樹が振り返りざまに口を開いていた。

「メモにあった通り、僕らの持ち物を探せばいいんですよね?」

加茂はメモなど渡していなかったが、自分の考えていることは既に佑樹に伝わっているようだった。……だから、加茂はむしろ安堵して大きく頷いた。

「ああ、スマホを見つけたら、警察とメガロドンソフトへ連絡して……配信の停止を要請して欲しい」

乾山もガラス戸を開いて外を覗く。

「行ける、ここから他の建物に移動できそう」

「とにかく、急ごう」

乾山と佑樹はそのまま屋外へと姿を消し、出遅れてしまった未知も二人を追って外に飛び出していった。

今では円卓に残っているのは千景と加茂だけ。千景は小さく首を傾げるようにする。

「ゲームは終わった。あなたは行かないの？」

「もう残り二十分しかないんだ、電話したところで手遅れだろう。椋田Pと十文字Dが大量虐殺を目論んでいるといくら主張したところで、警察もメガロドンソフトも悪戯《いたずら》電話を疑って、すぐには信じないだろうからな」

千景はため息まじりになって言った。

「それでいて、諦めたって顔でもなさそうだね」

「だから、ここに残ったんだ。今や……大量虐殺を止められるのは、あなただけだから」

「嘘でしょ、まさか私を説得するつもり？」

軽蔑しきった顔になる千景に対し、敢えて加茂は話題を逸らすように続けた。

「教えてもらいたいことがある。この手袋型コントローラには、痛みを再現する能力はないんだよな？」

以前、加茂はＶＲ空間内でテーブルを叩いて、手袋部分では痛みを感じないことを確認していた。千景はすぐに頷く。

「ええ、その認識は正しい」

「なのに、俺のアバターが指先を負傷した時、手袋型コントローラでは再現されるはずのない……痺《しび》れるような痛みを感じた。あの痛みは、コントローラに仕掛けられた『死の罠』が低出力で作動したことにより起きたものだったんじゃないのか？」

千景は小さく肩をすくめる。

「私たちには何の利益もない行動だね。むしろ、リスクしかない」

少なくとも、あの時の椋田姉弟に加茂を殺す意図がなかったのは確かだった。感電はごく短時間で終わり、電流も指先がピリッとする程度に抑えられていたから。

彼女はなおも言葉を継ぐ。

「手袋型コントローラに仕掛けた『死の罠』は、私たちにとって最後の砦だ。なのにそんなことをしたら、加茂さんにみすみす最後の砦を崩すチャンスを与えるようなものじゃないか」

加茂はまっすぐに千景の目を見つめた。

「そのつもりでやったんだろ。あれは……復讐を止めて欲しいという、叫びだったんじゃないのか？」

ふっと千景は鼻で笑う音を立てた。

「ゲームマスターを演じていたのは弟だよ？　海斗が何の意図をもってそんなことをやったのか、私にも分からないね」

「嘘だ」

「……え？」

そう呟いた千景の唇は微《かす》かに震えていた。

「確かに、ゲームマスターとしてコンタクトしてきたのは、ほとんど弟の海斗だったんだろう。でも、ＶＲ犯行フェーズの時に俺に話しかけたり、昨晩に推理の進捗《しんちょく》が知りたいからと俺に個別で連絡を取ってきたりしたのは……全て、あなただったはずだ」

「何を根拠に……」

「笑い方だよ。あなたは弟とは違う、耳に心地いい不思議な笑い声を持っているから」

加茂もキックオフ・ミーティングで彼女の笑い声を聞いて以来、それが忘れられなくなっていた。彼女の笑い声は楽しげで、鈴を転がすような響きを帯びていた。

急に千景は寂しげに微笑んだ。

「東柚葉を演じている時は、その癖が出ないように気をつけていたのに。ＶＲ犯行フェーズでは、油断しすぎたのかも知れないね」

しばらく沈黙が続いた。千景は恨めしそうな声になって言う。

「でも、あれだけヒントをあげたのに、あなたは私たちの真の目的には気づきもしなかったじゃない！」

「ああ、俺は全くの役立たずだったな？　だが……手遅れになってしまう前に、あなたの叫びにだけは気づけた。だから、俺があなたをここで止める」

「あなたに私は止められない」

いつしか加茂と千景は睨み合っていた。

「本当は分かっているんだろ？　あなたが命を奪おうとしているのは、潜在的な素人探偵なんかじゃない。ただ、あなたのゲームを純粋に愛している人が犠牲になるだけだ。……こんなこと、もう止めにしよう」

千景は手袋型コントローラをつけたまま頬杖をついた。

「なら、昔話をしようか」

「昔話？」

千景は小さく頷いて話しはじめた。

「六本木が私の両親の命を奪い、不破が私の養父までも奪った話は聞いたね？　彼らが私と海斗を作ったのは間違いない。でも……あと二人、私にとって特別な素人探偵がいる」

「……一人は東柚葉、か？」

加茂がこう言ったのには、深い根拠があった訳ではなかった。

だが、加茂は行きの船で東柚葉と椋田海斗がとても親密そうに話をしていたのを思い出していた。その親しさゆえ、加茂たちも二人が姉弟に違いないと思い込んだ訳なのだが……姉弟でないのなら、海斗と東柚葉があれほど気安く話をしていた理由が何かあるはずだった。

意外なことに、千景は首を横に振った。

「いいえ。東柚葉は……私が作り上げた虚像の探偵にすぎない」

この言葉に、加茂は思わず眉をひそめる。

「病院勤務というのも息子がいるというのも、何もかもが嘘だったのか？」

「それも違う。参加者プロフィールの身長だけは私のものに合わせていたけど……ワタルという息子がいることも、素人探偵として有名だった兄がいたのも本当のこと。そして未知も言っていたように、彼女の兄の東香介は五年前に殺されたの」

それを聞いた瞬間、加茂の頭の中で不穏な推測が一気に組み立てられていった。

「未知さんによれば、東柚葉は姉妹で旅行に行く度に殺人事件に巻き込まれる、世界一ツイてない探偵だという話だったよな？　そして、あなた自身も俺に話してくれた。東柚葉には義理の姉がいて、それは兄の奥さんだった人だ、と。……東柚葉が探偵として事件に向き合う時には、その義理の姉が心の支えになっていた、と」

もし言葉通り、千景が『虚像の探偵』を作り上げたのだとしたら、傀儡である東柚葉の傍《そば》でワトソン面をして彼女の行動を操るのが最もやりやすかったはずだ。

だとすれば……。

先ほどのように、千景は右手で目元を覆って笑っていた。

「勘がいいね？　そう、私はかつて東香介と結婚していた。だから、私は東柚葉の義理の姉にあたる」

「やっぱり、そうだったのか」

東柚葉にとって椋田海斗は義理の姉の弟だった。その親戚関係を利用して、海斗はあらかじめ東柚葉との距離を縮めていたのだろう。そう考えれば、行きの船で二人が実の姉弟のように見えたのも不思議ではなかった。

千景はなおも続ける。

「今も仕事では椋田千景という名を使い続けているけど……戸籍上は、夫の姓だった東千景に変わっているんだ。だから、弟が私のことを東と呼んだのも、やはり嘘ではなかったということだね」

夫婦別姓が認められていない日本では、職場では旧姓を使い続ける女性も少なくないと聞く。特に、椋田の場合はゲーム開発者として対外的に名前を知られていたので、余計にそうなったのだろう。

彼女はなおも嘯《うそぶ》くように、言葉を続ける。

「椋田という姓は珍しいから目立つんだよね。だから、隠密で行動したい時に、東という姓は重宝した」

加茂は心の底からゾッとして、目の前の女性を見つめた。

かつて弟の海斗は、千景の結婚相手が命を落としたのは……素人探偵の罪によるものだったと言ったことがあった。それを聞いた時、加茂は千景が両親や養父だけでなく、夫までもを素人探偵の行動が生んだ悲劇で失ったのだと思い込んだ。

だが、真実はそうではなかったらしい。

千景は目から手を離し、掠《かす》れた声になって続けた。

「若い頃、私は一つ賭けをした。もしかすると……その頃には復讐を完遂すべきなのか、迷いがあったのかも知れない。きっと、私も若かったんだよ」

「何を、やったんだ」

「今の私は、できるだけ多くの害悪の芽を一気に摘み取ろうとしているでしょう？　でも、その時は逆に……たった一人に全てを賭けたいと思ったの。だから、私は素人探偵として活躍している人の中で最も能力が高く、人間的にもマシそうな人を探し出した」

「それが東柚葉の兄、香介だった？」

思わぬ話の流れに戸惑いつつも、加茂はそう問いかけていた。

「ええ、私は東香介に近づいて観察しはじめた。もちろん、彼がどんな人間なのか見定める為にね。……万に一つでも、私が『この人は探偵として存在するに値する』と心の底から思えるようになったら、香介……つまり素人探偵の勝ち。私は復讐を全て諦めるつもりだった」

次第に千景の声が震えだす。

「そうしたら、悔しいくらい東香介という人間は完璧だったの。もう善人を絵に描いたような人で、推理能力も素晴らしくてね？　ちょっと真面目すぎるのが欠点だったけど。結局……私は海斗の猛反対を押し切って、彼との結婚を決めていた」

我を忘れて賭けの対象に何もかも捧げるなんて、私も馬鹿らしいことをやったもんだよね？　でも、香介まで本気になるなんて思いもしなかった。……そう話す千景はどこか魂が抜けたような様子になっていた。

加茂はそんな彼女をじっと見つめて問うた。

「それなら、どうして東香介は命を落とし……あなたは復讐を続行しているんだ？」

「悪いのは、あの人」

いつしか千景は演技も何もかもかなぐり捨てたように、泣きじゃくっていた。

「彼は優秀すぎた。だから、結婚してすぐに……私がこれまでにやったことを知ってしまった。私、彼と出会う前に……もう素人探偵気取りを何人か殺していたの。その時に残っていた僅《わず》かな手がかりから、香介はその犯行の全てを明らかにした」

これを聞いた加茂は嫌悪感に思わず顔を歪める。

「まさか、彼の口を封じたのか？」

「いいえ、私を警察に突き出すか、自白するように説得をしたのなら、それで問題はなかったの。なのに、あの人は探偵としてやってはならないことをやった」

「もしかして……あなたを、庇ったのか」

加茂は愕然として目を見開き、千景は大きく頷いていた。

「あの人は集めた証拠を私の目の前で焼き捨てた。そして、証拠を捏造《ねつぞう》してまで全ての事件を事故死という結論へと導いた。そして、こう言ったの」

……もう大丈夫、誰も千景を脅《おびや》かすことはないよ。だから、もう二度とこんなことはしないと約束してくれないか？

その時の東香介は全てを悟ったような、とても静かな目をしていたのだという。

くすくすと笑う千景の声に、割れた鐘のような響きが混ざる。

「その瞬間、私の中で結論が出た。東香介はやはり、私を苦しめた探偵たちと何も変わらないんだ、と。彼も自分に都合のいいように、事件の真相を書き換える人間だった」

「違う」

加茂は思わずそう呟いていた。

「違わない。でなければ、あれほど罪悪感もなしに証拠の捏造ができるはずがないでしょ？常習的にそうしていたけれど、香介のやり方があまりに巧妙だったから……私が気づいていなかっただけ」

「本気で、そう言っているのか」

「もちろん」

加茂には想像することしかできなかったが……東香介にとって、それが最初で最後の犯罪の隠蔽《いんぺい》だったのではないか？　加茂にはそう思われて仕方がなかった。

最愛の人の犯罪を知った時、どれほど悩んだことだろう？　東香介が千景の暗い過去も全て理解した上で、その犯罪を告発することに躊躇《ためら》いを覚えたのだとしても……加茂には彼の行動を完全に否定することはできなかった。

千景の目を見る限り、彼女も気づいているようだった。夫が自分の犯罪を知るまで潔白だったことを……。それでも、そう言い続けるしかないのだろう。

なおも、彼女は言葉を継いでいた。

「その後、私は海斗と共謀して夫を殺した。刺されてもあの人は無抵抗だった。こうなるかも知れないと、既に察していたのかもね？　で、その罪は素人探偵気取りだった小悪党に擦《なす》りつけることにした。……兄を失って復讐に燃えていた東柚葉を利用したの。彼女を操って推理をさせ、その小悪党を逮捕させることに成功した」

この時、開きっぱなしだったガラス戸から乾山がラウンジへ戻ってきた。

どこから話を聞いていたのだろう、前髪で隠れた目元から察することはできなかった。ただ、彼は静かに報告した。

「電話線は切られていたけど、没収されていたスマホもアクセサリーも全て無事に取り戻せた。前に椋田が言っていた通り、持ち物はあらゆる通信を遮断する素材でできたケースに入れられていただけだったよ。……今は遊奇さんと未知さんが、警察とメガロドンソフトに連絡して事情を説明している最中だ」

その言葉の通り、彼が制服のポケットに突っ込んだ手からはスマホと銀色の細い鎖のようなものが覗いていた。

「……そうか、よかった」

加茂は大きく息を吐き出してから、スマートウォッチを取り上げて時間を確認した。いつしか、残り五分しかなくなっていた。

千景は肩をすくめる。

「無駄なこと。どうやっても間に合いはしないのに……」

それから彼女は加茂だけを見て言葉を続けた。

「その後も、東柚葉はいかにも素人探偵らしく振舞ってくれた。何一つ疑うことなく、私や海斗がお膳立てした事件に出くわし、私が与えるヒントを拾い上げて組み立てて、事件を解明したと得意になっていた」

東柚葉には名探偵と呼ばれた兄への強い憧れがあったのだろう。だから余計に、千景の術中に嵌《は》まって抜け出せなくなったのかも知れない。

今では千景は笑いに肩を震わせていた。

「東柚葉は自分の周囲に事件が集まるのは、探偵としての運命だと信じていたみたい。あはは、そんなことある訳ないのに」

「……どうだろうな」

これまで竜泉家の周囲では三度も異様な事件が起きていた。これを単なる偶然と呼んでいいのか、加茂でさえ分からなくなっていたからだ。

千景は訝《いぶか》しそうな顔になったものの、すぐに続けた。

「まあ、そんな単純な人間だったから、椋田千景の身代わりを演じさせられていたことにも、気づかなかったんだけどね。でなければ、海斗も東柚葉を他の招待客から隔離する時に、もっと苦労する羽目になっていたことでしょう」

そして彼女は表情を暗いものに変え、独り言のように呟く。

「ただ……彼女の顔が香介に似ているのだけは嫌で堪らなかった。……綺麗なまま残しておきたかった、夫との思い出まで自分の足で踏みにじっている気がして」

残り時間三分を切っていた。

加茂はスマートウォッチを円卓に戻して問いかける。

「昔話は、それで終わりか？」

千景は我に返ったように小さく頷いて、手袋型コントローラをつけたままの手を組み合わせて言う。

「最後に聞かせて。……最愛の人が犯罪に手を染めていると知った時、あなたならその人を躊躇いなく断罪できる？」

「分からない。いや……恐らく無理だろうな」

加茂は本心をそのまま口にしていた。

もちろん、東香介は妻の罪を暴くべきだったのだろう。それは間違いない。

だが、加茂自身が同じ状況に陥ったとして、伶奈や雪菜を無情に警察に突き出すことができるかは分からなかった。かつての東香介がやったように、別の解決方法がないかと模索してしまうかも知れない。

千景がぐっと顔を歪めて、泣き笑いしているような表情に変わった。

「バカだなぁ、こういう時こそ嘘をつくものでしょ？　探偵として当たり前のことをやるだけだとか何とか……そういう返事をしていれば、未来は全く違ったものに変わったかも知れないのに」

「聞きたかったのは、そんな嘘だったのか?」

「……いいえ」

千景は3Dモニターに手を伸ばして、指先を素早く動かしはじめた。

加茂も乾山も彼女のやることを見守るしかなかった。彼女が操作するスピードが速すぎて、画面に映し出されているのが何なのか誰にも分からなかったからだ。

正午まで残り三〇秒……。

彼女は目を閉じて続けた。

「これで満足? 手袋型コントローラへのアップデートデータの配信を中止し、アップデートデータも削除した。もう『死の罠』は発動しないし……あなたの願いは全て叶った」

少なくとも、これほど疲れ切り、どうしようもなく諦めの念にとり憑《つ》かれた目をした千景を見るのははじめてだった。

「信じて、いいんだな?」

彼女はのろのろとした動きで、手袋型コントローラを外しながら言った。

「……先ほど、私にとって特別な素人探偵があと二人いるという話をしたね? そのうち一人は東香介だった訳だけど」

「そうだったな。もう一人は、誰だったんだ?」

答えを薄々悟りながらも、加茂はそう問いかけていた。

「あなた」

「……」

「驚かないか。ふふ、当たり前と言えば、そうかもね？　私の仕掛けた犯罪の大部分を見破ったのはあなたなんだから。……でも、特別なのはそれだけが理由じゃない」

彼女は自分の左腕を見下ろした。

これまで手袋型コントローラに隠れて見えていなかったが、彼女だけは手首からスマートウォッチが外れていなかった。それを見つめて彼女は続ける。

「本当は、犯人役は六本木と不破の二人にするつもりだった。犯人役は難易度が高く、命を落とす可能性も高いからね。……でも、招待することにした八人を調べているうちに、あなただけは香介に似ている気がしてきた。ふふ、おかしな話でしょう？　加茂さんには会ったこともなかったし、香介と外見が似ている訳でもない。それなのに、あなたから同じ匂いを嗅ぎつけた気がした」

加茂はひどく複雑な気持ちになりつつも問いかける。

「だから……俺を犯人役に選んだのか？」

「ええ、六本木の能力では、犯人役すら満足に演じられないという問題もあったんだけどね。私の直感は当たっていたんだと思う」

いつしか彼女は加茂の背後を見つめていた。その後ろに誰かの影を見出しているようだった。そして、千景はうわ言のように続ける。

「香介が私を止めに戻ってきたのかと思った。……私はこの手で香介を刺し殺した。だから、加茂さんの命を奪うのにも何の躊躇いもないはずだった。なのに……あなたを何度も死地に追いやりながら、同時に生き延びて欲しいと願っている自分がいた」

最後に、彼女は自嘲するように微笑んだ。

「もしかすると、私はあなたに止めて欲しかったのかも知れない。もっともっと早くあなたに出会っていれば……少なくとも、こんな最低の出会い方さえしなければ……今とは全く違う未来もあった気がして」

加茂はそれに応えることができなかったし、自分がどんな表情を浮かべているのかすら分からなくなっていた。ただ……加茂を見返す千景が、ひどく哀しそうな顔をしていたのだけは脳裏に焼きついた。

「そろそろかな？　さようなら、加……」

言葉の途中で、彼女は円卓の上に崩れ落ちた。

加茂は慌てて千景を抱き起こしたが、彼女の身体は痙攣に襲われていた。

ごとりと音を立て、千景のスマートウォッチが床に転がった。彼女の左手首には針で突いたような小さな傷跡ができている。

加茂は全てを悟った。３Ｄモニターを操作した時、千景は自分のスマートウォッチの毒針が時間差で作動するように設定をすませていたのだろう。

彼女の口から泡が溢れ出し、やがて呼吸が止まって心臓の拍動も弱まっていく。

加茂たちの応急処置も空しく……これが、椋田千景の最期となった。

エピローグ

二〇二四年十一月二十四日（日）二二：〇五

「結局、佑樹くんが推理を放棄すると宣言したのも……何もかも、嘘だったってことだよな？」

加茂に問い詰められ、竜泉佑樹はどうしようもなく逃げ出したくなっていた。

彼はちらっと背後を振り返る。そこには黒々とした瀬戸内海が広がり、つい先ほどまで彼らが乗っていた海上タクシーが再出発するのが音で分かった。

迎えのタクシー車両が来るまではK港から逃げようがないと諦めて、佑樹は口を開く。

「ええ。椋田に盗聴されているのは確実だったので、彼らに気づかれないよう『分業の提案』をしたら、ああなりました。……いや、加茂さんには『探偵に甘美なる死を』内の事件に注力してもらって、僕が密かに椋田の真の目的を探ろうと思っただけだったんですが」

「言っとくが、微塵《みじん》も伝わらなかったからな」

珍しく恨みがましい口調になった加茂に対し、佑樹も苦笑いを浮かべた。

「ですよね。試しに言ってみたものの、途中で『あ、これは無理なヤツだ』と気づきました。でも、僕が推理を放棄すれば、加茂さんは必然的に本気の本気で事件に取り組むしかなくなるでしょう？　それはそれで、いいかなと思ったんですよ」

加茂が大きくため息をつくのが聞こえた。

「ったく、何を考えているんだ」

周囲は夜の闇に閉ざされていたので、昼間ならはっきりと見える瀬戸内海の島々もその影すら覚束ない。

加茂が千景の説得を試みていた間、佑樹と未知は警察とメガロドンソフトへ配信停止の要請を行っていた。それが終わった後も、隣の建物に監禁されていた（本物の）東柚葉とメガロドンソフトのスタッフたちを救出していたので……椋田千景の最期に立ち会うことはできなかった。


その代わり、彼らは別の人間の死を見届けていた。

人質を解放している最中、佑樹たちはパンと乾いた音を聞いた。外を調べに向かった二人は、メガロドン荘近くの船着き場に係留されていたモーターボートの中で、血にまみれて倒れている男を発見した。

椋田海斗だった。

一度は逃げたのに戻ってきたのか、それとも姉を待つつもりで島に留まっていたのか？　彼は口から血を溢れさせ、胸の辺りからも出血があった。その傍《そば》には……どうやって入手したのだろう、拳銃が転がっていた。

その銃身《バレル》に血が付着しているのを見て、佑樹は何が起きたのかを悟っていた。

海斗は拳銃で自殺を図ったのだろう。だが反動で手元がブレたのか、即死はしなかったらしい。佑樹たちが駆けつけた時には、まだ息があった。

海斗は左手にスマホを握りしめ、繰り返し虚空に問いかけ続けていた。

「姉さん、どうして?……姉さ……どう……て」

恐らく、スマホで調べる等して手袋型コントローラの仕掛けが発動しなかったことを知り、千景自身がその配信を停止したと考えるに至ったのだろう。

……姉に裏切られたと思って、自ら死を選んだのか。

断末魔の痙攣《けいれん》を起こす海斗を見下ろし、佑樹はやりきれない気持ちで一杯になっていた。


その後、岡山県警が戌乃島《いぬのしま》に到着したのが午後二時ごろのこと。

SNSを見る限り、全世界のプレイヤーは『至高の名探偵』のみならず『ミステリ・メイカー』そのものがプレイ不可能になったことに怒り狂っていた。

だが、これもやむを得ない措置だった。

幸いなことに、椋田千景が手袋型コントローラに仕込んだ『死の罠』は発動しなかった。しかしながら、あのコントローラにプレイヤーの命を脅《おびや》かす欠陥があるのは事実だった。近い将来、メガロドンソフトは大規模な自主回収を発表することになるだろう。

もしかすると、メガロドンソフトはそのまま倒産するかも知れない。……未遂に終わったとはいえ、千景の計画した犯罪の爪痕はやはり大きすぎた。

その後、警察による取り調べがひと段落して、戌乃島から出る許可が下りたのは午後八時半を過ぎてからだった。

とはいえ、まだ東京へ戻っていい訳ではなく、明日以降もここで取り調べが続く予定だ。何にせよ、岡山県K市内の民宿に泊まって待機することが認められただけでも、佑樹たちにとってはありがたかった。

今、佑樹と加茂を含む四人はK港に戻ってきて、タクシー車両が到着するのを待っている状況だった。戻ってくるときに乗っていた海上タクシーには付き添いで女性警察官も同乗していたのだが、彼女は下船するなりバイクにまたがって一足先に署へと出発していた。

夜の闇は濃く、隣に立つ加茂がどんな表情を浮かべているかさえ分かりにくい。

「……万一、俺が事件の真相を見抜けないまま、タイムアップを迎えていたらどうするつもりだったんだ」

「いや、加茂さんなら必ず真相を暴くと信じていたので、不安はなかったですけど」

「お前なぁ」

「実際、僕が気づく程度のことなら、加茂さんが先に気づくでしょう？　それに……椋田千景の考えていることをトレースして真の目的を探る役割に、加茂さんはあまり向いていない気がしたので」

これは皮肉でも何でもなく、佑樹の心からの言葉だった。

佑樹が加茂のことを苦手としているのは、彼がある意味で鋭すぎるからだ。探偵の資質というものが存在しているとしたら、佑樹のそれは加茂には遠く及ばないという自覚さえあった。

だが、復讐に狂った椋田千景が何をやろうとしているか探る上では……同じように復讐を誓って三人を屠《ほふ》ろうとしたことがある自分の方が上手くやれる直感があった。

なおも佑樹は続ける。

「さすがに、加茂さんが犯人役だったと知った時には……分業は中止すべきか悩みましたけどね？ 犯人役の負担は大きいので、防戦一方になって推理など行えないと思いましたから。……でも、加茂さんがしっかり反証しているところを見たら、やっぱり大丈夫かなって」

「よく言う。こっちは寿命が何年か縮まったぞ」

すっかり疲れ切った声になった加茂から視線を逸らし、佑樹は闇に包まれた瀬戸内海の水平線を見つめた。

「そういえば……加茂さんが起こしたミチ殺しとケンザン殺しの真相は聞かずじまいですね？」

反対に、遠くに柔らかく見える夜景に視線をやっていた加茂が呟いた。

「今更、説明する気力も湧かないな」

すかさず佑樹はニッと笑う。

「分業すると言いながら、僕もそれなりに推理してたんですよ。……ミチ殺しは傀儡館の外の虚無に空気がないことを利用し、ケンザン殺しは巨大リモコンを活用したんでしょう？」

加茂はちらっと佑樹を見ただけで、それが正解だとも間違っているとも言わなかった。佑樹は少しばかりがっかりする。

「何だか、リアクションが薄いですね」

「そんなことより、聞きたいことがある。前に佑樹くんが、椋田千景が自分と同類だと言ったのは……」

「あれは嘘です」

佑樹が即答すると、加茂は苦笑いを浮かべたようだった。

「まあ、多少は本当のことも混ざってましたけどね。でも……僕と椋田姉弟に似たところがあったとして、それが何だって言うんですか？　僕は僕が選んだ道を進みます。だから、行きつく場所が彼らと同じになることなんて、あり得ませんよ」

「そうか、嘘……か」

どこか安心した様子で、加茂は吐息を漏らした。

「なるほど、佑樹くんらしいな」

その言葉を最後に、加茂はK港にほど近い道路に目をやって黙り込んでしまった。

かといって、行きの船の時のように気まずい雰囲気にはならなかった。これは加茂が佑樹に対して何か思うところがあって口を閉ざしている訳ではないからだろう。ただただ……彼は精神的に消耗しきっているように見えた。

そのまま沈黙が五分ほど続いただろうか。やがて路肩にタクシーが一台停車した。そして、道路脇の照明の一つが……タクシーから降り立つ母子の姿を淡く照らし出す。

子供の方が大人しく、母親の方が興奮を隠しきれない様子で港に向けて大きく右手を振りはじめた。その動きとシルエットを見ただけで、佑樹には誰か分かった。

……そうか、伶奈と雪菜ちゃんが港まで駆けつけてきたのか。

道路に向かって加茂が手を振り返すと……我慢できなくなったように、雪菜が走り出して彼に飛びついた。加茂は娘を抱き上げ、感極まって泣き出した伶奈を安心させようと宥《なだ》めはじめた。

再会を喜ぶ三人を見て、佑樹も微笑んでいた。

少し遅れて、空車のタクシーが二台到着した。……こちらは未知が呼んだと言っていたタクシーだろう。

未知が乾山に向かって「早く家に戻らないと、ヒモくんが餓死しそう」などと話しているのが聞こえてくる。そんなことを高校生に喋ってどうするのかという気もしたし……どうせ、ヒモ氏が豪遊して有り金を全てスッていたと判明するのが関の山だろう。

一方、佑樹のスマホには三雲からのメッセージが届いていた。……彼女は直接民宿に向かい、ついさっき到着したばかりだという。

三雲にはわざわざ岡山に来なくていいと伝えたのだが、夕方に警察の取り調べを受けている間に彼女から新幹線に飛び乗ったという連絡が来ていた。

……僕も、早く民宿へ行こう。

夜になると陸風が吹きつけて、港に立っているだけで寒くて堪らなかった。

「あの、ちょっと話が……」

タクシーに向かおうとした時、そう声をかけてきたのは乾山だった。彼も寒そうに制服のポケットに手を差し込んでいた。そのポケットからは銀色の細い鎖が覗いている。

佑樹の目を見て何を思ったのか、乾山は大人びた顔をして続けた。

「ちなみに、僕の親なら迎えに来ないよ？　海外に出張中だから。事件の知らせは行ってるはずだけど、まだ連絡の一つもない。まあ……いつものことだけど」

どうやら乾山と両親の関係はあまり良好なものではないらしい。

「同じ民宿に泊まる訳だし、移動しながら話そうか」

だが、この提案は乾山に一蹴されてしまう。

「その必要はない。どうせ、話すのは僕じゃないんだし」

「……え？」

その時、佑樹のスマホに着信があった。

突然の着信に気を取られている間に、乾山はすたすたと歩いて、タクシーに乗ろうとしていた未知を大声で呼び止めた。どうやら、彼女に民宿まで一緒に行こうと提案しているらしい。

かかってきたのは非通知の着信だった。佑樹は慌てて通話ボタンを押す。

「はい」

『はじめまして、竜泉佑樹さん』

抑揚《よくよう》のない男の声が聞こえた瞬間、佑樹は心臓が跳ね上がりそうになるのを感じていた。彼は急いで人気のない埠頭の端に向かう。

「一応、非通知は拒否する設定にしていたんですけど」

『ああ、スマホをクラッキングしました』

　こともなげな返事。一瞬でスマホを乗っ取ってしまう能力を持つ者を、佑樹は一人しか知らなかった。彼は思わず笑ってしまう。

「はじめまして、マイスター・ホラ。こうして話ができるなんて思わなかったなぁ。……でも、電話をかける先を間違えてませんか？　加茂さんもまだ出発してないみたいだし、よければ代わりますよ」

　ホラはかつて加茂と一種のバディを組んでいたことがあった。だから、話をするとすれば、佑樹より加茂の方が相応しいはずだった。

　実際、加茂親子はこれからタクシーに乗り込もうとしているところだった。呼び止めれば間に合うだろう。

『いえ、その必要はありません』

　ホラの返答はあっさりとしていた。それを聞いた佑樹は真顔になって問う。

「では、僕に何か用ですか？」

『あなたのご意見が聞きたいんです。……加茂さんは、どこまで気づいていたと思いますか？』

　佑樹はスマホを左手に持ち替えながら言った。

「そうですね。まず誰かが砂時計のペンダントを戊乃島に持ってきていたことには、間違いなく気づいていたと思います」

彼はＶＲ空間の広間で見つけたメモ用紙の内容を思い出していた。

ArteMis Hero　（アルテミス　英雄）
Ares hinted Pen　（アレスはペンを暗示した）

一見すると、ギリシア神話の神々が登場する以外は、ナンセンスで文法的にも不正確な英文だった。

「実は、ＶＲ空間で僕ら宛てのメッセージを見つけたんですよ。……一挙一動を椋田姉弟に監視されていたので、僕らは情報交換すら自由に行えなかった。だから、苦肉の策で作ったアナグラムだったんだと思います」

一行目は、不自然な位置にある大文字『ＭとＨ』の頭文字から、『Meister Hora（マイスター・ホラ）』のアナグラムだとすぐに気づけた。

ここまで分かった瞬間、佑樹はメモを書いたのが加茂ではないかと疑い、実際に彼にそう問うたことがあった。ところが、加茂はそれを否定した。

……じゃあ、誰がこんなメッセージを？

少なからず薄気味悪く感じつつも、佑樹は二行目の意味を考えた。こちらの解読には、少し手間取った。

ホラに関係する単語の当たりをつけたところで、『Pendant（ペンダント）』という言葉が隠れていることに気づいた。それを踏まえた上で、文字の順番を入れ替えると、『Pendant is here（ペンダントはここにある）』というセンテンスが浮かび上がってきた。

これに気づいた時、佑樹は驚愕したものだった。

「あのアナグラムのおかげで、僕と加茂さん以外にホラの存在を知っている人がいて、恐らくその人物の手で砂時計のペンダントが戌乃島に持ち込まれているのも分かりました」

このメッセージを加茂も解読していたとハッキリしたのは……椋田千景が皆のスマートウォッチのロックを解除した直後のことだった。

自由になった佑樹はメガロドン荘の外へ向かう前に『メモにあった通り、僕らの持ち物を探せばいいんですよね？』と加茂に問いかけた。

これは『例のアナグラムの答えに従って、持ち物の中の砂時計を探せばいいんですよね？』という意味で放った言葉だった。

もし、加茂がアナグラムの解読に失敗していれば『メモなんて渡してない』という反応が返ってくるはずだ。だが実際は……加茂はむしろ安堵した様子を見せた。

ここで、佑樹は小さくため息をつく。

「結局、回収されていた持ち物を見つけるまで、誰があのメッセージの送り主なのかは分からずじまいでした。乾山くんが自分の持ち物から砂時計を取り出すのを見て、やっと分かった感じです」

ホラが低い声で言った。

『そんなことがあったとは……。私もまだ、乾山くんから事件に関する細かい話を聞けていなかったもので』

「実は、僕も乾山くんに聞きたいことが山ほどあったんですが、結局、質問する機会がなかったんですよね。あの時は『死の罠』の配信を止めるのが最優先だったし、僕も警察への連絡と人質の救出で手一杯でしたし」

警察が戌乃島に到着した後は、常に傍に警察官が付き添っていたので、やはりマイスター・ホラに関する話をする訳にもいかない状況が続いていた。

一呼吸おいてから、佑樹は改めて口を開いた。

「……あなたは乾山くんの持ち物として、一緒に戌乃島に来ていたんですよね？」

『その通りです。私が乾山くんに頼みこんで、私こと砂時計のペンダントの持ち主になってもらっていました』

その言い方に佑樹は違和感を覚えた。だが、ホラがひどく辛そうな声になって続けるので、彼は言葉を挟むチャンスを逸してしまった。

『……ですが、私は何の役にも立たなかった。一緒に島に来ていたのに、メガロドン荘で事件が起きていることも知らぬまま、今日の正午近くまで眠っているに等しい状態になっていたんですから』

「それは仕方がないですよ。だって、僕らは島に到着するなり、持ち物を全て強制的に没収されてしまった訳ですから」

『ええ、私こと砂時計のペンダントも例外ではありませんでした』

佑樹は三雲からもらった腕時計を預けまいと抵抗したが、その時に彼以外にもアクセサリー類の没収に異議を唱えている人がいた。もしかすると、あの声は乾山だったのかも知れない。

『島に到着した段階では、私は椋田千景がこんな恐ろしいことを考えているとは、夢にも思っていませんでした。だから……乾山くんと引き離されても、どうとでもなると甘く考えていたんです。どこにいようと通信さえできれば、私のクラッキング能力には影響がないはずでしたから』

ところが実際には、砂時計のペンダントはあらゆる通信を遮断する機能を持つケースに放り込まれた。これにより……ホラは実質的に外界に干渉する手段を失い、その能力もほとんど封じられる結果となったのだった。

ホラはなおも鬱々と続ける。

『皆さんの持ち物が保管されていた部屋は無人で、外の喧騒も伝わってきませんでした。だから、電波の送受信が不可能になっても、乾山くんの土産話を聞くのを楽しみに待とうと考えてしまった。……せめて、外で何が起きているか把握できていれば、時代と場所を無視した通信方法をダメ元でも試すところだったんですが』

佑樹が話に聞いて想像していた以上に、ホラは人間的な落ち込みを見せていた。そのことに戸惑いながらも、佑樹は言った。

「いや、それは僕らも同じですよ。完全に油断していたから、あっさりと睡眠薬を盛られて監禁されてしまった訳ですし」

しばらく沈黙が続いた。

道路に視線をやると、いつの間にかタクシーはいなくなって加茂親子の姿も消えていた。一足先に民宿へ向かったのだろう。佑樹も吹きつける風の寒さに、次第に指先の感覚がなくなりつつあった。

あまり無音が続くので通話が切れてしまったかと訝《いぶか》りはじめた時、再びホラは口を開いた。

『……でも、加茂さんはどうしてあんなことを?』

話の流れが見えず、佑樹は困惑する。

「え?」

『加茂さんは砂時計のペンダントが戊乃島にあり、私がここに来ているのも知っていた。なら、砂時計が通信可能な状態に復帰したと分かった時点で、椋田千景への説得を止めてもよかったと思いませんか? 私のクラッキング能力があれば、彼女が計画していたデータ配信を止めることなんて、容易《たやす》かったんですから』

「それは……」

『砂時計のペンダントを取り戻した後、乾山くんは私に経緯説明を行ってから、ラウンジに戻りました。そして、加茂さんにアクセサリーが無事に回収できた報告までしたんです』

当時、佑樹はメガロドン荘の外にいたので、そんなやり取りがされていたことすら知らなかった。佑樹は眉をひそめつつも頷く。

「なるほど。それなら、加茂さんはホラのクラッキング能力が復活したと知っていたことになりますね」

『実際、事情を聞いた一分後には、私は問題のデータの配信を止める処理を全て終えていました。だから、椋田千景が配信を止めなかったとしても……表面上は、運よくプログラムの不備と機材トラブルが重なって「死の罠」は発動せず悲劇も防がれる、という未来を迎えていたはずなんです』

佑樹は埠頭のコンクリにまで視線を下げる。

「やっぱり……彼女は自分の手で配信を止めたつもりになっていただけ、だったんですか」

『私には分からない。加茂さんは私のクラッキングの進捗《しんちょく》を確かめようともせず、どうして椋田千景との対話を続けたんでしょうか』

この言葉を受けて、佑樹はすっと目を細めた。

「……それを聞きたいのなら、情報を伏せるのはナシですよ」

ホラは何も答えなかった。佑樹はまばらに車が走り抜けていく道路に視線をやってから続ける。

「あなたは乾山くんに頼みこみ、砂時計のペンダントの持ち主になってもらった、という風に言った。これはつまり、何かはっきりした目的があって彼に近づいたということでしょう？」

『それは認めます。私は「ミステリ・メイカー2」の試遊会に興味があって、乾山くんにコンタクトを取りました。……実は、彼が私の持ち主になるのは二回目なんですよ。もっと言ってしまうと、彼は加茂さんから砂時計のペンダントを受け取った本人ですから』

予想外の言葉に、佑樹は目を丸くした。

「えっ、加茂さんが砂時計を渡した子供が、乾山くん?」

『ええ。乾山くんは家庭の事情で苗字が変わっていますし、この六年で成長して外見も大きく変わりました。見た目や声だけで、あの時に会った子だと気づくのは不可能だと思います』

佑樹は髪の毛に手をやって、再び口を開いた。

「加茂さんなら気づいている可能性も……いや、こんなことはどうでもいい。それより解せないのは、あなたが加茂さんに黙って試遊会に潜り込もうとしたことです。行きの船の中でも、乾山くんはホラの存在をほのめかそうともしなかった」

『それは、私が彼に口止めしていたからです』

「どうして?」

『……知らない方がいいこともあります』

それを聞いた佑樹はにやりと笑った。

「無駄だよ、僕はそういうのは一切気にしないから」

『なるほど……あなたの方が加茂さんより性質《たち》が悪いようですね』

「相手が悪かったと思って下さい」

それでもホラは自分から話し出そうとはしなかった。やむなく佑樹は言葉を続ける。

「昔、あなたは加茂さんと一緒に、過去を書き換えたことがあるんですよね？」

『その通りです』

「そして、あなたたちが過去を書き換えなければ、僕や伶奈はもっと早死にして……加茂さんも別の女性と出会って結ばれ、その人との間に子供も生まれる運命だったそうですね？　今の加茂さんと伶奈を見ていると、とても信じられない話ですが……。それを教えてもらった時、ふと疑問に思ったことがあったんです。加茂さんと結ばれるはずだった、もう一人の女性はどうなったんだろう、と」

佑樹は小さく息を吸い込んでから、更に言葉を続ける。

「見当はずれだったら、ミステリ作家の行き過ぎた妄想だと思って下さい。僕も運命を真面目に信じている訳じゃないけど、あなたが試遊会に紛れ込もうとした理由は……加茂さんにとってのもう一人の運命の女性が、椋田千景だったからじゃないですか？」

『……どうして、そう思うんですか』

「椋田千景は自分の計画に強い執着を持っていた。なのに、彼女は出会って間もない加茂さんの説得をあっさり受け入れ、死の配信を停止することまでやった。……憎悪の対象でしかなかったはずの加茂さんに真逆の信頼の情を寄せ、最後には自分が殺害した夫と重ね合わせることまでやっていたそうですね？」

ホラが低い声で答えた。

『ええ、彼女の最期の様子は私も知っています』

「だったら、おかしいとは思いませんでしたか？　愛憎は紙一重だと言っても、彼女の心の動きは極端すぎる。……だから、僕にはこう思えて仕方がないんです。二人には僕らの知らない、下手をすると当人たちさえ知らなかったような、特別な関係性があったんじゃないか、と。……その関係性が影響を与えたからこそ、傍で見ている僕らには理解しがたいほどの激しい感情の揺らぎが生まれたんじゃないか、と」

そう一気に佑樹が捲《まく》し立てると、ホラが根負けしたようにため息をついた。

『これ以上は黙っていても無駄そうですね。そう、椋田千景は……過去が改変されなければ、加茂さんと結婚していたはずの女性です。もっとも、その結婚はすぐに破綻し、相対的には二人に不幸を招くことになっていたんですが』

予期していたとはいえ、ホラが実際にそれを認めた衝撃は大きかった。言葉も出なくなった佑樹に対し、ホラはなおも続ける。

『でも、どうかこれだけは信じて下さい。私は何かが起きると予期して、試遊会にやって来た訳じゃない。私も椋田千景の本性について、本当に何も知らなかったんです』

思わず佑樹は非難するような声になって言っていた。

「いや、あなたなら椋田千景のパソコンやスマホをクラッキングして、彼女の計画を事前に知ることもできたはずですよね？」

『会社のメールサーバに不審な点はありませんでした。……私も椋田が企画しているのは、犯罪とは無縁のテストプレイだと信じていたんですよ。だから、会社のメールを調べただけで満足し、彼女のプライベートな通信まで調べなかった。そこまでの必要性があるとは、思いもしなかったから』

「ただの試遊会だと思っていたのなら、何をしに乾山くんと一緒に戌乃島にまで来たんですか！」

『私はただ……過去が書き換わった「今」の加茂さんと椋田千景の、全く新しい出会いを見守りたかっただけなんです』

苦しそうにホラが放った言葉を聞いた瞬間、佑樹はどうしようもなく複雑な気持ちになっていた。

「まさか、加茂さんと伶奈の関係が壊れないか心配したんですか？」

『いえ、「今」の加茂さんと伶奈さんの結びつきはとても強い。椋田千景の存在が二人の関係に悪い影響を与えることはないだろうと思っていました。未来は変わった……加茂さんと椋田千景の新たな出会いも、明るいものになるはずだったんです。それなのに……それなのに』

ホラの声は次第に弱々しくなり、コンクリに打ちつける波の音だけが残った。佑樹は目を閉じ、息を吐き出しながら言った。

「……結局、過去を書き換えても、僕らは書き換える前の過去の影響から完全に逃れられる訳じゃないのかもですね」

『過去の、影響？』

「加茂さんは新しくなった『今』でも、やはり椋田千景に出会った。そして、『竜泉家の呪い』は消えたはずなのに、僕たちは繰り返し繰り返し異常な事件に巻き込まれ続けています」

途端に、ホラは戸惑ったような声になる。

『あり得ません。単なる偶然ですよ』

「どうでしょうね？　過去を書き換えられた世界が、元に近い姿に戻ろうと『揺れ戻し』を起こしているような気さえしますが」

佑樹も本当は、この考えをホラに強く否定して欲しかった。こんなことは単なる妄想にすぎず、何の法則性もない偶然の羅列に意味を見出そうとする愚かな行為なのだ、と。

だが、ホラは覇気のない声になってこう続けただけだった。

『すみません、私にも分からないのです。あなた方を襲っている現象が、揺れ戻しなのかどうかすら』

「そう、ですか」

『ただ、椋田千景が書き換える前の過去の影響を受けていたのは事実かも知れません。彼女は亡くなる直前に……もっと早く加茂さんに会っていれば、こんな最低の出会い方さえしなければ、今とは全く違う未来もあった気がする、と言っていましたから。まるで……別の「今」があり得たのを知っていたように』

佑樹は目を見開き、すぐにやりきれなくなって顔を歪めた。

「そんなの、哀しすぎますよ」

……どのくらい沈黙が続いただろうか。

かじかんで手の感覚がなくなってきた頃になって、やっと佑樹は顔を上げた。

「もしかすると……加茂さんも椋田千景が自分にとってどういう存在なのか、気づいていたのかも知れませんね？　彼女が加茂さんに対して特別な想いを抱いたように、加茂さんも彼女に何かを感じた可能性もありますから」

『かも知れません』

佑樹はスマホを首に挟み、両手を合わせて温めながら更に続けた。

「そう考えると、加茂さんが椋田千景の説得を諦めなかった理由も分かってくる気がしますね？　別の出会い方をしていれば、何より大切な人になっていたかも知れない女性だからこそ……本人の意思で計画を中止して欲しいと、加茂さんは心からそう願ったんじゃないでしょうか」

ホラという第三者が強制的に幕引きをもたらしても、それでは千景の心には恨みの念しか残らない。そんな風に終わらせたくなかったからこそ、加茂は千景への説得を続けたのに違いなかった。

ホラはなおも躊躇《ためら》うように続ける。

『もし、全てを知ってしまったのだとしたら……加茂さんは椋田千景を失ったことに、耐えられるでしょうか？』

その時、佑樹は港近くの路肩にタクシーが止まったのに気づいた。そして、タクシーの窓から伶奈と雪菜が顔を覗かせたのを見て目を丸くする。

伶奈は右手を振りながら、何か叫んでいる。

微《かす》かに「気づかず置いて行って、ごめん」という声が波止場にまで届いた。少し遅れて加茂も助手席から顔を出して何か言ったようだったが、こちらは風の音と波の音にかき消されて聞こえなかった。

……三人とも、民宿に行く途中で折り返して戻ってきたのか。

加茂親子の仲睦まじい姿を見ているうちに、佑樹はほとんど無意識のうちに何度も頷いていた。

「きっと大丈夫。加茂さんには伶奈も雪菜もいますし……一応、僕もいますからね？　これから、どんな揺れ戻しがやって来たとしても、必ず乗り越えられるはずです」

『私もそう信じています』

ホラに加茂たちの姿が見えているのかは分からなかったが、そう言った彼の声に初めて希望が宿った気がした。

佑樹は伶奈たちに手を振り返しながら言った。

「さようなら、ホラ」

『ええ、またお話ししましょう』

通話が終了したのを確認してから佑樹は微笑み、加茂たち三人が待つタクシーに向かって歩きはじめた。

解説

杉江《すぎえ》松恋《まつこい》

機能美。

迷ったが、方丈貴恵作品を表現するのにこれ以上適切な形容はないと思う。

どこまでも無駄がなく、すべてが犯人当ての謎解きに寄与する構造である。

博物館に展示された民具のようである。発表されてまだ日が浅いというのに、すでに何十年も使いこまれた木工品の如き感触の良さと、風格を備えている。ミステリ史における新たな里程標として、後の読者は方丈貴恵デビューからの軌跡を語ることになるだろう。

『名探偵に甘美なる死を』は方丈の第三長篇である、二〇二二年一月七日初版と単行本の奥付にある。第二十九回鮎川哲也賞に輝いたデビュー作、『時空旅行者の砂時計』（二〇一九年。現・創元推理文庫）で方丈は、呪われた運命に支配される竜泉家《りゅうぜんけ》の物語を描いた。探偵役を務めたのは、その運命を自らの手で変え、愛する女性を救おうとする雑誌ライターの加茂《かも》冬馬《とうま》である。続く第二作『孤島の来訪者』（二〇二〇年。現・創元推理文庫）の主人公は、その竜泉家の血筋を引く青年・佑樹《ゆうき》だ。

『名探偵に甘美なる死を』は両作に続く〈竜泉家〉サーガの物語で、冬馬・佑樹の二人が重要な役回りを担って登場する。作中で描かれる事件は独立したものなので、ネタばらしを心配する必要はない。ただし、過去の出来事に触れている箇所があるので、サーガとして物語を楽しみたい方は前二作を読んでから本作に挑戦してもいいだろう。全作を読んで損のないシリーズであることはもちろん保証する。

まず『名探偵に甘美なる死を』のあらすじを簡単に説明しておきたい。

加茂冬馬は、ゲーム製作会社メガロドンソフトに呼び出される。世界規模のヒットとなった『ミステリ・メイカー』の続篇発売を記念した試遊会が企画される。『ミステリ・メイカー』はVR空間内で名探偵になって推理を楽しむというもので、「事件クリエイト・モード」では誰かが実行した事件の謎を他の参加者が解くことになる。冬馬にその『ミステリ・メイカー2』のゲーム監修を行い、試遊会の犯人役も務めてもらえないか、というのがメガロドンソフトのゲームプロデューサー・椋田《くらた》千景《ちかげ》からの依頼であった。

会場となるメガロドン荘は戌乃島《いぬのしま》に建てられている。試遊会参加者は全員がなんらかの形で素人探偵として名声を馳《は》せたことのある八人で、その中には佑樹も加わっていた。島に到着して間もなく、冬馬は薬を盛られたものか意識を失ってしまう。気がついたとき一行はメガロドン荘の中に監禁されていた。彼らに下された指示は『ミステリ・メイカー2』を起動して予定通り推理ゲームを始めることだ。ただし謎解きに失敗した探偵、完全犯罪を成し遂げられなかった犯人にはその場で死が与えられることになる。ゲーム内のそれではなく、現実の死である。参加者はそれぞれ人質を取られ、逃げ道を絶たれていた。

　ゲーム内の舞台は傀儡《かいらい》館という建築物で、その中で犯人は事件を起こし、探偵は謎解きに挑戦する。ゲームの参加者はメガロドン荘の中に足止めされており、外へ出ることを禁じられている。つまり二つの館内に閉じ込められているわけで、この重層性が物語の中では大きな意味を持ってくる。冬馬たちを監禁した犯人は実に周到で、死を伴うゲームについて厳しいルールを突き付けてくる。物語の読者に対して最初に推理の条件を明らかにし、何が許され、何が禁じられているかを読者が十分に飲み込んだ上で物語を開始するのは方丈長篇の定石《じょうせき》である。制約が多ければ多いほど、裏をかこうとする者たちの頭脳戦は盛り上がる。その楽しみを十分に味わっていただきたい。

　ここまでの文章で関心を持ってくださった方は、拙文《せつぶん》は後回しにして本文を読みはじめていただければと思う。読了後に、またどうぞ。解説に目を通してから読むか、買うかを決めるという方もおられると思うので、以下はもう少し掘り下げたことを書きたい。

〈竜泉家〉サーガとして書かれた三長篇には複数の共通項がある。第一は、物語の舞台が限定されていることで、登場人物たちはその中に閉じ込められた形で物語が始まる。本作の冒頭で椋田が試遊会について、招待者だけが参加できるクローズドなイベントであるが「クローズド・サークルと言いかえた方がいいかも知れません」と思わせぶりに話す場面がある。〈クローズド・サークル〉とはまさにこのように舞台が限定された状態で始まる謎解き小説のことだ。

限定の条件から〈孤島〉もの、〈雪の山荘〉ものと呼ばれることもある。閉じた状態の舞台で展開される殺人劇の代表例はアガサ・クリスティー『そして誰もいなくなった』(一九三九年。クリスティー文庫)である。誰が犠牲者になってもおかしくない状況はスリルを醸成《じょうせい》しやすいという作劇上の特徴があり、謎解き小説としては読者の興味を犯人当てに集中させやすいという利点がある。登場人物の出入りがなく、その空間内にいるという意味では登場人物の犯行機会が横一線になるため、各々について推理の手がかりを公平に提示《ていじ》することができるのである。

第二の特徴としては、物語内で描かれるのが連続殺人であり、どの犯行もほぼ同じような力の入れようで描かれていることが挙げられる。「力の入れよう」というのは表現として変だが、注ぎ込まれた熱量にばらつきがない、とでも言うべきだろうか。複数の犯行を描くのだから、一つくらいは簡素に済ませてしまってもいいはずで、ずっと山場が連続していては作者も疲弊《ひへい》が激しいはずである。にも拘《かか》わらず、どれも均等にアイデアを詰め込み、それを解明するのに必要な手がかりを提示して書いている。この量的な充実は方丈のみならず、二〇二〇年代になってミステリを発表し始めた書き手に共通した資質でもある。二〇二二年は中でもそうした作品が集中した年で、本作以外にも紺野天龍《こんのてんりゅう》『神薙虚無最後の事件《かんなぎうろむ》』(講談社)、鴨崎暖炉《かもさきだんろ》『密室黄金時代の殺人　雪の館と六つのトリック』(宝島社文庫)などが発表された。この空白恐怖症にも似た傾向については掘り下げていくとおもしろいことが見えてきそうだ。

方丈に関して言えば、物量作戦が展開されるのは毎回同じでも、その処理には違いがある。たとえばAの事件で得られる手がかりをa-1、a-2、Bのそれをb-1、b-2のように表記するとする。aの手がかりからAの謎が解けるのは当然だが、連続殺人が描かれる場合、後のBの謎を解く鍵がa－2になるということはありうる。また、個別の事件がいかに(how)引き起こされたかが判明した後で、誰が犯人か(who)という特定がa－2とb－1の二つの手がかりによる消去法で行われるようなこともある。ここが単なるクイズと物語の形で提示されるミステリが決定的に違う点で、気を抜いて読んでいると文脈の中に手がかりは紛れこんで見えなくなってしまう。どの手がかりが謎解きのどの局面で用いられるかは前もってはわからないのである。この点、方丈は最も油断できない書き手だ。現時点で見たところ、毎回その手を変えてきているからである。

これまで発表された三長篇にはすべて「読者への挑戦」ページが含まれている。物語の展開が一段落したところで作者、もしくはその代理を務める物が読者に対し、すべての手がかりは提示された、作中の探偵と同一条件が与えられたので読者も謎を解けるはずである、と宣言するのである。

本連作の場合、宣言を行うのは『時空旅行者の砂時計』に登場したマイスター・ホラである。この登場人物を起用した理由について方丈は、若林踏《わかばやしふみ》・編『新世代ミステリ作家探訪』(二〇二一年。光文社)で「メタ視点から読者への挑戦を告げることが出来るので、客観性を担保出来る」ためであると述べている。「作中の人物が幾ら『このルールは作中では正しい』と主張しても、読者からすれば『本当に?』という疑念」は残ってしまう。「物語の外側から情報の客観性を保証する存在がいなければ、特殊設定の『何でもあり』な感じは消えない」と気づいたのだという。

言い換えれば、謎解きの審判を持ち込んだのに近い。競技には必ず勝ち負けや反則を判定する係が必要になる。作中人物である探偵と読者が競うという意味では謎解き小説も競技性を帯びる。それを自覚した上で方丈はマイスター・ホラによる「読者への挑戦」を物語に挿入しているのである。

これが第三の特徴で、前出の第二の特徴を補強するものでもある。各長篇の「読者への挑戦」は内容が異なる。単に「犯人」と「犯行方法」を言い当てるのではなく、犯行がどのように計画され、進められたかを理解していなければ答えられない設問が準備されているのである。数学問題で途中式を抜かすと点が与えられないのと同じ理屈だ。ネタばらしを避けるために詳述は避けるが『時空旅行者の砂時計』の「読者への挑戦」が基本要素を問うものだったのに対し、『孤島の来訪者』のそれはより具体的な設問に変わっている。「いかに」と「誰が」が独立しておらず、どちらかが特定できないともう一方もわからない性質の問いになっているためだ。

また同じ連続殺人でも、そこに到達するための前提条件の用い方が違うためでもある。曖昧《あいまい》に言えば、犯行計画のどの部分に対してその前提条件を当てはめる必要があるか、ということである。前述した手がかり処理の違いを思い浮かべていただきたい。それぞれの事件で得られる手がかりを単発のそれに当てはめるか、連続殺人事件全体を解く鍵として使うか。その構造の違いが各作品の「読者への挑戦」の変化として現れている。『名探偵に甘美なる死を』ではこの構造がさらに進化し、マイスター・ホラは二度にわたって「読者への挑戦」を行うのである。この分割は、読者が解明しなければならない謎が多いからではない。第一と第二の挑戦、それぞれの時点で事件の様相が変化するからで、先の問いに対するときと後者へのものとでは、読者は頭を切り替えて取り組まなければならない。二つは断絶しているわけではないが、前者において与えられる前提条件が持つ本当の意味は、後者の真相を検討する段階になって初めて理解できるようになっているのである。

本当は最初に書くべきだったかもしれないが、この連作に共通する特徴の第四は、他の作品には見られない特殊な舞台設定が用いられていることである。三作ともクローズド・サークルの事件である点は同じで、そこに人が閉じ込められるに至る理由や状況は虚構《きょこう》ならではの飛躍はあるものの、特に現実離れしているわけではない。ただし、普通に生活していては絶対に体験することはない要素がそこに持ち込まれるのである。

『時空旅行者の砂時計』は前述したように加茂冬馬が妻・伶奈《れな》のため竜泉家の呪いを解こうとする物語だ。呪いの発端は一九六〇年、伶奈にとっては先祖にあたる人々が連続殺人に巻き込まれ、土砂崩れの災害もあってほとんどが命を失ったことである。一連の事件は犯人不明のまま終わっているため、解決できれば呪いは消失するという。冬馬は二〇一八年から五十八年前の世界に戻って謎に挑戦するのだが、このときに手助けをするのが時空旅行者の案内人たるマイスター・ホラなのだ。物語の中では時空旅行が一定の制約下で可能ということになっている。この要素が同作における特殊設定だ。

続く『孤島の来訪者』の主人公である竜泉佑樹は、加茂伶奈と同じく竜泉文乃《あやの》の孫である。

彼は自分の愛する人々を死に至らしめた者たちに復讐しようとして犯行計画を立てる。その対象となる者たちはテレビ番組を制作しており、今は住む人もいない幽世島《かくりよじま》にやってくる。佑樹は撮影隊に潜り込んで犯行の機会を窺《うかが》う。『孤島の来訪者』は、この発端からは予想もつかない方向に展開する作品で、クローズド・サークルものの定石として殺害される者が出るのだが、その後に意外なことがわかって事態の見え方が一変する。特殊設定が明かされるのはこの時で、以降の謎解きにおいてはそれを前提条件として考慮しなければならないようになる。

タイミングは異なるが『時空旅行者の砂時計』『孤島の来訪者』とも、前提条件が謎解きの前に提示される点は同じである。『名探偵に甘美なる死を』はそこが少し異なる。

この作品の特殊性は、監禁者によって集められた関係者が現実の孤島内にある館の外に出ることを禁じられるだけではなく、VR空間内に設置された館内で展開される殺人ゲームの謎解きに参加するように強要されるという重層構造にあることは先に述べた。監禁者は冬馬たちに、ゲームに参加する上での禁止事項を告げる。前二作では、前提条件とは推理の幅を絞るためのものであったが、この作品では登場人物の行動を制限するものでもある。メガロドン荘に足止めされた者たちが取り組まなければならない課題とは『ミステリ・メイカー2』内で自分たちのアバターが殺害される事件の謎解きだが、同時に現実世界においても別個の犯人当てに気を配らなければならなくなる。監禁者は、ゲームから脱落した者を殺害する執行人を参加者の中に紛れ込ませていると宣言しているからである。

まず中心にはゲーム空間内の犯人探しがある。犯人役を務める冬馬にしてみれば、いかに自分の犯行を糊塗《こと》できるかという逆のゲームだ。犯人だと指摘されても言いっぱなしでいいわけではなく証明が必要なので、冬馬は論戦によって自分の身を守ることになる。その外側に執行人は誰かというメガロドン荘内の犯人探しがあり、最も外にはもちろん、監禁者の手から逃れて生き延びるというデスゲームの層がある。これら三層が、現実の人物をアバター化して動かすVR技術によって貫かれているという構造が本作の特殊設定だ。前二作のように超自然的ではないが、登場人物たちに制約が加わるという意味では、特殊度は上かもしれない。何しろ、文字通り世界に閉じ込められてしまうのだから。

未読の方はだいぶ詳しく書いたと思われるかもしれないが、実はこれでも肝腎《かんじん》なことはほとんど省いてある。VRゲームがどのようなものであるか、その進行において判明する構造の本質は何か、なぜ読者への挑戦が二度にわたって行われる必要があるのか、といった要件については読んで実際に確かめていただきたい。

ここで説明なく使った特殊設定とは、二〇一〇年代以降頻繁にミステリの用語として使われるようになったものだ。たとえば方丈のデビュー作における時空旅行のように、その作品内でしか使われない要素が入るものを言う。従来のSFミステリとの違いは、特殊な要素が謎解きの前提条件として用いられるか否かである。近年になって作例は増加しているので列挙は控えるが、日本以外の国でも作品が書かれていることは注目すべきである。たとえばスチュアート・タートン『イヴリン嬢は七回殺される』(二〇一九年。文藝春秋)は英国作家によるタイムループ現象を使った謎解き作品だが、作中に探偵の妨害をする真犯人とは別に第二の敵がいることなど、『名探偵に甘美なる死を』との共通点も見いだせて興味深い。紙に文字を書き、それを印刷することだけが物語を綴《つづ》る手段だった時代ではすでになく、さまざまな手段、メディアで作品を発表することが可能になっている。そうした共時性がもたらす類似、反響はこれからも続き、各文化圏でミステリの深化・多様化が進行していくことだろう。

デビュー以来、長篇では三作連続して特殊設定ミステリを書いている方丈だが、守備範囲の狭い作家ではもちろんない。四冊目の著書として発表された『アミュレット・ホテル』（二〇二三年。光文社）は犯罪者によって経営される犯罪者のためのホテルを舞台とする連作短篇集で、これも特殊設定ものと言えなくもないが、長篇とはやはり外構が異なる。独立した短篇として書かれた「魑魅《すだま》ガ池」（「小説すばる」二〇二三年三月号）で扱われているのは記憶の中の殺人というような事件である。特殊設定ミステリだけに依存するわけでは決してないが、書き手としての嗜好《しこう》が最も発揮しやすいのがこのジャンルだということなのだろう。前出の『新世代ミステリ作家探訪』にそのあたりの気構えについては詳しく書かれているので、興味のある方はご参照いただきたい。

方丈の短篇でもう一つ挙げておきたいのが、二〇二四年に発表されたアンソロジー『推理の時間です』（講談社）収録の「封谷館《ふうだにかん》の殺人」である。同書は本文の問題篇後に「読者への挑戦」が挿入され、巻末の袋とじ内に解答篇がまとめて入っている本で、読者だけではなく作家も他の書き手が提示した謎を解くという趣向になっていた。方丈も法月綸太《のりづきりんた》郎《ろう》「被疑者死亡により」に挑戦している。二人は同じ京都大学推理小説研究会の出身なのである。京都大学推理小説研究会は多くのミステリ作家を輩出した名門で、犯人当て小説を書いて会員同士が謎解き合戦に興じることでも有名だ。同書に収められた法月の「推理の時間は終わらない（その1）」に、方丈から「私が現役の頃の京大ミステリ研犯人当ては、いったん消去法で全員消してから叙述トリックの可能性を検討するのがセオリー」という発言があったことが書かれていて興味深い。

消去法は犯人当てでは最も多く用いられる技法だが、それを尽くした後に叙述トリック、すなわちメタレベルの仕掛けがないかの検討が行われるというのは非常に示唆《しさ》的ではないか。つまり現実レベルには抜け道がないように見えても、その上の次元には存在するかもしれないという考え方である。この観点は、特殊設定というルールを厳格に守った上で、そこに違反しない形で裏をかく方法を見つけだすという方丈の長篇作法と通底するように思われる。そう、方丈作品には読者が予想もしない位置の抜け穴が存在することが多いのである。それはどういうものか、各作品の何に相当するか、ということはここでは触れない。これが〈竜泉家〉サーガ第五の、そして最大の特徴であると思う。クローズド・サークル設定で書かれたミステリの歴史を俯瞰《ふかん》する上で方丈作品を里程標として挙げなければならない理由は、実はここにある。

ミステリの特殊設定とは、謎解きを楽しむために設けられる追加ルールに他ならない。方丈貴恵はつまり、そのルールマシマシ状態が大好きでならない作家なのであり、自分がそうした特盛を見たときに覚える興奮を読者にも共有してもらいたくて仕方がない人なのであろう。それをてんこ盛りのまま出すのではなく、まずは形を整える。興趣《きょうしゅ》の尽きない、一流の娯楽読物として自作を提供することに心血を注いでいるのだろうと推察する。
その方丈の、小説であることに熱意を注ぐありように私は畏怖の念を感じるのである。
あるいはその機能美に。

本書は二〇二一年、小社より刊行された作品の文庫化です。

著者紹介　1984年、兵庫県生まれ。京都大学卒。2019年、『時空旅行者の砂時計』で第29回鮎川哲也賞を受賞しデビュー。第二作『孤島の来訪者』が「2020年SRの会ミステリーベスト10」第1位に選出。他の著書に『アミュレット・ホテル』がある。

検印
廃止

名探偵に甘美なる死を

2024年5月31日　初版

著者　方《ほう》丈《じょう》貴《き》恵《え》

発行所　（株）東京創元社
代表者　渋谷健太郎

162-0814/東京都新宿区新小川町1-5
電話　03・3268・8231-営業部
　　　03・3268・8204-編集部
URL　http://www.tsogen.co.jp
DTP　フォレスト
暁印刷・本間製本

乱丁・落丁本は、ご面倒ですが小社までご送付ください。送料小社負担にてお取替えいたします。

ISBN978-4-488-49923-5　C0193

第26回鮎川哲也賞受賞作

The Jellyfish never freezes◆Yuto Ichikawa

ジェリーフィッシュは凍らない

市川憂人

創元推理文庫

◆

●綾辻行人氏推薦――「『そして誰もいなくなった』への挑戦であると同時に『十角館の殺人』への挑戦でもあるという。読んでみて、この手があったか、と唸った。目が離せない才能だと思う」

特殊技術で開発され、航空機の歴史を変えた小型飛行船〈ジェリーフィッシュ〉。その発明者である、ファイファー教授たち技術開発メンバー六人は、新型ジェリーフィッシュの長距離航行性能の最終確認試験に臨んでいた。ところがその最中に、メンバーの一人が変死。さらに、試験機が雪山に不時着してしまう。脱出不可能という状況下、次々と犠牲者が……。

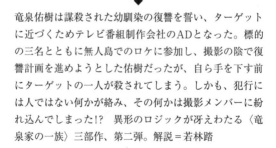

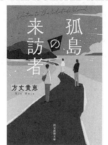